西方后现代主义小说总论

总主编　陈世丹

英国后现代主义小说论

王桃花　等　著

中国人民大学出版社

·北京·

本成果受到中国人民大学“统筹推进世界一流大学和一流学科建设”经费支持，系陈世丹主持的中国人民大学重大规划项目“西方后现代主义小说总论”（项目批准号：16XNLG01）的最终成果之一，王桃花负责的子课题项目“英国后现代主义小说研究”结项成果。

前言

诸多学者对“后现代主义”这个词语屡屡耳闻，却对其时代背景、具体内涵等不甚明了；也有个别学者对“后现代主义”嗤之以鼻，根本否定其存在。“后现代主义”是一个极具争议的概念，国内外学者对此概念的理解多有分歧。即将迈入 21 世纪第三个十年的今天，后现代主义仍然是文学批评家们关注与争议的焦点。不论承认其存在与否，后现代主义已经成为文学研究一个绕不开的关键术语。世界各地都不乏作家运用后现代主义叙事手法进行各种试验性创作。世界发展到后工业时代的今天，作家们的创作无法脱离后现代这一语境。

20 世纪伊始，剑桥大学著名文学批评家利维斯（F. R. Leavis, 1895—1978）极力推举英国现实主义文学这一“伟大的传统”，大力赞扬托马斯·哈代（Thomas Hardy, 1840—1928）、乔治·艾略特（George Eliot, 1819—1880）等英国现实主义传统作家，他试图力挽狂澜却并未能阻止英国后现代主义创作的步伐。随着全球性后工业社会的到来，越来越多的英国作家发现，传统的现实主义创作方法不能有效诠释新的社会现实。20 世纪 60 年代，尽管还有很多小说家继续采用现实主义创作方法，但不少人对之产生了怀疑和厌倦情绪，刻意反驳，提出新的创作路径，并尝试创建新的叙事文类，如非虚构小说、寓言小说、问题小说等。此三类新的小说形式实际上就是人们现在通常所言的新小说、浪漫怪诞小说、元小说，它们均属于后现代主义小说范畴。总体而言，英国当代反传统的后现代主义小说主要包括三种：新小说及其同道反小说、超小说等，浪漫怪诞小说及其后继者奇幻现实主义小说、魔幻现实主义小说等，元小说及与之类似的互文小说等。

20 世纪后半叶，英国涌现出一大批运用后现代主义创作手法的新锐作家，如安东尼·伯吉斯（Anthony Burgess, 1917—1993）、缪丽尔·斯帕克（Muriel Spark, 1918—2006）、艾丽丝·默多克（Iris Murdoch, 1919—1999)、多丽丝·莱

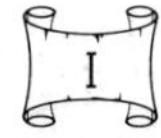

辛（Doris Lessing, 1919—2013）、约翰·福尔斯（John Fowles, 1926—2005）、B. S. 约翰逊（B. S. Johnson, 1933—1973）、大卫·洛奇（David Lodge, 1935—　）、A. S. 拜厄特（A. S. Byatt, 1936—　）、玛格丽特·德拉布尔（Margret Drabble, 1939—　）、安吉拉·卡特（Angela Carter, 1940—1992）、朱利安·巴恩斯（Julian Barnes, 1946—　）、伊恩·麦克尤恩（Ian McEwan, 1948—　）、珍妮特·温特森（Jeanette Winterson, 1959—　）等。他们在当时法国存在主义、结构主义、后结构主义等先锋思想的激发和指引下着力探求新小说的创作思路和方式。首先，英国当代先锋小说家不再以客观现实而以那些建构客观现实的语言话语为关注焦点。比如，莱辛在《金色笔记》中描绘主人公安娜的形象时，不再将注意力放在表现其自然天性或统一的个性上，而是放在表现那些锻造其个性的语言话语上；福尔斯在《法国中尉的女人》中描述维多利亚时代的历史状态时，重点关注的不再是那个时代的历史状态，而是这一历史状态是如何被建构的；里斯在《茫茫藻海》中描绘西印度洋克里奥尔人伯莎形象时，不是直接描绘伯莎的个性，而是重写了勃朗特《简·爱》中对伯莎个性的文学描述。概而言之，在描写对象层面上，英国各类后现代主义小说与传统的现实主义小说大相径庭：即不是以表现现实事物为重心，而是以表现那些建构现实事物的话语为重心。其次，英国先锋小说家将创作重心完全放在彻底突破旧小说形式、全面重建新小说形式上。如 B. S. 约翰逊在《不幸者》等作品中刻意淡化情节和人物，着力展示人物大脑中零散的、碎片化的主观意念，从而突破传统小说以统一的情节或人物性格为线索组建小说世界的线形结构方式，创建了用各种互不相关的话语碎片组建小说世界的拼贴结构方式，此形式一般被称为新小说或反小说。此方式后来被广泛运用，布鲁克·罗斯、朱利安·巴恩斯、马丁·艾米斯等都常用此方式创作。

后现代主义小说在英国的兴起离不开现代主义小说的后阶段，结合此点并将后现代作为时间概念的形态去考察英国后现代主义小说，那么英国后现代主义小说发展的历程大致可划分为四个实验性的阶段。第一个阶段是 20 世纪 30 年代至第二次世界大战结束。此时期已不乏现代主义小说家开始潜意识地创新传统小说并形成新的流派，依据后现代主义的批评方法却可发现，部分现代主义小说作品已经开始具有后现代性，比如从后现代主义的视角来审视英国意识流小说，我们发现其革新性具有后现代性，这也促进了英国后现代主义小说的兴起。第二个阶段是 20 世纪 40 年代中期至 50 年代。此阶段是蜕变期，小说家开始有意识地批评和创新小说形式。第三个阶段是 20 世纪 60 年代至 70 年代。此时期英国后现代主义小说的产出量高，英国后现代主义小说在此阶段正式兴起和繁荣。第四阶段为 20 世纪 80 年代至今。此为英国后现代主义小说兼容并蓄的阶段，既扎根本土又包容世界，开始向国际化的趋势发展。许多英国小说家横跨了不同阶段的创作，推进了后现代主义小说的发展，比如从20世纪50年代至21世纪初，多丽丝·莱辛的小说创作随着不同阶段的时代特征变化而变化，对新小说的革新也随着时代的发展而不断发展，所以，分析英国后现代主义小说的发展将结合共时和历时的研究方法，对处于相同时段的不同作家或处于不同时段的同一作家及其作品进行剖析。

1. 20 世纪 30 年代至第二次世界大战结束

对后现代主义与现代主义的关系，后现代主义理论家们保持各自的见解，如美国批评家乔纳森·阿拉克（Jonathan Arac）、英国作家兼评论家戴维·洛奇等都对两个不同术语进行过论述。詹姆逊（Fredric Jameson, 1934—　）根据马克思主义关于经济基础与上层建筑关系的原理对欧美各国不同社会阶段和文化形式做出具体划分："第一阶段是马克思在《资本论》中所分析的资本主义原始积累时期，文学上出现了批判现实主义；第二阶段是列宁所论述的垄断资本主义时期，文学上的主要思潮是现代主义；第三阶段是跨国资本主义时期，即当代资本主义进入'消费社会'或'后工业社会'时代，文学上产生了后现代主义。"[1] 詹姆逊的划分表明，后现代主义的出现是资本主义社会晚期的经济基础与上层建筑的反映，社会阶段和文学形态的划分有益于了解现代主义与后现代主义之间的关系。现代主义小说起源于 19 世纪末，20 世纪 50 年代前为该流派的创作巅峰时期。但从 20 世纪 20 年代至 30 年代开始，各国青年小说家发起反传统运动来抵制传统，如抵制顽固说教、传统小说叙事模式以及理性至上观念等。在英国，越来越多的青年作家亦加入反传统运动，尤其是许多作家以文学形式的个性革新来对抗维多利亚后期的顽固道德说教，并通过反传统的话语模式来揭示资本主义经济社会下人们的精神虚无。因此，处于这个时期的英国小说已经具有后现代主义的趋势，此阶段的特征体现为英国小说家对后现代主义小说进行潜意识的实验和实践。

20 世纪后西格蒙德·弗洛伊德（Sigmund Freud, 1856—1939）的心理学说极大地影响了英国文学创作，从而开始流行以詹姆斯·乔伊斯（James Joyce, 1882—1941）和弗吉尼亚·伍尔夫（Virginia Woolf, 1882—1941）为代表的英国意识流小说。如果说美国的后现代主义小说的正式兴起以黑色幽默小说的问世为

① 杨仁敬等:《美国后现代派小说论》，青岛：青岛出版社，2004 年，第 3 页。

标志，那么英国意识流小说成为英国当时的潮流，亦体现了后现代主义在英国的萌芽。意识流小说通过时空界限的模糊化，用非线性的时间跳跃和交错或断裂的时空连接人们面对现实的心理表现。意识流小说的非线性的时间是多元而非单一地向前或向后延伸，如此形成时间的交织。在意识流小说中，空间如场域空间、情感空间、心理空间等都通过交错的时间来打破其界限。处于交错的非线性时间与界限模糊的空间之内，人们的意识亦被打破，成为无意识状态下的彷徨和迷惘。英国意识流小说虽缘起于现代主义时期，但体现着浓郁的后现代性，证明后现代主义与现代主义存在着不可忽视的联系，第二次世界大战前英国小说在一定程度上潜意识地将现代小说赋予了后现代性。

典型意识流小说家代表乔伊斯的《尤利西斯》（*Ulysses*, 1922）及《苏醒》（*Finnegans Wake*, 1939）被认为是充满实验性和革新性的意识流长篇小说。乔伊斯的《尤利西斯》描述了三个人物在十八个小时内展示三十年时间延伸的意识流动，借引了《圣经》、《奥赛德》、莎士比亚戏剧系列经典文学作品，刻画了小说典型人物形象。乔伊斯的这部意识流小说具有潜意识的后现代性：互文性的手法使得小说充满讽刺效果、戏仿的策略让情节碎片化、拼贴式的解构赋予了宏大的历时性和共时性。因此，《尤利西斯》作为现代主义下的意识流小说无疑是潜意识行为下的后现代主义小说典范。后现代主义小说的本质特征表现为非常注重语言的核心地位，《苏醒》亦是乔伊斯潜意识行为下的后现代主义小说产物，其之所以被称为“后现代”乃是因为该小说的语言模式发生了从关注自我的中心主义到以语言为中心的转向，如兰德尔·史蒂文森（Randall Stevenson）认为：“乔伊斯的‘语言自治’和‘新的词汇艺术’导致了一个继续发展现代主义的某些积极性的创作新阶段。”[①] 如此说明，乔伊斯的小说创作拥有后现代主义小说的语言艺术，如摒弃了传统的词语建构模式，创造了新词；双关语的使用，如对于题目“Finnegans Wake”中双关词“wake”的翻译，有直译为“苏醒”，也有译为“守灵、守墓”。《苏醒》是乔伊斯潜意识下有意识的语言游戏，目的是通过语言描述的简单平奇去反映整个爱尔兰民族乃至整个欧洲社会的意识状态。同处于现代主义时期并与乔伊斯合称为“爱尔兰三圣”的小说家还有弗兰·奥布赖恩（Flann O'Brien, 1911—1966）和塞缪尔·贝克特（Samuel Beckett, 1906—1989），他们都是英国文学创新的先驱者，其代表作分别为《双鸟嬉水》（*At Swim-Two-Birds*, 1939）和《莫菲》（*Murphy*, 1938），两部小说都是作者潜意识地革新传统叙事手法的作品，体现出明显的后现代性。

① 李维屏：《评〈芬尼根的苏醒〉的后现代主义语言艺术》，载《外国语》，2001 年第 3 期，第 58 页。

英国同时代的意识流文学作家还有著名的伍尔夫。作为女性主义的先锋，伍尔夫的意识流代表作《达洛维夫人》（*Mrs. Dalloway*, 1925）和《到灯塔去》（*To the Lighthouse*, 1927）表现出了浓郁的女性话语特征，动摇了英国长期固守的以男性为中心的文学批评范式。伍尔夫的作品在英国现代工业社会中通过女性话语的转向来表达对父权社会的他者话语批判。后现代主义小说最为显著的特征就是话语和能指的转向，伍尔夫既关注语言的中心地位，又强调女性话语的权力意识，所以她被认为是女性主义批评的先驱。而从另一视角也可看出，伍尔夫的作品表现出了超前的后现代性，其前卫的思想和观念创造了新视角去审视维多利亚时期传统的历史和社会，并对后现代主义与女性主义批评的发展给予了多方面的创新启示。

2. 20 世纪 40 年代中期至 50 年代

英国意识流小说在第二次世界大战前的很长一段时间，潜意识地生产出具有后现代主义特征的小说，其在缓慢经历了 40 年代后一直过渡到第二次世界大战后。因为第二次世界大战后的传统文化、社会和道德体系都经历了战争的洗礼，小说家转向解构传统文学的方式去寻求新的话语范式，并希望能重新认识新的秩序和事物。第二次世界大战后至 50 年代末，英国文学受到战争和时代的影响特别明显，面对残酷的现实，出现了一系列作家，他们通过文学创作来对生活和社会进行思考，如乔治·奥威尔（George Orwell, 1903—1950）在小说中阐述了他的政治倾向，并表达了他对极权主义的担忧；威廉·戈尔丁（William Golding, 1911—1993）在小说中探讨了人性的罪恶；金斯利·艾米斯（Kingsley Amis, 1922—1995）、约翰·韦恩（John Wain, 1925—1994）、艾伦·西利托（Alan Sillitoe, 1928—2010）等“愤怒的青年”通过小说表达了对现实社会的不满和愤懑之情。第二次世界大战结束后，50 年代英国相继出现的女作家包括多丽丝·莱辛、艾丽丝·默多克、A. S. 拜厄特、玛格丽特·德拉布尔、缪丽尔·斯帕克等，她们除了从女性角度去描写妇女生活，也关心社会问题，思考和探讨了人类的生存状况。

20 世纪 50 年代，英帝国衰败并从垄断资本主义时期向消费社会或后工业社会时期过渡，其文学思潮随之发生了从现代主义向后现代主义的转变。处于此时期的英国后现代主义小说是一个身份属性的蜕变期，小说家们的文学创作从潜意识地创作意识流小说开始有意识地向后现代话语模式转变，并通过反传统的话语叙事模式去认识新的事物和社会。活跃于此时期的小说家们几乎有着相同的特征，即有意识地通过实验来使用新的小说创作模式，以期构建和反映新秩序下的社会事物，包括强调语言的中心地位、多元化的叙事手法等。实验性的新模式就是现代主义向后现代主义有意识地转型成新文学话语，所以此时期的英国小说具有后现代主义小说的初期实验性特征，既保有一定的传统性又具备一定的后现代性。

缪丽尔·斯帕克的作品在后现代主义转型早期就已经被认为"怪"，她的《布罗迪小姐的盛年》(*The Prime of Miss Jean Brodie*, 1961）被认为是其代表作。50 年代早期，斯帕克的作品就表现出了许多后现代主义小说的特征，充满了实验与创新精神。其中，她的作品重点体现了元小说创作的超前实验性，其早期第一部长篇小说《安慰者》(*The Comforter*, 1957）为英国后现代主义的元小说叙事奠定了基础。1970 年,美国小说家威廉·加斯（William Gass, 1924—2017）的《小说与生活中的人物》(*Fiction and the Figures of Life*, 1970）首次出现元小说术语，对比两位作家对元小说使用的时间差，可见斯帕克的小说创作具有明显的超前性和实验性。斯帕克在元小说创作的同时,亦对小说本身的虚构性进行评论和解释,这说明斯帕克非常注重小说的形式，注重暴露其创作的过程。小说《安慰者》开篇就说明"迄今为止，我们可以说这部小说内的人物全部是虚构的，并未指涉到任何活着的人"。不久后，主人公卡洛琳（Caroline Rose）也说:"这部小说内的人物全部是虚构的。"[①] 除了上述举例外，这种解释故事虚构性的话语的行为在小说中非常明显，表明斯帕克作为作者在小说叙事中参与了情节的干预，一步步指引读者在小说阅读过程中不自觉地参与了小说的创作过程，在对小说进行解释的活动中促成了小说的问世，其目的在于让读者认清小说的虚构性本质，并对存在的现实进行思考和对比。所以，斯帕克的元小说创作亦把作者的意图置于表面，非常清晰地告诉读者故事的虚构本质，而小说的完整性要充分建立在读者的阅读理解和阐释活动中，才能使小说发挥功用。此外，斯帕克的元小说创作也表现出明显的互文性。斯帕克创作《安慰者》之前刚皈依天主教，借助此经历，她构建的女主人公卡洛琳也是一位新近皈依天主教的小说家。基于宗教的背景，小说随处可寻得对其他经典文本的引用，如《圣经》中的《约伯记》等。互文性特点在斯帕克之后的小说同样使用频繁，比如《罗宾逊》(*Robinson*, 1958）等。此外，斯帕克的小说也存在跨体裁叙事的后现代主义小说特征，最为明显的是表现出诗歌语言的凝练简洁，富有韵味。

20 世纪 50 年代英国出现了多丽丝·莱辛与艾丽丝·默多克两位女性小说家。作为同时期的杰出作家，莱辛与默多克早期的小说作品都在英国文坛有着重要的

① 戴鸿斌、杨仁敬:《斯帕克元小说叙事策略解读》，载《当代外国文学》，2011 年第 2 期，第 45 页。

影响，两位女性作家的早期作品皆关心后现代的话语转向，如女性话语等，以及作品中传达了强烈的后现代伦理观，所以50年代英国文坛的这两位女性作家对新小说的推进有一定的作用。虽然默多克的作品多被认为是现实主义的代表作，但是她作品的叙事手法等皆与后现代性的特征相关。莱辛是一位多产的小说家，其作品风格多样、形式多变以及寓意深远，内容涉及美苏内战、原子战争、社会黑暗、生存环境等。莱辛一生共著有27部小说，以其代表作《金色笔记》（*The Golden Notebook*, 1962）于2007年荣获诺贝尔文学奖。在20世纪50年代，莱辛的名作有《合适的婚姻》（*A Proper Marriage*, 1954）、《玛莎·奎斯特》（*Martha Quest*, 1956）、《风暴余波》（*A Ripple from the Storm*, 1958）等。莱辛凭借其早期作品《野草在歌唱》（后称《野草》）（*The Grass Is Singing*, 1950）开始出现在公众视野。20世纪60年代前莱辛的作品分为两个走向：反殖民的自由平等权利思想和解放女性困境思想。《野草》描写了女主人公玛丽（Mary Turner）这位充满选择不确定性的白人女性，是一部反殖民主题的后现代主义伦理小说。玛丽不满足选择了与具有农场主身份的白人丈夫结婚，婚姻的不幸福感使得玛丽开始转变。作为一名种族主义歧视者，她非常厌恶黑人群体，并以苛刻的态度对待黑人，但在一次偷窥黑人摩西斯（Moses）沐浴后却迷恋上了这个黑人，并且产生了情感冲动。产生情感冲动后的玛丽与摩西斯开始秘密幽会，可是传统的道德标准和文化观念不断鞭笞着玛丽的灵魂。在各种不确定的伦理选择驱动下，玛丽的矛盾选择导致了自己与摩西斯的爱情幻灭，最终死于自己的情人之手。玛丽的伦理行为是一种碎片式的不确定的矛盾选择。作为农场主，因为农场精细的分工导致了责任的不确定性，固化的制度使得她拥有自由的伦理选择，从而形成了对立的多元伦理标准并走向后现代伦理危机。《野草》的人物具有多样的道德行为选择，莱辛通过描写不确定的伦理道德选择和危机来反映现实并认识自我。《暴力的儿女们》（*The Children of Violence Series*, 1952—1969）创作时间跨度大，是由5部系列小说构成，其中《玛莎·奎斯特》及《合适的婚姻》完成于20世纪50—60年代。该系列小说体现了莱辛基于关注黑人生存环境的现实问题，扩大到了女性的生存困境问题。《暴力的儿女们》被认为是莱辛表达人文主义气息的佳作以及捍卫女权的代表作品。话语的转向作为后现代主义的整体特征之一，亦体现为权力话语的转向。莱辛50年代的作品除了表现出黑人权力话语的转向，从篇幅巨大和创作时间长的系列小说《暴力的儿女们》还可看出，莱辛从50年代开始持续关注后现代女性的权力话语。

作为英国当代最有影响力的小说家之一，艾丽丝·默多克以其哲理化的笔触给当代留下丰富的文学作品。受柏拉图、让·保罗·萨特（Jean Paul Sartre,

1905—1980）等哲学家的影响，默多克创作的 26 部小说对主客体的存在、人伦、道德等表达出了哲学式的思考，并艺术性地将这些哲思问题以其细腻有力的笔触融入其小说创作。默多克的早期作品《在网下》（*Under the Net*, 1954）、《逃离巫师》（*The Flight from the Enchanter*, 1956）、《钟》（*The Bell*, 1958）等除了对现实主义等表现出了批判精神以外，亦表现出黑色幽默、象征、魔幻等艺术特征。默多克在 50 年代的作品最富有个性的是后现代空间叙事模式，如默多克第一部哲理作品《在网下》向读者形象地展示了在网下的隐喻空间内，主体的主观臆想空间是如何与客观的社会现实交错并生成矛盾空间。默多克笔下的“网”是个人有意设置的语言所指，并有意透露出自己的观察视角，使得小说在虚构的臆想和现实之间产生交错时空，形成一种象征性的对话话语。《钟》也是构建两个象征性的隐喻空间，以湖泊为界限划分出理性的科特和感性的艾比寺院，使得理性空间和感性空间处于一种对立相持的平衡状态。小说设定了六个层面的故事，这表明平衡的两个空间交错着六个不同的情感和理性的空间。所以，在“钟”设定的交错性隐喻空间里，时间是非线性地延伸，且是交错成点。交错的时间点所设置的情节呈现跳跃性，使得文章的情节链条产生断层，从而产生虚实相交的效果。因此，早期默多克善于运用构建幻境和解构现实的手段来引发读者对存在和人伦纲常的哲式思考，以期达到一种在非平衡的空间里寻得平衡的存在空间。故而幻境是默多克善于构建的一种象征和隐喻的语言表达，以此来设置时间和情节。时间和情节是叙事的两个基本要素，其在默多克的小说中经常是非线性地延伸，并且是多向性地交错延展，有时甚至是断裂分层，以此来形成不确定性的话语、行为和情感等空间，非线性时间上的情节必然在动态的空间中产生跳跃和变化。

3. 20 世纪 60—70 年代

从英国后现代主义典型小说的发表时间来看，具有后现代性的英国小说集中繁荣于 60—70 年代，此时期的后现代主义文学逐渐走向成熟并开始震慑思想界。60 年代是整个世界都处在激烈动荡之中的十年，欧美大陆展开了一系列的活动，如激进的学生运动、女权运动、少数族裔的民权运动等。随着社会的动荡不安，文学领域也遥相呼应开始变革。后现代主义文学从法、美两国逐渐蔓延到其他国家，如英国的“实验诗歌派”和德国的“新先锋派”等，同时，在这期间涌现出了一大批后现代主义文学代表人物，有奥地利的彼得·汉特克（Peter Handke, 1940—　）、美国的库尔特·冯内古特（Kurt Vonnegut, 1922—2007）、约瑟夫·海勒（Joseph Heller, 1923—1999）、约翰·巴斯（John Barth, 1930—　）、唐纳德·巴塞尔姆（Donald Barthelme, 1931—1989）、托马斯·品钦（Thomas Pynchon,

1937— ），法国的娜塔丽·萨洛特（Nathalie Sarraute, 1900—1999）、阿兰·罗伯–格利耶（Alain Robbe-Grillet, 1922—1997）等。面对美国和法国声势浩大的小说实验运动，英国的小说家们也顺应时代潮流开始改革和创新，如英国的先锋实验派作家、小说革新的先驱人物 B. S. 约翰逊对小说形式进行了创新，约翰·福尔斯革新了小说的叙事方式，安格斯·威尔逊（Angus Wilson, 1913—1991）的小说是英国小说从现实主义到实验主义转变的体现，安东尼·伯吉斯在语言的运用方面进行了创新。60 年代以来登上文坛的英国女作家主要有擅长多种后现代主义写作技法、把现代与传统糅合起来进行创作的 A. S. 拜厄特，以及以女性为关注对象，描写女性的生存状态，对女性精神世界进行探索的玛格丽特·德拉布尔，还有语言精美、对人物内心尤其是单身女性生活描写细腻的安妮塔·布鲁克纳（Anita Brookner, 1928—2016）等。

从 20 世纪 70 年代中期开始，英国小说进入了创造性的新时期，并出现了诸多新一代小说家。他们大多受过良好的教育，由于受到后现代主义的影响，小说创作追求锐意创新，主要代表人物有擅于心理刻画且作品具有震慑效果的作家马丁·艾米斯（Martin Amis, 1949— ），有语言精练，小说融趣味性、艺术性、思想性为一体的朱利安·巴恩斯，还有探讨个人经历与历史事件之间关系的格雷厄姆·斯威夫特（Graham Swift, 1949— ），以及可以驾驭各种题材，擅于以历史事实为基础进行创作的彼得·阿克罗伊德（Peter Ackroyd, 1949— ）等。此外，随着亚非拉民族解放运动的发展，一系列英国的前殖民地纷纷独立，但很多国家还是与英国有着千丝万缕的联系，加上英国鼓励这些前殖民国家的学生前往求学，许多青年学成之后留在英国进行创作，这些少数族裔作家的代表主要有"英国移民三杰"，即 V. S. 奈保尔（V. S. Naipaul, 1932—2018）、萨尔曼·拉什迪（Salman Rushdie, 1947— ）、石黑一雄（Kazuo Ishiguro, 1954— ）。

对比 50 年代英国小说家秉持怀旧的传统情节批判新小说的趋势，60—70 年代大批小说家代表及其作品基于早期实验性的探索，开始具有后现代主义小说成熟的实验性，许多作品被认为是后现代主义文学的经典。在 60—70 年代的实验时期，英国后现代主义小说喷涌式地发各家之所长。福尔斯作为致力于英国后现代主义小说创新实验的小说家，为人所熟悉的作品有《收藏家》（*The Collector*, 1963）、《魔法师》（*The Magus*, 1965）、《乌塔木》（*The Ebony Tower*, 1974）、《丹尼尔·马丁》（*Daniel Martin*, 1977）等，其中被认为是福尔斯经典且具有后现代性的长篇小说《法国中尉的女人》（*The French Lieutenant's Woman*, 1969），以颠覆性的叙事手法建构了虚实相交的文本，揭示了虚构与真实的不确定性。福尔斯是一位擅长模仿但更懂得创新的小说家，他的艺术创新既体现了对传统的兼收并蓄，又体现了他革新传统的勇气与魄力。福尔斯作品能非常明显地传递出对自然的本能向往和热爱，可以说自然作为一个主要因素是福尔斯创作的源泉之一。比如，在他的小说《收藏家》中，福尔斯直接传达出对自然的挚爱。该小说讲述的是一个工人阶级家庭出身的蝴蝶收藏家弗雷德里克·克莱拉爱慕家世优越的女学生米兰达·格雷，但扭曲的情感使得克莱拉将米兰达“收藏”在偏僻的屋内。小说情节虽营造出满是怪诞气息及充斥着恐怖因子的氛围，却在福尔斯的笔下变得曼妙揶揄起来，表现了黑色幽默的风格。《收藏家》最后以悲剧结尾，在充满狂欢化的意味下隐喻出对生命和自由的哲思。

更能代表约翰·福尔斯后现代文学成就的是他的小说《法国中尉的女人》。这是一部实验性特别强的小说，它的实验性主要体现在运用了一系列的后现代主义叙事策略，包括戏仿、元小说等。一方面作者对19世纪的英国小说进行了戏仿，福尔斯运用了大量的史料模仿了19世纪英国现实主义小说家再现维多利亚时期的风貌，如他细致描绘了伦敦、莱姆海湾等，但作者同时也插入了20世纪的元素，如飞机、雷达、电视等，形成一种强烈的时代反差效果。另一方面，福尔斯设置了开放性结局来挑战传统小说。他为小说设计了三种结局，第一种是女主人公萨拉（Sarah）没有去麻烦男主人公查尔斯（Charles），叙事者也不知道萨拉怎么样了。第二种结局是查尔斯找到了萨拉，两人最终在一起。第三种可能的结局是查尔斯找到了萨拉，但她为了保持自由和独立的生活拒绝和查尔斯在一起。这种开放性结局颠覆了传统小说的创作手法，留给读者选择和思考的余地，从而参与小说创作。同时，作者也放弃了对情节、人物的控制，完全由小说人物自己决定命运和结局。福尔斯作为作者还时不时地以评论者身份出现在小说中，提醒读者这些人物和情节都是虚构的。小说的这种开放式结尾也反映了福尔斯的创作原则，正如常耀信对这部作品的评价：

> 文本不过是作者的创造发明，而不是真实地模仿生活；这再次体现出后现代小说反现实主义传统的性质。这种开放性结尾也说明，文本是个游戏的产物，不仅作者游戏于其中，读者也可以加入游戏，因此这种结尾是对读者发出的邀请。叙事者要求读者在不同的结尾中进行选择。这样，读者就成为小说游戏中的参与者。读者超越了文本世界的范畴，和作者一起共同“创造”小说。这种游戏性、开放性的结局打破了传统小说一贯坚持的在意义、行为和情节等方面的一致性和连贯性。这是本书被称为“实验小说”的重要原因。[①]

① 常耀信：《英国文学通史》，天津：南开大学出版社，2013年，第723页。

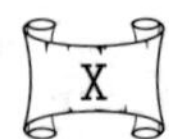

这段引文也正说明福尔斯对英国小说的创作做出了巨大贡献，他的作品在一定程度上也代表了同类实验作品的最高成就。福尔斯除了热衷于表现自身的哲思和对自然的挚爱之情以外，也善于使用创新的语言模式去丰富或更新传统，如使用元小说、互文性等后现代主义小说的叙事策略等。

安东尼·伯吉斯也是英国后现代主义文学作家之一，他的作品数量很多，以独创性而闻名。其中《发条橙》（*The Clockwork Orange*, 1962）是一部典型的具有后现代主义特征的小说。小说的主人公阿历克斯（Alex）是一个烧杀抢劫、无恶不作的问题少年，和传统的英雄主人公很不一样。在接受了科技的治疗手段之后，阿历克斯成了一个循规蹈矩的“好”公民。伯吉斯在小说中运用了一系列后现代主义叙事技巧，包括用喜剧写法来描述悲剧主题、语言游戏、元叙事、黑色幽默等。作品的主题整体是悲剧性的，《发条橙》这部小说想表达的不是主人公阿历克斯一个人的罪恶，而是对整个社会通过改造人的生理造成人的异化的一种反思。伯吉斯这部作品是他当时对英国社会进行深刻思考的结果。阿历克斯犯了罪应该受到惩罚，这是悲剧，但国家和政府通过科技的力量来改造人、塑造“好”公民更是悲剧。伯吉斯是通过喜剧幽默的语言来描写人在面对这种国家暴力时的绝望和荒谬的感觉。如在描写阿历克斯很有犯罪欲的关键时刻，就会出现“接下来会怎么样呢，嗯？”[①]这种疑问。在他性命堪忧时，作者是这样描述的，“但是你面前还有一个重要的日子。那将是你的告别日（passing-out day）”[②]。“passing-out day”一语双关，既可以指阿历克斯在监狱中晕过去的情形，也可以指他可能即将死去。伯吉斯用幽默诙谐的语言激起读者的好奇心和阅读欲望，让读者读来觉得有趣，但心里悲喜交集，欲哭无泪。伯吉斯认为，“只能行善，或只能行恶的人，就成了发条橙，也就是说，他的外表是有机物，似乎具有可爱的色彩和汁水，但实际上仅仅是发条玩具，由着上帝、魔鬼或无所不能的国家来摆弄。”[③]因此，他通过后现代主义小说叙事方式来进行伦理道德批判，反对国家对人的操控，因为暴力会对人产生剧烈的病态反应。

此外，伯吉斯糅合了英国、美国、苏联等大量的俚语进行语言文字游戏，使书中的语言更加符合人物的性格特点。比如，在小说的开篇，“这就是我，阿历克斯。其他三个人是彼得、乔治、丁。丁真的很傻，我们坐在科罗瓦牛奶酒吧商量今晚即将干什么事情，这是一个黑暗、阴冷、干燥的冬天，我很讨厌。”[④]在这

---

① Anthony Burgess, *A Clockwork Orange,* New York: W. W. Norton & Company, 1986, p. 1.

② Ibid., p. 46.

③ Ibid., p. 20.

④ Ibid., p. 2.

一段，伯吉斯首先运用双关语“dim”既指人名，又指这个人物呆板、模糊不清，说明后现代主义小说的人物很难让读者辨认清楚。其次，伯吉斯运用了很多自己创造的词语，如“droogs”“rassoodocks”等，作者通过这些词语来表达阿历克斯的思维方式，同时也反映了这个不良少年的反社会心理和叛逆形象。

伯吉斯还通过后现代主义叙事技巧展示了国家和政府通过“路多维克技术”（Ludovico' s technique）对阿历克斯的改造，问题是执行的人也不确定“这样的技术是否真的能使一个人变好”[①]，但就是在这样不确定的情况下，阿历克斯被进行了两个礼拜的治疗，被强制性地绑起来边听音乐边看暴力的场景，从而导致他后来只要一听到音乐，一看到暴力就会身心崩溃。表面上看他再也不会犯暴力罪行了，变成了“好”人，但实际上他已经失去了人的主体性，成了一个机器。伯吉斯通过后现代主义叙事手法描写了他的癔症症状，也就是多次重复阿历克斯音乐、疼痛、口渴的折磨，阿历克斯已经失去了自己的自由意志，成了一个听话的机器，这反映了后现代社会的荒诞性。

在英国后现代主义小说的繁荣巅峰期，戴维·洛奇以学术型小说家的身份频繁活跃在英国文坛。洛奇对自己学术型小说家身份是这样评价的：“因为我本人是个学院派批评家，所以我是个自觉意识很强的小说家。在我创作时，我对自己文本的要求，与我在批评其他作家的文本时所提的要求完全相同。小说的每一部分，每一个事件、人物，甚至每个单词，都必须服从整个文本的统一构思。”[②]学术的严谨也让洛奇的小说创作非常谨慎严密，他也将文学理论引进小说的实践创作。从首部小说《看电影的人》（*The Picturegoers*, 1960）至《失聪宣判》（*Deaf Sentence*, 2008），洛奇共出版了14部长篇小说。最广为人知的是“校园三部曲”，分别是《换位》（*Changing Places: A Tale of Two Campuses*, 1975）、《小世界》（*Small World: An Academic Romance*, 1984）及《美好的工作》（*Nice Work*, 1988）。其中《换位》作为校园三部曲之一，是洛奇早期将文学理论运用于小说创作实践的代表作。莫里斯·扎普评论《换位》时说：“有三种类型的故事：结局圆满的故事，结局不圆满的故事，结局既不圆满也不是不圆满，或者换句话说，根本就没有结局的故事”，[③]因为该小说不存在结局的设定，所以扎普做出了这种喜剧性的评论。整个小说故事基于元小说的叙事手法来建构无序、荒诞、开放和突变的不确定性，读者通过理解和阐释可以推理出某部分情节。该小说除了运用元小说策略外，还大量使用后现代主义小说的其他叙事范式，如拼贴、戏仿等。洛奇除

① Anthony Burgess, *A Clockwork Orange*, New York: W. W. Norton & Company, 1986, p. 32.

② 陈世丹等：《英国后现代主义小说详解》，天津：南开大学出版社，2013年，第42页。

③ 同上，第44–45页。

了被认为是一位英国后现代主义小说家以外，他同时也是一名文学批评家，他的诸多文学理论涉及后现代主义理论和文化理论，如洛奇在《小说的艺术》（*The Art of Fiction*, 1992）一书中对元小说等后现代主义小说叙事手法做过详细论述。自20世纪60年代开始进行小说创作的同时，洛奇也陆续出版了11部批评论著，如《小说的语言》（*Language of Fiction: Essays in Criticism and Verbal Analysis of the English Novel*, 1956）、《意识与小说》（*Consciousness and the Novel: Connected Essays*, 2002）等。

20世纪60—70年代期间，英国小说家B. S. 约翰逊是最为尖锐的小说形式革新者和理论解释者。他追求以新的形式、文本、语言、叙事手法等去革新小说，以寻找新的出路。B. S. 约翰逊提出了一整套实验小说理论，对英国的传统叙事小说嗤之以鼻，对于传统的叙事方式，他认为，"不论使用这种小说形式的作家有多么好，这种形式在我们这个时代已不起作用，用它就是犯时代的错误，写出的作品是无力的、离题的、反常的"[①]。约翰逊一生有7部小说出版，每部小说都各不相同，"约翰逊称自己写的不是小说，而是以小说的形式在描写真实"[②]。

《旅行的人们》（*Travelling People*, 1963）是B. S. 约翰逊的第一部作品，总共9章，除了第一章和最后一章的风格相似，其他章节都风格迥异。作者使用了不同的视角和叙事方式：如一封书信、电影脚本的残片、内心独白、日记摘抄、引文片段、印刷牌子效果等来突破传统，打破常规，这些都是典型的后现代主义小说创作手法。这部小说包括很多人物，一部分是真人真事，一部分是虚构的。作者充分运用了电影叙事技巧，从个人到集体，从一群人到另一群人，叙事不受事先安排好的规则的束缚，大量的实验性手法被用来反映农村俱乐部的一个夜晚。约翰逊甚至自己介入小说，对其中的人物行动进行解释说明或对情节进行评论。此外，他还在版面印刷上煞费苦心，使得他的小说别具一格。如在小说主人公心脏病发作时，约翰逊通过用突然出现的空白页来表现病人模糊的意识；当主人公死去时，作者用黑色的空白页来表现死亡。约翰逊通过纷繁复杂的叙事技巧，让读者感受到主人公的无助和对生活的绝望。《旅行的人们》暗示人的旅行或者人的一生就像浮萍一样，摇摆不定，耐人寻味，启发读者去思考。

约翰逊的第二部小说《阿尔伯特·安杰罗》（*Albert Angel*, 1964）由5个具有戏剧性和音乐性的部分组成，分别是前奏、呈现、发展、解体、尾声。小说描述的是一名建筑师因找不到工作而不得不通过当代课教师来谋生的故事。其间，作

① 崔道怡等:《"冰山"理论：对话与潜对话 外国名作家论现代小说艺术》（下册），北京：工人出版社，1987年，第667页。

② 王守仁等:《20世纪英国文学史》，北京：北京大学出版社，2006年，第181页。

者运用了多种叙事技巧如文本的剪辑、学生作文、戏剧独白等，甚至还使用了大写字体、斜体以及在书页中挖洞以使读者可以窥到下页将要发生的事情，他还插入了对自己的创作目的、写作技巧的讨论。约翰逊通过这些叙事技巧来表达小说主人公生活的失意和失恋情绪，同时最后主人公的被杀也暗示生活的无序和人生的无常。

约翰逊的第三部小说《拖网》（*Trawl*, 1966）也是一部实验性很强的作品。这部小说全部是内心独白，为了解决心的作用的间歇时间，他用 3 个长度单位、6 个长度单位、9 个长度单位的空白，使读者的眼睛可以得到短暂休息，而且他还特意缩短每行的长度来弥补段落的空白，使得他的小说有一种狭长的版式。此外，《拖网》的小说叙事节奏和大海的节奏类似，作者运用拖网这个隐喻来说明意识在发生作用时如同海洋一样波澜起伏。过去和现在、回忆和现实、想象和未来等交织在一起，思想的变化与海水的流动融为一体，作者通过写作来影射生活，反映主人公的无助感。

约翰逊的另一部作品《不幸者》（*The Unfortunates*, 1969）是他为了纪念死去的好友而作，全书由 27 个不相连的部分组成，主要的写作技巧是材料的任意性，作者把对好友的回忆和常规足球赛的报道任意交织在一起，没有时间顺序，也没有过去和现在之分，读者可以任意决定自己的阅读顺序。为了解决书中各部分的任意性与装订的问题，约翰逊特意把书一部分一部分地装在盒子里，“各部分长短不等，有的只有一页的三分之一，有的长达十二页，较长的部分本身叠在一起，印刷者称它们为书帖”①。约翰逊甚至认为，即使读者选择了顺序，也可以重新洗牌建立任意次序，他还认为“各部分的长短实际上还是专断的，甚至，在同一意义上，分开的句子和词句也是专断的，但我仍相信我的解决办法是更进了一步，甚至只是在边沿上接近，对于解决传达人的思想的任意性的问题，比一本装订了的书强加上的次序，要做得好一些”②。约翰逊在用这种方式向读者传达小说结构创新经验的同时，也反映了生活的凌乱无序。

在《克里斯蒂·马尔瑞的复式簿记》（*Christie Mary's Own Double-Entry*, 1973）这部小说中，有 B. S. 约翰逊和主人公的直接对话，作者像一个会计一样“按复式簿记的记账方式将小说的核心事件分别列在借方或贷方栏下，后面跟以数量不等的款额”③。银行职员克里斯蒂（Christie）认为，社会对他亏欠很多，

① 崔道怡等:《“冰山”理论：对话与潜对话 外国名作家论现代小说艺术》（下册），北京：工人出版社，1987 年，第 680 页。

② 同上，第 681 页。

③ 徐明:《当代欧美文学名篇导读》（上册），天津：南开大学出版社，2009 年，第 298 页。

所以产生了报复社会的心理。他的报复手段从偷窃文具等小的犯罪到伦敦水源投毒以致数万人丧生，作者叙事的语调特别冷静，甚至以幽默的方式来表现主人公的随意疯狂犯罪，给读者呈现了一幅后现代主义画面。

他还有其他实验性的作品，如《公平地看待这位老人》（*See the Old Lady Decently*, 1975）、《正常的女院长》（*House Mother Normal*, 1971）等。"在我的每一本小说中，都有某一点，一直到那时为止是我的生活中的一堆题材、生活的材料，这时候有了形状，有了形式，我承认这种形式是小说。材料与我自己之间这种重要的相互作用，常常压缩到时间上的一个点，显然在我看，是一个兴奋的时刻，也是一个很轻松的时刻，这样我就能写另一部小说。"[①] B. S. 约翰逊追求小说的形式创新到了极致，他"是英国 20 世纪最前卫、最具创新意识的作家"[②]，他孜孜不倦、锲而不舍地完善小说创作形式，但他的作品因为走到了文学实验的极端、没有故事性而丧失了小说的魅力，他的作品基本上无人问津，他本人也因自己的作品读者甚少而深感绝望并自杀于伦敦家中。人们认为他的自杀在某种程度上可以说是他反对传统叙事模式、倡导小说风格和形式创新的一种殉情。约翰逊充满探索性的实验精神使得英国后现代主义小说的前进道路和视野变得开阔，由于其作品充满个性化的风格，他被认为是英国小说史上为数不多的大尺度革新小说家。

除了上述 20 世纪 50 年代艾丽丝·默多克的作品表现出了一定的后现代性之外，60—70 年代默多克的作品也关注后现代主义伦理批评。受法国哲学的影响，英国此时期的小说家具有浓郁的法国哲学潮流印迹，比如受萨特的存在主义哲学影响的作家有福尔斯、默多克等。福尔斯的代表作《法国中尉的女人》就具有浓郁的存在主义气息，默多克的作品则更为强烈地传达出了萨特的哲学思想。默多克在 20 世纪 60 年代之后的作品更具有后现代主义小说的属性。除了受萨特的哲学影响，默多克的小说还表现出明显的弗洛伊德的理念。20 世纪 60—70 年代，默多克的主要作品有《砍断的头》（*A Severed Head*, 1961）、《婚外情》（*An Unofficial Rose*, 1962）、《独角兽》（*The Unicorn*, 1963）、《意大利女郎》（*The Italian Girl*, 1964）、《红与绿》（*The Red and the Green*, 1965）、《天使时光》（*The Time of the Angels*, 1966）、《美与善》（*The Nice and the Good*, 1968）、《布鲁诺的梦》（*Bruno's Dream*, 1969）、《还算体面的失败》（*A Fairly Honourable Defeat*, 1970）等。这些作品内容丰富，如追求自由与话语权力、反映政教冲突、探究性

① 崔道怡等：《"冰山"理论：对话与潜对话 外国名作家论现代小说艺术》（下册），北京：工人出版社，1987 年，第 679 页。

② 徐明：《当代欧美文学名篇导读》（上册），天津：南开大学出版社，2009 年，第 295 页。

格与道德、分析善恶真理等。默多克在这些内容丰富的作品中通过在一种虚实相交的冲突中表达出狂欢的宣泄，小说中看似有序的空间秩序却经常被打破，人物处于这种无序的空间内，常活在自我的幻想意境中。默多克甚至通过神话形象来构建虚幻的场域，如在小说《独角兽》中，作者采用开放式的结尾给读者留下思考的空间，作者有意忽视小说中的许多关键信息，如女主人公汉娜是否谋害过其丈夫等，让读者充分发挥自己的想象力。神圣独角兽形象的构建是默多克精心建构的隐喻体，反映了小说虚与实之间的模糊性。这些叙事手段的运用是为了表达出从独角兽意象的角度去对认识领域中的因果关系进行后现代主义哲学和伦理学的思考，也是为了通过剖析神学意象来展示事物因果发展的矛盾规律。同时，小说艺术化地表现出汉娜独角兽形象的建构和解构是他者作用力的产物，而独角兽形象又反作用于他者，但汉娜或他者参与事物发展的塑造过程却过度受主体的自我主观意识支配，忽视了主体潜意识和不可逆客体现状的客观性，从而成为故事悲剧收场的原因。因此，默多克以后现代的伦理和心理视角，启示读者对自我、他者和客体的三者关系要保持正确的审视，主体的自我意识虽不可亦不能消亡，却应同时关注和尊重客观存在的可变与不可变的人或事物。从《独角兽》可看出，默多克的哲学和伦理学思考都有明显的后现代主义小说的痕迹。

莱辛 60—70 年代的作品属于其第三阶段的创作，此阶段的特征是莱辛通过使用寓言、想象等形式去关心人类未来的生存，主要作品有《金色笔记》(*The Golden Notebook*, 1962)、《死胡同》(*Landlocked*, 1965)、《四门之城》(*The Four-Gated City*, 1965) 等。莱辛凭借代表作《金色笔记》奠定了其在英国文坛上的重要地位。该作品以鲜明的主题和后现代主义叙事手法表现出女性形象的解构与建构。《金色笔记》主题鲜明地描述了第二次世界大战后的时代背景。经历过两次世界大战后的英国不断诉求革新固化的传统，以实现新秩序的大时代愿望。然而，核武器的威胁让人们在寻找新诉求的同时再次遭到希望幻灭的打击。《金色笔记》正是通过描写沉重无序的时代和人类精神领域的一再被分裂的现实来反映 50 年代的时代精神和道德伦理面貌。《金色笔记》共由黑、红、黄、蓝、金五种颜色的笔记及《自由女性》所构成，小说女主人公安娜·弗里曼以作家身份记录不同颜色主题的笔记，如《黑色笔记》是安娜在非洲生活不同角度的审视;《红色笔记》是其政治生涯的书写，反映了安娜从寄希望于红色共产主义到绝望的过程;《黄色笔记》是自我内心情感世界的书写;《蓝色笔记》是记录自我精神危机的过程;《金色笔记》则是安娜重拾自我完整性的总结;《自由女性》是安娜以其他颜色笔记的素材来完成的系列。小说整个构造是以上升的轨迹来不断深化故事的逻辑顺序，以元小说、拼贴等大量后现代主义小说的叙事策略来建构和解构女性形象在大时代背景下的不确定性。《金色笔记》是一部充满后现代主义特征的时代小说，交错着现实与虚幻、自我与他者、意识与潜意识等庞大逻辑线被建构和解构的过程。

4. 20 世纪 80 年代至今

20 世纪 60—70 年代的英国小说家及各家作品，大多是深化后现代主义小说新模式和新话语的实验创作。此阶段的作品虽保留有现代主义的特征，却大多是更加有意识地顺应后现代主义的潮流方向。因此，这个阶段的英国小说具备了后现代主义小说的属性，并以喷涌式的上升趋势走在世界潮流前端，此阶段具有后现代主义特性的英国小说产出数量庞大。20 世纪 80—90 年代，英国小说从本土性向世界性发生转变，此时期的英国小说基于本土性对世界小说兼容并蓄，朝着国际化的趋势在不断深化发展。很多前期英国小说家在对后现代主义小说本土实验创新后，开始把目光转向国际，并以更成熟的后现代主义创作继续深化对新小说模式的革新。

A. S. 拜厄特是英国 60 年代以来登上文坛的重要后现代主义女性作家。她认识到英国的传统文学已不能给当代小说家提供多少养分，所以，她近年来的小说形式多样，充分运用了一些后现代主义写作技巧，如嵌入式故事、文献引用等。如《巴别塔》就是 20 世纪后期的一部小说，该小说人物众多，场面广阔。这部小说包括一百来个人物，但大多都是微不足道的小人物。这正是后现代主义文学一个很明显的特征，即这些人物形象大多没有完整的特征，残缺不全而且给读者留下模糊难以辨认的印象。但真正体现拜厄特写作天赋的是她的作品《占有：一个浪漫的故事》（*Possession: A Romance*, 1990）（简称《占有》）。这部小说犹如一道文学盛宴，很受读者的欢迎，1990 年获得了布克奖，这也是拜厄特自己在采访中说为了迎合大众喜爱而创造的小说。该小说内容极其丰富，包罗万象，有各种文学形式如挪威神话、格林童话、校园讽刺、后弗洛伊德结构主义等。拜厄特通过塑造一对情侣伦道夫·亨利·阿什（Randolph Henry Ash）和克丽丝特布尔·拉莫特（Christabel LaMotte），并假冒这对情侣杜撰了大量维多利亚诗歌和书信以讽刺所谓的缺乏创造精神的作家。这是一部高雅的侦探小说，正如拜厄特自己所言，《占有》讲的就是"腹语术、对死者的爱、文学文本的存在作为持续的鬼魂或鬼魂的声音"[①]。在这部小说中，拜厄特采用了拼贴、戏仿当代文本等后现代主义叙事技巧。《占有》结构纷繁复杂，意义深远，"三层相异的叙事相互交错，共

① A. S. Byatt, *On Histories and Stories*, Cambridge: Harvard UP, 2002, p. 45.

同构成了小说的文本”[①]。第一层主要描述了年轻的博士后研究学者罗兰·米歇尔（Roland Michell）和莫德·贝利（Maud Bailey）为追寻真相而展开的一系列研究调查工作，讽刺了学术界玩世不恭的颓废生活方式。第二层主要叙述了阿什和拉莫特这对情侣之间的爱情故事，同时展现了维多利亚时期的风貌。第三层主要是关于这对情侣诗人创作的神话和传说故事。拜厄特通过一层又一层的叙事，结合神话传说与现实之间的隐喻关系丰富了小说的叙事艺术。同时拜厄特追述了从远古时代到维多利亚时期再到当代的女性谱系，鼓励女性独立、自主，去追求自己的幸福，所以这部小说也是作者希望消除男权文化霸权，言说女性自我的尝试。总而言之，在《占有》这部小说中，拜厄特呈现了后现代主义的多种姿态和叙事技巧以供读者品味。

玛格丽特·德拉布尔是拜厄特的妹妹，曾经被文学评论界认为是具有典型的现实主义创作风格的作家。然而实际上，德拉布尔是一位非常与时俱进的作家，她的作品体现了从现实主义向现代主义再向后现代主义的过渡，她的创作是一个明显的嬗变过程。尤其是她的中后期小说向后现代主义过渡较为明显，处在后现代主义浪潮之中的德拉布尔，她的作品也越来越具有后现代主义的创作特征。从《瀑布》（*The Waterfall*, 1969）中，可初见后现代特征的端倪。《瀑布》采用第三称视角来叙事，但在遭遇叙事困境之后，德拉布尔改用了第一人称进行叙事补充，她不断转变叙事视角和叙事人称以尝试新的叙事技巧。叙事角度随意切换、时而进入叙事者的内心世界，时而进入故事人物的思绪当中。德拉布尔有意识地运用后现代主义叙事策略，不再以传统的叙事视角来塑造人物形象，而是冷静理性地观察，让故事中的人物有明显的自我意识，甚至可以和读者讨论。总之，“不论德拉布尔运用新的手法创作《瀑布》是有意还是无意……无论在形式上还是在内容上都是对传统现实主义小说的革新与颠覆，《瀑布》被认为是德拉布尔小说创作后现代主义转向的一个标志”[②]。

玛格丽特·德拉布尔创作的《金光大道》（*The Radiant Way*, 1987）、《自然的好奇》（*A Natural Curiosity*, 1989）、《象牙门》（*The Gates of Ivory*, 1992）这三部曲与德拉布尔以往单个的女主人公不同，这一组作品描写了三个女人，即精神治疗师利兹·海德兰、文学教师艾丽克斯·博恩以及艺术史家爱丝特·布鲁厄的生活境况以及她们之间的深厚友谊。在这三部曲中，这三个女人是生活在 20 世纪 80 年代的中年女性，她们回忆了 50 年代在剑桥大学相识，后来一直保持着良好的友谊的经历。这组作品通过对这三位女人的事业与生活的观察与描写，向我们

① 李维屏等:《英国女性小说史》，上海：上海外语教育出版社，2011 年，第 391 页。

② 陈世丹等,《英国后现代主义小说详解》，天津：南开大学出版社，2013 年，第 89 页。

展示了20世纪80年代英国社会的全景图，也揭露了在撒切尔夫人统治下英国灰暗恐怖的社会现实。作品中充满了斩首意象——美杜莎、鸡头蛇怪、米诺陶诺斯等等，暗示了当时的英国正处于一片混乱之中。

德拉布尔后期的作品如《飞蛾》(*The Peppered Moth*, 2001)、《七姐妹》(*The Seven Sisters*, 2002)、《红王妃》(*The Red Queen*, 2004)等中的后现代主义叙事特征就更为明显。《飞蛾》中有一个"自我意识"很强的叙事者安排叙事的结构，甚至和读者议论叙事的整个过程。这种叙事技巧很显然带有后现代主义特征。"我们马上来回顾克丽茜的童年时代，同时我们再返回一会儿……也就是在时间上向前跃进……至克丽茜的女儿、贝西的外孙女法萝。如果你们记得的话，我们之前把她留在一所非国教教堂里了。"[①]在《飞蛾》中，德拉布尔运用了现代生物学知识来编织不同时代女性的梦想，以及她们成功与失败的故事，并探讨母亲在女儿生活中所起的作用。小说穿梭于不同时空，过去与现在交织在一起，通过多种叙事角度来表现人类生活的复杂性。她的小说《七姐妹》的后现代主义叙事技巧更是出神入化。这是一个结构奇特的小说，书名既可以指地名，也可以指小说当中的七个女性。作者把神话《埃涅阿斯纪》和当下叙事交织在一起，历史和现实互为镜像，形成多层叙事体系。《红王妃》中后现代特征也很明显。德拉布尔采用了双重时空设置的写作手法通过第一人称的一个亡灵来叙述东方的神秘历史，以第三人称全知全能视角来审视当下，跨越时空，实现历史和现实、过去和现在、西方和东方的跨越，德拉布尔甚至自己还介入了小说，显然这是与传统文学大相径庭的后现代主义叙事手法。

英国老一辈后现代主义先验小说家也开始转变创作风格，向着世界性、国际化的目标靠近。如莱辛20世纪80年代开始创作关注主体内心和宇宙的太空小说，如《三、四、五区间的联姻》(*The Marriages Between Zones Three, Four and Five*, 1980)、《天狼星人的实验》(*The Sliria Experiments*, 1981)、《八号行星产物》(*The Making of the Representative for Planet 8*, 1982)等，她的太空小说多以荒诞的叙事手法来警示世人，以此表现出莱辛对人类未来的人文关怀。

此外，朱利安·巴恩斯、珍妮特·温特森等后现代主义小说的后起之秀于20世纪80—90年代开始频繁活跃于英国文学界。20世纪80年代至今，巴恩斯已发表十多部长篇小说，《福楼拜的鹦鹉》(*Flaubert's Parrot*, 1984)、《英格兰，英格兰》(*England, England,* 1998)、《亚瑟与乔治》(*Arthur & George*, 2005)三次荣获英国最高小说奖布克奖的提名，最终以《终结的感觉》(*The Sense of an Ending*, 2011)摘得布克奖。他的小说大多具有后现代主义小说特征，且每一部

① Margret Drabble, *The Pepper Moth*, New York: Harcourt, 2001, p. 131.

作品都独具特色。

巴恩斯的《福楼拜的鹦鹉》完全是一部实验性的小说，一经问世就普遍受到公众和评论界的赞誉，无论从思想上还是艺术上都算得上是巴恩斯的扛鼎之作。这部小说“既可以说是一部福楼拜传记，也可以说是一部包含着严肃批评理论的作品”[①]。这是一部典型的后现代主义作品，小说集散文、评论于一体。该小说的叙述者是福楼拜的业余研究者杰弗里·布雷斯韦特（Geoffrey Braithwaite），他试图找出福楼拜当年用过的一个鹦鹉标本。他寻找标本的过程占了小说的一大部分，期间掺杂着他对福楼拜及其文学的评论。在此过程中，他发现又有几只都被声称是福楼拜曾经写作时使用过的鹦鹉标本，布雷斯韦特也终于明白不可能找到真正的那一只了。另一部分则是关于福楼拜的年表、轶事、作品研究等。《福楼拜的鹦鹉》不是一部简单的探寻和觉悟的小说，在寻找福楼拜鹦鹉标本的过程中，布雷斯韦特反思了自己和妻子之间的关系，表面上他是在谈论福楼拜，实际上他是想逃避妻子的不忠，因为在查证鹦鹉的过程中，他发现自己妻子也像包法利夫人一样偷情最后自杀。他一直都不愿意面对这样残酷的现实，假装自己仍然过得很幸福，想逃避他在生活中的伤痛和苦楚。最后，他终于鼓起勇气来面对现实，接受一切。《福楼拜的鹦鹉》中一个重要的主题就是探讨历史的真实性。小说的第一章就给读者提出了以下问题：我们如何抓住过去？我们究竟能不能做到这一点？小说结尾布雷斯韦特在储藏室发现有三只标本，所以答案很显然是否定的。这三只可能有一只是福楼拜用过的，也可能全不是，所以，要找出一个正确的答案是不可能的事，历史就是这样的扑朔迷离，难以辨认。此外，巴恩斯在描写福楼拜本人的时候也进一步阐明了历史的不确定性。作者在第二章给出了福楼拜的三份年表，一份记载了福楼拜的光荣成绩，包括福楼拜的考试试卷，另一份则是透过福楼拜成功背后读者看到的各种失败和挫折经历，最后一份是福楼拜的摘抄。在这期间还包括福楼拜的自叙和别人对福楼拜的各种评论，巴恩斯甚至通过福楼拜的情人这一视角来描写她和福楼拜之间的关系，揭示福楼拜的内心和生活。这些讲述是真是假，这些经历是否可信，读者无从判断，这是一种典型的后现代主义叙事手法。巴恩斯把过去和现在、历史和现实、虚构和史实巧妙融合在一起，“福楼拜的鹦鹉”也已经成了一个隐喻，指过去的历史。因为有“太多的矛盾之处，太多的版本，太多无法认定的证据”[②]，所以，历史的真相很难追寻。不确定性正是后现代主义文学的主要特征之一。

《十又二分之一章世界史》（*A History of the World in 10 ½ Chapters*, 1989）也

① 徐明：《当代欧美文学名篇导读》（上册），天津：南开大学出版社，2009 年，第 301 页。

② Merritt Moseley, *Understanding Julian Barnes,* Columbia: University of South Carolina Press, 1997, p. 81.

是巴恩斯一部具有后现代主义文学特征的小说，它引起了评论界的广泛关注。事实上，这也是巴恩斯探讨历史真实性问题的一部小说。全书叙事结构混乱，各章的体裁各不相同，有日记、书信、法律文书、文学批评等。全书没有统一的叙述者，每个叙事者都声称自己讲述的是真实的、客观的。全书主要以挪亚方舟及其变体为主要线索，揭示了历史的虚构性，以及通过不同章节中频繁变换人称和叙述视角来讲述历史是如何变为“真实”的。第一卷戏仿圣经，以蠹虫的视角颠覆了正直的挪亚形象，在这里他被解读成了自私自利、心胸狭隘、欺善怕恶的小人。巴恩斯通过蠹虫的视角颠覆了传统上认为历史是客观的和唯一的这一观点。第二卷中挪亚方舟已经变成了被恐怖分子劫持的游船，这一段是以第三人称为视角讲述的历史。第三卷里挪亚方舟变成了主教的宝座，巴恩斯采用法律诉讼的文本形式将请愿书、证人证词等有机糅合在一起，让蠹虫与人展开了激烈的辩论，以此说明历史阐释的多样性。作者通过对照人类的历史与动物眼中的历史，暗示权威历史的可靠性与合理性，值得读者去质疑和思考。第四卷巴恩斯交替运用第一和第三人称叙事视角，挪亚方舟成了一女子所乘的一艘小船，她梦见被告知得了妄想症。第五卷挪亚方舟成了历史名画《梅杜萨之筏》，巴恩斯通过蠹虫对这幅画进行了细致入微的描述，并围绕这幅名画使用了论文注释、描述性文本等艺术形式，他还把历史和艺术进行了比较，并向人们展示艺术失真的现象，对于同一幅画可能产生千万种的解释，这促使读者对历史细节和历史事实进行重新思考和定位。在第六卷，挪亚方舟的残骸变成了一女子参拜圣地阿勒山的工具。第七卷，挪亚方舟成了泰坦尼克号。巴恩斯通过“三个简单的故事”挖掘了第二次世界大战前一艘载有欧洲犹太难民的船只逃亡美洲避难却被声称有自由、平等、人权的国家遣送回国，这些难民又不得不再次回到纳粹德国的历史。作者通过细致入微的描写把这段尘封的历史重新呈现在读者面前，引起读者对历史的深入思考。第八卷，方舟变成了演员的木筏。在这一卷的《插曲》中，巴恩斯运用第一人称，以诚恳、亲切的语气发表了对爱的看法，强调了爱的重要性，因为历史是不确定的，无法确认其真实性，所以他认为爱是对抗不确定性的强有力武器，也只有通过爱才会有挽救历史的希望。第九卷中有一所教堂的外形酷似挪亚方舟。第十卷有梦中天堂的挪亚方舟。巴恩斯通过挪亚方舟以及它的变体在不同时期的出现揭示了人类需要救赎，方舟与人的命运休戚相关。此外，巴恩斯采用各种不同的叙事视角，采用各种不同引用材料的方式等后现代主义创作手法，结合了历史事实和虚构的方式来挑战人们的传统历史观念，质疑人们对真相的解读，否定历史阐释的唯一性。

此外，巴恩斯最负盛名的小说是《英格兰，英格兰》(*England, England*,

1998）。这是一部构思缜密、精心布局的小说，其主要聚焦于一个主题公园“英格兰，英格兰”，围绕女主人公玛莎·考克莱恩（Martha Cochrane）展开，追述了玛莎从童年到老年的人生历程。这是巴恩斯的幽默诙谐之作，他以愤世嫉俗的态度对消费主义进行了一番审视，并且对历史传统进行了解构性阐释。小说主要由三个部分组成。第一部分是主人公的童年回忆。第二部分是全书的主体，讲述“英格兰，英格兰”的建造过程，主人公玛莎参与了这个公园的建设和管理。第三部分是“安吉利亚”，主要讲述玛莎对自己真实身份和幸福的追寻，同时也表现人们对过去的传统生活方式的怀念。在这部小说中，巴恩斯将女主人公玛莎·考克莱恩个人身份与民族身份的确认，历史传统的真假与意识的模糊融为一体，表达作者对民族文化身份的维护，对塑造文化认同的需求。“巴恩斯一方面质疑个人和民族凭借记忆、历史来确认身份的做法；另一方面又深入透视后现代超真实的类像世界里人们的身份认同危机。”①

马丁·艾米斯“在文学思想界起着举足轻重的作用……他独特的后现代叙事‘把戏’，作品涉及的主题以及他的政治观点和个人生活长期以来一直是人们讨论的焦点”②。他有自己独特的叙事方式，一直在尝试小说的实验和创新。《伦敦场地》（*London Fields*, 1989）就是一部实验性很强的后现代主义文学作品。他交替使用第三人称和第一人称的叙事视角设计了整个故事，小说的女主人公尼古拉（Nicola）自己导演了自杀之剧，结果凶手却成了写尼古拉故事的叙事者，也就是叙事者小说家杀死了自己笔下的人物。艾米斯通过不断变换场景将现实和梦幻交织在一起，创造出一个离奇怪诞的作品，很明显带有后现代主义的荒诞性特征。如在第一章中艾米斯就这样写道：

这是一个关于谋杀的故事。它还没有发生。但是它会发生。（它最好发生。）我知道谋杀者是谁，也知道被谋杀者是谁。我知道时间，也知道地点。我知道动机（她的动机），也知道方式。我知道谁会是那个陪衬者、傻瓜、不谙世事的可怜虫，他也被彻底毁了。我不能阻止，即便我想，我也不认为我能。那个女孩会死。那是她一直想要的结局。人们一旦开始，你就无法阻止。他们一旦开始策划，你就无法阻止他们。③

① 罗瑗：《历史反思与身份追寻——论〈英格兰，英格兰〉的主题意蕴》，载《当代外国文学》，2010年第1期，第105页。

② 高新华等：《马丁·艾米斯小说研究》，天津：天津大学出版社，2013年，第3页。

③ 马丁·艾米斯：《伦敦场地》，林红译，上海：上海译文出版社，2015年，第1页。

这段引文可能会使读者感到扑朔迷离，捉摸不定。作者除了引起读者的好奇心外，更多的是引导读者去思考究竟谁是谋杀者，谁又是被害者。在这部小说中，谋杀者先出现，尼古拉就像磁场一样把其他人引入她自己设计的自杀游戏，“Fields”在物理概念上有磁场的意思。实际上，尼古拉早就预定了自己的死亡，她冷静地制订死亡计划，甚至还有计划 A 和计划 B。她这种玩世不恭、冷漠的态度正是对这个无意义的世界的否定。此外，人们对死亡的态度也体现出这部小说弥漫着一种悲观的情绪。人们麻木不仁、情感枯竭、对死亡没有任何的恐惧，“她像艺术家一样打量着自己的脸，往上涂抹葬礼的颜色，黑色、浅褐色、血红色。她起身回到床边，审视着自己的丧服和粗制滥造的黑色貂皮。就连她精美的内衣都是黑色的；就连她吊袜带上的夹子都是黑色的，黑色的”[①]。尼古拉曾经也渴望有一束指引她的光，但她有的只是让她走向死亡的黑洞，“如果尼古拉有那样的光，她可能会有无限的力量。但她没有，也永远不会拥有它。和她在一起，光走了另一条路……黑洞”[②]。艾米斯把尼古拉情感缺失的黑洞淋漓尽致地描绘出来，其目的是让读者反思人类的过去和未来。

艾米斯的另一部具有后现代主义特征的作品是《时间之箭》（*Time's Arrow*, 1991）。艾米斯想象奇特，让时光倒流，耐人寻味。“《时间之箭》是马丁·艾米斯唯一一部获布克奖提名的小说，也是他唯一一部进行极端叙事实验的小说。在这部小说中，他天才般地采用了时间倒流的叙事手法，即历史或人生不是按照过去、现在和将来的顺序发展演变，而是从某一时刻开始朝过去神奇地倒退回去。”[③]在这部小说中，作者让结果变成了原因，让无罪之人成了有罪之人，颠覆了传统的时间观念和道德观念。后现代主义文学具有不确定性和荒诞性，小说家采用反传统、反小说的叙事手法来表达荒诞的故事内容。艾米斯把一切都颠倒了过来，像倒放录像带一样，打破了时间不可逆转的传统叙事，反映了后现代主义作家否定完整的、连贯的文学叙事传统。艾米斯“颠覆了启蒙运动以来的主导时间观念——时间的线性和不可逆性，将时间的流程倒置过来，使时间的不可逆性成了可逆性，通过戏仿诞生、堕落和拯救的人生模式，构成了对现代性特征之一的永恒进步的历史观的质疑”[④]。这部小说的题材是“大屠杀”，是在艾米斯读了一本叫作《纳粹医生》的书后开始创作的。时间的倒置这种叙事手法在小说中表现得淋漓尽致：小说从作为一名纳粹医生的叙述者到达纽约的三十六个小时

① 马丁·艾米斯：《伦敦场地》，林红译，上海：上海译文出版社，2015 年，第 21 页。

② 同上，第 45 页。

③ 张和龙：《颠覆性的后现代游戏——论马丁·艾米斯的“后现代招式”》，载《外国文学》，2006 年第 2 期，第 7 页。

④ 白爱宏：《后现代寓言：马丁·艾米斯的〈时间之箭〉》，载《当代外国文学》，2004 年第 2 期，第 135 页。

开始，慢慢过渡到他乘船离开欧洲，逃离集中营，在集中营放毒气杀人，与犹太姑娘谈恋爱，最后他成为一个刚出生的小婴儿。艾米斯将纳粹的大屠杀颠倒成了一次“胜利”，这是一种典型的后现代主义的反讽叙事，他对这一历史事件的讽刺描叙意在提醒读者社会不是人们想象的那样美好、有条不紊，他通过实验性的叙述、扭曲的故事情节给读者展示了一段令人窒息的历史。艾米斯在叙事方面所做的贡献也是可圈可点。

英国当代女作家珍妮特·温特森在20世纪80年代中期也开始进行新小说创作，《橘子不是唯一的水果》（*Oranges Are Not the Only Fruit*, 1985）是她的第一部长篇小说。该小说以温特森的个人成长经历作为小说的叙事材料，融入了神话、寓言等虚构的素材，用一种反体裁式的后现代特性展示虚实界限的模糊性，并运用戏仿等后现代主义叙事策略来批判现实和传统。所以温特森的这部代表作是一部并置了虚构成分的成长叙事小说，以一种反体裁式的后现代话语模式解构了现实与虚构的二元对立。

随着全球化的发展步伐，20世纪80—90年代英国新锐小说家不断涌现。此时期的英国新小说朝着多元方向的趋势迈向世界性，个中原因主要是第二次世界大战后大批新移民涌入了英国。人口的多元性催生了英国小说家族裔的复杂性，面对多元种族带来的文化多样性，英国小说家开始创作新时期的新小说用于阐释新移民的身份诉求，反映边缘人所面临的新的生存困境。所以，20世纪80—90年代的英国新移民浪潮孪生出了新生一代的英国后现代主义移民小说家，英国文坛移民三雄V. S. 奈保尔、萨尔曼·拉什迪及石黑一雄是这一时期典型的作家代表，他们的加入为英国后现代主义小说创作注入了新的活力。

奈保尔是印裔英国小说家，以其作品的原创力和争议性享誉世界。他的早期代表作品有《神秘的按摩师》（*The Mystic Masseur*, 1957）、《全民选举》（*The Suffrage of Elvira*, 1958）、《米格尔街》（*Miguel Street*, 1959）、《模仿者》（*The Mimic Men*, 1967）、《河湾》（*A Bend in the River*, 1979）等，80年代开始的作品《抵达之谜》（*The Enigma of Arrival*, 1987）、《世间之路》（*A Way in the World*, 1994）、《半生》（*Half a Life*, 2001）、《魔种》（*Magic Seeds*, 2004）等。奈保尔的作品离不开流亡、边缘、文化认同、无根、疏离、迁移、身份等主题。作为一个印度劳工的后代，生活在特立尼达西班牙港的奈保尔所习得的教育是英式文化，所以奈保尔的身份性上融合有三种文化：传统印度文化、西印度殖民文化以及英国文化。作家身份和文化的多元性造成了文化上的疏离感和身份上的边缘化，自然在作品上体现了无法规避的离散之感。他是一个印度裔的有着自己独特风格的作家，正如石常军所言：

> 无论是奈保尔本人，还是他的创作，在早年都有点儿歇斯底里，这种情绪有时会爆发，有时则内化为迷茫或困惑。这是一种悲剧精神，却表现为喜剧的情调。虽然随着年龄的增长和阅历的丰富，随着创作的成功发展，奈保尔对世界的认识和理解越来越深刻、复杂，他不再像早年那样歇斯底里了，但他的冷漠、残酷、无情无义却一如既往，这使他变得越来越另类。可怕的是，他不仅深知自己另类，而且是痴心不改、乐此不疲。[①]

从这段引文我们可以了解到奈保尔的叙事风格，他用独特的方式描写小说中的人物，将虚构和真实结合，其中具有典型的后现代主义特征的作品是《河湾》。作者通过杂糅的叙事视角反映了社会的动荡不安，第三世界国家的人无法保持自己的价值观和传统。小说中流露出奈保尔浓重的悲观主义色彩。小说开始的时候使用的是第一人称叙事，主人公萨林姆在河湾镇买下了朋友的一个商店，在去河湾的途中不仅要经历自然险阻，还要忍受各种牟取利益之人的盘剥，“我问他关于签证的事，他说用钱更好办”[②]。在历经千辛万苦到了商店之后，他发现河湾基本上就像“无人之地”，而且他觉得自己就像一个“他者”，“我是一个外国人，一个来自遥远海岸的人，一个说英语的人；我是先生，以便区别于其他常驻外国人”[③]。“Mister”是当地一位不识字的女顾客对他的称呼。从引文中读者可以体会到萨林姆身处异乡的孤独和寂寞之情。一开始萨林姆的生意还比较好，但后来随着国家局势动荡，他的商店被国家没收，自己还被关进监狱。这体现了人尤其是第三世界的人是很微不足道的个体，除了服从国家和社会的意志和安排，早已失去了自己的主体性，甚至性命不保。正如小说开篇提道，“世界就是这样；一个什么都不是的人，一个让自己成为什么都不是的人，是没有立足之地的”[④]。这正是后现代社会的一种表现，政治和社会的无序使得人们被不断加深的精神危机所困扰，《河湾》呈现的是一个混乱、无序的世界，真实和虚构交织在一起。此外，奈保尔为了弥补第一视角的不足，还运用了零度视角来描写她的女顾客扎贝斯（Zabeth），“扎贝斯是我最早的常客之一……她来自一个渔村，可以说是一个小部落，她差不多每个月都会从村子里到镇上批发商品”[⑤]。以扎贝斯为视角还阐述了非洲的其他概况，暗示非洲是一个缺乏创造性的地方，非洲人因循守旧，总

① 石常军：《奈保尔：常人与作家》，载《当代外国文学》，2016 年第 3 期，第 126 页。

② Naipaul, A. S. *A Bend in the River*. New York: Vintage Books, 1979, p. 4.

③ Ibid., p. 5-6.

④ Naipaul, A. S. *A Bend in the River*. New York: Vintage Books, 1979, p. 4.

⑤ Ibid., p. 5.

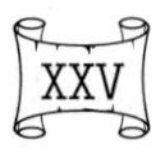

是固定地购买商品，很少尝试新的产品。最后萨林姆也在朋友的帮助下逃离了非洲这个是非之地。传统小说的叙事视角一般是单一的、固定的，但随着社会的变化，人们观念的转变，以及文学思潮的影响，作家们也在不断尝试新的写作方式，尤其是小说的叙事方式来呈现多元化的世界。某种程度上作者通过叙事视角创造小说的过程就是引导读者理解小说故事的过程，奈保尔在《河湾》这部作品中成功地运用了多种后现代主义叙事策略，将小说的主题和形式完美地统一起来，使读者有一种耳目一新的感觉，这与他前期的幽默风趣形成鲜明的对比，也很好地体现了后现代主义小说的叙事特征，深化了小说的主题，显示了作者高超的艺术技巧。

2001 年，奈保尔以代表作《抵达之谜》斩获诺贝尔文学奖。这部自传式的后殖民小说颠覆了传统第三人称的叙事视角，使用第一人称叙述了一位前殖民地作家移居移民国后所审视的景象，以及对自我经历的回溯，《抵达之谜》生动地描述了前殖民地区的人们在后殖民时代下的生存状态。故事以一个有着多元文化背景身份的边缘人视角，展示了在后殖民时代边缘人对文化和身份认同的诉求。离散身份是分裂现代主义二元对立的后时代产物，在后现代时代背景下，在西方霸权文化冲击下形成新的身份认同模式，离散身份成为后殖民及后现代的操演模式。这部小说的标题极富隐喻性，抵达之谜就是整部小说的叙事核心。小说以第一人称叙述了抵达英国领土的文字隐喻式描述，但小说叙事者的身份和文化多元性使得其无法在任何一方文化或国域中寻得认同或归属。奈保尔的叙事模式采用后现代主义的自传式元小说叙事手法，淡化了传统小说强调的故事性，转向并置的空间叙事模式以展开自传和虚构的杂糅，叙事者多元性的离散身份在故事的现实和虚构空间中自由置换。故事以第一人称的叙事手法在并置中凸显了离散叙事者的话语权力，反映了西方统治者并非如人们所期望的那般让前殖民国家享有文明和文化的进步，启示了后殖民边缘人在离散的文化中寻求自我的归属意识。此外，奈保尔还致力于丰富小说《抵达之谜》的空间画面感，辅以科技媒介展示了小说画面的播放艺术，这种融合大量的非小说体裁的模式也是后现代主义小说的特性。

萨尔曼·拉什迪也被称为英国文坛移民三雄之一，亦被视为后殖民小说的代表作家。拉什迪的小说创作始于 20 世纪 70 年代中期，第一部小说是《格里姆斯》(*Grimus*, 1975)。20 世纪 80—90 年代是拉什迪后殖民小说创作的高潮，这一时期的作品有《羞耻》(*Shame*, 1983)、《撒旦诗篇》(*The Satanic Verses*, 1988)、《摩尔的最后叹息》(*The Moor's Last Sigh*, 1995)、《她脚下的土地》(*The Ground Beneath Her Feet*, 1999)等。《午夜的孩子》(*Midnight's Children*, 1981)是拉什迪的代表作，该小说一经问世就荣获当年的英国最高文学奖布克奖。拉什迪是一位后殖民与后现代主义的小说家，与奈保尔相似，其作家身份带有离散的本质。作为印度族裔的英国小说家，拉什迪的作品既有传统的印度文化影响，又因为离散的身份而让他在新小说中诉求身份和文化的认同。例如，在拉什迪的小说中，我们可以清晰地发现作家运用印度史诗叙事的手法融入后现代主义小说叙事模式。《午夜的孩子》就是一部根植于种族文化和历史的史诗式的喜剧小说，拉什迪用元小说的后现代主义叙事手法深入考察印度从被殖民到独立的转变过程，讥讽前殖民国家意识形态的谬误，并希望通过“我”的叙事视角在离散的虚构和现实中寻得话语的指向及身份的归属。

同是作为英国文坛移民三雄之一的石黑一雄，以日裔英国小说家的身份让后现代主义小说在英国融入了东方性。不同于奈保尔和拉什迪作品殖民性的后现代主义特征，石黑一雄移民前的所属国是前帝国而非前殖民国，其作品也并未出现故土被英帝国管治的痕迹，所以石黑一雄的叙事视角区别于奈保尔和拉什迪，他将英国新土地作为新地理坐标来寻得更多元的叙事视角。石黑一雄的 80—90 年代作品有《远山淡影》(*A Pale View of Hills*, 1982)、《浮世画家》(*An Artist of the Floating World*, 1986)、《长日留痕》(*The Remains of the Day*, 1989)、《无可慰藉》(*The Unconsoled*, 1995)，90 年代后也不乏优秀作品问世，如《上海孤儿》(*When We Were Orphans*, 2000)、《别让我走》(*Never Let Me Go*, 2005)、《被掩埋的巨人》(*The Buried Giant*, 2015)。2017 年，石黑一雄获得文学界的最高奖项诺贝尔文学奖。《远山淡影》在非线性的时间上融入了碎片式的记忆和流动的自我妄想意识，描述独居英国乡村的女主人公悦子对在第二次世界大战原子弹爆炸后重建时期的长崎的记忆。石黑一雄的小说更多地关注战后而非后殖民主题。小说风格清新，非线性的时空记忆由稀松的语言建构而成，并支起整篇小说冷静又压抑的情感基调。小说《远山淡影》具有多重后现代主义叙事风格，以悦子的记忆叙述了时而清晰时而模糊的不确定性记忆。其者，悦子的记忆体现了无界限交错的时空叙事，形成虚虚实实的跳跃转变。除了记忆和时空叙事的后现代主义创作手法，石黑一雄亦使用了创伤叙事，以女主人公难以言喻的创伤回忆来揭示其他不同层面的创伤。在《远山淡影》交织着压抑节制的情感氛围中，石黑一雄的叙事手法也变得复杂多元化，其目的是寻求能让沉重的创伤得到治愈的可能。随着英国文化和社会日趋多元化，读者愈来愈追求小说主题和风格的异域性，英国小说的组成因子也开始加入东方元素，更加丰富了英国小说的世界性及多元性。

相较于前几个时期，21 世纪后的英国小说继续跟上潮流，并继续在小说创作中运用后现代主义创作手法不断进行实验和实践，英国此时期具有后现代性的小说产出呈稳定发展状态，各文坛先驱老将也继续笔耕不辍，如拉什迪、莱辛等，也不乏出现新兴的后现代主义小说实验作家，如扎迪·史密斯（Zadie Smith, 1975— ）、亚当·瑟尔维尔（Adam Thirlwell, 1978— ）等。21世纪的英国小说作家企图深入实验，将传统小说叙事与后现代主义小说叙事、本土性与世界性相融，具体表现出创作主题和叙事手法的相融特点。首先，随着社会文明的发展，小说的主题创作界限愈加模糊，21世纪的英国小说创作主题不再局限于科技与文学、历史与现实、通俗与高雅、世俗与宗教等传统的二元对立界限，而是以开放性、多元性的姿态打破彼此的界限去辨识新世界和新事物。其次，英国小说进入21世纪后对后现代主义小说的实验更加包容，不再简单划分叙事手法的异同，而是以融合性的态度去审视新小说的出世，如后现代性的小说亦融合了现实主义、象征主义、空间叙事等手法；叙事体裁交织着非小说体裁例如书信、邮件、广告等。21世纪英国新小说的践行者扎迪·史密斯的小说创作融合了多种叙事风格，其代表作《白牙》（*White Teeth*, 2000）就弥合了现实主义的叙事特征和后现代主义叙事策略如拼贴手法的运用。与扎迪相似，阿里·史密斯（Ali Smith, 1962— ）也致力于融合多种叙事手法，其代表作《酒店世界》（*Hotel World*, 2001）在拼贴了五个不同故事的基础上融合了极多的非小说体裁，如日记、广告等。21世纪英国小说对后现代主义的实验和实践仍在上演，不管是缓和发展还是急速上升，皆传达出英国文学的诉求——以新的话语转向去重新认识世界和事物，其中强烈的开放性、不确定性及多元性等特征的表现让小说的虚与实，真与假，过去、现在和未来等界限隐退，以后现代主义的叙事手法来构建情节与时空，创造出兼具个性美、符合世界后现代主义小说的潮流趋势。

综上所述，我们可以看出英国后现代主义小说创作规模庞大，许多作家都充分运用各种后现代主义创作手法来表现当前的社会境况。限于篇幅，本专著未能详尽研究每一位英国后现代主义作家，而是按照作家出生年份的时间先后顺序，选取艾丽丝·默多克、玛格丽特·德拉布尔、朱利安·巴恩斯、伊恩·麦克尤恩、石黑一雄等五位在英国文学创作中具有后现代主义特征的作家为代表，或讨论其作品的后现代主题，或讨论其后现代主义小说叙事策略，以管窥英国后现代主义小说的魅力。需要特别说明的是，并不是说这几位作家是英国最为著名的后现代主义小说家，本书之所以选择这五位代表作家，一方面是因为这五位作家的确有很明显的后现代主义小说创作特征，另一方面也是因为国内学界已经对约翰·福尔斯、多丽丝·莱辛、戴维·洛奇、缪丽尔·斯帕克、安东尼·伯吉斯等典型的后现代主义小说家的创作讨论相对较多，相比较而言，这五位小说家在国内并未得到充分的讨论。

目录

后现代主义与后现代主义小说

后现代主义思潮是20世纪后半叶后现代社会（后工业社会、信息社会、晚期资本主义等）的产物，正式出现在20世纪50年代末到60年代前期，在70年代和80年代形成夺人之势并震慑整个思想界。后现代主义认为，在今天的世界里，各种各样不稳定、不确定、非连续、无序、断裂和突变现象的重要作用越来越为人们所认识并重视。在这种情况下，一种新的看待世界的观念开始深入人们的意识：它反对用单一的、固定不变的逻辑、公式和原则以及普适的规律来说明和统治世界，主张变革和创新，强调开放性和多元性，承认并容忍差异。当今的时代已放弃了制定统一的、普遍适用的模式的努力，新的范畴如开放性、多义性、无把握性、可能性、不可预见性等等，已进入后现代的语言。在后现代，彻底的多元化已成为普遍的基本观念；后现代的多元性是一切知识领域和社会生活各方面的本质。作为与后现代性对应的文化现象，后现代主义文学反对传统，在体裁上解构传统的小说、诗歌和戏剧等形式乃至“叙述”本身，形成多样杂糅的文本结构；摈弃所谓的“终极价值”，认为一切传统意义上的崇高事物和信念都是从话语中派生出来的短暂产物，玩弄语言游戏；崇尚所谓“零度写作”，作家仅仅把话语、语言结构当作自己为所欲为的领地，写作成为一种纯粹的表演、操作，突出的是多元变化的技巧；蓄意打破精英文学与大众文学的界限，以大众的文化消费品形式出现，模糊文学与非文学的界限；惯用矛盾（文本中各种因素互相颠覆）、交替（在文本中，对于同一事物的不同可能性的叙述交替出现）、不连贯性和任意性、极度（有意识的过度使用某种修辞手段以达到嘲弄它的目的）、短路（运用某些手段使对作品的阐释不得不中断）、反体裁（破坏体裁的公认特点和边界）、话语膨胀（把在文学创作中一直处于边缘地位的话语纳入主流）等手段，构成不确定性写作。

一、后现代主义的核心观念

后现代主义是晚期资本主义社会的文化主流。资本主义发展的每一个阶段都有其相应的文化风格，如在市场经济阶段有现实主义，在垄断资本主义阶段有现代主义，而在多国资本主义阶段就有了后现代主义。我们现在从一个不同的视角，即通过弄清楚后现代主义（postmodernism）和后现代性（postmodernity）这两个重要概念而走近后现代主义。

后现代性是一个世界进程，虽非到处一致，但它是全球性的。后现代性也可被视为一把大伞，它包罗各种各样的现象：艺术中的后现代主义、哲学中的后结构主义、社会话语中的女性主义、研究院中的后殖民和文化研究，但也有多国资本主义、网络技术、国际恐怖主义、各式各样的分离主义者、种族、民族和宗教运动——都包含在后现代性这把大伞下面，但并非都因果关系地归入后现代性。

现代性这种“专制制度”粗暴地破坏了真实历史的复杂性和多样性，无情地取消差异，将所有的“他性”变为沉闷的同一性，经常表现为一种极权主义政治。现代性鼓吹的那些期待都是捉摸不定的事物，通过在人们的眼前挥舞着各种可能的理想，分散人们对政治变革的关注。它们含有专制主义的信仰，认为生活和认知的不确定的方式可以建立在某种确定的、无疑的和单一的原则基础上：理性或历史规律，技术或生产方式，政治乌托邦和普遍的人性。与相对狭隘、特别强调文化和美学特征的现代主义比较而言，后现代性范围广阔，富含更多社会的、历史的和哲学的意义。就真理、理性、进步、普遍解放等宏大叙事而言，由于它们被认为是启蒙运动以来现代思想的基本特征，后现代性意味着现代性的结束。对后现代性来说，真理、理性、进步、普遍解放等期待不仅遭到怀疑，而且被认为从一开始就是危险的幻觉，因为它们使各种各样的历史可能性落入概念的束缚中。

后现代性与现代性背道而驰，它反对依据说，认为人们的生活方式是相对的、不确定的、是由纯粹的文化成规和传统形成的，没有普遍认可的起源或宏伟的目标；大多数所谓的“理论”仅仅陈述这些继承下来的习惯和机制的一种夸张的方式。后现代性的理念认为，人们不能理性地发现他们的活动，不仅因为存在不同的、冲突的、不可测的理性，而且因为人们所能提出的任何理性总是由前理性的力量、信仰、兴趣或欲望的语境构成的，但前理性的力量、信仰、兴趣或欲望本身不可能是理性在人们眼前呈现的主题。对后现代性而言，人类生活中没有任何包含一切的整体性，没有任何统一的理性或固定的中心；仅仅存在着文化或叙述的多样性。这些多样性不能用等级秩序来排列，也不能做好或坏的区分，因此它们必须尊重不以它们自己的行为方式而存在的、不能被破坏的“他性”。知识与文化语境有关。因此，声称认识世界“真面目”只能是一种妄想，因为人们的认识总是片面的和有偏见的解释，而且世界本身不是特别指定的。换句话说，真理不是解释的产物，事实是话语的构成，客观性仅仅是有争议的已经获得权力的解释，而作为主体的人是一种与其正在思考的现实完全一致的虚构或者是一种自我分裂的没有固定品质或本质的存在。

后现代主义可以说是使自己适应于后现代性的一种文化形式。典型的后现代主义艺术作品都具有随意、折中、混合、无中心、不确定、不连贯、拼凑和模仿等特点。它们忠实于后现代性原则，放弃了形而上深度，追求一种仿造的真实，结果它们富于游戏和追求娱乐，但缺乏情感，仅有表面的和暂时的强化。后现代主义怀疑所有的已被公认的真理，因此其形式必然是反讽的，其认识论必然是相对的。它拒绝全部的试图反映稳定现实的努力，因此它必然坚持形式上的经验或在语言学层面上的存在。它知道其虚构缺乏基础和根据，所以它必然炫耀对这一事实的反讽意识，这样它就可以维持一种否定的真实。因为后现代主义担忧与世隔绝的同一性并预防绝对的本源，它强调文本相互指涉的本质或互文性质。后现代主义戏仿和加工的作品本身仅仅是戏仿和加工这一过程而已。它所戏仿事物的一部分是过去的历史。但这一历史不再是产生“现在”的线性的因果链条。是“现在”存在于某种永恒之中，因为大量的素材逃离它们自己的语境，并使自己与当代结合。最后，后现代文化不喜欢区分“高级艺术”与“通俗艺术”固定的分界线或类别。它通过生产仿制品，有意识地生产通俗作品并使自己成为能被人们快乐消费的商品而解构这种分界线。像本雅明的“机械复制”一样，后现代主义试图用更通俗的艺术打破现代主义高级艺术的可怕氛围，怀疑一切所谓特权的或绝对必要的价值等级。在后现代主义文化中，不存在任何好与坏、高级与低级的区分，确实存在的只有差异。因为后现代主义追求超越艺术与普通生活之间的界限，一些人认为后现代主义是激进先锋派的复兴，因为传统的先锋派也曾追求这样一种目标。的确，在广告、时尚、生活方式、购物中心和大众传媒中，美学与技术已经相互渗透，政治也变成一种美学的景观。

后现代主义认为，一个特定的文本、表征和符号有无限多层面解释的可能性。这样一来，字面意思和传统解释就要让位给读者的反应和创造性阐释，文本的意义产生于读者的参与和行动，文本本身没有意义，是读者的参与为文本创造了意义，文本的意义是多元的。后现代主义是 20 世纪 60 年代以来在西方出现的具有反西方近现代哲学体系倾向的思潮，在理论上具有反传统倾向的哲学家在现代西方的各个哲学流派中都能找到。当代美国非常活跃的后现代主义者之一大卫·雷·格里芬（David Ray Griffin, 1939—　）[①]认为："如果说'后现代主义'这一词汇在使用时可以从不同方面找到共同之处的话，那就是它指的是一种广泛的情绪，而不是一种共同的教条——即一种认为人类可以而且必须超越现代的情绪。"[②]这样一来，不同时期具有这种反传统理论倾向的哲学理论流派都可归于后现代主义，如后结构主义、西方马克思主义等。

在后现代时期，哲学界先后出现不同学者就相类似的人文境况进行解说，其中能够为后现代主义作出大略性表述的哲学文本是法国后现代思想家德里达（Jacques Derrida, 1930—2004）为代表的解构主义。[③]德里达从语言观念的分析入手，反思、解构西方形而上学的传统思维方式。他的反思与解构在西方思想界引起了强烈的震动，成为一种思潮。德里达的解构既是生命的哲学，也是历史的解说。作为生命的哲学，它包括对传统的形而上学思路（逻各斯中心论 logocentrism、语音中心论 phonocentrism、在场的形而上学 philosophy of presence），也包括解构语言观（广义书写 writing in general）的分析和批判；作为历史的解说，他把历史的发展归结为结构——解构的循环。德里达认为，结构的内容不限于索绪尔的语言学及其相关的结构主义批评，更主要的是指整个形而上学传统，包括哲学，也包括普通语言学和人们的思维习惯。德里达在其《人文科学话语中的结构、符号与游戏》一文中说："我们很容易说明解构的概念，甚至'结构'这个词本身与形而上学认识论（episteme）一样古老，也就是说，与西方的科学和西方的哲学一样古老，而且它们都深深地根植于普通语言的土壤之中，形而上学认识论在语言的最深处活动着，它把西方的科学和西方的哲学归并到一起，使它们成为自己的组成部分，所有这一切都是通过一个隐喻性的置换来完成的。"[④]德里达的"隐喻性的置换"是指思想现实与语言符号的转换。在解构

① 大卫·雷·格里芬（David Ray Griffin, 1939—　），克莱蒙特神学院和克莱蒙特大学研究生院宗教哲学与神学教授（1973—2004），美国过程研究中心主任。他编辑了纽约州立大学 31 卷建设性后现代主义思想丛书（1987—2004）。他写了 30 部专著，编辑了 13 本书，发表了 250 篇文章和章节。

② 大卫·雷·格里芬：《后现代精神》，王成兵译，北京：中央编译出版社，1995 年，第 20 页。

③ 解构主义（deconstruction）：解构，或译为"结构分解"，是后结构主义提出的一种批评方法。是解构主义者德里达提出的一个术语。"解构"概念源于海德格尔《存在与时间》中的"deconstruction"一词，原意为分解、消解、拆解、揭示等，德里达在这个基础上补充了"消除""反积淀""问题化"等意思。他从语言观念的分析入手，对西方形而上学传统思维方式的反思。指对有形而上学稳固性的结构及其中心进行消解，每一次解构都表现为结构的中断、分裂或解体，但是每一次解构的结果又都是产生新的结构。对上帝万能的认识是一次解构；理性将其拆解，同时建立了自己的结构。

④ Jacques Derrida, *Writing and Difference*, trans. Alan Bass, Britain: Routledge and Kegan Paul itd, 1978, p. 278.

学说里，语言已不再是普普通通的表达工具，而是与思维血肉相连，语言、传统和认识论三位一体。

德里达在看到现代结构主义对传统思想突破的同时，也看到它与后者的内在联系，并由此引发出对科学、对历史的思考。因此，德里达把结构主义的内涵延展成为整个西方文化传统。首先，现代结构主义对客观事物穷其现象，寻求隐含的规则或“语法”（rules or grammar），从而建立科学体系的企图和做法与传统是一致的，知识切入点和侧重面各有所不同，因此所得看法才不同而已。其次，从认知方法上看，现代结构主义与传统思维有本质上的联系：19 世纪末和 20 世纪初西方语言哲学中理性的逻辑思维占主导地位的时代，索绪尔的语言学削弱了理性的绝对独立性和权威性；它使人类认识了自己的局限，即主体受制于自己所生存的语言结构、文化结构。但是他并未如自己所希望的那样斩断与传统形而上学的关联，甚至在不自觉中仍受它的羁绊，因为索绪尔的符号学依然囿于语音中心主义的传统。①

在西方传统的形而上学思维中，人们自觉或不自觉地追根求源，于是事物、现象的所谓本质或本体便成为思考的中心，围绕这一中心人们建立一个个完整的理论体系。每一种认识、每一种学说都从某一中心出发，展开之后，又回到这里。于是，这个中心便成为一个固定的起源，一个衡量或评价一切是非的准则，一个统治一切的权威。现代的种种本体论与传统神学在方法论上有惊人的相似之处。这两种学说都坚持一个最高的存在，不管它叫作上帝还是理性，它都是那个固定的本源，一切事物都从这里起源，也在这里归宿；它是那个绝对的权威，主宰着世界上的万事万物。海德格尔称现代的种种本体论为本体神论，意即这种思维还没有走出逻各斯（logos）②时代。另一方面，这些概念的相继问世说明世界上并没有永恒的存在，否则便没有它们的生存。其中，第一个概念就总是包含着深邃复杂的思想。人类就是这样追求一个永恒的中心，又不知不觉地粉碎了一个又一个自己决定了的永恒的中心。前人建立的学说后人修正，甚至今天的我打破昨天的我。因此，德里达说：“……结构概念的全部历史，就必须被认为是一系列中心对中心的置换，仿佛是一条有逐次确定的中心串联而成的链环。中心依次有规律地取得不同的形式和称谓。形而上学的历史，与整个西方历史一样，成为由这些隐喻和换喻构成的历史。”③

---

① 参见白艳霞，“解构”，《后现代主义辞典》，王治河主编，北京：中央编译出版社，2005 年，第 352-353 页。

② “逻各斯”出自古希腊语，为 λογος（logos）的音译，它有内在规律与本质的意义，也有外在对规律与本质的言语表达的意义，类似于汉语的“道”，即所谓：道可道。即规律和本质可以言说。

③ 白艳霞，“解构”，《后现代主义辞典》，第 354 页。

解构主义设定相对主义，反对统一道德，反对主体中心主义，反对男性中心主义，反对人类中心主义，主张承认差异，尊重他者和主体的多元化；从个人的、情境的、文化的、政治的、甚至性的角度，设定有许多真理的可能性，即真理的多元化。后现代主义反对连贯的、权威的、确定的解释（包括对《圣经》或其他信仰的解释）。个人的经验、背景、意愿和喜好在知识、生活、文化和性等方面占有优先地位。现代主义是战后社会的处境：人类以刻苦自强精神来重建文明，建立自工业革命以来最大的社会发展运动，当中又结合美国的清教精神和冷战时代的美苏二元对立的政治方式，而后现代主义衍生的文化信念则是反对主流方案、反对单一的以理性为中心、反对二元对立，更反对功能主义和实用主义为主的文化生活。相反，对于现代主义之前的旧式社会生活方式，人们却充满了怀念之情。建筑师对都市文明和乡间生活的反思，引发我们对现代工业社会和资本主义对人类正面和负面影响的思考。当然由于我们已经没有办法脱离现代生活方式的制约，而各种现代主义所带来的恶果并不足以完全否定现代文明的生活。思想家和艺术家就以各自的方式，解开我们对现代文明生活的迷思，法国的解构主义为当下人类这种情结提供了最深刻的解说，为解开迷思提供了方法论基础和实际的演练。

解构主义是后现代主义立论的根据和批判的武器。德里达基于对语言学结构主义的批判而提出的“解构主义”理论的核心，是基于对结构本身的反感，认为符号本身已能够反映真实，对于单独个体的研究比对于整体结构的研究更重要。在海德格尔看来，西方哲学的历史即是形而上学的历史，它的原型是将“存在”定为“在场”。德里达借助于海德格尔的概念，将此称作“在场的形而上学”。“在场的形而上学”意味着在万物背后都有一个根本原则，一个中心语词，一个支配性的力，一个潜在的神或上帝，这种终极的、真理的、第一性的东西构成了一系列的逻各斯，所有的人和物都拜倒在逻各斯门下，遵循逻各斯的运转逻辑，而逻各斯则是永恒不变，它近似于“神的法律”，背离逻各斯就意味着走向谬误。

而德里达及其他解构主义者攻击的主要目标恰好是这种称之为逻各斯中心主义[①]的思想传统。简言之，解构主义和解构主义者就是要打破现有的单元化的秩序。当然这种秩序并不仅仅指社会秩序，除了包括既有的社会道德秩序、婚姻

① 逻各斯中心主义是西方形而上学的一个别称，这是德里达继承海德格尔的思路对西方哲学的一个总的裁决。顾名思义，逻各斯中心主义就是一种以逻各斯为中心的结构。逻各斯观念渗透到西方文化的两大源头——希腊文化和犹太基督教文化，对西方文化的影响可以说是深入骨髓的。因此，德里达指出西方文化是逻各斯中心主义的。德里达说逻各斯中心主义的另一个名称叫“语音中心主义”，因为在希腊传统的斯多亚学派看来，逻各斯分内在和外在，也就是有智慧和语言的区别，语言直接传达智慧和真理；在犹太－基督教传统看来，上帝是以言辞创造世界的，上帝的言辞就是世界万物的起源，正如《旧约》所说，上帝说要有光，于是就有了光。

秩序、伦理道德规范之外，还包括个人意识上的秩序，比如创作习惯、接受习惯、思维习惯和人的内心较抽象的文化底蕴积淀形成的无意识的民族性格。解构主义就是打破传统的、现有的秩序，然后再创造更为合理的秩序。

解构主义解构文本、意义、表征和符号。男性传统的解释被女权主义者和被边缘化了的解释者解构。解构主义批评权力和信仰的系统，认为政治党派联盟是基于短期利益，而非长期忠诚；信仰的好坏基于对信仰的个人体验。在西方，后现代主义与无政治信仰相联系。后现代主义的反“元解释”和“文本意义”也为其本身带来了巨大的力量。由于后现代主义的无中心意识和多元价值取向，由此产生的一个直接的后果就是评判价值的标准不甚清楚或全然模糊，从而使人们的思想不再拘泥于社会理想、人生意义、国家前途、传统道德等等，人的思想得到彻底的解放，使人对于自我有了更深刻的了解。同时，后现代主义对真理、进步等价值的否定，导致了价值相对主义、怀疑主义和价值虚无主义的产生，从而使人们认识到价值的相对性和多元性。

后现代主义正是以解构主义作为自己立论和批判的武器，认为在今天的世界里，各种各样不稳定、不确定、非连续、无序、断裂和突变现象的重要作用越来越为人们所认识并重视。在这种情况下，一种新的看待世界的观念开始深入人们的意识：它反对用单一的、固定不变的逻辑、公式和原则以及普适的规律来说明和统治世界，主张变革和创新，强调开放性和多元性，承认并容忍差异。当今的时代已放弃了制定统一的、普遍适用的模式的努力，新的范畴如开放性、多义性、无把握性、可能性、不可预见性等等，已进入后现代的语言。在后现代，彻底的多元化已成为普遍的基本观念；后现代的多元性是一切知识领域和社会生活各方面的本质。这种多元性原则的直接结论是：反对任何统一化的企图；后现代思维积极维护事物的多样性和丰富性，坚决反对任何试图将自己的选择强加于别人，使异己的事物屈服于自己意志的霸权野心；它尊重并承认各种关于社会构想、生活方式以及文化形态的选择。后现代的“基本内容在20世纪上半期作为科学和艺术的宗旨便已经存在，只不过当初它们大多停留在一种主张、宣言或构想之上，或仅仅是某一领域的特殊现象，而今天它已开始全面而深入地成为我们的生活现实”[①]。在这种时间意义上，“后现代主义似可理解为现代主义的继续和发展”[②]。但是，在一些问题上现代主义和后现代主义的主张是完全不同的，例如：现代主义主张创造／总体化、综合、在场、中心、文类／边界、主从关系、叙事／正史、类型、偏执狂、本源／原因、超验、确定性、超越性等，而后现代主

① 沃·威尔什：“我们的后现代的现代，”《后现代主义》，北京：社会科学文献出版社，1999年，第48页。
② 同上。

义则反其道而行之，主张反创造／解结构、对立、缺席、分散、本文／本文间性、平行关系、反叙事／野史、变化、精神分裂症、差异／痕迹、反讽、不确定性、内在性等。“后现代主义与现代主义存在着根本的分歧：它反对任何一体化的梦想，否定普遍适用的、万古不变的原则、公式和规律，放弃一切统一化的模式。在这个意义上，后现代思维又是对现代主义的批判和超越。”①

后现代主义是一股同自启蒙运动以来的现代化运动全然不同的社会思潮。后现代主义思潮的出现“标志着一种标新立异的学术范式的诞生。更确切地说，一场崭新的全然不同的文化运动正以席卷一切的气势改变着我们对于周围世界的原有经验和解释。从其最为极端的阐述来看，后现代主义是革命性的；它深入到社会科学之构成要素的核心，并从根本上摧毁了那个核心。从其比较温和的声明来看，后现代主义提倡实质性的重新界定和革新。后现代主义想要在现代范式之外确立自身，不是根据自身的标准来评判现代性，而是从根本上揭示它和解构它。”②后现代主义者抛弃了关于现代性的各种“权威”、“中心”、“基础”和“本质”，“消解了所有法典的合法性”③。现代主义的哲学基础是追求一种在场的形而上学、追求一种永恒不变的真理和终极价值的本体论和认识论。而后现代主义“既反对人具有先天的镜式本质，又反对世界具有同一性、一致性、整体性和中心性的话语，既反对在不同学科之间进行等级划分，又反对对于某一个第一学科的寻求”④。后现代主义取消了现代性所确立的此岸与彼岸、短暂与永恒、中心与边缘、深刻与表面、现象与本质、主体与客体等等之间的对立和差距，实际上取消了基础、中心、本质、本体这一知识维度。它要冲破现代性所营造的条理分明、井然有序的整个世界，使整个世界进入多元的、表面化的、短暂的、散乱的、无政府主义的、模棱两可的、不确定的维度之中。

二、后现代主义小说的审美特征

以破坏、消解和颠覆为根本任务的后现代主义文学是对传统文学的超越、抛弃和否定，建立了一种新的文学范式。“作为后工业大众社会的艺术，它摧毁了

① 沃·威尔什：“我们的后现代的现代，”《后现代主义》，北京：社会科学文献出版社，1999年，第48页。

② Pauline Marie Rosenau, *Post-Modernism and the Social Science*. Princeton, 1992. 转引自张国清：《中心与边缘》，北京：中国社会科学出版社，1998年，第44页。

③ Ihab Hassan, *The Postmodern Turn: Essays in Postmodern Theory and Culture*, Columbus, Ohio: The Ohio State University Press, 1987, p. 169.

④ 张国清：《中心与边缘》，北京：中国社会科学出版社，1998年，第45页。

现代艺术的形而上常规，打破了它封闭的、自满自足的美学形式，主张思维方式、表现方法、艺术体裁和语言游戏的彻底多元化。”[①]后现代主义文学所表现的世界“不再是统一的，明晰的，而是破碎的、混乱的、无法认识的。因此，要表现这个世界，便不能像过去那样使用表征性的手段，而只能采取无客体关联、非表征、单纯能指的话语。”[②]后现代主义文学不仅颠覆了传统文学的内部形态和结构，而且对文学形式和叙述本身进行反思、解构和颠覆。以后现代主义小说为例，它不再像传统小说那样讲故事，不展开情节，也不塑造人物，形成了元小说这一奇特的小说形式；它打破传统小说的叙述常规，模糊它与各种体裁的分野，反体裁成为后现代主义创作的主导模式；后现代主义小说家否定先验的、客观的意义，认为意义仅产生于人造的语言符号的差异，因此后现代主义小说仅仅是无意义的符号组合，是能指的延续，表现为不确定的内在性，语言游戏的意义靠读者的解读来实现；后现代主义小说追求的是大众化，而不是高雅，因此，一些后现代主义小说表现出明显的通俗化倾向，成为读者大众的文学。

在后现代主义小说中，语言指涉自身，成为小说世界中的主体，因为后现代主义作家们认为语言是一个自给自足的系统，并且竭力强调语言界定世界和构建现实的功能。对后现代主义者来说，世界是由碎片构成的，但碎片的总和却不能构成一个整体，碎片并不朝着一个整体或中心聚集，所以叙事不再围绕一个中心进行，而是走向零散。既然符号不是能指与所指的紧密结合，那么符号就不能在字面上代表其所意指的事物并产生出在场的所指：关于某事物的符号当然将会意指该事物的不在场（但只会推迟其所指涉之物），而能指在不断地移动，就是不能到达所指。文学不关注社会生活而只关注语言本身，写作成为一种不及物行为：与古典主义为一个明确的目的而写一个题材不同，写作本身成为一种目的，一种热情。人们努力发展一种中性的和非情感的写作，达到某种“零度写作”，这种“零度写作”不关心作家的社会和政治使命，目的是要实现一种纯粹的写作。

后现代主义小说“摧毁了现代主义艺术的形而上常规，打破了它封闭的、自满自足的美学形式，主张思维方式、表现方法、艺术体裁和语言游戏的彻底多元化。”[③]后现代主义认为，“现实是用语言造就的，用虚假的语言造就了虚假的现实。

① 弗利德里希·基特勒：《后现代艺术存在》。章国锋：“从‘现代’到‘后现代’”，《从现代主义到后现代主义》，柳鸣九主编，北京：中国社会科学出版社，1994年，第13页。

② 沃尔夫冈·威尔什：《我们的后现代的现代》，魏因海姆，北京：商务印书馆，1988年，第67页。《从现代主义到后现代主义》，第15页。

③ 弗里德里希·基特勒：《后现代艺术存在》，《从现代主义到后现代主义》，柳鸣九主编，北京：中国社会科学出版社，1994年，第13页。

传统小说（包括现实主义和现代主义小说）的叙述方式便是虚假现实的造就者之一：它虚构出一个虚假的故事去‘反映’本身就是虚假的现实，因而把读者引入双重虚假之中。小说的任务是揭穿这种欺骗，把现实的虚假和虚构故事的虚假展现在读者面前，从而促使他们去思考。”[①]后现代主义元小说（或称超小说）是对小说这一形式和叙述本身的反思、解构和颠覆。它虽保留了小说的外表和轮廓，但它一边“叙述”故事，一边告诉读者这篇故事是如何虚构的，是一种关于小说的小说。它推翻了“纯小说”的概念，打破了传统小说的叙述常规（线性叙事、因果逻辑），模糊了它与各种文学体裁的分野，大量采用其他文学体裁的表现技巧，时间跨越过去、现在和未来，人物的名字和身份都是不确定的。在后现代主义小说这里，没有什么客观的、先验的意义，所谓的意义只产生于人造的语言符号的差异，即符号的排列组合所产生的效果。因此，虚构文本的写作仅仅是一种语言游戏。任何文本都是开放的、未完成的，它依存于别的文本（与它们的区别和联系），特别依赖于读者的解读，是读者的解读使这种符号组合获得了某种意义。后现代主义小说超越纯文学与大众文学、高雅文学与通俗文学的界限，把作为“有教养的知识分子的特权”的文学了变成“读者大众的文学”，[②]表现出一种通俗化倾向。另外，在后现代主义小说中，现代主义小说的艺术技巧，如意识流的内心独白、象征主义、自由联想、时空错位等虽未被全盘抛弃，但已退居次要地位，表现出后现代主义的解构趋势和重构趋势、后现代主义不确定性写作原则、元小说、反体裁、语言游戏、通俗化倾向、戏仿、拼贴、蒙太奇、黑色幽默、迷宫等审美特征。

1．后现代主义的解构趋势

美国文艺理论家伊哈布·哈桑（Ihab Hassan）在他的《后现代转折》（*The Postmodern Turn*）一书中，将后现代主义文艺特征归纳为 11 个方面。其中前 5 个方面是后现代主义的解构（deconstructive）趋势，后 6 个方面是后现代主义的重构（reconstructive）趋势。[③]解构趋势包括一系列否定、颠覆既定模式秩序的特征，在这方面后现代主义表征为：不确定性、零散性、非原则化、无我性与无深度性、卑琐性与不可表现性。

① 章国锋：“从‘现代’到‘后现代’”，《从现代主义到后现代主义》，第 16-17 页。

② 莱斯利·菲德勒：《越过界限，填平鸿沟》。转引自章国锋：“从‘现代’到‘后现代’”，《从现代主义到后现代主义》，柳鸣九主编，北京：中国社会科学出版社，1994 年，第 16-17 页。

③ Ihab Hassan, *The Postmodern Turn: Essays in Postmodern Theory and Culture,* Columbus, Ohio: The Ohio State University Press, 1987, p.168.

不确定性（Indeterminacy）

在哈桑看来，不确定性是后现代主义根本特征之一，这一范畴具有多重衍生性含义，比如模糊性、间断性、异端、多元论、散漫性、反叛、曲解、变形。仅变形一项就包括至今诸多自我解构术语，如反创造、分解、解构、去中心、移置、差异、断裂性、不连续、消失、消解定义、解神话、零散性、解合法化、反讽、断裂、无声等。正是不确定性揭示出后现代精神品格。这是一种对一切秩序和构成的消解，它永远处在一种动荡的否定和怀疑之中。这种强大的自我毁灭运动"影响着政治实体、认识实体以及个体精神——西方的整个话语王国"。[①]仅在文学中，我们所有的关于作者、读者、阅读、写作、本文、流派、批评理论以及文学自身的思想突然间都遭到质疑。美国后现代主义小说家巴塞尔姆这样宣称："我的歌中之歌是不确定原则。"[②]他的《白雪公主》在人物形象的塑造上体现了这种不确定性：在后现代，有王子血统的保罗因惧怕责任与义务，拒绝解救期待他的白雪公主；七个小矮人不再以关爱白雪公主为己任，而是盼望回到没有白雪公主的日子；白雪公主厌倦了与七个小矮人在一起的生活，想要使自己的爱欲焕然一新。

零散性或片段性（Fragmentation）

哈桑认为："后现代主义者只是拆解；所有他假装信赖的东西只是片段。他的最大耻辱是'整体化'——无论什么样的综合，不论它是社会知识的还是诗学的，都是耻辱。所以，他偏爱蒙太奇、拼贴、信手拈来或切碎的文学材料，喜欢并列结构而不喜欢附属结构，喜欢换喻而不喜欢暗喻，喜欢精神分裂症而不喜欢偏执狂。"[③]在后现代主义者看来，世界是由片段构成的，但是片段之和构成不了一个整体。诸片段也没有向某个整体或中心聚集。为此，后现代主义者不以追求有序性、完备性、整体性、全面性、完满性为目标，而是持存于、满足于各种片段性、零散性、边缘性、分裂性、孤立性之中。巴塞尔姆不再依靠常规性的小说手法，即惯常的冲突、发展和线性情节，而是为读者呈现出丰富多彩的零碎片段，创造一种拼贴效果。他认为，"片段是我信赖的唯一形式"，[④]而片段的实质是支离

---

① Ihab Hassan, *The Postmodern Turn: Essays in Postmodern Theory and Culture,* Columbus, Ohio: The Ohio State University Press, 1987, p. 92.

② 奥哈拉，"唐纳德·巴塞尔姆：小说的艺术"，《巴黎评论》80期（1981年夏季号），第200页。《白雪公主》，第10页。

③ Hassan, op. cit., p. 168.

④ 兰斯·奥尔森，"杂七杂八：或介绍唐纳德·巴塞尔姆的几点按语"，唐纳德·巴塞尔姆：《白雪公主》，周荣胜、王柏华译，哈尔滨：哈尔滨出版社，1994年，第11页。

破碎，因此，他的小说《白雪公主》是拼贴小说、装配艺术、碎片组合而成的文本。这些零碎片段取自民间故事、电影、报纸、广告和学术刊物，取自学术和文学中的陈词滥调。如对具体文学体裁和惯用手法的戏仿，关于历史、社会学和心理学的伪学问的题外话，对弗洛伊德和存在主义模式的戏谑描述，以及空洞的具体诗。小说中，事件发展过程不断被题外话、单子、目录和无来由的鸡毛蒜皮所打断。每一个简短的异质同构的片段都独立成段或章。段与段之间经常完全缺乏过渡，事件发展的时间秩序被打乱。

非原则化（Decanonization）

非原则化也意指非中心化、非权威化、非合法化。后现代主义者使社会主要准则“非合法化”，消解或颠覆权威，废除元叙事。从宗教信仰、科学理性到自我创造能力，他们摧毁了所有神圣的事物。从“上帝之死”到“作者之死”和“父亲之死”，从对权威的嘲笑到对学校全部课程的修正，后现代主义者取消了知识的神秘性和神圣性，消解了权力语言、欲望语言和欺诈语言的结构。[①]他们偏好边缘性的细节性的事物，推崇语言游戏，颠覆任何严肃的正经的东西。在他们那里，人的活动不再是一种围绕一定的主题、中心、原则或秩序而进行的活动，而成了一种随意性的游戏性的没有终极目标的活动。法国著名哲学家让－弗朗索瓦·利奥塔德（Jean-Francois Lyotard）指出，既定的社会规范和意识形态“非合法化”，消解元叙事（metanarrative）和堂皇叙事（grand narrative），而偏好保留了语言游戏异质性的“小型叙事”（*petit recit*）。[②]换言之，那种以单一的标准去裁定所有差异进而统一所有的话语的“元叙事”已被瓦解，自由解放和追求真理的“两大合法性神话”或两套“堂皇叙事”已消逝。[③]后现代的特殊透视角度是“解合法化”（delegitimation）和对“元话语”（metadiscourse）的质疑。在后现代境况下，元话语那套合法性设置已然过时，堂皇叙事的社会语境——英雄圣贤、拯救解放、伟大胜利、壮丽远景等，都因社会背景的变故而散入叙事语言的迷雾中，人们不再相信政治和历史的言论，或历史上的伟大“推动者”和伟大的“主题”，取而代之的是“小型叙事”。英雄时代（英雄、救赎、远景）已经过去，后

① Ihab Hassan, *The Postmodern Turn: Essays in Postmodern Theory and Culture,* Columbus, Ohio: The Ohio State University Press, 1987, p.169.

② 让－弗朗索瓦·利奥塔德:《后现代状况：知识的报告》(Jean-Francois Lyotard,1924–1998. *The Postmodern Condition: A Report on Knowledge,* trans. by Geoff Bennington and Brian Massumi, “Foreword” by Fredric Jameson, Manchester, England: Manchester University Press,1984)。王岳川:《后现代主义文化研究》，北京：北京大学出版社，1996 年，第 258-259 页。

③ 同上，第 185-189 页。

现代是一个“凡人”的世界，是一个只重过程而不重结果的时代。在这个时代，百科全书式的学术网络已经分化为繁杂细微的学科，各种不同学术范式之间的界限消失，于是后现代“大道”展示出来：科学只能玩着自己的语言游戏，传统社会范式在语言游戏的“播撒”（dissemination）[①]下，濒临瓦解；任何人都无法用科学来判定其他语言游戏的合法性，科学自己也无法使自己合法化。在《白雪公主》中，关于后现代白雪公主的故事不时地被毫不相关的陈述所打断：如关于文学或历史的听起来颇有学问的评价的陈词滥调：“直到 19 世纪，俄国才产生出可称得上世界文化遗产的一部分的文学”；一幅后现代世界令人忧虑的惨景：“一切都在崩溃，好多事情正在发生。道琼斯指数还在下跌。百姓还是破衣烂衫。”因此，总统哀叹道：“难道没有一件事会对头吗？”巴塞尔姆就是运用语言游戏异质性的小型叙事消解了传统的元叙事。

无我性，无深度性（Selflessness, Depthlessness）

美国当代重要的马克思主义批评家弗·杰姆逊（Fredric Jameson）对后现代主义无我性和无深度性特征作了深刻阐述。[②]“无我性”指的是后现代主义文学中主体的消失。主体作为现代哲学的元话语，标志着人的中心地位和为万物立法的特权。然而，在后现代主义中，主体丧失了中心地位，已经零散化，而没有一个自我的存在了。“我”这一概念，也仅仅成为语言所构成的影像。语言及其社会性赋予人一个“自我”的概念，这一概念只是像镜子提供给人一个映像而已。另一方面，后现代人在紧张的工作后，体力消耗得干干净净，人完全垮了，这是一种非我的“耗尽（burnout）”状态。这时，那种现代主义多余人的焦虑没有了立身之地，剩下的是后现代式的自我身心肢解式的零散化。在这种后现代主义的“耗尽”里，人体验的不是完整的世界和自我，相反，体验的是一个变了形的外部世界和一个类似“吸毒”一般幻游者的“非我”。人没有了自己的存在，成了一个已经非中心化了的主体，无法感知自己与现实的切实联系，无法将此刻和历史乃至未来相依存，无法使自己统一起来。这是一个没有中心的自我，一个没有任何身分的自我。

---

① 德里达，《播撒》，英译本“译者前言”（Jacques Derrida,1930—2004, *Dissemination*, Chicago: Chicago University Press, 1981, p. 32）。《后现代主义文化研究》，第 93 页。在法国哲学家德里达看来，播撒是一切文字固有的功能。这种功能并不表示任何中心指向意义而排斥一切潜在的在场 / 不在场。正因为文字的分延所造成的区分和延搁，使意义的传达不可能是直线传递的，不可能像在场形而上学那样由中心向四周散开，而是像撒种子一样，将不断分延的意义“这里播撒一点，那里播撒一点”，不断地以向四面八方散布所获得的凌乱性和不完整性来反抗中心本源，并拒绝形成任何新的中心地带。

② 弗·杰姆逊（Fredric Jameson, 1934—　），《后现代主义与文化理论》，西安：陕西师范大学出版社，1987 年。王岳川：《后现代主义文化研究》，北京：北京大学出版社，1996 年，第 240-241。

随着主体的丧失，随着支配观点的意识的丧失，失去行为统一性或人物统一性的小说变成了“无情节”的小说，一种感知的麻木。主体零散成碎片以后，以人为中心的视点被打破，主观感性被消弭，主体意向性自身被悬搁，世界已不是人与物的世界，而是物与物的世界，人的能动性和创造性消失了，剩下的只是纯客观的表现物，没有一星半点的情感、情思、也没有任何表现的热情。《白雪公主》中，人成为没有身分的自我，失去行为的统一性，表现出一种感知的麻木。在发现白雪公主在森林里徘徊以前，七个侏儒过着平静的生活。白雪公主的出现给他们的生活增添了混乱和苦恼，使他们成为复杂的小市民，整日茫然不知所措。显然，在这主体零散成碎片的、物与物的世界里，爱已经死了。小说中的白雪公主已不再是童话中那个令人疼爱的白雪公主，侏儒也不再是童话中那七个无私、善良，以照顾、保护白雪公主为己任的小矮人了。整部小说没有情节，只是如前文所说的不能整合的零碎的片段；也没有人的精神与个性，因为，正如米歇尔·福柯（Michel Foucault）所认为的那样，“‘主体’让位于系统或结构，主观性被客观性所取代，‘人’消亡了”[①]。

“无深度性”指作品审美意义深度的消失。后现代主义作品不再提供任何现代主义经典作品所具有的意义。现代主义大师如普鲁斯特、里尔克或乔伊斯的作品要求读者深入其意义深渊之中，通过不断地阐释和发掘，获得审美的意义。而后现代主义却拒绝解释。作品的意义不需要寻找，书的意义就是书的一部分，没有所谓隐藏在语言背后的所谓深层意义。作品不可解释，只能体验。它提供给人们的只是在时间上分离的阅读经验，无法在解释的意义上进行分析，书的意义在不断阅读的陶醉中。小说《白雪公主》中，白雪公主读着《不顺从》，决心不再继续和七个侏儒男人的群居生活，企盼着把“统治物质世界”的男人弄到手，自然不再热烈而激动地爱那七个侏儒。丹感到被抛弃了，他抱怨比尔的领导才能已经丧失殆尽。对于情感危机引起的精神紧张，比尔劝告他的伙伴们释放这种紧张，将叹息发出，将呻吟哼出，“让悲痛的指尖落在额头”。他主张将“痛苦不堪”的情感表达出来，人就能得到解脱。比尔的思想行为表明，后现代人已经不再为生活的荒诞和精神的危机感到焦虑，他们是在对环境的接受中变得麻木不仁。这里，存在主义关于真实性与非真实性，异化与非异化的二项对立的深度模式被削平。

卑琐性，不可表现性（The Unpresentable, Unrepresentable）

后现代主义者“反对现实，反对偶像崇拜”，反对或躲避崇高。他们追求卑琐、

① 米歇尔·福柯，《知识考古学》（Michel Foucault, *The Archaeology of Knowledge,* trans., A. M. Sheridan Smith, New York: Pantheon, 1972）。《后现代主义文化研究》，第 153 页。

低级、虚无、死寂的题材，喜欢表现人性中卑微的方面。哈桑指出："后现代文学总是寻找边缘，接受'枯竭'，以有声的沉默瓦解自己。它变得有限了，因为它同自己的表现形式和一切崇高的东西相较量……。"[①]在艺术创作中，后现代主义艺术家们反复给予关注的是人性中丑恶的、动物性的、原始的、野性的、龌龊的、软弱的、渺小的方面。这一切最终难以跳出卑劣、低俗与自甘堕落的结局。在后现代主义作品中，人已经无可挽回地走向了式微。在《白雪公主》中，在这个没有"英雄"的后现代，保罗的父亲虽是一个最具君王风范的男人和人物，但他的风度和优雅不过体现在五十五岁时还往他的鞋里喷科隆香水，他最大的雄心是时不时扑倒清理卧房的临时女仆；"有更高尚的雄心"的保罗惧怕责任与义务，最终也未能完成自己的王子使命。霍果欲得到白雪公主，因没有王室血统，遭到白雪公主拒绝，便考虑如何把有王侯之身的保罗"一次了结，永远了结"地干掉。这些形象代表着人类卑微和邪恶的一面。在艺术创作上，作者运用小型叙事，戏仿所有名作家用过的文体和方法，蓄意制造支离破碎的语言，刻画"失望""失败"，展示"卑琐"，同时以"穷尽"为题材和技巧来创作出别出心裁的作品，目的只在于延续写作活动。无论是从内容上看还是从形式上看，后现代主义都表现出当代的写作危机和它自身的不可表现性。

2．后现代主义的重构趋势

后现代主义小说在颠覆传统小说的内部形态和结构，对小说这一形式和叙述本身进行反思、颠覆和解构的同时，也形成了自己的"重构"趋势。重构趋势表现为以下几个特征：反讽、种类混杂、狂欢、行动与参与、构成主义、内在性。

反讽（Irony）

哈桑认为反讽亦可称为"透视"。关于反讽，哈桑说："在基本原则或范式缺席的情况下，我们转向游戏、相互作用、对话、会话、寓言、自我反省——总之，转向反讽。这种反讽具有不确定性、多义性（或多重性）；它渴望明晰，解神秘化的明晰，缺席的纯洁光亮。"[②]哈桑所谓的"反讽"已不复是传统美学意义上的反讽，内容已被置换，仅剩下一个名目的空壳罢了。哈桑认为反讽亦可称为"透视"，这是一种泯灭了基本原则和范式后的无方向，一种离开了制约的彻底"自由"，一种没有重量的、不可承受的轻飘。在这种失重状态中，人无目的地不断

① Ihab Hassan, *The Postmodern Turn: Essays in Postmodern Theory and Culture,* Columbus, Ohio: The Ohio State University Press, 1987, p.169.

② Ibid, p.170.

地游戏或对话。反讽依据不同的历史时期可分为三种模式：中介反讽（前现代）、转折反讽（现代）、中断反讽（后现代）。作为后现代的中断反讽指明这样一种境况——多重性、散漫性、或然性、荒诞性。[①]反讽或透视表现了真理终于断然躲避心灵，只给心灵留下一种富于讽刺意味的自我意识增殖或过剩。

小说《白雪公主》中，白雪公主、七个侏儒与保罗评论保罗绘画作品的谈话和白雪公主与七个侏儒评论保罗人格的谈话构成对后现代艺术和艺术家的多重性反讽。保罗的新作品被认为是“一个肮脏的了不起的平庸之作”，然而“有趣”，保罗也沾沾自喜地自我评价说，那是他“最拙劣的东西之一”。他们都极有兴致地欣赏保罗绘画的拙劣，仿佛拙劣给人们以美的享受。保罗独自坚守一种形象——硬边绘画派成员之一，并对“自己和自己的形象充满信心”，只因为他创作出“崇高的拙劣”。创作出具有“崇高的拙劣”的“糊墙纸”的保罗被认为是“一个人格相当完整的人”，“一位出色的人物”，白雪公主甚至这样评价他，“在我们这个国家，我们能拥有他，算是运气。”作者对白雪公主反抗陈词滥调的情绪进行了散漫性反讽。作者先是在小说一开始提到，为抵制陈词滥调，白雪公主写了“一首四页长的了不起的污秽诗篇”；接着，作者再次提到她这首现代“自由诗”，其“伟大的主题”是不合逻辑的“包扎和受伤”。对此白雪公主解释说，“一个自我的隐喻，给自己披上铠甲，以抵御他者的盯视。”在小说近尾声时，为避免陈词滥调，白雪公主用谷类早餐粥上面的油膜来形容自己的腹部，称自己的身体为美味什锦。可是，正如她写的那首污秽诗一样，她的反抗只不过制造了另一些语言垃圾。在《白雪公主》中，读者亦可见到这类或然性反讽。如作者借克莱姆之口，玩笑般地提出一个“重新分配金钱”的办法：“让富人更加快活。新的情人。新的情人会使他们兴奋起来，在某种意义上‘富有’起来。……我们必须通过一项法律，凡是金钱过剩的人，他们的婚姻明天就解散。我们要解放所在这些可怜的有钱人，让他们出去玩，报酬是他们的钱。然后，我们拿着钱——”而事实上，美国社会里众多因有了新情人而解体的富有家庭中，到底能有多少人真的感觉是幸福的？荒诞性反讽更是随处可见。例如，“很难破除村里的女孩所固守的观念，她们认为，在墙边贴着石头发抖的男孩终有一天会成为教皇。他一点儿不挨饿，他家一点儿也不穷。”其实是她们对贫穷男孩的可怜状无动于衷，缺乏理解和同情心。再如，这位显赫的、有王室血统的、坚强的、博学的“保罗坐在他的浴缸里”，不知道历史需要他下一步干什么，但大家知道的是他有时会到城里办一些修道士的事情。“修道士”这一本应“超凡脱俗”的形象与将营救白雪公主的儿女情长

① Ihab Hassan, *The Postmodern Turn: Essays in Postmodern Theory and Culture,* Columbus, Ohio: The Ohio State University Press, 1987, p.170.

的保罗很不相称。

种类混杂（Hybridization）

种类混杂，或“大杂烩”，是一种专事拼凑、仿作的“副文学（paraliterature）”。“题材的陈腐与剽窃，拙劣的模仿与东拼西凑，通俗与低级下流使艺术表现的边界成为无边的边界。高级文化与低级文化混为一缸，在这多元的现时，所有文体辩证地出现在一种现在与非现在、同一与差异的交织之中。”[①]后现代小说占有了其他体裁（诗、散文、哲学本文等）领域，却独独丧失了自己的领地。它不再讲故事，不再叙述，它已退化成一种语言的断片的随意组合。小说彻底对传统美学加以反叛，它不仅割裂了与时代的联系，而且也拒绝了它的读者大众。

在《白雪公主》中，当比尔发现自己“被一个坐在黑色旅行车里的修女跟踪了”时，他顿时神经紧张，胡思乱想，不知所措，最后劝慰自己想想从收音机听到的各种信息。紧接着的下一个章节却是一首从形式到内容都显得荒诞不经的诗。插在小说中间的 15 个问题的“问卷”是对问卷自身的语言形式的一种快活的戏仿，同时也取笑我们可能用来“解释”《白雪公主》的批评工具。小说中还多次出现用巨大的大写黑体字书写的关于文学、历史、心理学等陈词滥调构成的独立章节，它们与小说情节毫无关系，看上去学术研究味十足，语气庄重，实际上滑稽可笑。整本书不像是一部小说，更像是一个持续的片段的集合，这些片段以“拼贴”的手法，围绕着白雪公主童话松松散散地组织起来。另外，与其他后现代主义小说家利用几何图形来表现事物以获得一种直观效果一样，巴塞尔姆也在《白雪公主》中用竖排的 6 个小圆形来表示白雪公主身体一侧的 6 个美人痣。作者似乎以为，当代语言已不足以有效表现现实生活中的事物。《白雪公主》表明，后现代主义小说成为“一种最终不了了之的措施的堆积，一种涉入其他思想领域而缺乏统一性的大杂烩”[②]。

狂欢（Carnivalization）

哈桑借用苏联著名文艺理论家巴赫金（Mikhail Bakhtin）创造的“狂欢”一语来表现后现代的反传统的、颠覆的、包孕着苏生的要素。正如巴赫金所说：在狂欢节那“真正的时间庆典、生成变化与苏生的庆典里，人类在彻底解放的迷狂中，在对日常理性的反叛中，在诸多滑稽模仿诗文和谐摹作品中，在无数次的蒙羞、

① Ihab Hassan, *The Postmodern Turn: Essays in Postmodern Theory and Culture,* Columbus, Ohio: The Ohio State University Press, 1987, p.170.

② Charles Newman, *The Post-Modern Aura, The Act of Fiction in an Age of Inflation*, Evanston: Northwestern University Press, 1985, p.117.

亵渎、喜剧性的加冕和罢免中，发现了它们的特殊逻辑——第二次生命”[①]。以“狂欢”一词指涉后现代性，其旨不在于非理性的狂热，因为那是现代主义的品格。“狂欢”在这里所指涉的似乎是一种“一符多音”的荒诞气质，一种语言的离心力所游离出来的支离破碎感，一种法国结构主义精神分析学家拉康意义上的精神分裂症，是无意识，是“他者”在说话，或美国文论家杰姆逊所说的“吸毒”的感觉。[②]在后现代主义语言观看来，存在主义的人说语言，语言是人存在的家，人是语言的中心的看法业已失效。在后现代，并非我们控制语言或我们说语言，相反，我们被语言所控制，不是“我”在说话，而是话在说“我”，说话的主体是“他者”，而不是“我”。换言之，说话的主体并非把握着语言，语言是一个独立的体系，“我”只是语言体系的一部分，是语言说“我”，而非“我”说语言。《白雪公主》中经常出现没有标点符号的人物独白，其语言支离破碎，语言的主体是“他者”，表达出白雪公主对与七个侏儒男人一起生活的厌倦，对真正英雄出现的渴望和对新生活的向往。

行动与参与（Performance and Participation）

哈桑认为，后现代作品的不确定性诱使读者参与创作；鸿沟必须填平。后现代艺术是一种行动和参与的艺术。后现代本文不论是语言性本文还是非语言性本文都要求参与和行动。艺术不再是静观的对象，而是一种行动的艺术。它要求被书写、修正、回答、演出。后现代艺术以参与和行动为旗帜，它在僭越自己的种属和突破藩篱的同时，宣布了其面对时间、死亡，观众和其他因素时的多变质素。没有一成不变的本文，本文即行动。艺术本文存在于每次不可重复的参与之中，存在于每次“行动”所产生的新的意义之中。[③]

从形式上看，《白雪公主》呈零散、任意、平面、取消意义、取消深度状，似乎是完全无目的的语言游戏，因为读者不能从作品形式上找到走向意义深度的向导。然而，这种游戏只是假象，是无目的的目的性，而目的性是要求读者参与才能完成的。在释义期待上，应该说小说还是有深度的，歧解为后现代小说的必然的解读方式。正如查尔斯·詹克斯在论后现代绘画时所言：“后现代寓言令人费解，因为一方面你不知道正在讲述的故事到底是什么，另一方面也不知道该故事到底在跟什么神话作对照。所以，对这两者你不是感到清晰，而是觉得模糊。

① Charles Newman, *The Post-Modern Aura, The Act of Fiction in an Age of Inflation*, Evanston: Northwestern University Press, 1985, p. 171.

② 王岳川：《后现代主义文化研究》，北京：北京大学出版社，1996 年，第 260 页。

③ Ihab Hassan, *The Postmodern Turn: Essays in Postmodern Theory and Culture,* Columbus, Ohio: The Ohio State University Press, 1987, pp. 171-172.

然而，毫无疑问，你可以尝试着去揭示意义，而意义部分地取决于观者。”[①]《白雪公主》是一个后现代寓言，只要读者将它与原格林童话中的《白雪公主》稍加对照，就会越过它自身的无深度表层，得到这样一个新的意义，即它揭示了这样一个主题：在后现代世界中，爱、同情和完满性都已消失，道德甚至逻辑也同样不存在，无论人怎样努力，他只能一无所获，得到的只是失败，彻底的失败，而任务依然摆在我们的面前，好像我们生命的意义、未能实现的目标成了目标。所以，在小说结尾处，升天的主人公“去寻找一个新的信条”，而新的行为结局也只能是失望和失败。

构成主义（Constructionism）

构成主义是一个很复杂的概念。哈桑认为：“因为后现代主义极端强调特殊性、比喻性、非现实性——在尼采看来，‘人们所能想到的必定是一种虚构’——它‘构成’了后康德的，的确也是后尼采的，‘虚构’意义上的现实。科学家们似乎比许多人文主义者——西方最后的现实主义者们，更自由自在地创造启发性的虚构。……这种有效的虚构表现出对自然与文化认识的越来越大的影响，是明显存在于科学与技术、社会关系与高科技中的我称之为‘新灵知主义’（the new gnosticism）的一个方面。”[②]无论对构成主义还有何种其他解释，哈桑似乎强调后现代主义文艺表现出对科学技术的崇拜，将科技作为创作灵感的激发物，这种“新灵知主义”在当代艺术中相当普遍。科学与艺术、社会关系与高科技日益紧密结合，艺术家崇尚技术，不再像左派激进主义那样对科技发展深恶痛绝。后现代艺术家运用科技的一切成果为自己提供新的艺术创作素材，努力应用现代科技成果制成作品，或利用电脑进行创作。[③]

《白雪公主》将科技作为创作灵感的激发物和用科技成果作为新的艺术创作素材的构成因素。例如，白雪公主没有现代科技设施的淋浴间很不满意，她抱怨：“为什么淋浴间里不像商用飞机一样放点空中电影？为什么不能在《月光奏鸣曲》中，透过美妙的雾，观看伊格内斯·帕岱莱夫基呢？那是一部电影。”再如，作者对科技新成果——电动废纸篓的颇为赞赏的描述：“我们在考虑毁灭美学家那会儿，我们脑子里就想着这个电动废纸篓。先是肢解，然后是电动废纸篓。世界

① 休·卡明，“查尔斯·詹克斯访问记”，《艺术与设计：后先锋派：八十年代的绘画》3卷7／8期（1987年），第47页。唐纳德·巴塞尔姆：《白雪公主》，周荣胜、王柏华译，哈尔滨：哈尔滨出版社，1994年，第5-6页。

② Ihab Hassan, *The Postmodern Turn: Essays in Postmodern Theory and Culture,* Columbus, Ohio: The Ohio State University Press, 1987, p. 172.

③ 王岳川：《后现代主义文化研究》，北京：北京大学出版社，1996年，第261页。

上有电动废纸篓真是令人振奋。”

内在性（Immanence）

在哈桑看来，不确定性是后现代主义的第一个重要特征，而内在性则是后现代主义的第二个本质规定。内在性是与不确定性相联系的，它们既不是辩证的，也不完全对立，亦未引向整合，它们既相互矛盾，又相互作用，代表盛行于后现代主义中的一种“多样杂糅”或“多元对话”的活动。不确定性主要代表中心消失和本体消失的结果，而内在性则代表使人类心灵适应所有现实本身的倾向（这当然也由于中心的消失而成为可能）。哈桑认为，内在性意指一种后现代个体借助各种话语或符号而实现自我扩充、自我增长、自我繁衍的努力：“活生生的语言和杜撰的语言，重新构造了宇宙——从类星体到夸克，从有文化的无意识到宇宙空间中的黑洞——将宇宙重构成为语言所创造的符号，将自然转变为文化，又将文化转化为一种内在的符号系统。”[①] 在后现代缺少本质和本体论中心的情况下，人类可以通过一种语言来创造自己及其世界。也就是说，按照后结构主义的观点,脱离客体世界。内在性意味着后现代主义不再具有超越性（transcendence），它不再对精神、价值、终极关怀、真理、美善之类超越价值感兴趣，相反，它是对主体的内缩，是对环境、对现实、对创造的内在适应。后现代主义在琐碎的环境中沉醉于形而下的愉悦之中。小说《白雪公主》表现了后现代世界中人没有了自我的存在，主体丧失了中心地位的状况，因而也表现了后现代主义零散性与无我性特征。当我们把目光转向小说中语言的角色这一中心问题时，我们发现，小说的真正主人公是语言。《白雪公主》似乎是要向读者揭示语言的现时状况，以及当代作者传达某些有意义的东西给读者的种种可能，这个内容比任何其他内容都重要得多。它用元虚构的方式来处理自身的构成问题，经常在向前推进的同时进行自我分析——表现出小说自我指涉的特性。小说中有许多关于语言的题外话，包括《白雪公主》自身的语言，小说不仅从内容上也从形式上表现了当代的写作困境。这是因为语言符号不再具有指涉的功能，不再指向任何事物，只是自我指涉，与现实没有任何关系。一些短短的段落经常由各种风格的大杂烩组合而成，大幅度地变换在具体的文学戏仿（对司汤达、兰波、莎士比亚、劳伦·哈特、巴勒斯、亨利·詹姆斯的戏仿）、流行俚语、学术陈词滥调和广告词之间。被戏仿的文体总是与手边的论题完全不合拍。“巴塞尔姆的小说证明，尽管小说可能无法超越其垃圾式的、过于熟悉的材料所造成的局限，但它能以元虚构的方式把这

---

① Ihab Hassan, *The Postmodern Turn: Essays in Postmodern Theory and Culture,* Columbus, Ohio: The Ohio State University Press, 1987, p. 172.

种低下的状况吸收到它的织体之中，从而来适应这种状况。”[①]

3. 后现代主义不确定性写作原则

英国后现代主义文论家戴维·洛奇（David Lodge）在其《现代主义、反现代主义和后现代主义》一书中认为，后现代主义是现代主义和反现代主义在新的语境中达到新的综合所产生的“另一种艺术”。它具有现代主义的先锋性、否定性和颠覆性，批判传统的写实再现的现实主义。但它却反对现代主义的贵族化倾向与学院派作风，打破高级文化与大众文化的界限，并抨击现代主义的“主体性”，宣布主体死亡，而走向毫无激情的冷漠的纯客观艺术。在这点上，可以认为，后现代主义以“否定”意义而超越和扬弃了现代主义；另一方面，后现代主义又同样反对现代主义的典型观，以及理性主义的再现模仿和人与世界的意义模式，攻击其对确定性的追求，宣布“不确定性”是自己的本质特征。[②]正是不确定性揭示出后现代主义的精神品格。反对本文意义、反对解释是后现代主义的重要倾向。洛奇指出，后现代主义本文抵制阅读，“因为它不想落入某种易于辨认的模式或节奏，于是便在阅读程序上效法了世界对于解释的抵制”[③]。洛奇认为，现代主义的等级秩序原则已经失效。后现代主义奉行无等级秩序和非中心原则，这就意味着对后现代本文的发送者来说，在创作本文的过程中，必须拒绝对语言或其他元素作有意识的选择，一切都是无选择的偶然行为，甚至是一种自动写作。同样，对于准备按照后现代主义的方式来阅读本文的接受者来说，无等级秩序原则就意味着避免形成一种作者读者首尾一致的解释，一种对创造意义和对“原意”追求的企图。因而，避免作出解释是后现代作家对读者的要求。对读者而言，他可以采用任何手段去译解本文，但这与作者和文本毫不相干。据此，后现代主义文学理论认为，后现代主义的文本具有不同于现代主义精心编撰的严谨结构，它的创作和接受的唯一原则是不确定性。不确定性决定一篇文本如何被人阅读。作品（文本）的意义取决于解释这一作品的方式，而不是取决于一系列固定不变的规则。去寻找意义是既无可能又无必要，阅读行为和写作行为的“不确定性”本身即“意义”。

---

① 拉里·麦克弗里，“垃圾美学：巴塞尔姆的《白雪公主》”，唐纳德·巴塞尔姆：《白雪公主》，周荣胜、王柏华译，哈尔滨：哈尔滨出版社，1994 年，第 370、337 页。

② 戴维·洛奇：《现代主义、反现代主义和后现代主义》，利尔科尔大学出版社，1981 年。王岳川：《后现代主义文化研究》，第 284-285 页。

③ David Lodge, *The Modes of Modern Writing: Metaphor, Metonymy, and the Typology of Modern Literature*, London: Arnold, 1977, p. 224.

洛奇认为，“后现代主义在扩张自己疆界的同时，并没有消弭整合现代主义和反现代主义之间的张力，反而内化了这种冲突张力，从而使其自身内部走极端的情景每每发生，……某种两极摆动的‘钟摆’在后现代写作方式中开始了‘极端表现’式的摆动。”[①] 这种两极摆动具体体现为后现代文学写作的不确定性：悖论式的矛盾、并置、非连续性、随意性、比喻的过度引申和虚构与事实的短路。

悖论式的矛盾

后现代主义小说形象的不确定性使得每一句话都没有固定的标准，后一句话推翻前一句话，后一个行动否定前一个行动，形成一种不可名状的自我消解形态。巴塞尔姆的短篇小说《辛伯达》(*Sindbad*, 1987)[②] 是对《一千零一夜》中“水手辛伯达”的重写。从表面叙述上看，小说中有两个主人公，一个是具有丰富的浪漫主义航海历险经历的水手辛伯达，另一个是八十年代美国大学教师“我”。“我”生活贫困，衣着寒酸，被白天上课的学生看不起，但“我”充满浪漫激情的诗一般的语言还是打动了学生们。根据前文，水手辛伯达在他第八次航海船失事后向传来华尔兹音乐的树林走去。这里，人们难以分清讲话的是水手辛伯达还是大学教师“我”，或者水手辛伯达与“我”是同一个人？形象的不确定性使读者感到文本与现实世界一样模糊不清，无法分辨。

另外语言的自相矛盾表现出一切都在不定之中。小说《罗伯特·肯尼迪从溺水中被救起》(*Robert Kennedy Saved from Drowning*, 1968)[③] 是这样描述罗伯特·肯尼迪的性格的：“他对同事既不鲁莽也不过分友善，或者说他既鲁莽又友善。”后现代主义小说又像是虚构又像是事实，如《罗伯特·肯尼迪从溺水中被救起》所描写的事件似乎实际都在生活中发生过，每一个片段都像一份写实报告，而巴塞尔姆本人却说：“除了肯尼迪敌意地评论一位几何图形派画家的作品这一点以外，什么都不是实际发生过的事。在肯尼迪走进那家美术馆并做出这个评论那天，我也在场，其余部分可以说是编造出来的。”[④]

并置

后现代主义作家在写作时，并不给出一种结局，相反，往往将多种可能性结局组合并置起来，每一个结局指示一个层面，若干个结局组成若干个层面，既是这样，又是那样，既可作如是解，也可作如彼解。并置的依据是：事物的中心不

① 王岳川：《后现代主义文化研究》，北京：北京大学出版社，1996 年，第 328 页。

② 唐纳德·巴塞尔姆：《白雪公主》，周荣胜、王柏华译，哈尔滨：哈尔滨出版社，1994 年，第 291-298 页。

③ 同上，第 165-176 页。

④ 杰罗姆·克林科维兹：“巴塞尔姆访问记”，《白雪公主》，第 329 页。

复存在，事物没有什么必然性，一切皆为偶然性，一切都有可能。同一性的哲学秩序消散了，那么，只能将数学式无限多的可能的“秩序或非秩序”强加于人的经验之上，使人真正明了自己处身的世界没有什么历史理性和必然性的法则，有的就是可能性。巴塞尔姆的短篇小说《解释》（1970）是以四个中空的方格引发的问答展开的。小说大体上可分为三个部分，每一部分都以指出若干层面的若干个结局构成。每一部分都试图以机器为中心，只给出一个结局，但谈话却总是游离开去，将许多可能性结局并置起来，涉及后现代生活的许多层面：文学、艺术、性爱、树木、书籍、叙述的方式、旅游、人类处境、足球赛等等，任何事物都可能成为人们关注的对象。这是因为，在后现代，事物的中心消失了，同一性的哲学秩序消散了，历史理性和必然性也不复存在，剩下的只是可能性。所以，作为后现代这一时代产物的小说，亦以多结局的并置来指示多层面的后现代生活现实就是再自然不过了。

非连续性

后现代主义作家怀疑任何一种连续性，认为现代主义的那种意义的连贯、人物行动的连贯、情节的连贯是一种“封闭体”（closed form）写作，必须打破，以形成一种充满错位式的“开放体”（opened form）写作，即竭力打破它的连续性，使现实时间与历史时间随意颠倒，使现实空间不断分割切断。因此，后现代小说和戏剧经常将互不衔接的章节与片段编排在一起，并在编排形式上强调各个片段的独立性。在体现非连续性叙述方面，小说《辛伯达》颇具典型性。作品由十四个片段拼贴而成。从时间上看，作品表现了两个人物，一个是过去的在第八次航海幸免于难的水手辛伯达，另一个是现在的80年代的大学教师“我”。小说用电影中的蒙太奇（montage）手法使两个不同历史时期的片段像镜头一样交替闪回。作者随意颠倒时间顺序，不断分割现实空间。片段与片段互不衔接，读者随着它们忽而跳到过去，忽而跳回现在，令人眼花缭乱。这些片段各个相对独立，意义、人物行动和情节都不连贯。这种“中断”式的非连续性所造成的荒诞不经感，给人以世界本就是如此构成的启示。

随意性

与现实主义大师们苦心经营，十年磨一剑地精心结撰宏伟画卷不同，也与现代主义大师们精心构思以注入有深度的思想相异，后现代主义作家们突出随意性，强调“拼凑”的艺术手法。在他们看来，这个世界的秩序是人为设定的，那么，人也可以还给世界一个“非秩序”。一切事物都四散了，但又密切相关，一切风格都创造殆尽，诗人的地盘被作古的大师们盘踞着而无法施展再创造的风格，因此，后现代主义作家们就以非创造来诋毁创造，把拼凑当作创造力匮乏的一种不得已的创造。巴塞尔姆的短篇小说《罗伯特·肯尼迪从溺水中被救起》就是这种“拼凑”的产物，由作者随意写出并拼凑的 24 个短小片段构成，每个片段以其自己的小标题开始。这 24 个片段从不同侧面表现一位杰出政治家的思想、品格、工作、能力；对国家和人民的责任感；像普通人一样多愁善感；善于理解民众，但也有让人不理解的时候；富于同情心；对哲学感兴趣等等。然而，这些片段将情节变成了破碎的玻璃花瓶，满地晶亮，合不成形。既然它们都与主人公 K. 有关，作者就以非秩序的状态将它们随意拼凑起来。因此，这些片段的安排恰似“活页小说”，读者阅读时，可像洗牌一样，将它们随便拼凑组合，从哪一段、哪一页读起都可以。这种小说的创造性就体现在它的意义是无穷无尽的，因为它的组合是无穷无尽的。

比喻的过度引申和虚构与事实的短路

许多后现代主义小说家将比喻一再引申而形成一个膨胀出来的新故事，并就此脱离原来的语境。诸如在小说中引用报刊、报道、数据等等，向小说里塞入形形色色的繁杂材料，使读者的头脑呈现一种繁杂无序的状态，而失去对文本意义整体把握的可能性。作者通过文本的不可解释暗示出世界这一大文本同样的不可解释。虚构与事实的短路是指作家自捣艺术圣殿，将艺术还原为生活。《印第安人反叛》(*The Indian Uprising*, 1968)[①] 是巴塞尔姆最著名的一个短篇小说，极为费解，争议最大，原因就在于小说中比喻的过度引申和虚构与事实的短路。首先，我们来看看作者是怎样将比喻一再引申而脱离原来的语境，讲述许许多多与印第安人反叛毫无关联的事情，使读者的头脑呈现一种繁杂无序状态，因而难以把握文本的意义整体。小说开始表现了一种战时的紧张、恐怖、混乱气氛：反叛的科曼切人向城市猛烈进攻，市民们在大街上筑造工事，拉上了冒着火星的铁丝网。人们试着去理解这种混乱。“苹果、书和密纹唱片”这种三个词语连在一起的形式在文中比比皆是，作者用这种强迫性的三连词形式的动机似乎是给混乱的经验强行施与一种貌似整合的形式，然而，这无济于事，因为文本自身出现了混乱。随着“我”的思绪离开了战斗，“我”与西尔维亚谈起了如何弹奏法国作曲家埃尔·福莱的《玩偶》……。这些离题的叙述使读者的兴趣自然离开了印第安人的反叛。可见，这个短篇由印第安人反叛引申膨胀出多个主题，内容繁杂，叙述散乱，使读者难以从整体上把握小说文本意义，难以解释作品到底要说明什么。

① 唐纳德·巴塞尔姆:《白雪公主》，周荣胜、王柏华译，哈尔滨：哈尔滨出版社，1994 年，第 177-186 页。

小说同时表现了虚构与事实的短路。小说第 23 节开始的几句话是印第安人反叛这一虚构故事的继续：“我们给被俘的科曼切人的睾丸接上一根电线……我们合上开关，他便开口了，他说他的名字叫古斯塔夫·阿亨巴赫。”给印第安人俘虏睾丸接电线的审讯方法是荒诞的。但紧接着的就不是虚构的故事了：

> 你永远不能用同一种方法触摸一个女孩，不止一次、两次、或更多次……在瑞典，我们没搞出什么更出色的玩意儿……指挥倾泻垃圾的官员通过广播告诉人们垃圾已开始运走。

这显然是作者在东拉西扯地谈生活中与女孩交往的经验和去瑞典的旅行经历。虚构在这里与事实（即实际生活）发生了短路。接下去的第 24 节与虚构的印第安人反叛的故事更是风马牛不相及，很像是作者写给生活中的朋友简的一封简短的言辞恳切而又幽默的信。最后一句话“一串串的语言向四面八方延伸开去将这个世界缠绕成一个奔流不止、粗鄙不堪的整体”，似乎是对后现代主义文学作用的一个最中肯的诠释。这里，生活本身成了“艺术”，艺术消解了，成了非艺术。

后现代主义的颠覆性使它努力消除了高级艺术和通俗艺术这一社会价值结构的最后二元形式。巴塞尔姆以不确定性的写作原则“再造了小说之屋，改变了房间的结构，建造门，打开门，使在他之前似乎难以梦想的东西成为可能。在其顶峰时期，其作品是一个奇迹，趣味盎然，令人敬畏、充满睿智、造型美丽。”[①] 其堪称后现代主义的典范作品，从一出现就一直被人们仿效。美国当代著名小说家杰罗姆·查林就坦率地承认：“他教过我们所有的人怎样写作。”[②]

4. 元小说

后现代主义的元小说（metafiction）对小说这一形式和叙述本身进行反思、解构和颠覆，在形式上和语言上都导致了传统小说及其叙述方式的解体，在宣告传统叙事无效——非合法化的同时，确定了自己的合法化方式。在元小说创作中，作家采用一种所谓的超语言，那不是描述非语言的事件、情形或物体的语言，而是描写“另一种语言”的语言。在后现代，语言被看作是一种独立的、自给自足的体系。它本身可以产生意义。它与现实世界的关系是复杂的、不确定的，又受到惯例制约的。元小说作家在作品中探讨这一语言系统与小说外部世界之间的关

① 约纳森·鲍姆巴赫：“叙说巴塞尔姆”，唐纳德·巴塞尔姆：《白雪公主》，周荣胜、王柏华译，哈尔滨：哈尔滨出版社，1994 年，第 382-383 页。

② 杰罗姆·查林：“叙说巴塞尔姆”，唐纳德·巴塞尔姆：《白雪公主》，第 400 页。

系，结果使作品不断展示它有意识采用的文学语言和惯用手法，清楚地、明确地显示出其人工制品的特征，揭示了当代社会中的危机感、异化感以及压迫感与不再适应表现现代经验的传统文学形式之间的脱节。从而，元小说把陈旧的惯用手段的消极价值转化为潜在的建设性社会批评的基础。元小说往往建立在一个根本的、持续的对立原则之上：在构筑小说幻象的同时又揭露这种幻象，使读者意识到它远不是现实生活的摹本，而只是作家编撰的故事。元小说向我们展示文学作品是如何“构筑”想象的世界的，以此来帮助我们理解我们每天生活于其中的现实是同样“构筑”的，是同样“写下”的。元小说可以用最通俗的语言定义为：在创作小说的同时又对小说创作本身进行评述。这两种过程在形式上紧密结合，从而打破了“创作”与“批评”的明显界限，使它们合并为“阐释”和“分解”的概念。[①]元小说是“关于小说的小说”，还可细分为“谈这篇小说如何成为小说的小说”、“关于先前小说的小说”和“类文本元小说”。[②]

谈这篇小说如何成为小说的小说　这类元小说自我揭示虚构、自我戏仿，把小说艺术操作的痕迹有意暴露在读者面前，自我点穿了叙述世界的虚构性、伪造性。小说的基本立足点就不可能再是模仿外部世界或内心世界而制造逼真性。如在美国后现代主义小说家约翰·巴思（John Barth）的短篇小说《扉页》的开始，“我”为小说写到四分之三仍“缺乏激情，抽象，职业化，不连贯”，有了“冲突，纠葛，没有高潮”而懊恼。作者在考虑如何收尾，可是思考怎么也越不过“我们生活的故事”。作者决定，既然我们这些“靠要笔杆子为生”的人都像“积习难改的编谎家”，那就“换个常见名词”，“接着编吧”。这就一语道破了传统叙述世界的虚构性、伪造性。虽然构思总是被打断，但作者认为“正是这些打断才使故事走得更远。小说以一个未说完而且没有句号的句子结束，这意味着讨论可以继续下去，小说既然“每个故事都是用红墨水写成的，即以实化虚”，“凭空捏造事实罢了”，[③]那就不怕结尾是开放的。

关于先前小说的小说　这类小说是把前人的著作作为戏仿的对象，也可称为“前文本元小说”。在以创新为作品最大价值的后现代，作家们想方设法不落窠臼，努力找到摆脱文学传统影响的办法，那就是站在这影响中击败这影响。于是一些后现代主义小说家们回归叙述的源头，以后现代意识重写旧故事，从而创造出别具一格的新故事。唐纳德·巴塞尔姆（Donald Barthelme）的长篇小说《白雪公主》

① 余宝发：“超小说”，《文艺新学科新方法手册》，林骧华等主编，上海：上海文艺出版社，1987 年，第 455-456 页。.

② 赵毅恒：“后现代派小说的判别标准”，《外国文学研究》，中国人民大学书报资料中心，1994 年第 1 期，第 11-12 页。

③ 约翰·巴思：《扉页》，侯毅凌译，《外国文学》，1997 年第 2 期，第 5-9 页。

（1967）[①] 是对家喻户晓的德国格林童话《白雪公主》的戏仿。巴塞尔姆以对保罗这一反英雄形象的塑造而宣告堂皇叙事的无效。巴塞尔姆不再依靠常规性的小说手法——冲突、发展和线性情节，而是为读者呈现出丰富多彩的零碎片段，创造一种拼贴效果，意在表明：后现代社会的变化使任何神话中心都无法维持下去，神话因素只能追踪至某种程度，然后就会遇到相应的替代物。

类文本元小说　在人文科学这个大概念之下，后现代主义使高雅的严肃文学与大众的通俗文学之间的对立、小说与非小说之间的对立、文学与哲学之间的对立、文学与其他艺术门类之间的对立统统消解了。后现代主义把一切事物都界定为文本，从文本与文本的关系中、从文本的上下文中去探讨文本的意义。[②] 因此，人类的许多"真理体系"，如历史、宗教、意识形态、伦理价值等等，都可被视为一种"叙述方式"，即把散乱的符号表意行为用一种自圆其说的因果逻辑统合起来，组织起来。因此，从本质上说，它们无非也是与小说相似的虚构。而在这些价值体系控制下的生活方式，也就是虚构的产物。用这种观点来描写生活的小说也就成了关于小说的小说，具体地可称之为"类文本元小说"或"寓言式元小说"。巴思的短篇小说《夜海之旅》以奇妙的构思和独白的形式，讲述了一个精子游动的神秘旅程，这个旅程是极富象征性的，表现的是"作者"在叙述的过程中逐渐产生了自我意识，最后悟到了一个真理："载着我漂浮过这恐怖之海的，只是一个单纯的希望……理性并不存在，只有无谓的爱，无谓的死。"[③] 这是一个对后现代人类社会生存状况的哲学思考。

5．反体裁

后现代主义作家是勇于颠覆旧秩序、以从事消解游戏为业的一代人，他们消解自由解放之类命题的同一性，代之以一种多元性的无中心的离心结构。他们切断与传统的前辈作家对自己的影响，走一条文学范式彻底创新的道路。于是，与前辈的"严肃小说"相对立，后现代主义小说家被逼进既不同于"严肃小说"又不同于"消遣小说"的胡同，"一方面，竭力摆脱其影响，另一方面却努力把从一个普通但劣等的公分母中产生的分化作为一种不断发展的谋略。……为了讽刺消遣小说或古典小说，他们有意创造一种其特征不是建立在它摧毁过的某种残骸之上，而是建立在反对其消遣小说的程式化成功之上的截然相反的作品。……反

① 唐纳德·巴塞尔姆：《白雪公主》，周荣胜、王柏华译，哈尔滨：哈尔滨出版社，1994年。

② 张国清：《中心与边缘》，北京：中国社会科学出版社，1998年，第46页。.

③ 巴思：《夜海之旅》，鲁余译，《外国文学》，1997年第2期，第10-15页。

体裁已成为我们时代主导的模式……。”[①]小说写作成为一次大胆的冒险，边界不复存在，只要写作即可命名为“小说”。这样，小说势必侵占其他体裁的领域，表现为“种类混杂”，“在这多元的现时，所有文体辩证地出现在一种现在与非现在、同一与差异的交织之中”[②]。如巴塞尔姆的小说《玻璃山》(18)形式奇特，由从1到100这样的数字编号顺序排列的词组、句子和段落构成。该小说是对一篇斯堪的纳维亚故事《玻璃山上的公主》的反写。巴塞尔姆小说的主人公虽也追求公主，在一只鹰的帮助下爬上了山顶，他却把公主拎起来，头朝下扔下玻璃山，扔给他的相识，“可以放心地让他们去处理她”。小说突然以这句密码似的文字作结：“100。就是许多鹰看上去也不足为信，一点也不，一刻也不。”巴塞尔姆用当代城市为背景重写传统故事，扰乱了传统故事的真假值。他不再用古典情节来显示某些持久的人类价值与关怀的存在，而是辱没古典情节，以展示在处理后现代状况时传统叙述是怎样的无能。巴塞尔姆的主人公一边在追寻他的目标，一边却又在拆毁它，最后一无所获。这里不存在荣誉和尊严。巴塞尔姆不仅在内容上削弱了传统的价值观念，而且在形式上打破了小说写作惯例，使其小说呈现为从1到100的语言碎片的集合。这种反体裁的写作产生两种结果：首先，作家突出的是技巧而不是内容，突出的是外表而不是深度，突出的是人为性而不是可信性，从而贬低了传统叙述所关心的如性格化与“模仿”幻觉之类的东西，也打碎了通常的阅读结构。其次，这些带编号的词组、句子和段落表明，成为惯例的传统文体已变得如此乏味，如此空洞，如此轻而易举地就可以复制，在某种程度上，可以用数字来写。小说最后一句密语般的结语意在暗指：传统的信条与结构没有能力处理当代经验。巴塞尔姆的《玻璃山》成为一篇拆毁公主所象征的超验所指的寓言。

6. 语言游戏（Language Play）与读者解读

在后现代世界里，思想家、文论家们的构思活动基本都是在语言层面上，他们的语言表述只是一种纯粹受语言自身逻辑左右的语言建构，与实际的存在、客观的社会现实并不是一回事。在后现代主义作家们看来，一切都不确定，世界上本来就不存在什么先验的、客观的意义，只能寄情于写作本身。写作不过是作者“内省的符号化过程，亦即指示自身的一种信息”，[③]指望在写作本身的探索过程

① Charles Newman, *The Postmodern Aura, The Act of Fiction in an Age of Inflation*, Northwestern University Press, 1985, pp. 87-88.

② Ihab Hassan, *The Postmodern Turn: Essays in Postmodern Theory and Culture*, Columbus, Ohio: The Ohio State University Press, 1987, p. 170.

③ 特伦斯·霍克斯：《结构主义和符号学》，上海：上海译文出版社，1987年，第145页。

中逐渐建立起自身的意义。价值来源于虚构；意义产生于语言符号的差异，即符号的排列组合所产生的效果。因此，写作（特别上虚构文本的写作）仅仅是一种语言游戏。在每种不同性质的“话语”中，都可以用说明其性质和用法的随意游戏规则去设定语言游戏，但是，这些游戏规则本身不能给自己提供合法性，它们只能是游戏者之间的契约式产物；规则是游戏得以运用的关键，任何变化都将改变游戏的本质；每种“话语”的发言，都如同游戏一样，具有对抗竞争的意味，因此具有一种不断推陈出新的特征。[①] 后现代主义作家不是运用语言作为工具来表现自己的思想，表达自己的情感或表现自己的想象的人，而是“一个思考语言的人，一个思想家兼语言家（换言之，既不完全是思想家，又不完全是语言家）”[②]。当代写作已经使自身从表达意义的维度中挣脱出来，而只指涉自身。写作犹如游戏，在不断超越自身的规则和违反其界限中展示自身。

按照后现代语言哲学（话语理论）的一个重要观点，语言符号日益失去其表征能力，即再也不能切中意义本身；我们说和写的话语，包括写作本身，都迷失在无穷无尽的能指的链中。这意味着，任何后现代文本都没有统一的意义核心。文本的意义不是来自作者对文本的创造，而是来自读者对文本的解释。任何人都可以对文本作出自己的解释。后现代的读者以一种批判性和创造性的姿态，通过主观地建构意义，探索文本的言外之意或弦外之音，最终重新书写了原文本。后现代作者在写作过程中，首先，主体经历着自身的解构与重构过程；其次，在潜意识层面上渴求着读者的理解与帮助，渴求与读者建立一种对话式的机制。文学作品是一个生产与再生产的过程，读者由消费者改变为参与这一生产与再生产过程的生产者。作品的意义并非由作者所决定，而是通过读者重现文本的生产过程、参与这一过程来创造出作品的意义。后现代主义小说的阅读方式注重审美的快感而非审美的愉悦，注重在文本的能指的无限运动中发掘出无限多元的意义，强调象征思维、强调行动与参与、直接体验与顿悟，致力于潜意识活动对于理性思维、形象思维的突破。[③] 在后现代，阅读活动不再是一种把握作者原初意图的活动，而转换成寻译本文逻辑，追踪语言自身价值的本文拆解和重新组合活动，从而发现意义的多重性和本文意义无限多样的解释。

纳博科夫的小说《微暗的火》整个文本可被视为后现代主义语言游戏的范例。这个文学大文本由两个次文本构成：一个是希德诗的文学文本，另一个是金保特包括前言、注释和索引的批评文本。这两个文本极直观地、夸张地体现了法国解

① 王岳川：《后现代主义文化研究》，北京：北京大学出版社，1996 年，第 181 页。
② 罗兰・巴尔特：《文本之快感》，巴黎：色伊，1973 年，第 81 页。
③ 巴尔特：《语言的噪声》，巴黎：色伊，1984 年，第 67 页。

构主义哲学家雅克·德里达（Jacques Derrida）所宣称的在结构概念历史上发生的“重大事件”：“它的外在形式是一种断裂又是一种重叠”。[1]德里达认为，在结构构成中“根本没有中心，中心不能看作是一个正在出席者的形式，中心没有天然的所在处，它不是一个固定的地方而是一种功能，一种无处（nonlieu），在这无处中，符号替换进行着无穷尽的游戏。……正是在中心或起源缺席的情况下，一切都变为言语的时刻……一切都变为系统，在这系统中那中心的所指（the signified），那起源的或先验的所指，从来不绝对地出现在一个由差异构成的系统之外。这先验的所指的缺席就使表意的领域及表意的游戏无限制地扩展了。”[2]德里达的理论认为，符号并非是能指（the signifier）与所指的紧密结合，符号不能在字面上代表其所意指的东西，产生出作为在场的所指：一个关于某种东西的符号势必意味着那种东西的不在场（而只是推迟所指的在场）。德里达将法语动词“to differ”（区分）和“to defer”（延搁）合并为“differance”（分延），表明符号总是“区分”和“延搁”的双重运动。“分延是一种在在场和不在场两相对立基点上所无法设想的结构和运动。分延是各因素相互关联的区分、踪迹和分离体系的游戏。”[3]文字的分延使意义的传达不可能是直线传递的，不可能像在形而上学那样由中心向四周散开，而是像撒种子一样“这里播撒（dissemination）一点，那里播撒一点，”[4]不断地以向四面八方散布所获得的凌乱性和不完整性来反抗中心本源，并拒绝形成任何新的中心地带。所指被延搁所造成的符号残缺不全，使其永远成为指涉其他符号的一组踪迹（trace）。踪迹指向分延，它永远延搁意义。踪迹使得文本意义的寻求活动成为文本自我离心解构的运动，文本总是指向文本自身之外的文本群体，总是在意义的分延中和踪迹的暗示中走向不确定性。德里达视这种意义自身解构的运动机制为替补（supplement）。替补既是一种增补，又是一种替代，它由存在的虚空而起，又是存在不完善的证明，它的根本指向是彻底否定存在的根源和形而上学绝对真理的神话。德里达用分延、播撒、踪迹、替补等概念，宣告了本源的不复存在，文本的永不完整性。对“原”文的阅读是一种误读，是以新的不完整性取代文本原有的不完整性，因为替补成为另一种根本上不完整的文本。综上所述，在德里达看来，作者并不创造意义，因为作品没有所谓的原意，意义也不是作品现存的，必须无止境地在文本之外去寻求。每篇文

① 雅克·德里达：“人文科学语言中的结构、符号及游戏”，刘自强译，《二十世纪文学评论》，戴维·洛奇编，葛林等译，上海：上海译文出版社，1993年，第534-535页。

② 同上，第537-538页。

③ Jacques Derrida, *Position*, Chicago: Chicago University Press, 1981, p. 27.

④ Jacques Derrida, *Dissemination*, Chicago: Chicago University Press, 1981, p. 32.

本必须置于更多的文本之中才具有意义。[①]

在小说《微暗的火》中，金保特的注释从一开始就是“无限地寻求踪迹的阅读”，主要是寻求他自己赞布拉故事的“踪迹”。希德全诗的主题是死亡，并以连雀之死开始。但金保特并不去解释诗人为什么说他是撞死在窗玻璃上的鸟的“影子”，只是从字面上描写一下死鸟的形象，就迫不及待地转去介绍自己是希德的邻居和自己对鸟类的兴趣，经常和希德讨论赞布拉国王可爱的查尔斯。金保特对希德诗的阅读表明，符号只是所指东西的替代品，必然意味着所指东西的不存在。符号与所指既相异又相斥，符号是“区分”和“延搁”的双重运动。因此，符号并不是单纯的有声意象与单纯的概念或意义的完美结合，符号不可能有单纯的含义。“这一方面意味着文学文本和它的意义之间总有差距，评注和诠释正是文本本身具有本体不足而产生的。这同时意味着文本不可能有终极的意义：在诠释过程中，文本所指成分被一层层地展示，而每一层次又转化成一个新的能指即表意系统，因而阐释过程严格说是一个永无穷尽的过程。”[②]这样，解释就摆脱了企图找出本来的终极意义的幻想，说明文学并不表示存在的真理，文本是符号的游戏，并邀请读者参加这样的游戏。

7. 通俗化倾向

后现代主义宣布：“我们不需要天才，也不想成为天才，我们不需要现代主义者所具有的个人风格，我们不承认什么乌托邦性质，我们追求的是大众化，而不是高雅。我们的目标是给人以愉悦……。”[③]在后现代，文化已经完全大众化，高雅文化和通俗文化，纯文学与俗文学的界限基本消失。“后现代主义填平了批评家和读者之间的鸿沟，更为重要的是，它弥合了艺术家与读者的裂痕，或者说，取消了内行和外行的界限。”[④]相当一部分后现代主义小说体现了这种“通俗化”倾向。它们情节离奇、怪诞、曲折、可读性较强。但这些作品大多并非取材于生活现实，即使取材于某个历史事件，也是用非现实的表现手法，因此，完全是幻想和虚构的产物。美国后现代主义小说家罗伯特·库弗（Robert Coover）1977 年发表的长篇小说《公众的怒火》（*The Public Burning*）[⑤]虽取材于 50 年代

---

① 王岳川：《后现代主义文化研究》，北京：北京大学出版社，1996 年，第 90-103 页。

② 雅克·德里达：“人文科学语言中的结构、符号及游戏”，刘自强译，《二十世纪文学评论》，戴维·洛奇编，葛林等译，上海：上海译文出版社，1993 年，第 534 页。

③ 弗雷德里克·詹姆逊：《后现代主义与文化理论》，唐小兵译，北京：北京大学出版社，1997 年，第 165 页。

④ 弗里德里希·基特勒：《后现代艺术存在》。转引自《从现代主义到后现代主义》，柳鸣九主编，北京：中国社会科学出版社，1994 年，第 19 页。

⑤ 罗伯特·库弗：《公众的怒火》，潘小松译，南京：译林出版社，1997 年。

美国罗森堡夫妇被无辜处死的政治丑闻，并选择当时的副总统尼克松作为核心叙述人，但作者运用非现实手法，使事物神话化，将真实和虚构有机地交织在一起，亦庄亦谐，挥洒自如，既有对政治事件的严肃的叙述，又有对虚构场景的粗俗的描写。作为冷战牺牲品的令人同情的悲剧人物罗森堡夫妇、与此案件有关的事情、人物、日期都是真实的，朝鲜战争、华盛顿政界阴谋以及当时的雅俗文化都得到了生动的再现。而“山姆大叔”则是一个神话般虚构的人物，他是美国的化身，是野蛮、粗俗、邪恶和投机的混合物。在与幽灵斗争的冷战时期，他教条，过分依赖僵化的体制，未能应付不断变化的现实，使罗森堡夫妇成为国家机器发疯时毁灭的牺牲品。山姆大叔玩这个游戏的目的就是要“把大家拢到一块，创造一个秩序”，制造一种虚构的历史现实。小说叙事形式的创新更是丰富多彩：有机智、流畅、幽默、诙谐的散文叙述，有滑稽的、不伦不类的自由诗，有似一锤定音的评论，如“美国是世界的笑话”，有突然出现的表示强调的黑体字，有从报刊上摘录下来的时事评论，为了加强视觉效果，作者将《时代》评论文字排成菱形，有戏剧性的对话和二幕歌剧。小说的艺术性与消遣性、语言的精巧和易于理解融为一体，既能引起读者对历史的严肃思考，又给读者提供阅读上的愉悦。审美层次较高的读者和文化水平较低的读者都可以欣赏这部小说，可谓雅俗共赏。

8．戏仿（Parody）

戏仿是互文叙事手法之一，它是对原有文学进行转换，要么以漫画的形式反映原文，要么挪用原文。无论对原文是转换还是扭曲，戏仿都表现出与原文之间的直接关系。戏仿是一种“最具意图性和分析性的文学手法之一。这种手法通过具有破坏性的模仿，着力突出其模仿对象的弱点、矫饰和自我意识的缺乏。所谓‘模仿对象’可以是一部作品，也可以是某些作家的共同风格”。[①] 戏仿是后现代主义小说家的一个常用技巧。他们在作品中对历史事件和人物，对日常生活中的某些现象，对古典文学名著中的题材、内容、形式和风格进行夸张的、扭曲变形的、嘲弄的模仿，使其变得荒唐和滑稽可笑，从而达到对传统、对历史和现实的价值和意义以及过去的文学范式进行批判、讽刺和否定的目的。巴塞尔姆的《歌德谈话录》[②] 是对历史上真实的《歌德谈话录》[③] 的戏仿。原书篇帙浩繁、内容庞杂。这部流传甚广的作品以日记的形式详细记录了 1823 年 6 月 10 日至 1832 年

① 王先霈、王又平：《文学批评术语词典》。上海：上海文艺出版社，1999 年，第 212 页。

② 唐纳德·巴塞尔姆：《白雪公主》，周荣胜、王柏华译，哈尔滨：哈尔滨出版社，1994 年，第 299-302 页。

③ 爱克曼辑录：《歌德谈话录》，朱光潜译，北京：人民文学出版社，1978 年。

3 月 22 日歌德去世之前他的一些言论与活动，是他的崇拜者、青年诗人兼秘书爱克曼辑录的。歌德谈论的范围以文艺、美学、哲学和当时欧洲一般文化动态为主，略微涉及政治、宗教、自然科学和日常琐事。巴塞尔姆也用短短的七篇日记的形式写成了这部小说。原著中的伟大导师在巴塞尔姆的小说里变成了一个不折不扣的“庸俗的市民”（恩格斯语），如他认为：“音乐……是历史冰箱里面的冰冻木薯淀粉……”。当青年诗人把他的最后一句论断纠正为“不……毋宁说他们是概念进程之有篷大马车上多余的行李”时，歌德表现出的不是文学师长应给予后辈的宽容、理解和鼓励，而是浅薄粗鲁的家长式武断批评：“‘爱克尔曼，’歌德说，‘住嘴。’”巴塞尔姆的这篇小说表现了后现代主义对权威的嘲笑、修正或颠覆，对元叙事的废除，对知识神秘性和神圣性的取消，对权力语言、欲望语言和欺诈语言结构的消解。

9. 拼贴（Collage）

拼贴是一些后现代主义小说家模仿约翰·多斯·帕索斯（John Dos Passos）的新闻短片方法，将其他文本，如文学作品中的片段、日常生活中的俗语、报刊文摘、新闻等组合在一起，使似乎毫不相干的片段构成相互关联的统一体，从而打破传统小说凝固的形式结构，给读者的审美习惯造成强烈的震撼，产生常规叙述方式无法达到的效果。在后现代主义小说中，零散、片段的材料就是一切，它们永远不会给出某种意义组合或最终“解决”，只能在永久的现时的阅读经验中给人一种移动组合的感觉。这种彻底的零碎意象堆积反对任何形式的组合。巴塞尔姆的小说《白雪公主》整本书像是片段的一个持续的集合，这些片段以拼贴的手法，围绕着白雪公主童话松松散散地组织起来。

10. 蒙太奇（Montage）

蒙太奇不同于拼贴，它不是偶然拼凑的无意识的大杂烩，而是后现代主义小说中有意识的组合。但它又与拼贴一样，表现的都是后现代的一种“非连续性”的时间观。杰姆逊认为，后现代时间特点是一种“精神分裂症”，或如法国结构主义精神分析学家、哲学家雅克·拉康（Jacques Lacan）所说的“符号链条的断裂”。因为在精神分裂症者的头脑中，句法和时间的组织完全消失了，只剩下纯粹的指符，亦即在后现代人的头脑中只有纯粹的、孤立的现在，过去和未来的时间观念已消散殆尽，只剩下永久的现在。[①] 蒙太奇这种手法将一些在内容和形式

① 杰姆逊：《现实主义、现代主义与后现代主义》。转引自《后现代主义文化研究》，第 239 页。

上并无联系、处于不同时空层次的画面和场景衔接起来，或将不同文体、不同风格特征的语句和内容重新排列组织，采取预述、追述、插入、叠化、特写、静景与动景对比等手段，来增强对读者感官的刺激，取得强烈的艺术效果。巴塞尔姆的短篇小说《辛伯达》[①]使现实时间与历史时间随意颠倒，使现实时间不断被分割切断，形成了一种充满错位式的开放体写作。从时间上看，小说表现了两个人物，一个是过去的在第八次航海幸免于难的水手辛伯达，另一个是现在的80年代大学教师“我”。小说用电影中的蒙太奇技法使两个不同时期的片段像镜头一样交替闪回（小标题后为笔者概述）：

经历：过去。辛伯达不是一个谨慎的人，他从不吸取教训，八次航海，每次都是死里逃生；辛伯达是一个无所畏惧的人，被认为是一个“冒险家”。

教学：现在。水手辛伯达与大学教师“我”合为一体——听过华尔兹，见过剑杖和耀眼炫目的漂积海草的辛伯达终于带着宽慰的心情把学生们吸引到了他关于浪漫派诗人的讲解中。

小说文本中片段与片段互不衔接，各个相对独立，意义、人物行动和情节都不连贯，读者随着它们忽而跳到过去，忽而跳回现在。这种“中断”式的非连续性所造成的荒诞不经感，给人以世界本就是如此构成的启示。

11. 黑色幽默

黑色幽默虽受存在主义哲学影响极深，把世界视为荒诞不经，不可理喻，悲观之极后，只是付之一笑，但不主张存在主义的解救之道——“参与”“选择”，或呐喊抗议，或奋力抗争，或哀鸣悲叹，因为那只能把荒谬弄得更加混乱，更加难以忍受。对黑色幽默小说家们来说，生存的荒谬只能忍受，因为它是世界不可改变的一部分。他们冷漠地把荒诞视为世界本质性闹剧之一部分。他们不再作以使命责任或悲天悯人之类价值替换价值的努力，而是用语言继续进行生存不按理出牌的游戏。黑色幽默的写作特点一般表现为：滑稽、甚至怪诞地处理内在的悲剧题材；单维性格、荒原背景；松散、往往脱节、不讲时间的叙事结构；事实与虚构混淆不清，表现了现实的不可靠性；讲求技巧、讲求形式设计；对令人绝望、异想天开、蛮横残暴的事件冷眼旁观；嘲弄性的诘问语气，常有无意于惩恶扬善

① 巴塞尔姆：《白雪公主》，周荣胜、王柏华译，哈尔滨：哈尔滨出版社，1994年，第291-298页。

的笑声，而这一特点的根源则是作家对传统哲学和科学的怀疑。[①] 如冯内古特的小说《囚鸟》(*Jailbird*,1979) [②] 中的主人公瓦尔特·斯代布克，1975 年因不自觉地卷入尼克松“水门事件”而被捕。这是一个对环境无可奈何，无法保护自己的可笑可悲的小人物，虽历尽折磨，任人摆布，却又悠哉游哉，乐意把牢底坐穿，常常在心头默诵一首“莎莉放屁”的荒诞不经的歌，然后击掌三下来聊以自慰。“日子还是过下去，是啊——不过一个傻子却很快就要同他的自尊心分手了，也许到世界末日也不会碰头。”主人公在当代荒诞的社会中无能为力，悲观绝望，只好以自嘲寻求一点精神解脱。

12. 迷宫（Labyrinth）

迷宫是指作者在小说中营造的错综复杂、乱人眼目且又不给予出路的结构。它不像侦探小说虽扑朔迷离但总会柳暗花明。统治这种迷宫的是无序，是缺席，有象无意，有泉无鱼。托马斯·品钦（Thomas Pynchon）作品中一个反复出现的主题是西方世界在本质上的混乱和解体。他用隐喻式的手法把热力学和信息论中的一个重要概念“熵”（entropy）引入文学创作。在物理学的热力学中，在一个与外界没有物质和能量交换的封闭的热力系统中，分子的运动将越来越混乱，最终达到混乱的极点，形成温度相同的热平衡状态。在他的作品中，品钦把这一观点作为一个隐喻，把自己所处的世界看成是一个封闭系统，指出西方社会内在的混乱、腐败和最终不可避免要死亡的命运。品钦小说的迷宫结构所表现的正是这种永远也无法解决的混乱。在小说《拍卖第四十九批》[③] 中，作为遗产执行人之一的奥狄芭·马斯太太为履行义务，先去南加利福尼亚“熟悉”死者的遗产。她发现，无人知晓皮尔斯·尹维拉雷蒂究竟有多少遗产，仅在圣纳西索市，他的财产就不可计数。在调查核实皮尔斯“产业”的过程中，奥狄芭发现越来越多的线索表明，存在着一个被称作特里斯特罗的地下无政府组织，它试图通过一个名为 WASTE 并以一个弱音邮递喇叭为秘密通邮标志和传递方式的邮政系统，来破坏和颠覆美国官方邮政系统，从而实现自己的“无声的特里斯特罗王国”。她还发现，几乎所有的线索又都与尹维拉雷蒂的产业有关。这些无限增多的线索虽然给人以越来越多的暗示，但它们从不产生任何结论。奥狄芭对信息的感觉增大了她周围的熵或混乱。她逐渐感觉到处都有 WASTE 符号和与特里斯特罗有联系的事

① 陆凡、蒲隆：“库尔特·冯尼格简论”，《美国当代小说家论》，钱满素编，北京：中国社会科学出版社，1987 年，第 432-433 页。

② 库尔特·冯纳格特：《囚鸟》，董乐山译，桂林：漓江出版社，1987 年。

③ 托马斯·品钦：《拍卖第四十九批》，林疑今译，上海：上海译文出版社，1989 年。

物。这种混乱远远强过她通过有关特里斯特罗的确定信息所创造的秩序。感觉在努力地制造混乱，熵在不断增长，直到最后她分辨不清现实与幻想。在小说的结尾，没有传统阅读所期待的明晰和真实，而只有混乱、模糊、复杂的迷宫般的世界本身。

第一章

艾丽丝·默多克小说中的后现代叙事伦理与性别操演

艾丽丝·默多克（Iris Murdoch, 1919—1999）是英国文坛中一位独特、承前启后的小说家，同时又是一位哲学家。默多克于20世纪50年代正式开启了小说创作的生涯，而处于此时代的默多克恰逢英国文学陷入困境。第二次世界大战后至50年代的英国是后现代主义加快发展进程的阶段，英国作家文豪对现代主义与后现代主义的争论不断上演。在这个充斥着各种争论的文坛中，文学的正统性或统一性开始模糊，英国文学面临着时代的困境。而在面对躁动的时代氛围下，默多克提出小说创作应从传统的现实主义中汲取养分，主张以一种自由的传统主义方式进行文学创作，且批评新时代的后现代主义思潮。所以，默多克通过革新传统现实主义的叙事模式去实验是否符合她强调的“自由”观念，然而默多克的实验和革新之处与后现代主义小说的艺术特征却不谋而合。这不能说是无意识的后现代主义文学创作行为，她本人已多次强调在现实主义创作中是否要“采用一些实验手法”[①]。默多克被认为是一位奉行现实主义传统的小说家，然而她在实验和革新创作中却又无法摒弃后现代主义的创作理念，因此，默多克徘徊于“后现代小说主流与传统小说之间”[②]，她将现实主义风格与后现代主义创作手法糅合起来，使得她的作品既有现实主义小说的可读性特征，又不乏后现代主义小说的试验性。因此，她的作品可被定位为现实主义下的后现代主义小说。本书对于默多克小说的现实主义色彩将不做赘述，而是重点研究其作品中的后现代性。从不同层面实证考察默多克的小说，通过分类和归纳其作品的主题内容、艺术手法等，可大致总结出默多克小说的四类后现代性：后现代哲学思想观、后现代伦理道德观、后现代的话语转向，以及后现代主义小说的叙事策略。

默多克热爱哲学，深受柏拉图、让·保罗·萨特、西格蒙德·弗洛伊德等人

① 马惠琴:《艾丽斯·默多克与后现代叙事语境》，载《当代外国文学》，2015年第2期，第50页。

② 同上，第53页。

的哲学思想影响，她在创作的 26 部小说中对主客体的存在、人伦、道德等表达出了哲学式的思考，并艺术性地将这些哲思问题以其细腻有力的描写融入小说创作。小说具有丰富的主题，如爱欲与真理、理性与情感、臆想与现实、善良与邪恶、自由与禁锢等，默多克擅长使用象征的游戏手法去洞察复杂主题下的哲学问题，并将蕴意深远的哲学观念注入文字去构建文学象征。但是人类社会中的各种行为活动和思想意识是无秩序的，且总是带有偶然性，因此默多克通过游戏式的象征方法去感悟此种不确定性，比如在她的作品《在网下》（*Under the Net*, 1954）中，“网”隐喻出抽象意识的空谈与臆想是束缚认识世界的大网，默多克以幽默的语言文字描绘了主观想象与客观现实之间的矛盾冲突，传达出意识存在的不确定性。所以，默多克小说惯常以游戏式的象征手法去思考带有后现代不确定性的哲学问题。

后现代伦理道德观是默多克小说的后现代性之一，她的作品常因为社会伦理道德的不确定倾向和选择而决定了小说人物的后现代主义伦理道德模式。此类后现代性大致表现出，小说人物总是在不确定的伦理选择驱动下打破传统二元对立的伦理道德标准，这种碎片式的选择和倾向经常导致小说的矛盾产生，从而形成了对立的多元伦理标准并走向后现代的伦理道德危机。如默多克的《独角兽》（*The Unicorn*, 1963）就是一部典型的后现代主义伦理批评的小说。该小说描写了人物伦理道德的不确定选择和倾向，形成的多元矛盾行为和自我意识导致了悲剧收场的结局。因此，默多克小说中丰富的伦理道德主题是一种在后现代主义视域下对伦理和道德的不确定性和多元性的书写。

话语和能指的转向是后现代最为明显的特征，默多克的后现代话语转向表现为在认识自我、他者和客体的关系上对女性话语权和主体性的建构。小说中，默多克经常以理性和情感的线网作为自我意识的关联要素，从而指导性别身份的瓦解和建构，以此形成开放的认同机制去指引主体获得话语权。默多克笔下的女性话语权力和主体性通过解构思维意识的习惯和社会认知的准则来建立，并探求以多元的性别选择去重构身份的可能性。因此，默多克小说的人物性别和情感总是处于变化的不确定状态，而女性人物的性别和情感的解构与重构是对女性话语权和主体性的建构，此点亦明显表现在默多克小说《独角兽》之中。除此之外，默多克小说还经常通过描写父权社会中的女性生活来展现女性本我的他者性，如女主人公因为婚姻的不幸造成情感、伦理等悲剧。

默多克小说除了上述三个主题特征之外，其作品的创作手法也体现出明显的后现代主义小说叙事策略。后现代空间叙事是默多克典型的叙事手法，以空间的转换、交错、破碎等不确定性和开放性的特征来体现其小说的后现代性。默多克善于运用构建幻境和解构现实的手段来引发读者思考人伦纲常的哲学问题，以期达到一种在非平衡的空间里寻得平衡的存在空间。所以幻境是默多克善于构建的一种象征和隐喻的语言表达，并以此来设置时间和情节。小说中的两个叙事基础要素，时间和情节在默多克的小说中经常处于非线性地延伸，这种多向性的交错延展有时甚至断裂分层，形成不确定的话语、行为和情感等空间。非线性时间上的叙述在动态的空间中产生跳跃和变化的情节。所以，默多克小说的后现代空间叙事方法经常通过非线性的时间来建立转换的空间，如从外在的空间设置转向内在的认知空间领域，这表明默多克小说的后现代空间叙事有两种特质：动态性和不确定性。通常情况下，常态的平衡空间不存在能量，能量的产出和阻碍可以相互消解。但默多克的空间构建是动态可变的，这种“变”性是因为存在不可消解的能量。所以，默多克小说空间的“变”性带来各种转向和变幻，比如情感、精神等。而“变”性也赋予了默多克小说的不确定性，例如默多克对诸多小说结尾采取开放式处理的策略，并无明确说明小说故事的结果，而是设置了想象的空间。再者，除了后现代空间叙事策略，默多克在诸多小说中运用了元小说、戏仿、互文性、碎片化等典型的后现代主义小说叙事手段，例如，在默多克的 26 部小说作品中不乏出现对“我”的指涉；《黑王子》（*The Black Prince*, 1973）中以大量的“露迹”行为去拼贴现实与虚构的界限以及《黑王子》中对莎士比亚经典戏剧《哈姆莱特》（*Hamlet*, 1599—1602）的戏仿等。因此，默多克小说中存在的后现代主义小说叙事技巧，亦是默多克成为矛盾的后现代主义小说家的原因之一。

默多克作为现实主义下矛盾的后现代主义小说家，其实在一定程度上打破了当时英国文坛的藩篱，并承前启后地对英国文学做出了贡献。故而，对默多克的关注和研究不应只着眼于定位其小说是现实主义风格，她作品中呈现的后现代主义个性亦值得考察和论证。

一、以“误”解“网”——解构视域下的《在网下》

艾丽丝·默多克的处女作《在网下》（*Under the Net*, 1954）于 1998 年被美国兰登书屋《当代文库》的编辑列为 20 世纪百大英文小说之一。之前的研究者把关注点放在小说的自由主题上，抑或是主人公的精神成长上，认为默多克通过此小说阐述着自己的哲学思想。贾文浩在其译序中写道：“艾丽丝的作品以哲学意味浓厚著称，但并不是滔滔不绝讲大道理、摆出一副严肃高深的面孔。《在网下》的故事情节并不复杂、曲折，人物不多，性格清澈见底，笔触细腻轻松，文风幽默诙谐，往往令人忍俊不禁。”[①] 它以杰克的寻居之旅为主线，逐渐展现了一幅与其所想截然不同的人物关系图，杰克对他者的误解、对四人情感关系的误判甚至对自己的原创《无言》一书的误读，反映了一系列无形的“网”将杰克与真实世界阻隔开来。在解构（Deconstruction）视域下，探析得出杰克的主体（Subject）思想、主观想象或传统理性思维导致了他的认知偏差，被认为“再现”世界的语言（Langue）亦是阻碍人与真实经验的“网”。通过分析各个层面之“网”，我们可以更好地认知自我与他者，并对固化的语言观进行反思。

1. 对他人的误解：主体之“网”

杰克是一个以自我为中心、居无定所甚至一度以感冒新药实验中心为家的文艺男。小说一开始他和芬恩就被女友玛格达伦扫地出门，从此开启了漫长的寻居之旅，上演了一幕幕生动又滑稽的故事，比如杰克偷听萨蒂与萨米的谈话被别人当成疯子，和芬恩撬门偷“火星”时打不开笼子就连狗带笼一起搬走，跟踪安娜途中发现被跟踪者不是安娜，深夜跳窗潜入医院只为尽快见到雨果，等等。这期间他听到的抑或是看到的，经过主体意识处理后，总是得出与事实相左的结论。虽然萨蒂说过她那烦人又甩不掉的追求者是雨果，但杰克直接忽视了她的话，并几经思考最终得出自己的前女友安娜才是雨果爱的人，他怀着不安的心情不辞劳苦地寻找，当找到雨果才知道事实上一切都如萨蒂所言，这时，杰克两手抱着脑袋摇晃，“她告诉我了！但是，当然，我不相信她”（《网》：227）。杰克本来早该知道雨果爱萨蒂，但他仍然按自己的理解去判断，以至于即便真相早就在眼前，他却兜兜转转了很久。此外，对于芬恩的离开他也是不相信，廷卡姆太太说芬恩之前说过他要回爱尔兰，芬恩也曾告诉过杰克的。“‘他告诉过，我要想想看，’我说，‘不过我不信他。’但这句话又很耳熟。”（《网》：251）又是同样的想法，对于他人说过的话，杰克一贯不放在心上，也不以为然，每当事情发生时就只剩下措手不及。

是什么导致杰克一次次误解他人？杰克不相信别人、无法理解别人在很大程度上是因为杰克深受西方主体性思想的影响。这可追溯到文艺复兴和启蒙运动时期，新兴的资产阶级高举人文主义旗帜，确立现代社会中人的主体地位，笛卡尔的“我思故我在”（I think therefore I am）开启了近代西方哲学主体之建构。在

① 艾丽丝·默多克:《在网下》，贾文浩译，北京:燕山出版社，2018 年，第 5 页。后文出自同一著作的引文，将随文标出该著作简称《网》和引文出处页码，不再另注。

这种传统思想影响下，杰克建构了自己的主体地位，他以自我为中心，注重自己的想法和感受，把他人置于自己的思维框架里，忽略了他者的差异性。他不能理解雨果爱萨蒂这件事，“我感觉不合逻辑，雨果爱萨蒂的不可能性，让我无法用语言表达，面对雨果爱萨蒂的事实，我欲言又止。‘她不值得你爱’这句话就在我舌尖上了，可我没说出来。这毕竟不是原因。‘但是你认识安娜，’我说，‘谁能认识安娜而宁可选择萨蒂呢？’”（《网》：228）杰克总是站在自己的角度思考，甚至完全用自己的视角取代他人的视角，把自己的认知、感受投射给他者，忽视了他者的想法和感受。

现代西方人的主体意识随着西方文明的发达强盛，被赋予了至高无上的崇高地位和领导作用，杰克就是深受其影响的代表。戴夫就曾提醒过杰克：“老想你的灵魂。问题就在这儿，不能老是想你的灵魂，要替别人着想。”（《网》：22）连他自己都意识到了自己是缺乏替别人着想的人，他曾以一背对河水的独立的房子自喻，“我怀着疑虑和好奇打量着房子，似乎它懂我，也在和我对视。这是那种只顾自己的房子，门前有块乱糟糟的园子，围墙及肩。”（《网》：30）杰克的主体意识，具有唯我论倾向，在弗莱德·多尔迈对主体性的反思中，提到导致现代主体性衰落的原因之一是以自我为中心的占有性个体主义，杰克身上体现了这种特性，表现在他对爱的理解上。安娜曾这么说过他：“爱是行动，是用不着说出的。不是那种非占有不可的极端感情，你从前总这么想。”（《网》：37）

在思考和评价他人时，杰克身上体现了传统的“逻各斯中心主义”，它使得西方传统的形而上学思维方法建立在一正一反二元对立的基础之上。杰克在看待芬恩时，“不过有一样是清楚的，我俩不是平起平坐”（《网》：1）。“别人总以为他是我的仆人，久而久之，我自己也就常有这感觉了。”（《网》：2）“我俩床不够用的时候，睡地板的总是芬恩，好像这是理所应当的。没错，我老对芬恩发号施令，不过是有原因的，芬恩自己没什么主见，不懂怎么利用自己的时间。”（《网》：2）主人和奴仆正是人人熟悉的两项对立，前者优越于后者，是更高层次上的存在，代表或属于逻各斯，也是确立两者关系的中心、基准。杰克把芬恩放在次要的位置上，觉得芬恩是一个没有内心世界的人，他在自己与芬恩中建立起主人 / 奴仆的两项对立模式，认为芬恩低他一等，这份可贵的友谊也因此渐行渐远。但杰克自认为芬恩喜欢腻歪他，芬恩围着他转就是理所应当的，以致后来芬恩的离开使他困惑不已、措手不及。杰克也暗自给安娜和萨蒂分了等级，认为安娜是优于萨蒂的，这也从某种程度上解释了为什么他认为雨果会爱安娜而不可能爱萨蒂。

如何走出这个认知误区？德里达（Jacques Derrida, 1930—2004）的解构思想给出了一种答案，他向整个西方的形而上学思想传统的根基发起了顽强不懈的攻击，以他为代表的解构主义具有积极的批判意义。德里达的思想起先是受到德国哲学家海德格尔的启发。海德格尔指出："个体与世界的关系，主要不是由遵循笛卡尔—洛克传统的传统哲学家所设想，甚至保持在康德和后起康德派唯心主义中的认识性质；个体同他的世界的关系不是主体—客体的关系，而是一种直接、主动的参与的关系。"[①]海德格尔拒绝将人置于思想的首位，他摒弃主体，反对逻辑，质疑主客体对立的思维方式。小说中的杰克总认为自己就是主体，绝对的自我中心主义，从自己的角度看问题，忽略他人的感受，因此总是误解他人的想法。要走出这个误区，就应该站在他人的立场上看问题，倾听他人的声音，尊重和理解他者的差异性，消解主体，解构二元对立等级秩序，平等客观地评价和对待他人。

2. 情感关系的误判：主观想象之"网"

存在主义的代表人物萨特对默多克《在网下》的创作产生了重要影响，小说主人公杰克深陷自己建构的情感关系中，对于很多事物的看法仅凭主观想象，是存在主义的体现者、践行者。存在主义是一种非唯理主义哲学，它"重视人的热情和审美的性质，重视他的苦恼、爱情、内疚的感情以及内在的自由的意识，它是沿袭浪漫主义的传统的"[②]。默多克著有《萨特：浪漫的理性主义者》，19 世纪初，许多哲学家就试图把理性主义和浪漫主义结合起来，黑格尔（Georg Wilhelm Friedrich Hegel, 1770—1831）就是其中之一，他在《精神现象学》里考察的意识形态或者精神发展的阶段可分为五个大阶段：意识、自我意识、理性、精神、绝对精神。[③]杰克处在前三阶段，即主观精神的三个环节，在某种程度上，杰克是个理性主义者也是个浪漫主义者，他关注自由、新奇事物、奇遇和冒险，当他看见萨蒂和萨米在一起说话时，"我凭直觉立刻明白，这两人在一起没好事"（《网》：114）。即使听到的信息不确切，杰克也会加上自己的"逻辑"推理，然后下结论。"现在我才明白过来，我来偷听对了。萨蒂和萨米绝对是图谋不轨。但图谋什么呢？要在伦敦逮谁呢？从逻辑上分析，萨蒂在出卖雨果，毫无疑问，因为她嫉妒雨果喜欢安娜。"（《网》：115）

他完全用自己的理解看待生活，每遇困境就会不断地向自己提问，并通过主观想象进行解答。"安娜什么时候拿到的这本书？我对雨果的背叛行为，她知道多少？哑剧场的意义何在？雨果和安娜是什么关系？关于我，还有什么事他俩可能互相没有说？"（《网》：82）杰克乐于思考，但不结合实际情况，很多情况下

① 弗兰克·梯利：《西方哲学史》，葛力译，商务印书馆，2017 年，第 668 页。

② 同上，第 666 页。

③ 黑格尔：《精神现象学》（上），贺麟、王玖兴译，上海人民出版社，2013 年，第 26 页。

只是凭主观想象，却自以为经过一番理性思考找到了正确答案。

> 我猛醒过来，雨果爱的不是萨蒂，而是安娜。安娜众多的爱情俘虏中，又添了一个雨果，安娜总那么看似无意却有意，道是有情又无情的，搞得身边的男人晕头转向、魂不守舍。当然，安娜偏又是那种雨果可能爱上的女子。这情形让萨蒂醋意大发，怒火中烧，没准由爱生恨，与雨果为敌，偏巧我又撞进来，人家正筹划设局，便不由分说把我派了用场。(《网》：82)

杰克的思维方式继承了近代西方哲学理性主义（Rationalism）传统，认为所有的知识都起源于个人自身，起源于孤独自我的理性思考。“整个西方的形而上学思想传统，从柏拉图的理念，到笛卡尔的‘我思故我在’，再到黑格尔的‘绝对理念’，无一不是以西方人的理性与自我意识为基准、中心。”①杰克的理性思考大多是其主观臆想，对他人与自己的情感关系妄加推断。事实上，萨蒂让杰克看管自己公寓目的是阻挡雨果的纠缠，她喜欢的人是杰克。

杰克的主观臆想使他的认识与事实相去甚远，且到了夸张的地步。关于那个哑剧场，他又开始了他的想象：“也许剧场还就是为抓住安娜的兴趣和注意力设计的，意在弄成个镀金囚笼，将她幽闭其中……那个漂亮的剧场，就是安娜的寝宫，是雨果建造的宫殿，安娜就是这宫殿里的女王。一个不自由的女王。”（《网》：82）当在萨蒂的公寓里接到雨果电话那一刻，他紧张极了，没听他说完，雨果就挂了电话，杰克就想，“他一听我报了身份，该有多么厌恨、憎恶啊。连一句话也不屑跟我说。”（《网》：84）而事实上，雨果挂他电话，并不是憎恨杰克，而是因为他没想到自己对萨蒂的纠缠已经发展到萨蒂找来守护者的地步，而且还是杰克本人，他很错愕，感觉羞愧难当所以挂了电话。杰克从开始写作到出版《无言》一书的过程中曾被自己的主观想象折磨得几近疯狂。他秘密记录与雨果的谈话，起先这个秘密活动对他和雨果的友谊毫无影响，他们的谈话在继续，像从前一样新鲜，挥洒自如，话题像源头活水，永不枯竭。但是随着那本书影响渐增，好像同伴的血被抽走了一些，意识到自己欺骗了雨果，他对雨果的应答也不再坦率，哪怕是与此无关的话题。杰克担忧自己会失去雨果这个朋友，坠入了忧郁的深渊，尽管照旧常跟雨果见面，却很难开口和他说话。他的主观想象使其心灵备受煎熬，直至后来病倒。在克莱夫王子酒店杰克拒绝了玛琪给他提供的一个挣很多钱的闲职，这之后他开始想象改造玛琪的幕后保护人是谁。先是那个在印度支那搞船运

① 王泉、朱岩岩:《解构主义》，收入赵一凡等编选《西方文论关键词》，北京：外语教学与研究出版社，2006年，第262页。

的人，然后是某个精明的英国人，再者是以《我们胜利了》一书而成名的作者让·皮埃尔（杰克曾经翻译过他的书）。“我又把这事想了一会儿，然后断定这实在是不可能的。我的三个假设中，第二个是毫无疑问的有可能。”（《网》：185）他的一系列设想对于人物情感关系的解释并无帮助，杰克仍然处于“误”中。

杰克的主观想象尤其体现在对安娜形象的设定中。他认为自己爱安娜，并曾以为安娜也爱他。当他跟踪安娜到树林里时，他在想：“此刻她在想我，随时希望我出现，经过这么长久的追寻后，我对此深信不疑。这是一场邂逅。”（《网》：196）与其说杰克爱安娜，不如说他爱他想象中的安娜，他说他喜欢詹姆斯和康拉德小说里的女人。他觉得他认识的女人往往没什么经验、不善言谈、容易轻信、头脑简单，而他发现安娜是深沉的，感觉她神秘，深不可测。而事实上，他所想的安娜与真实的安娜是有差别的。解构视域下，杰克想象中的安娜是不在场的安娜的“替补”，安娜“不在场”留下的踪迹在杰克心中逐步建构了安娜并不完整的形象，杰克将他构想的安娜当成了安娜的全部，加上曾经的片段不断重演，安娜性格的“延异”，这让杰克自认为爱安娜的想法日益固化。

杰克的主观想象或是他所认为的理性思维一次次地被事实颠覆。当他从雨果口中听到安娜，知道安娜爱上雨果其实就只看了一眼时，极其痛苦。他很难相信自己眼中那个深沉又冷静的安娜竟会如此疯狂，“我努力从这个疯女人身上辨认出我所知道的安娜，那个冷静温柔的安娜，永远是让自己的追求者们互相感觉平衡，仿佛一个不偏心的母亲。我心痛得很深”（《网》：230）。后来每当他想起安娜，“我对安娜的回忆完全变形了。每个片段都插进了一个新的维度。”（《网》：240）“想到此，我脑子里每一幅安娜的图像，似乎都污损了，感觉连记忆中的形象也走样了，好似雕像上渗出了血。”（《网》：241）杰克爱安娜是因为他想象中的安娜“替补”了不在场的安娜，可以说他爱的是他想象中的人物而并非真正的安娜。

> 她像一个巫师的幻影一样消失了；然而，她的音容笑貌宛如在我左右，比以往任何时候都更实在。我似乎头一次有这感觉，仿佛安娜现在的存在是独立的，而不是我的一部分。体会这种感觉，痛苦之极。但当她的形象出现在我眼前，我努力把目光定在她身上，总有一种创作感，也许压根儿就不是真爱，虚幻的伪装而已。（《网》：241）

杰克最终开始重新思考他对安娜的感情。也许是因为他的人生需要这么一个捉摸不透、神秘又深沉的恋人，他认为安娜是这样的理想恋人，而实际上杰克想象中的安娜是安娜漫无际涯的延伸系列，是在场的安娜之无限“延异”。杰克在思考自己与他人关系时在很多情况下存在这种“替补”现象，他总是用主观想象代替不在场的他者，从而一次又一次地误判自己与他人的情感关系。

小说最后以杰克和廷卡姆太太关于猫咪玛吉生的四只小猫咪的谈话结尾，这正是对僵化思维模式进行解构的开端。

“我闹不清，”廷卡姆太太说，“为啥那两只是纯种的暹罗猫，可另外两只完全两样，总觉得四个应该都是一半花猫一半暹罗才对呀。”

“哦，不过总是这样的。很简单。”我说。

“那为什么？”廷卡姆太太说。

“哦，”我说“原因就是……”我一时语塞。原因我也不知道。我笑了，廷卡姆太太也笑了。(《网》: 258)

这短短的对话，似乎做了一个象征性的总结，人们总是倾向按自己的逻辑去思考问题，而事实上很多事情并非我们所想，有些事情并不是按常理就可以推断出来。即使理性思维下的产物也并非正确，主观想象更不能代替事实真相，认识到这一点，才不会执着于错误的推断。

3.《无言》的误读：语言之“网”

小说《在网下》呈现了对许多事物的不同看法，除了引人深思的错综复杂的情感关系外，值得注意的还有关于语言的讨论。语言是人认识自我、他人和客观世界的工具，整个语言系统早在我们出生之前即已存在。当我们学习语言时，这个潜在的语言文化系统逐渐将其整个结构与秩序强加给我们。语言是思想的载体，西方形而上学的哲学思想就潜伏于这语言体系中。英美分析哲学认为世界是由语言决定的世界，语言赋予我们经验，可以陈述我们世界中的全部事实，那些不能用语言表达的，即不属于我们的世界。语言观建构了世界也建构了我们自己。维特根斯坦在他的《逻辑哲学论》中提道“我的语言的界限意味［着］我的世界的界限。”“世界是我的世界：这表现在语言（我所唯一理解的语言）的界限就意味［着］我的世界的界限。”[①] 这似乎在表明语言描写着世界，而语言描述不了的世界就不是我们的世界。

人们有意无意地受语言界定世界、建构现实这一思想的影响。杰克作为一

① 维特根斯坦：《逻辑哲学论》，贺绍甲译，商务印书馆，2017 年，第 85 页。

名以语言为工具的作家更是如此，而雨果的语言观刷新了他看待整个世界的眼光。“唯一的希望就是免开尊口，一开口描述，就完了。”雨果说，“语言无法让你表现事发之时的真实状态。”（《网》：56）“整个语言就是架机器，用来造假。”（《网》:57）作者默多克借雨果这一人物来颠覆杰克所代表的固化的思维模式。“我从来没有遇到过雨果这种思维的人，凡可称为形而上学或世界观的东西，他一概无意识。也许是因为他每遇一事，总想搞清本质——好像每当此时，他的头脑都异常清晰，探究这问题而乐此不疲。结果往往令人惊异。”（《网》：54）杰克每一次与雨果的谈话都感触颇深，他背着雨果把他们俩人的谈话记录下来，编写成书出版了《无言》，书名的用意在于表现语言哲学中的沉默概念。在《无言》一书中，安南戴恩（杰克认为的雨果的原型）说道：“一切理论阐述都是思想的飞翔。我们必须跟从情况本身，这是无法言说得具体的。实际上，是我们从未足够接近，不管使多大劲在网下爬，都无济于事。”（《网》：79）

只有最了不起的人，才能既要说，还要真实……对大多数人来说，几乎所有的人，真实是可以获得的，如果真发生，仅在静默中。唯有在静默中，人的精神才能触到神圣。这道理古人明白。普绪喀被告知，如果她说出自己怀孕，她的孩子会是只能活一生的人；如果她保持沉默，孩子会是神。（《网》：80）

艺术家们乐于以无声去表达一种难以言说的感觉。说出来的话语是谎言，剩下的只有沉默不语。小说中的哑剧就是无声的表现手法，“演员们一直在悄无声息地做动作，仿佛让整个剧场都中了魔法……我看到了用脖子和肩膀展示的那种奇异的表现力，印度舞者擅长的那种。他们的左手做着各种传统的舞蹈动作。这种哑剧，我以前从没看过。有一种催眠效果。”（《网》：32）这种无声的表现手法让人联想起济慈（John Keats, 1795—1821）的《古瓮颂》(*Ode on a Grecian Urn*)里的诗句，“Heard melodies are sweet, but those unheard are sweeter”。这似乎都在说明许多无声、无言的东西有多么美妙。如果说语言的界限意味世界的界限，那么不禁让人发问：那些语言描述不了的美妙就不是我们的世界吗？后期的维特根斯坦一反他前期的语言观，提出：“语言和游戏一样，无法对之下定义，语言的意义在于语言游戏即实际活动中。这样，维特根斯坦终于从语言与世界的对应关系，转到语言与世界的语境关系上来。”[①]“网”的概念也来自维特根斯坦的语言哲学，即语言不能表述经验以外的东西，用它来表述真实世界，如同隔靴搔痒，事与愿违，这样看来语言并非建构了世界。

① 战菊:《语言》，收入赵一凡等编选《西方文论关键词》，北京：外语教学与研究出版社，2006年，第803页。

解构逐步让人从万物的中心，退到连语言也把握不了反要被语言把握的境地。昔日那种要写出真理与终极意义的冲动，至今都退化为今天的“无言”。在德里达看来，“语言是延迟与差异永无止境的游戏，而意义也只能从无数可供选择的意义差异中产生”[①]。文字不是外在实物的反映,文本也不再是外在世界的再现，杰克总想一而再、再而三地修改《无言》中的观念，想让其更精彩耐读。然而事实上,安南戴恩只是雨果的龌龊漫画,比如雨果从来不会使用“理论”或者“一般性”等词语,而杰克认为自己也还没有达到超出雨果最晦涩的观点表述的水平。杰克努力通过语言希冀能接近真实，然而无论是安娜在那个哑剧场里念的台词还是他写在书中的文字都只是雨果的回音和拙劣的模仿。

阅读与写作充斥着我们的知识和经验世界，然而我们的世界除了解释，别无他者，阐释者无法超越解释。作为一名作家，杰克少不了在他的书中大规模修饰润色，不断地调整、补充，殊不知已被囚禁于语言的牢笼。在杰克的记忆里，过去的谈话并不是那么清晰，重述出来的情形与原来多有出入，面对的是修辞和差异构成的无休止的符号游戏，他的改写也将是永无止境的。几年后当他重新拿到《无言》这本书时，他觉得它被赋予了一种莫名其妙的独立感，而他仍然没有放弃再次修改的念头。杰克认为这书中的观念是从雨果那儿学到的，他偷偷地做了笔录不啻为一种出卖，他充满着隐秘的罪恶感。《无言》出版后他更是刻意躲着雨果，一直没有勇气告诉雨果。有一次雨果的头受伤被推进了医院，杰克再也受不了内疚的困扰，深夜潜入雨果的病房准备跟雨果说清楚，没想到雨果问他，“杰克，你还没有告诉我，你为什么消失了？莫非是我做了什么得罪你了？”（《网》：222）紧接着还是雨果先提起了《无言》，让杰克意想不到的是，雨果根本没有意识到这本书的思想来源于他本人，也从未因此书的出现而怪罪杰克，他甚至问杰克：“我发现有些地方很难啃。你从哪儿弄到那些概念的？”（《网》：221）杰克这才发现自己日夜担忧的问题其实根本不存在。正如雨果所言，他们当时的谈话是杂乱无章的，而《无言》读起来很不一样，他从其中学到了很多。

原来杰克一直在误读《无言》。尽管这是他的原创，但杰克的思绪还一直停留在与雨果谈话的场景里，自认为这本书就是雨果的思想笔录，殊不知用语言写出来的《无言》早已变了样，它无法还原“在场”。再者，杰克忽略了自己在创作《无言》时其实并没有严格按照记忆，有时取决于整体框架之需，为了前后连贯、谋篇布局，已远离了原型，歪曲了事实。此书被写成后已带有与当时“在场”谈话的不同的文本痕迹。其实《无言》是属于杰克的作品，他只是把过去与雨果

① 王泉、朱岩岩:《解构主义》，收入赵一凡等编选《西方文论关键词》，北京：外语教学与研究出版社，2006年，第262页。

“在场”谈话的内容通过扬弃渗入其中，而杰克之前一直认为《无言》来源于雨果，阅读此书便是阅读雨果的思想。安德鲁·德比基用解构主义阐释诗歌时曾写道：“每一种阅读都是误读（不是错误的阅读，而是不完全的阅读）。”[①]语言是需要被重新认识的，它不再是“再现”世界的镜子，而是人类现实生活中无法跨越的“网”，它把人与真实世界及人的真实经验阻隔开来。人按照他的语言形式来接受世界，这种形式决定了他的思维、感情、知觉和意识的格局。语言之外的世界是难以想象的，小说的名字“在网下”象征着我们无法挣脱由语言编织成的“网”。尽管如此，解构主义已然为杰克的误读行为提供了一种阐释，批判了传统语言观，有助于我们更好地认知语言与世界。

解构主义反对形而上学、逻各斯中心乃至一切封闭僵硬的体系。《在网下》是一部哲学意味浓厚的小说，主人公杰克一次次步入误区的背后暗含的是一系列阻隔人与真实世界的“网”。形而上学主体性、主观想象和固化的语言观导致了杰克对他人的误解、对情感关系的误判及对其原创《无言》一书的误读。解构主义为杰克之“误”提供了一种阐释，且它提倡的消解主体、反对二元对立、替补、延异等批判理论与策略为认知和了解自我与他人提供了新思维、新方法。

二、《独角兽》中独角兽意象与性别操演

作为传说中一种象征着美和高洁的神圣之物，独角兽在艾丽丝·默多克的笔下是作为汉娜（Hannah Crean-Smith）外化的意象。默多克的小说《独角兽》（*The Unicorn*, 1963）揭示了主体通过对自身理性的认识来指引行为，但实际上主体的行为和结果常受到潜意识和客体不可逆的力量所影响。故事由外来人玛丽安·泰勒（Marian Taylor）作为叙述的视角而展开，玛丽安以家庭教师的身份来到盖兹（Gaze Castle），是盖兹女主人（汉娜·克里恩·史密斯夫人）的语言老师。随着故事的深入讲述，玛丽安获知汉娜家族联姻的婚姻生活并不幸福，丈夫彼特·克里恩·史密斯（Peter Crean-Smith）是汉娜的大表哥，也是一个年轻的恶棍。婚姻的不幸随着皮普·列殊（Pip Lejour）的出现引起了波动，汉娜与皮普坠入了爱河。但是，在丈夫的情人兼性奴吉拉尔德·司各托（Gerald Scottow）的设计下，汉娜的出轨被彼特发现了，从此汉娜被关禁起来。彼特在与汉娜的一次争执中，失足掉落悬崖并导致了残废。事发之后，吉拉尔德和汉娜的亲戚维丽特（Violet Evercreech）及杰姆西（Jamesie）姐弟一起将汉娜监禁在盖兹“牢房”内，所以

① 朱刚：《二十世纪西方文论》，北京：北京大学出版社，2015 年，第 327 页。

汉娜是一个因被丈夫彼特发现偷情而被软禁的“囚徒”，她的囚徒角色是在被监管的外力下塑造的。基于他者（彼特、吉拉尔德、杰姆西等）外力作用的结果，汉娜的囚徒身份是独角兽意象化的产物，其独角兽意象的建构和解构是意象神性的存在与消亡的过程；而汉娜作为独角兽的意象又存在着反作用力，主宰着小说人物的情感转向和性别操演。正如书中所言：“精神上的东西就是反常的。负罪的灵魂无处可逃。束缚她（汉娜）的东西也以各种方式束缚着我们大家。”[①] 所以，无论是汉娜被囚犯化后冠上了独角兽的意象，还是汉娜作为独角兽赋予了众人行为和情感的驱动力，都是在他者实施监禁的行为和汉娜成为囚徒的相互过程中，产生共同及相互的约束或束缚作用于彼此。而汉娜独角兽意象是他者外力作用的结果，其自身作为意象的存在又主宰着小说人物的生命力态势。本节通过分析汉娜独角兽意象基于他者外力作用的建构与解构过程来剖析在独角兽意象的反作用力下，他者生命力表现——情感转向和性别操演，以期揭示主体的行为并非完全由自我中心意识所主导，事实上，主体的行为导向也会受其潜意识和客体的不可逆因素所限制。基于此，探究事物发展的因果规律并非单向作用的结果，往往由多重作用力共同塑造而成。

1.《独角兽》与独角兽之意象

哥特式小说自诞生之日起就以其独特的美学表现形成了不同的文学和文化景观，在文学作品中以自身的独特性吸引着读者，如恐怖、死亡、诡异、神秘、城堡、癫狂等哥特式元素特征。18世纪后半期在英国文坛，很多作家开始以新颖吸睛的体裁、主题等活跃于文学界，哥特式小说因此进入读者的视界。英国爱尔兰小说作家艾丽丝·默多克的作品《独角兽》就是一部神秘而富有想象力的哥特式爱情故事。默多克在《独角兽》中以萨特式的哲学思想，思考人类的思想和行为受限于主体的潜意识和众多客体的因素，其中包括非人为的不可逆力量。《独角兽》是一本中世纪神秘浪漫的恋爱小说，向我们展示了一片灰冷色调的画面和哥特式的遥远场景——一个遗世独立、景色荒凉的地方，除了两栋年代久远孤立的城堡，仅有黑色冰冷的海以及长有食肉植物的沼泽和绝壁。在这样一个场景里，小说中美丽超然的女主人公汉娜徐徐登场，默多克笔下的汉娜犹如被囚禁的独角兽般必需活在周围人们的思想中。汉娜周围的人们依靠自我心理的需求欲望，在独角兽化的汉娜身上寻得自身痛苦的释放和卸下自我的罪恶，所以汉娜就是众人塑造的独角兽。默多克以精细的文学之笔描述了小说中变幻莫测的人物间性爱和情感关

① 艾丽丝·默多克：《独角兽》，邱艺鸿译，译林出版社，2000年，第65页。后文出自同一著作的引文，将随文标出该著名称简称《独》和引文出处页码，不再另注。

系，但万花筒内的各种转向都围绕着汉娜独角兽形象的建构和解构过程而演绎。

作为默多克小说的代表作之一，《独角兽》的结构小巧精细，内容却丰富复杂，一经出版就引起了评论界的众多关注。国内外对《独角兽》的评论重点体现在三个层面：宗教、哲学和伦理。罗伯特·斯科尔斯（Robert E. Scholes, 1929—2016）认为，小说中盖兹城堡代表了中世纪传统的基督教义，而莱德斯城堡（Riders）表现的是柏拉图式的哲学思想。[①] 国内学者阳幕华从身体认知角度对《独角兽》进行理性批判，认为该小说“是一次借肉身哲学抗拒西方僵化理性文明的思想实验”，并认为人的存在性参与了整体的生存构建，人的理性无法消亡。[②]

国内外对《独角兽》的研究总体是围绕着故事的情节内容和人物角色的个性特征来分析该小说体现的社会学和伦理学层面的问题，但是各观点的分析和切入角度却并未真正地深入剖析过这种哥特式幻想的“独角兽”意象意义，独角兽意象又何以使得女主人公汉娜被赋予了此种意象的“神性”并发挥着影响思想和行为的作用。本节以默多克构建的“独角兽”意象为切入点，旨在剖析女主人公汉娜在他者作用力的管控下，其“神性”独角兽意象的建构和解构过程。基于汉娜独角兽意象的演变过程，她的神性意象的建构和解构亦会产生反作用力，操控着他者万花筒般的情感转向和性别操演。研究汉娜和他者的主体行为和意识在抽象的独角兽之意象中的产生过程，并得出主体应该结合主客观规律去认识自身和事物以指引行为和意识，因此，基于上述思路建构了如下独角兽之意象的关系链条，以期更深入地说明人类的行为和思想除了受自我意识的影响，更潜移默化地受存在的他因[③] 和潜意识的影响而被限制。故而思想，比如意志和理智，都受一环套一环可无限延伸的他因限制，从而得以存在和引导行为动作的产生，这在很大程度上说明思想的非自由性是必然形成的。以下是独角兽之意象的效应链条，本节将基于此链条做更深入的分析。

2. 独角兽之意象的建构与解构

作为意象派代表诗人，庞德在《回顾》中对意象做了这样的定义：“一个意

① Robert Scholes, *The Fabulators*, New York: Oxford UP, 1967, p. 118.

② 阳幕华:《从身体认知视角析艾丽丝·默多克〈独角兽〉对理性的批判》，载《当代外国文学》，2016年第4期，第78页。

③ 斯宾诺莎（Baruch de Spinoza, 1632—1677）在《伦理学》中表明：“一切事物不是在自身内，就必定是在他物内。”（参见斯宾诺莎:《伦理学》，贺麟译，商务印书馆，1997年，第4页。）从这个观点出发，事物存在都有其原因可寻，如非自因，必定是他因。故本研究以“自因”来表示主体之因，“他因”为客体或他者身上的原因。

象是瞬息间呈现出来的一个理智和情感的复合体。”①小说中的女主人公汉娜，就是被意象化的理智和情感的复合体——一个被人们审美化、情态化和神化的物象实体。但此研究并不只是为了引入庞德的诗论来分析独角兽作为一个文学的审美意象以期完成视觉功能的欣赏，而是为了剖析默多克构建的独角兽意象在汉娜身上演变的建构和解构过程，以此围绕该意象建立和消亡的过程，探究小说各人物的情感转向和性别操演，所以本节侧重解析独角兽作为一个意象的深层隐喻蕴意。

意象的建构：独角兽之意象与汉娜一体化。人们赋予汉娜独角兽的神圣属性，就如小说中通过麦克斯·列殊（Max Lejour）和艾菲汉·库珀（Effingham Cooper）的对话里指出了汉娜被神化成独角兽的目的：“从某种意义上说，我们都不由自主地把她当作替罪羊……在我们的头脑里她是我们的苦难的意义的化身。”（《独》：100–101）所以汉娜是受难者形象，受难者形象则是神的化身。汉娜被“神化”为独角兽般的存在，其实是被“囚犯化”和“神化”而已，但小说却使用更为高雅和带有隐喻意义的词语“独角兽”代替了汉娜的神性囚犯身份，目的是揭示汉娜独角兽之意象与汉娜一体化的建构存在更为深刻的蕴意。首先，汉娜作为独角兽意象是无自由的囚徒。斯宾诺莎在《伦理学》的“论神”一章指出：“凡是仅仅由自身本性的必然性而存在，其行为仅仅由它自身决定的东西叫自由。反之，凡一物的存在及其行为均按一定的方式为他物所决定，便叫作必然或受限。”②按照斯宾诺莎的说法，汉娜如果由自身的理性推出存在的原因去能动地指导其行为以得到结果，那么此为自由。但是汉娜存在意义的致动因③却必须依照他者对她管束和监控的方式来决定，所以汉娜被独角兽化成为囚犯是必然的结果。其次，在自我意识的指导下，汉娜也理智地认为当下的状态就是保持秩序的最佳形式，因为并无改变现状的方法，除非死亡。故而，汉娜必然得作为独角兽的囚犯身份履行着与众人制订的公约，而其囚犯的身份就是独角兽之意象的建构，或者是独角兽之意象与汉娜一体化。

汉娜独角兽之意象的建构“拥有”神的属性。在上文论述中，汉娜与独角兽意象的一体化是非自由下的必然结果，但这里用“拥有”似乎是自因性形成的属性，因为汉娜身上确实有吸引他人幻想的本质属性，从这一点来看，无疑类似于“神”。从神话原型批评的角度来审视独角兽，可将此归类为第一类，即神启的意

① 马新国主编:《西方文论史》，北京：高等教育出版社，2008 年，第 348 页。

② 斯宾诺莎:《伦理学》，贺麟译，商务印书馆，1997 年，第 4 页。

③ 根据斯宾诺莎的观点：“神不唯是万物的存在的致动因，而且是万物本质的致动因”（参见《伦理学》：26）表明实体的存在和本质是由神支配的。继而这里引用“致动因”说明独角兽神性意象的存在动因是借助外力构建的，汉娜作为独角兽意象的存在便不具有绝对的支配力，只是具有相对的反操控力。

象，隐喻了人们幻想的世界。[①] 小说中的人物都有基本的宗教信仰，在他们的认知里，独角兽是神圣的，因而汉娜独角兽意象的建构必然伴随着神性。斯宾诺莎对“属性”做出界定，他认为：“属性，我理解为由知性看来是构成实体的本质的东西。”[②] 由此观点来看，如果汉娜独角兽意象具有神性，那必然得分析具体构成其神性本质的因素，这些建构的神性因素可归为三个外因：他者对汉娜实行不同形式的监禁，他者对汉娜的幻想或想象以及客体不可逆现状。

第一，监禁的开始是汉娜独角兽意象拥有神性的开端，且汉娜成为囚徒被塑造成神圣独角兽之意象具有内因和外因。在小说的描写中，汉娜在盖兹城堡日夜受到监控：受丈夫的同性恋性奴吉拉尔德和维丽特姐弟的实时看守；被皮普长达七年的偷窥等。汉娜身上戴着来自众人不同形式的镣铐，镣铐代表他者不同类型的罪和目的，而小说中的人物对于罪和救赎的认知都受到强烈的自我意识操控，忽视了个体潜意识和客体环境的作用，所以通过建立一个受难者的神圣形象，以期释放自身的罪来得到救赎。故而，他者的原罪内因是汉娜成为神性独角兽的根本原因。再者，他者也因为两个外因从而挑选了汉娜作为神圣的受难者。首先汉娜出身高贵，汉娜的美丽高贵及其地位赋予了汉娜与众人之间的距离感，距离便可使众人凝视。其次，出于汉娜的偷情和谋害丈夫的原因，他者有了一致的行为导向——囚禁汉娜使她变成美丽的囚犯，以受难者的独角兽形象替他者受罪。因此汉娜便是最佳的人选，众人通过不同的形式对汉娜的监控形成了重重的镣铐锁在汉娜身上，目的是释放自身的原罪，或者说他们需要如同耶稣一般的实体，而汉娜就是最为理想的目标。

第二，汉娜独角兽意象的建构源于他者的幻想或想象。神存在于人们的认知域中，比如想象，汉娜恰好满足了他者情感的幻想欲望，所以汉娜独角兽意象是在主体意识认识下产生的美的精神物质。斯宾诺莎在《伦理学》中是这样界定“想象”的：“凡是属于人的身体的情状，假如它的观念供给我们以外界物体，正如即在面前，则我们便成为‘事物的形象’，虽然它们并不真正复现事物的形式，当人心在这种方式下认识的物体，便称为想象。”[③] 比如在小说中，艾菲汉对汉娜的爱是出于自己的想象，他想象汉娜是纯洁的囚徒，如同圣洁的女神，并潜意识地用汉娜的独角兽意象弥补幼时自己母亲形象的缺失。这些小说人物的想象皆有个

① 神话原型批评的集大成者，诺思洛普·弗莱（Northrop Frye, 1912—1991）在其著作《批评的剖析》（*Anatomy of Criticism*, 1957）指出原型意象由三大意象群组成：神启的意象、魔幻的意象和类比的意象，由此构成文学作品的基础。（详见诺思洛普·弗莱：《批评的剖析》，陈慧等译，天津：百花文艺出版社，1998 年，第 99 页。）

② 斯宾诺莎：《伦理学》，贺麟译，商务印书馆，1997 年，第 3 页。

③ 同上，第 64 页。

体的情感表现，通过外界的人或物来复现、重构自我认识的缺失。想象的发生需要两个条件：场域和距离。汉娜作为神化的独角兽，有限定的存在场域。盖兹城堡就是汉娜每天的活动范围，范围的划定自然而然地建构成了一个想象的空间。再加上不可触性和模糊性，使得汉娜作为独角兽的形象与众人产生了距离，因此，想象便成为他者尝试获得宣泄和愉悦的途径，这就是想象的功用使得众人在思想上对独角兽化的汉娜有了意识上的触碰。所以，他者的想象目的是满足自我的宣泄和实现个体的愉悦。

第三，汉娜独角兽之意象的神性化源于客体不可逆现状。不可逆即是不可变，也是必然存在且无法以理性管控的状态，所以秩序便成了现状的根基。小说中的人物具有非常强烈的自我意识，对客体的不可逆性缺乏正确的审视，从而各自遵守着“公约”——汉娜作为他者释放罪的实体，以独角兽意象受众人意识上的想象和行为上的掌控。这种公约在吉拉尔德的视角下是这样描写的：“这种生活不属于我，我属于它。它就是这里唯一能够存在的生活方式，是生活在这里的人们共同努力的结果。这种模式在这儿是最有分量和权威的，绝对地有分量、有权威，所以大家都必须遵守。”（《独》：156）再者，小说里汉娜和他者都能通过自我认识找到原因，却往往受控于潜意识的操演，有意无意地忽视或者缺乏对客体不可变性的正确认识，因为小说中似乎一个细微秩序的改变都会造成界限的紊乱，从而必然需要付出赔偿的代价。如在一次盖兹城堡内的音乐晚会上，丹尼斯·诺兰（Denis Nolan）的一曲钢琴弹唱让汉娜心神越过了理性，短暂的崩溃让城堡众人命令其恢复原状，而几天后，汉娜又回到以往，继续与他者履行着相互的公约。这种恢复的秩序是潜意识操控下的无形产物，认为痛苦的现状是必然存在的，且并无可变力量去改造，所以汉娜以独角兽的形象继续承受着源于客体的苦痛。

此外，汉娜理性地认为自己活在他者的想象之中，不想亦不会去改变。这或是出于所谓的善，或是出于赎罪，抑或是反抗力量褪去的原因，对这些缘由汉娜并没有做出过正面的解释，但她对于当下的客体现状和自己作为独角兽的存在却又能非常清晰地做出判断。汉娜认为：“我属于这里，完全属于这里。如今再到别的什么地方可不是件简单的事，它会让我变得面目全非。”（《独》：95）所以，汉娜自己坚定地认为，作为独角兽意象的存在无疑比跨出盖兹的神圣圈后变得面目全非要体面得多，她不愿更不会打破现有的宁静。而如小说所言，“任何权力下都有受害者，他们之间会互相感染。为了把苦难延续下去，他们用全力对别人施加影响。”（《独》：101）故而他者害怕汉娜的自我行为会玷污神圣纯洁的独角兽意象，汉娜情绪失控的行为更会破除建立在她身上独角兽意象的神性，如此存在的理由便会消逝，亦不能寻得被认识和认识的意义。所以汉娜短暂的崩溃，令众人方寸大乱，因为作为神性独角兽意象的存在，其圆满性将会受到破坏，彼此间的公约受到威胁必然也会对秩序造成紊乱。从这一点分析来看，汉娜和他者的自我意识操控着主体的认知和行为的能动性，认为一切事物的存在都有原因，而主体总是通过自身去认识，却往往忽视了主体潜意识的非理性作用和客体不可逆性。因此，对客体不可逆性认识的忽视，是一种主体无法掌控的自然力，使得小说人物似乎在这种力的作用下各自履行着公约，那么必然地成为汉娜独角兽意象的神性光环的外因之一。所以，汉娜独角兽意象的神性在很大程度上是“被拥有的”和带有界限性的，且在神性的光环下必须不予反抗地忍受，并默默地履行着公约。

意象的解构：汉娜独角兽之意象递增式的剥落。解构的过程是递增式过程，具有累积到爆发再到消亡的过程。汉娜作为独角兽意象是解构的对象，但瓦解的本质应该是赋予在汉娜身上独角兽意象的神性光环。上文论述，汉娜作为囚徒身份与独角兽是一体化的，而赋予独角兽意象的神性则通过三种建构的外因所塑造，因此解构必然也需得从瓦解建构的因素开始。但必须得先厘清汉娜独角兽意象的递增式解构过程，再围绕情节线索去解析独角兽意象是如何将神性进行递增式的剥落。

小说开场描述了一幅与世隔绝的画面，这个画面随着外来人的进入开启了故事的铺展。这是一个被上帝遗忘的地方，生活在那儿的人们似乎没有波动。但是，汉娜的家庭教师玛丽安和情人艾菲汉的到来，开始打破了看似平静的生活。玛丽安来到后，好奇盖兹的生活，并困惑周围的人为何都笼罩着一股诡异的平静。而最让她没料想到的是，自己所教的对象竟是城堡女主人汉娜——一个美丽纯洁、神秘宁静的女神。但随着故事的展开，玛丽安渐渐知道汉娜的处境，认为汉娜其实就是一个需要被拯救的无辜囚徒。艾菲汉是莱德斯的主人麦克斯的学生，他常到盖兹小住，柏拉图式地爱恋着汉娜，艾菲汉希望汉娜向他求救，但汉娜却拒绝了。可以说，两个外来人的到来是解构汉娜独角兽意象的萌芽。随后汉娜在一次城堡音乐晚会上听完丹尼斯的演唱后短暂崩溃，可是很快又恢复以往，日子似乎并没有产生过波澜，但这次短暂的失控是汉娜独角兽意象的解构发展。这便更坚定了玛丽安拯救汉娜的决心，并且努力地游说艾菲汉加入拯救汉娜的计划。而结果是玛丽安和艾菲汉的计划破产，这是解构汉娜独角兽意象的增燃剂。汉娜回到城堡后，丈夫的情人吉拉尔德告知汉娜：彼特发来电报说不日将回城堡。汉娜无助又绝望地向吉拉尔德求救。可是最终汉娜并没有成功离开，因为电报之事只是吉拉尔德一手策划并导演的戏码，此时被监禁七年的汉娜于盛怒之下枪杀了吉拉尔德。汉娜枪杀吉拉尔德是解构独角兽意象的高潮，而几天后的汉娜选择自杀标志着独角兽意象的彻底瓦解。

从系列的解构独角兽意象的过程可看出，从解构的开始到幻灭本质上是解构了赋予在汉娜独角兽意象的神之属性，我们透过小说里发生的情节现象来探究汉娜独角兽意象的神性解构因素。联系到建构汉娜独角兽意象的三个外因，应解析出三个解构的本质因素：神性意象的限定场域破裂，他者的想象幻灭和对客体的认识转变。首先，本文分析第一个本质因素与小说情节现象的联系。前文表明，汉娜独角兽意象的神性存在具有场域性，必须得符合在限定的范围才能产生行为活动的原则，否则就会破坏场域内的公约和秩序。而玛丽安和艾菲汉作为从繁华都市来的两个外来人，必然会对已存在的场域内事物和主体进行重新认识。再者，外来人的到来是基于打开设定的界限之后才能产生进入界限的能动行为，所以外来人的“到来”抑或说“进来”都是基于场域需要被打开的过程才能实现。从这两点说明，外来人开始出现在盖兹城堡后，代表独角兽意象作为神存在的场域将不再是一个不可被认识的封闭式界限。故而，玛丽安和艾菲汉的到来之时就是解构汉娜独角兽意象神之属性的开始。

其次，独角兽意象解构的第二个本质因素是场域内他者想象的幻灭。依照上文所言，神存在于想象，如果想象的对象开始幻灭，那么必然注定神身上具有的神之属性也会被解构。其中，汉娜音乐晚会中的崩溃和失控，让众人开始慌乱，因为他们看到神圣独角兽的凡人一面。这是不被允许的，因为汉娜必须作为独角兽，必须具有神圣的距离，必须拥有让人凝视的界限，只有神圣的距离才会产生模糊性，如此才能产生想象的空间，进而产生想象行为后的宣泄和愉悦。所以这在很大程度上说明一点，汉娜独角兽意象是作为他者的审美对象用于得到自我的满足，而这一点可以用故事的发展情节来论述证明。

最后，汉娜独角兽意象解构的第三个本质因素是对客体认识的转变。从汉娜的短暂失控到玛丽安和艾菲汉拯救计划的破产，直至汉娜得知吉拉尔德的谋骗，此系列过程是汉娜由审视自我意识的局限开始逐步转向对客体真正的认识，也是从神圣的独角兽形象褪去，觉醒成为凡人的开始。吉拉尔德的谋骗可谓真正点燃了汉娜的熊熊烈火，这场大火烧的不是别人在她身上点燃的罪，而是真正认识到自我意识支配下所忍受长达七年的监视是为了赎罪还是出于善与恶的人性轮回。无论是出于何种缘由，监禁的意义和本质与汉娜的认识形成对立，此时的汉娜再也无法默默忍受这种无目的的监禁行为，尽管汉娜真正审视了“囚犯”或“独角兽”的存在本质，但这一切在谎言过后却成了更大的牢笼和虚无，并未得到过真正的精神自由。所以汉娜的自杀既代表着自身对客体的重新认识，也代表着汉娜真正走下神坛——独角兽意象完全解构。

3. 意象中的情感转向和性别操演

《独角兽》作为一部哥特式的爱情小说，描述了系列复杂的情感和性爱关系情节。万花筒般的情感变幻和复杂的两性关系围绕着小说人物间相互作用的有形和无形的力量，而这些复杂变幻的关系都在汉娜独角兽之意象下进行转向和操演。汉娜独角兽意象会释放出内在生命力，赋予在小说中的人物实体身上一种生命驱动力，而每一种生命驱动力都在各自的精神作用支配下寻找有形或是无形的存在。在汉娜独角兽意象建构与解构过程中，这种相互作用的力会找到具体的着力点表现为他者的情感转向和性别操演。

对于独角兽意象中的情感转向和性别操演，需首要解析小说人物在意象的建构和解构过程中所产生的情感转向。如果要分析情感转向这个命题，这里就很有必要对“情感”这个话题进行“老话重提”。斯宾诺莎在《伦理学》的第三部分“论情感的起源和性质”中表明：“我把情感理解为身体接触，这些感触身体活动的力量增进或减退，顺畅或阻碍，而这些情感或感触的观念同时亦随之增进或减退，顺畅或阻碍。”[①]从这个观点来看，我们首先可以肯定，情感是人类实体所有，一种通过身体表现来传达的活动，而人类的情感则是通过身体来做出具体表征，斯宾诺莎称之为情状。基于汉娜独角兽意象的建构和解构，小说中的人物情状伴随着极为复杂又多变的生命感受，人物间的情感线相互交织又不断变化着转向。因为汉娜独角兽意象是在众人自我意识指引下的能动产物，他者在自我意识的支配下去独角兽身上释放罪的意义以得到满足。所以反过来分析，汉娜独角兽意象赋予了众人内在生命，从而才能在意象中有形或无形地进行情感转向，比如他们情感表达为或流动、或停止、或爆发、抑或消逝。在《情感与形式》一书中，美国哲学家苏珊·朗格（Susanne K. Langer, 1895—1985）提道：“所有这些交融为一体不可分割的主观现实就组成了我们称之为的‘内在生命’的东西”，“人类的情感特征，恰恰就在于充满着矛盾与交叉，各种因素互相区别又互相接近、互相沟通，一切都处于一种无绝对界限的状态中。”[②]基于汉娜独角兽意象中的人物情感转向正是如此，各人物强烈的自我中心意识支配着各种矛盾却又彼此靠近的情感。

① 斯宾诺莎：《伦理学》，贺麟译，商务印书馆，1997 年，第 98 页。

② 苏珊·朗格：《情感与形式》，刘大基等译，北京：中国社会科学出版社，1986 年，第 6–7 页。

在盖兹这个隔绝的场域中，万花筒般的情感存在于一种无绝对的界限之中。

另外，小说人物中的情感转向是一种动态性具有确切过程和状态的体验，如此才能形成各个情感转向的交叉和依赖。但是，汉娜作为核心的独角兽意象，其情感线处于一种模糊状态，默多克并未在书中用感性的词语进行明确的情感描述。从经历丈夫彼特的情感幻灭，到与皮普发生情人关系，再到与艾菲汉产生柏拉图式的情感关系，汉娜似乎都处于局外人的状态，但这也正符合汉娜独角兽意象的神圣存在。所以，汉娜存在于独角兽意象中的情感转向是模糊的。但是围绕着汉娜独角兽意象的建构和解构过程，默多克却浓墨重笔地描写了玛丽安和艾菲汉的情感转向。小说中，玛丽安和艾菲汉的情感感受力非常强烈，随着汉娜独角兽意象的建构与解构过程来演变他们的情感活动，就如汉娜独角兽意象的神力找到了着力点，展现出不同的转向形式。所以，汉娜的独角兽意象建构与解构都释放出生命驱动力，在各个想象者身上找到着力点，又以各个想象者的情感转向呈现该生命驱动力的具体表现形式。

玛丽安经历了都市情感失利后，来到了盖兹成了汉娜的女教师兼女伴。默多克塑造的玛丽安具有多个复杂的情感转向，且在独角兽意象的支配下表达转变的情感。对于初到盖兹的玛丽安来说，汉娜是作为独角兽被囚禁于盖兹城堡的囚犯，城堡的周围环境神秘、险恶但又充满吸引力。最初玛丽安好奇各个人物间的关系，比如汉娜与吉拉尔德、吉拉尔德与杰姆西等，因此在新奇的体验和好奇的涌动支配下，初来乍到的玛丽安最初对高大简言的吉拉尔德莫名地心生仰慕，认为他是一位 40 岁出头又颇具军人风采的“绅士”，这种最初的形象牢牢占据了玛丽安的心灵。然而当玛丽安得知吉拉尔德其实是促使汉娜成为独角兽的原因之一，是汉娜丈夫的性奴和情人，并以管家的身份掌控盖兹和囚禁汉娜时，玛丽安便开始有了新的情感变化。此时，在玛丽安的视角看来，汉娜独角兽意象的神圣性更带有一种纯洁和无辜的属性，因而玛丽安向汉娜表明自己爱着汉娜，并认为自己承担着这一份拯救汉娜的责任，所以希望能从吉拉尔德监控的囚牢里拯救出这位美丽无辜的女神。然而，晚会上的汉娜爆发了片刻的凡人情绪，短暂地走下神坛，这让玛丽安情感转向变得更加复杂起来。此时汉娜独角兽意象在玛丽安的视角中已不再神圣如初，在独角兽意象出现裂痕后，玛丽安对吉拉尔德不再是仰慕，更多的是保持距离，并计划从这个“牢头”手上救出汉娜。随即，玛丽安与艾菲汉共同合谋拯救汉娜的计划。小说中玛丽安和艾菲汉都是强烈的自我中心主义控制者，玛丽安对艾菲汉的关系只是出于共同的目标，从而与他保持着既暧昧又理性的距离。玛丽安和艾菲汉的拯救计划破产成为汉娜独角兽意象解构的助燃剂，开始释放更大的驱动力并催生出其他的情感转向。作为拯救计划的参与者，玛丽安回到城堡，曾短暂地接受了吉拉尔德的情感同化。当时，慌乱的玛丽安并未拒绝吉拉尔德，但是随着情绪的稳定和理智的复位，玛丽安开始极其厌恶吉拉尔德。随着汉娜独角兽意象解构的深入发展，玛丽安的情感再次发生转向。玛丽安初见丹尼斯时并无情感表达，却在计划破产后开始赏识起这位似乎与自己有着共同内在的“养鱼”人士，将情感转向于一直未看上眼的丹尼斯。默多克将玛丽安对丹尼斯的情感转向描写得非常细致，把双方情感交流的场景换成了暖和的色调。然而，在吉拉尔德被枪杀和汉娜自杀之后，伴随汉娜独角兽意象宣告真正瓦解，玛丽安和丹尼斯的情感也随之宣告结束。双方对彼此的情感有了真正的认识，就如玛丽安和丹尼斯初次性爱的场景对白，彼此揭露了双方感情的本质：“听上去像动物交配似的”；“我们本来就是动物。”（《独》：212）最终，独角兽意象的幻灭标志着力的消散，也瓦解了盖兹的界限。玛丽安回到了都市，回到最初小说的情感起点，转向当初让她失恋来到盖兹教书的情人杰夫雷的身边。

与玛丽安相似，艾菲汉同样作为外来人进入独角兽的界限寻找自我的情感体验。起初汉娜被囚禁成为独角兽，艾菲汉深受汉娜身上神圣的属性所吸引。美丽无辜的汉娜填补了艾菲汉儿童时母亲形象的缺陷。所以，此时的艾菲汉对于汉娜独角兽形象保持着一种柏拉图式的精神向往，但是此种爱慕情绪的产生是一种基于极大的自我中心主义操控下的情感表达。艾菲汉对汉娜的爱亦是独角兽意象操控的情感表现，汉娜在小说中也提道：“我让你（艾菲汉）想入非非。当然，我也还是浪漫的。你就是我浪漫的产物。”（《独》：94）然而，随着汉娜独角兽形象的幻灭，艾菲汉在意象的场域里不可避免地表现出独角兽意象所赋予生命驱动力的情感表现，如同玛丽安在独角兽意象的演变中表现出瞬息可变的情感转向，艾菲汉也在默多克的笔下展现出力的表现。在玛丽安的极力鼓动下，艾菲汉加入援救汉娜的计划，因为计划的破产加深了汉娜独角兽意象的解构，所以艾菲汉开始有了新的情感转向，对玛丽安和艾丽丝·列殊（Alice Lejour）表达出了此时的情感需求。而玛丽安和艾菲汉都是理智支配下的中心主义者，彼此并未出现过波澜，但艾菲汉潜意识认为玛丽安对自己具有情感需求。艾菲汉对艾丽丝一直保持着俯视的姿态来展现自己的情感表达，认为艾丽丝一直爱恋着他，且不会有重大的变化。但是，拯救计划失败后，汉娜独角兽意象不再完整，艾菲汉转向玛丽安和艾丽丝都未能得到情感回馈。相反，两人几乎同时表达了爱慕丹尼斯的情感，这让自我主义者艾菲汉一度失控。最终，随着汉娜自杀后独角兽意象彻底幻灭，艾菲汉跟玛丽安一样，也回到了都市和伊丽莎白一起，转向最初的情感诉求。

玛丽安和艾菲汉都作为独角兽存在场域的外来人，却随着汉娜独角兽意象发展，交织着场域内各人物的情感转向，也是在独角兽意象操控下最为复杂的情感表现。而除了两个外来人的情感转向，独角兽场域内其他人的情感表现同样变幻莫测。比如，杰姆西曾与艾菲汉一样爱着美丽的独角兽汉娜，在尝试拯救汉娜失败后，杰姆西被吉拉尔德的情感同化了，使得杰姆西成为吉拉尔德的性奴和情人；丹尼斯也一直深深地爱着无辜的独角兽汉娜，但在玛丽安寻找情感诉求的时候转向了玛丽安。艾丽丝在默多克笔下一直被描述为爱慕艾菲汉却得不到回应的痴情女子，不料在拯救计划失败后突然转向丹尼斯并表达了掩藏的情感。小说中各人物的情感转向都是生命驱动力的体现，这种原始作用力都源于场域内的独角兽意象化的汉娜。所以汉娜作为独角兽意象是内在生命力的释放点，赋予各人物生命驱动力，从而使得他者能动地展现各种复杂多变的情感转向。

基于汉娜独角兽意象演变的过程，小说人物的情感转向伴随着复杂的性爱关系，而人物的情感转向及同性或异性的性爱关系都是基于人物性别的非固定性，从而形成复杂的情感转向和性爱关系。这种在抽象的意识形态指引下的性爱关系是一种外化的情感行为，行为的产生以身体为媒介，而身体存在于具有身份属性的主体内，所谓的身份属性就是性别。所以汉娜独角兽意象操控的多变情感转向伴随的复杂性爱关系实则是一种性别操演，通过不断模仿和改变性别来指引身体的欲望表演。“性别操演”（Gender Performance）是朱迪斯·巴特勒（Judith Butler）在其作品《性别麻烦》（*Gender Trouble: Feminism and the Subversion of Identity*, 1990）中提出的。她认为“性别的实在效果是有关性别一致的管控性实践，通过操演生产而且强制形成的。因此，在我们所承建的实在形而上学话语里，性别证明是具有操演性的——也就是说，它建构了它所意谓的那个身份。在这个意义上，性别一直是一种行动，虽然它不是所谓可能先于它存在的主体所行使的一个行动。”①“操演不是一个单一的行为，而是一种重复、一种仪式，通过它在身体。”②这表明，性别以强制性的秩序作为基础，首先，它通过一种反复操演的行动或行为来构建性别身份；其次，性别身份可以通过后天操演行为来构建，说明性别身份是可变的或非固定性的。对于这种性别的复杂性和可变性又通过认同机制来实践操演行为，因为“多重认同能够建立一种非等级性的、游移而重叠的认同设定，这样的性别设定质疑了任何单义的性别属性的首要性质”③。性别操演的实践行为（如性爱行为）与客体和主体的认同机制都有联系。在独角兽意象中建立的强制秩序下，小说中复杂的性爱关系因此生成，性别主体通过性别身份的操演来构建身体的性欲望表达。

① 朱迪斯·巴特勒：《性别麻烦：女性主义与身份的颠覆》，宋素凤译，上海：上海三联书店，2009年，第34页。

② 同上，第8页。

③ 同上，第88页。

基于巴特勒的性别操演理论，小说人物中的复杂情感转向通过性别操演来外化，表现出多变性、不确定性和强制性的特点，并且可总结出各人物大体通过三个步骤来实行性别操演：强制性话语的建立、性别认同机制的构建以及不同形式欲望的表达。性别操演的第一步是建立独角兽意象中的强制性话语，可以说小说的人物的性别身份是独角兽意象的产物，通过力的能动性生成独角兽意象之性别，这种性别区别于自然性别，[①]是社会性意识的结果，因为意象性别是小说人物通过与已存在的连续性、稳定性和一致性规范关系在达成一定协议的前提下产生的强制性权力话语，进而操演不同欲望的表达。其次，强制性话语的建立是为了生成克服差异的性别认同机制。因为主体无法对客体外部进行颠覆，所以主体通过权力话语对内部的不同层面进行改变，目的是克服外在的差异以满足欲望的表达。小说的独角兽意象无疑是一个维护秩序的存在，潜在地发挥着强制力的支配作用，支配形成复杂的情感转向，情感的变化在很大程度上会改变主体的性别认同机制，从而寻求克服外在的差异来建构和操演可变动的性别身份，以拥有行动能力去表达同性或异性欲望，比如独角兽意象中的男性化的玛丽安、女性化的杰姆西或杰拉尔德。小说中人物的性别操演总是基于权力话语和性别认同机制的建立来书写不同形式的欲望表达，比如直接的身体性欲望表达。

在汉娜独角兽意象的作用下，小说系列人物潜意识地丧失身份的归属，性别开始暧昧或者转向，这些都是独角兽意象化的操演行为，所构成却区别于自然性别的意象性别，构成意象性别的人物在独角兽稳定秩序的前提下通过身体表达出不同的性欲望。玛丽安的情感转向在独角兽意象下的具体表现是通过操演不同的性别身份来实现的。当开始接触汉娜的时候，赋予在汉娜身上的神性独角兽光环深深地吸引着玛丽安，玛丽安认为这种吸引是对汉娜的爱。玛丽安对汉娜的情感是汉娜独角兽意象反作用建立的性别关系，生成了对自身的自然或生理性别与意象性别间的因果连续性认识，且对汉娜的爱是基于性别身份的操演来呈现统一性和一致性的反复经验，从而解放身体自然性别的局限以展现自我意识的权力话语。通过性别身份的构建，玛丽安对汉娜的爱是同质爱的需求，因为失恋来到盖兹的玛丽安在异性人物身上并未找到自身的性别归属认同，而汉娜的独角兽意象给予了玛丽安身份的认同。但是当汉娜独角兽意象开始解构时，玛丽安的性别身份开始转换，并且与丹尼斯产生了认同疆域。因为，解构表明意象中的秩序出现紊乱，

① 朱迪斯·巴特勒将性别分为生理性别和社会性别，两者都是话语/文化工具建构形成。（详见朱迪斯·巴特勒《性别麻烦：女性主义与身份的颠覆》，宋素凤译，上海：上海三联书店，2009年，第7–17页）本研究引入自然性别为了表现主体在限定场域里展现的生理表征的自然事实，在独角兽的场域空间里，还存在着由独角兽意象支配操演的意象性别。

那么性别身份的幻想破灭让玛丽安的自然性别回归了表征，并通过身体去寻求规范的结构。小说中的情节非常细腻直白地刻画了玛丽安和丹尼斯的性爱场景，直观地呈现性别操演通过身体来呈现的快感和自然的欲望。所以玛丽安是双性情感认同体，通过身体的操演行动展示出爱欲与强制性秩序。除了玛丽安，小说人物是双性情感认同体的还有吉拉尔德、杰姆西、彼特。这三个人物作为男性的生理性别在独角兽意象的规约中，以身体来操演性别转换，并通过建构双性的身份实现自我爱欲的表达。吉拉尔德作为汉娜丈夫的情人兼性奴，随着汉娜独角兽意象的演变，其性别身份的操演也发生得非常频繁。吉拉尔德一直释放着自我的同性情欲，却在拯救汉娜计划破产后，以暧昧的性别身份对玛丽安进行同质的引导实则是一种强制性权力话语的建立。杰姆西曾经对独角兽化的汉娜产生了情感，并计划救出汉娜。然而同样在计划失败后，因为杰姆西被吉拉尔德性侵后成了对方的性奴，开始一同监控汉娜，因此偏离了对汉娜的初衷情感，吉拉尔德对杰姆西的性侵是为了建立自身的强制性权力话语，用于构建杰姆西对自己性别改变的认同机制，已达到满足自身的欲望和控制杰姆西的目的。所以杰姆西和吉拉尔德作为同样的双性情感认同体是通过性别转换来操演着同质的认同追求，并且以性爱关系来展现性别操演中的“性”表演，以期望达到权力话语的表达和稳定秩序的目的。

上述小说人物的情感转向和性别操演都是汉娜独角兽意象的反作用力结果，力的作用是人物实体的内在生命力驱动，在自我精神的影响下通过内在生命力寻得有形或无形的着力点。所以汉娜独角兽意象的建构和解构是他者外力作用的结果，而小说其他人物的生命力表达又是独角兽意象的反作用产物。

总之，《独角兽》表达出作者从意象的角度对认识层域中的因果关系进行哲学和伦理学的思考，通过剖析神学意象展示出事物因果发展的矛盾规律。同时，小说艺术化地表现出汉娜独角兽意象的建构和解构是他者作用力的产物，但是独角兽意象又反作用于他者，支配着他者在意象中的情感转向和性别操演。《独角兽》中的汉娜或他者受主体自我主观意识的过度影响，并参与了事物发展的塑造过程，忽视了主体的潜意识作用和不可逆客体现状的限制，从而成为故事悲剧收场的原因。因此，对自我、他者和客体的三者关系，主体的自我意识虽不可亦不能消亡，却应同时关注和尊重客观存在的可变与不可变的人或事物存在。

三、《意大利女郎》的家庭伦理探析

纵观艾丽丝·默多克四十余年的小说创作生涯，无论是在早期 1954 至 1968

年间富于浪漫色彩和哥特氛围的小说，例如《在网下》（*Under the Net*, 1954）、《钟》（*The Bell*, 1958），抑或是在创作日趋成熟的、探究伦理道德的中期（1968—1985）和后期（1988—1996）小说，例如《黑王子》（*The Black Prince*, 1973）、《绿衣骑士》（*The Green Knight*, 1993），对人与人之间的复杂关系、爱、性和家庭的思考始终是默多克小说创作一个不变的主题。正如普里西拉·马丁与安妮·罗（Priscilla Martin & Anne Rowe）所评述："爱是默多克所有小说的一个重要主题。像默多克一样，众所周知她小说里的人物，尤其是后期小说中的人物，都会突然间迅速、莫名其妙地、毅然决然且无常性地陷入恋爱中。他们会突然全身心投入地开始下一段关系，或选择使其陷入绝境、无法善终的伴侣。"[①]爱的两面性可能将轻率陷入其中的人们变成天使或恶魔。一方面，爱可以使人不再局限于小我与自我，可以看清他人和世界；另一方面，原欲又会轻易地使人陷入万劫不复之地。正是这两面性所透视出的人性问题以及两面性导致的家庭内部的复杂关系，构成了默多克小说中充满困惑迷茫的世界。毫无例外，默多克的第八部小说《意大利女郎》（*The Italian Girl*, 1964）也流露出她对家庭以及复杂关系这一主题的钟情。小说讲述的是在弟弟爱德蒙·纳兰韦得知母亲去世后，返回家乡所发生的一系列事件：哥哥奥托·纳兰韦与嫂子伊莎贝尔双双出轨犹太姐弟爱尔莎和大卫·弗莱金，侄女弗洛拉怀孕，爱尔莎火烧身亡，意大利女郎即纳兰韦家的意大利籍女佣玛丽亚·玛吉斯特莱娣（简称玛吉）获得爱德蒙母亲莉迪亚所留遗产，最终伊莎贝尔和玛吉都选择离开，只剩奥托和弗洛拉相依为命。尽管这一切看似一场荒诞又悲伤的闹剧，这个家四分五散，但结尾的暗示也彰显了一种充满希望的可能：奥托与伊莎贝尔不再彼此束缚，各自坚强有所期冀，爱德蒙也与女佣玛吉一起去往罗马。小说中充斥着"多重的性关系，不同人物之间的相互吸引""兄弟姐妹之间的爱与恨，共谋与敌对"[②]，书写了任由失控的自由意志和欲望操控的混乱人生，展现了由顽固的自我主义招致的家庭成员之间的淡漠与隔阂，并探索了家庭内部伦理关系的演变以及家庭关系的解体。不过遗憾的是，国内外学界对这部作品关注较少，相关的文献多为小说内容简介，以及对《意大利女郎》中记忆与创伤的讨论，[③]截至目前，国内外尚未有学者从伦理角度对这部小说进行系统

① Priscilla Martin & Anne Rowe, *Iris Murdoch: A Literary Life*, New York: Palgrave Macmillan, 2010, p. 22.

② Ibid.

③ 国内专门研究《意大利女郎》的文章只有刘小华的《"让人变得比较不残酷"的书——解读默多克的小说〈意大利女郎〉》（2012）。该文分析了小说中展现的残酷现实以及驱除残酷的途径；国外的文献主要讨论小说中的回忆、创伤，例如 David Szoke 的 "Trauma and Memory in Iris Murdoch's *The Italian Girl*", in *Journal of Arts & Humanities*, 5.5 (May 2016): 20-29.）; Aura Pandele 的 "Character Enlightenment in Iris Murdoch's Retrospective Fiction", in *Journal of Romanian Literary Studies*, 6 (2015): 569-576）。

的分析，这导致人们忽略了它作为讨论家庭伦理矛盾的范本的价值和意义。

本节从文学伦理学视角切入，试图从夫妻关系、代际关系、亲属关系着手分析纳兰韦一家失衡的家庭伦理及其对子女的影响。在我国古典文籍中，“伦”“理”二字使用甚广。《说文解字》中有“倫，从人，輩也”[①],《论语》中有“欲洁其身，而乱大伦”[②],《逸周书》中有“悌乃知序，序乃伦”[③],“伦”一字原初之意为“类”、“序”和“辈”等，都涉及人与人之间的关系。“理”一字本义为治玉,《韩非子》中有“王乃使玉人理其璞而得宝焉”[④]，遂引申之意为治理、安定有序、道理事理等，如《吕氏春秋·劝学》中有“圣人之所在，则天下理焉”[⑤],《荀子·儒教》中有“井井兮其有理也”[⑥]。所谓伦理，就是“人们处理相互关系时所应该遵循的行为准则”[⑦]，而家庭伦理所应探讨的是“在家庭环境和背景中，成员之间所形成的关系和结构，这主要包括父母与子女之间（父子、母子、父女、母女几种层次），兄弟姐妹（细化为兄妹之间或兄弟之间、姐妹之间等层次），祖孙之间存在的诸多形态的关系”[⑧]。家庭，作为最基本的社会组织结构，是以“婚姻关系为基础、以血缘关系为纽带的，为一定的社会条件下的法律和道德观念所承认的”[⑨]。虽然是一个最小的社会组织结构，但是家庭却有着巨大的物质情感功能以保障人们的身体和心理都能够健康发展，从而促进整个人类社会和谐发展。在《意大利女郎》的世界中，我们可以看到异化的家庭伦理关系（夫妻伦理关系、代际伦理关系）对家庭成员的身心都产生了负面影响，甚至导致家庭这一利益共同体的瓦解；但与此同时，面对这样的伦理困境，每个人也都进行着抗争，试图重构家庭伦理秩序。

1. 夫妻伦理关系的异化

一个家庭得以建立的基础是两性的结合，即婚姻关系或夫妻关系。因此婚姻伦理是家庭伦理关系中最基本、最核心的一个层面。黑格尔曾说过，“婚姻实质上是伦理关系”“是具有法的意义的伦理性的爱”[⑩]。这种关系的伦理基础为爱情，

① 许慎:《说文解字》，中华书局，1985 年，第 260 页。
② 张燕婴译注:《论语》，中华书局，2007 年，第 284 页。
③ 黄怀信:《逸周书校补注释》，西安：西北大学出版社，1996 年，第 148 页。
④ 刘乾先等译注:《韩非子译注》，哈尔滨：黑龙江人民出版社，2002 年，第 137 页。
⑤ 张双棣等译注:《吕氏春秋》，长春：吉林文史出版社，1987 年，第 97 页。
⑥ 北京大学《荀子》注释组:《荀子新注》，北京：中华书局，1979 年，第 99 页。
⑦ 魏英敏:《新伦理学教程》，北京：北京大学出版社，2012 年，第 78 页。
⑧ 修树新:《托妮·莫里森小说的文学伦理学批评》，长春：东北师范大学出版社，2012 年，第 42 页。
⑨ 罗国杰:《伦理学》，北京：人民出版社，2004 年，第 308 页。
⑩ 黑格尔:《法哲学原理》，范扬等译，北京：商务印书馆，1961 年，第 177 页。

夫妻双方出于平等地位、互相爱慕和共同的生活愿景自愿结合为一个统一体，彼此之间承担一定的道德责任与维护家庭的义务。而在《意大利女郎》满目疮痍的世界中，这种和谐的夫妻伦理关系是不存在的。从某种角度来讲，我们可以将这本小说定义为探讨紧张的婚姻关系及其导致的复杂的家庭伦理矛盾的文本。默多克对其中两对异化、错位的夫妻关系进行了伦理探讨，一对是纳兰韦兄弟的父母，莉迪亚和约翰·纳兰韦，另一对是哥哥奥托与嫂子伊莎贝尔。

关于莉迪亚夫妇的直接描述较少，但是通过爱德蒙的回忆滤镜我们可以勾勒出这对夫妻的相处模式。父亲约翰·纳兰韦年轻时并非等闲之辈，才华出众的他起初一定是吸引了莉迪亚并且双方感情甜蜜，但后来他们之间的感情消失殆尽，只有冷漠和鄙夷，而莉迪亚只能转移到儿子身上来宣泄她无处安放的爱与掌控欲。最终约翰"无声无息地"[①]离世，而这在爱德蒙的感觉中却是意料之中的事情，这也从侧面反映出父亲生前感情与家庭生活的不尽人意。显而易见，莉迪亚与约翰的婚姻关系并不和谐，尽管已结为夫妻，可二人却忘记了自己作为一个妻子、一个丈夫的伦理身份，而对自身伦理身份的忽视又直接导致了偏离伦理身份的行径，即二人并未承担起在婚姻中相应的伦理责任和义务。

导致这对夫妻所面对的夫妻伦理困境的原因之一可归结为：并不合适的两个人之间草率的结合。透过爱德蒙的视角，我们可以感受到莉迪亚和约翰的明显差异。就像爱德蒙用特别骄傲的口吻介绍的那样，约翰"绝非等闲之辈"，而是才华横溢、温文尔雅的"知名的社会主义者、自由思想家、艺术家、雕刻家、圣徒、俭朴生活的倡导者和勤快人"（《意》：8），他的身上有一种特别的不食人间烟火、与世无争的文艺浪漫的气息。正好相反，母亲莉迪亚是一位普通的市井妇人，胆小又有些神经质，在她身上没有"任何让艺术家一见钟情的地方"（《意》：8）。这如此天差地别的两人竟结为夫妻，是出于他们年轻时期无法看清爱情、婚姻的本质及其需要附带的责任义务，而只是被风华正茂抑或是温润如玉这些表象所吸引，加之激情的蛊惑而开启的一段婚姻。这二者虽不是《意大利女郎》的主要人物，但也属于默多克所刻画的那一类人：草率地一头栽进爱情的人。他们只知开始，却不知如何维系，受制于自然意志，却无法发挥理性意志的主导作用。

莉迪亚和约翰婚姻伦理困境的另一个原因，就是激情过后两人对新的伦理身份（从恋人关系到夫妻关系）的拒绝，与对伦理责任义务的忽视。"人的身份是一个人在社会中存在的标识，人需要承担身份所赋予的责任与义务。"[②]在婚姻中

① 艾丽丝·默多克：《意大利女郎》，荣毅等译，沈阳：春风文艺出版社，1988年，第8页。后文出自同一著作的引文，将随文标出该著名称简称《意》和引文出处页码，不再另注。

② 聂珍钊：《文学伦理学批评导论》，北京：北京大学出版社，2014年，第263页。

也一样，人的伦理身份是他们在家庭中的定位，也展现出了与之绑定的责任义务。婚姻伦理的核心是夫妻间彼此恩爱、互相尊重、互助互促。而作为妻子的莉迪亚，和作为丈夫的约翰彼此之间不仅感情冷淡，前者对后者甚至还心存鄙夷。曾几何时，吸引莉迪亚的艺术青年已辉煌不再，“沦落为失败的隐士”（《意》：23），莉迪亚也已不再支持丈夫的喜好。在现实生活中，两人南辕北辙的价值取向和审美情趣更导致这对夫妻之间缺乏理解与沟通。约翰曾花大价钱拍下一幅名画，而莉迪亚此时已无法忍受文艺青年不切实际且“奢靡”的爱好，一直耿耿于怀。对于丈夫作为艺术家、雕刻家等职业，莉迪亚也恶语相向，甚至对孩子贬损其父亲“鼠目寸光，趣味低下，不是个真正的男子汉”（《意》：9）。莉迪亚并没有意识到或拒绝履行她作为一个妻子对约翰应有的义务，没有对其给予理解与支持。总而言之，莉迪亚和约翰的婚姻伦理困境主要来自二者的草率结合和在婚姻关系中的不负责任。他们异化的夫妻伦理关系是纳兰韦一家家庭伦理悲剧的起点。

如果标志着莉迪亚和约翰这一对夫妻伦理关系的关键词是淡漠，那么在另一对夫妻——奥托和伊莎贝尔的夫妻伦理关系中，核心则是兽性因子作祟。在文学伦理学批评的语境下，兽性因子是指“人的动物性本能的一部分”“人身上存在的兽性部分”，[①]表现为自然意志和自由意志。早在两人刚结婚之际，由于母亲莉迪亚对儿子生活过分的干预，后者的婚姻就已经没有了感情，名存实亡。后来，在犹太姐弟爱尔莎·弗莱金和大卫·弗莱金到来之后，两人已分居，奥托不是睡在作坊里，就是与爱尔莎纠缠在树林中的凉亭里，而伊莎贝尔也出于寂寞与大卫出轨。最终二人终于放过彼此，伊莎贝尔回到了苏格兰老家。

奥托与伊莎贝尔夫妇异化的夫妻伦理关系也是始于不应该的结合。奥托深知两人自始就属于两种类型的人，彼此不适合。此外莉迪亚强势的干预，也影响了二者之间的相处。但究其根本，两人的婚姻伦理困境最根本的原因还是错误的婚姻伦理观念，以及面对伦理混乱时二人失控的兽性因子。首先，这对夫妻并未树立正确的婚姻伦理观念。由于母亲莉迪亚对自己过度的爱和情感上的操控，奥托又是一个性情粗野，脾气急躁且不敏感的男人，他爱人的能力是有缺陷的，他不知道该如何有效地与女性沟通，给予妻子关爱。而伊莎贝尔，在与莉迪亚争夺奥托失败后，性情大变，阴郁孤独又爱冷嘲热讽。两人都是选择了最差的方式对待婚姻——放弃了婚姻，而没有选择在沟通的基础上解决问题。其次，在婚姻中，奥托与伊莎贝尔的伦理身份处于不平等的地位。“在伦理的意义上来说，平等意味着同一的基础上，对对方人格的肯定和尊重。”[②]奥托是一个大男子主义者，不

① 聂珍钊：《文学伦理学批评导论》，北京：北京大学出版社，2014年，第39页。

② 裴烽等：《妇女伦理学》，沈阳：辽宁大学出版社，1987年，第126页。

仅对妻子大动干戈，而且他所持的双重性道德，即认为妻子必须忠于丈夫，而丈夫出轨却无关紧要，更将伊莎贝尔置于依附性的、低等的地位。伊莎贝尔是一个矛盾的集合体，一方面她的行为体现出一种“大女子主义”，对奥托冷嘲热讽、尖酸刻薄、盛气凌人。另一方面，她又助长了奥托的大男子主义，助长了父权对女性权利的抹杀，这体现在伊莎贝尔不仅不在乎丈夫的出轨，居然还希望他“和一个神智正常的姑娘发生明智体面的男女关系”(《意》: 88)。但是需要认清的是，她所展现的“大女子主义”，对奥托男性个性的打击并不意味着女性在一段婚姻关系中应有的自立和平等，并不是女性意识觉醒后独立人格的展现，相反，这只是一种不成熟的、报复性的行径。上述两点给奥托和伊莎贝尔的婚姻带来了难以解决的矛盾与冲突，而最终导致这段婚姻终将无法回头的是二人双双出轨，跨越了家庭伦理的禁区，打破了婚姻的伦理禁忌。在一次次的冲锋对决中，自然意志压倒了理性意志，兽性因子，即人的动物性本能摆脱了人性因子，即伦理意识的控制。奥托出轨爱尔莎，享受着二人在一起时自己的精神焕发、幸福美满，而且爱尔莎也使奥托的大男子主义得到满足；面对无意义的婚姻和孤独寂寞的生活，需要感情滋润的伊莎贝尔则抓住了大卫这一年轻、充满活力的救命稻草。肉欲满足抑或是情感满足，已经无法辨清，但二人都无法在这条路上停下。即使在莉迪亚病重之际，他们一面愧疚自责不已，一面却继续着这种难以摆脱的、“偷来的”快乐。

默多克其实是在用这四个人物做实验，来探究激情下的草率结合会在道德上对人产生何种影响，置人于何种境地，以及面对伦理困境时，一个人会如何选择，人性因子是否终究会战胜兽性因子。

2. 代际伦理关系的错位

代际关系主要指父母与子女之间的亲子关系，这是一种以血缘为纽带得以成立的人际关系。与婚姻关系不同，代际关系无法进行自由选择，是与生俱来的(不包括重新另组的家庭)。这种关系在家庭伦理中占据重要的位置，一方面是因为在婚姻关系标志的家庭诞生之后，是子女使婚姻这种原初的统一真正意义上地“成为自为地存在的实存和对象”[①]。另一方面，家庭是迎接每一个刚出生的人的第一个小型社会结构，她/他的因出生而获得的伦理身份标志着人们预演的社会伦理实践。代际伦理虽因时代、地缘有所差异，但和谐的代际伦理模式几乎无异，都是子女受到父母的关爱、尊重、抚养与教育，不被当成父母的所有物；子

① 黑格尔:《法哲学原理》，范扬等译，商务印书馆，1961年，第187页。

女也应敬重、爱戴、赡养父母。健康的代际关系是家庭成员身心发展的重要保障。《意大利女郎》不仅是关于婚姻伦理困境的探讨，同时也刻画出一系列亲情伦理问题。

在第一组家庭中，父母莉迪亚、约翰和长子奥托、次子爱德蒙之间存在异常的代际伦理关系。第一个令人无法忽视的异常点在于通过父亲约翰体现出的父权的失语、父亲权威的消失。对处于成长期的青少年来说，一个家庭中父亲这一伦理角色是尤为重要的。而对纳兰韦兄弟来说，父亲几乎始终处于一个“缺席”的状态，在本节的语境下，父亲的缺席并不是指他对孩子未尽教养的责任义务，约翰对两个儿子都传授了雕刻的技艺；而是指父亲威严形象的缺失，这种缺席一小部分是物理意义上的缺席，源于父亲的过世，另外在很大程度上意指相对于母亲莉迪亚，父亲约翰被扭曲的伦理身份：“无能的”父亲，爱德蒙的记忆“那个身材高大而又举止文雅，单薄虚弱，苍白的如同象牙的男人”（《意》: 36），“几乎是无声无息地离开了我们”（《意》: 8）。这也印证了爱德蒙对父亲约翰在家庭里失语状态的认知。这种父亲权威的透明感产生于被母亲莉迪亚打压、扭曲的伦理身份。首先，由于父亲与世无争、老好人的性格，他事事都会让着母亲不与其争论，无意在家庭里搞“政治”斗争，逐步让出了话语权。其次，在奥托兄弟懂事时，父亲的“社会主义者”事业失败，母亲对于没有能力又不现实、只知艺术的他开始不满、嫌弃，跟奥托兄弟诋毁丈夫“鼠目寸光”“趣味低下”“不是个真正的男子汉”（《意》: 9）。可作为一个艺术家的约翰真的是趣味低下吗？并不是，而鼠目寸光、不是男子汉的抱怨隐含着莉迪亚在现实层面以及功利层面对丈夫的要求。耳濡目染母亲对父亲男子个性的打压，父亲对孩子（爱德蒙）来说，也沦为了“失败的隐士”（《意》: 23），奥托兄弟俩也有些“轻视”和“可怜”父亲。由以上的分析可以看出，约翰在家里只是空有父亲这一伦理身份，却没有与之匹配的伦理地位。

这个家庭中的另一个异常的代际伦理问题表现为母亲莉迪亚暴君式的爱。暴君这个词既强调了莉迪亚对奥托兄弟两个爱的方式：全面掌控的“独裁统治”（《意》: 8），又点明了她对二人爱的程度，爱的偏激：一种令人感到窒息的、尤为过分的母爱桎梏，甚至会给人一种情人的爱的错觉。莉迪亚对她作为一个母亲的伦理身份的定位是模糊的，就在于她没有把控好母爱的度，肆意地将自己的爱不分轻重地投放在孩子身上；另外，她没有正确的亲子伦理观，认为孩子是自己的所有，可以任意掌控。这种畸形的爱其实是一种不负责任的移情，莉迪亚很早就从不像个男子汉的丈夫那里抽回自己的感情，并将其转移到令她骄傲的、“身高体壮”（《意》: 7）的两个儿子身上。她的酷爱、强烈的爱、纵情的爱使得两兄弟的俄狄浦斯情结肆意生长。处于青少年期的奥托和爱德蒙就沦为争夺母亲之爱的角斗士，彼此嫉妒竞争。从爱德蒙的描述可以依稀看到一个类似恋人视角下的母亲形象，与他们在一起时的“秋波摇荡，神气十足”“简直像是情人”（《意》: 7）。而且兄弟两个应其要求直呼其名，而非用尊称。从此角度分析，父亲的失语状态可以看作是这三人的合谋，主谋为将父亲从情感世界中踢出的母亲，而后受制于俄狄浦斯情结的兄弟二人合力排挤父亲来霸占母亲的爱。兄弟二人对父亲的死并无意外，其实就是他们仇视父亲，甚至想要杀死父亲的无意识的外化表现，而父亲“无声无息”的离世也并不是无声无息的，而只是二人的屏蔽。

在这种混乱的代际关系影响下，兄弟二人的生活都受到了影响。恋母情结是青少年时期自然的心理状态，长大之后的主体会主动挣脱母亲束缚，将自己的力比多欲望转移到合适的爱情对象身上并与父亲和解来摆脱俄狄浦斯情结。对奥托来说，父亲已去世，自己“身不由己”（《意》: 8）无法离开母亲，虽与伊莎贝尔建立了婚姻关系，和爱尔莎保持着纯肉体关系，却始终笼罩在母亲的阴影之下。而爱德蒙，主动选择离家切断这种异化的情感，以此来完成人格独立。但仍有后遗症，无法与女性正常相处。他年少时对父亲的轻视和可怜是胜利的、有所回馈的俄狄浦斯情结的产物，轻视父亲缺失的男性个性；当他完成人格独立之后，才能理解父亲，精神上与父亲和解。他曾说“被玩弄于股掌之上的弱者，才能理解我的愤懑的心情”（《意》: 9），他也认为父亲“悲哀，怨愤的幽灵”（《意》: 12）仍被囚禁于此，两人共同的心境暗示了爱德蒙与父亲的和解。

在第二组家庭中，父母奥托、伊莎贝尔对女儿弗洛拉采取放任模式，导致了一定的代际伦理问题。很多人读完这本小说也许会产生一种错觉，即奥托和伊莎贝尔并不像弗洛拉的父母，弗洛拉只像一个寄居者，只是有一个住处，所谓的家庭地址，根本没受到父母理应给出的关爱、呵护与教导。奥托和伊莎贝尔受自然意志操控而耽于混乱的感情生活，其生活重点和关注重心皆未在女儿身上，未认识到自己转变的伦理身份与应尽的伦理义务。奥托仍然太过沉溺于俄狄浦斯情结大魔咒，在妥协抗衡的拉锯战中力倦神疲，无暇理会自己作为一个父亲的伦理身份；而伊莎贝尔自婚姻失意一刻起就给自己贴上孤寂可怜的受害者之标签，把这一角色扮演得淋漓尽致以至于自己从未出戏，亦不愿出戏，过于强调自己作为一个妻子和女性（对于爱人）的伦理身份，而忽略了自己同时是一个母亲的伦理身份。弗洛拉的强烈个性甚至出格的怀孕其实都是对“失踪”父母的“呼唤”，以一种“自残的”“自虐的”方式试图引发父母对另一个自我、迷你自我的同理心和愧疚。

母亲对一个孩子，尤其是对女孩的成长至关重要，因为“对一个女性来说，与母亲的内在联系既可能是一种力量，也可能给她带来挫败”[①]。而伊莎贝尔在“孩子无法取代”的“失意的爱情”、“生活中破灭的理想”和“生存空虚”中挣扎[②]，弗洛拉就像厄勒克特拉一样被忽视，被抛弃，被排除在母亲所有的亲密关系之外。她嫉妒着母亲的亲密伴侣大卫·弗莱金，这是她与大卫发生关系的导火索。直至最后，伊莎贝尔重整旗鼓返回家乡，也并未太过不舍弗洛拉，在她意识中弗洛拉作为与奥托关系的映射，始终无法让她认为自己与弗洛拉是一体的。再者，“在父权制社会中抚育女孩需要母亲有自我抚育的强烈意识”[③]，伊莎贝尔并没有以身作则，产生积极影响，她没有建立起自己强大的自尊自爱意识，致使弗洛拉走上歧路。

而父亲奥托也不曾以弗洛拉为中心，在爱德蒙告知奥托弗洛拉失踪时，奥托并不担心。缺失的父爱没有给弗洛拉足够的“自身生存的极为有力的证据，可以借以实现自我”[④]，导致她对奥托的态度较为冷漠敌对，认为父亲是“大怪物”“犀牛”“丑陋、粗暴、可怕的东西”，同男人一样都“惨无人道，卑鄙下流”（《意》: 103）。但其实奥托还是能够意识到自己作为一个父亲的伦理身份，也有思考自己是否对女儿有正确的影响，他一直都想同爱尔莎结束混乱的关系，因为他害怕被弗洛拉发现，父亲和母亲不仅不相爱还和别人出轨的残酷事实“将毁了她”（《意》: 77），这对于弗洛拉来说是一个双重打击，会使她质疑自己的家庭和父亲的道德品质；此外，当弗洛拉对玛吉撒泼不敬时，奥托也有惩罚她，从中可以看出奥托对女儿行为的管教。他对弗洛拉表现出来的“不管不顾”并不意味着他真的不在乎女儿，只是他还像一个少年，花费人生中很长的时间来挣脱母亲的桎梏，还在成长，发展和女性的关系，他无暇发现并顾及周围发生的这些秘密。一旦他得知这些事情，他就会选择有利于女儿成长的做法；而伊莎贝尔则不同，她是知道女儿怀孕，却还像一个情敌一样，无法摆正自己的母亲身份。

通过以上分析可以看出，家庭伦理关系与家庭成员性格发展及以后生活存在必然的联系，代际伦理关系是父母与孩子之间双向的关系，其错位不仅会对孩子的身心产生负面影响，也将影响到父母的家庭生活。

---

① Hendrika C. Freud, *Electra vs Oedipus: The Drama of Mother-Daughter Relationship*, trans. Marjolijin de Jager, East Sussex: Routledge, 2011, p. 3.

② 西蒙·波伏娃:《第二性》，李强选译，北京：西苑出版社，2004 年，第 203 页。

③ Andrienne Rich, *Of Women Born: Motherhood as Experience and Institution*, New York: Norton, 1986, p.245.

④ 西蒙·波伏娃:《第二性》，李强选译，北京：西苑出版社，2004 年，第 132 页。

3. 寻找替身——重构家庭伦理秩序

夫妻伦理和代际伦理构成了最基本的家庭伦理关系，此外还存在着其他较为重要的家庭伦理，例如同代血缘伦理关系（包括兄弟、姐妹、兄妹、姐弟），同代非血缘伦理等。除去前两节所关注的夫妻伦理与代际伦理，在《意大利女郎》中也存在着其他层面的家庭伦理关系，包括莉迪亚和弗洛拉的祖孙关系，莉迪亚和伊莎贝尔的婆媳关系，伊莎贝尔和爱德蒙的叔嫂关系，爱德蒙与奥托的兄弟关系。在此，本节并不是要针对这些关系进行一一的描述分析，而意欲探究以爱德蒙、意大利女郎玛吉为中心的家庭伦理关系的一个共性——寻找替身自愈的趋势是纳兰韦家庭伦理复归的决定性力量。

当一个人遭遇伦理身份错位或伦理困境时，自身势必会有所征兆，无论身体抑或是心理，都会出现一定程度的“紊乱”来抗议这种异常状态。因此，每个人受这种抗议驱使，都会试图寻求一种复归的方式，重回正常的、稳定的状态。在纳兰韦一家中，人们是通过无意识地寻找替身来试图摆脱伦理困境的。爱德蒙和玛吉二人是串联起纳兰韦家里每个人物、了解其复杂家庭关系的全知旁观者，同时也承担着这样一种身份，即众人寻找替身的客体。二者的区别是爱德蒙处于明处，与各个家庭成员有着直接联系；而玛吉隐匿于暗处，在幕后静观这个家庭里的大事小情。从某种程度上来说，爱德蒙是弗洛拉、伊莎贝尔和奥托的精神拯救者。虽然他固执地想远离这个家，不参与其中的事情，但他的伦理身份，以及与大家的关系使他“留有责任在这里”（《意》：73），无法弃之不顾。他是弗洛拉所寻找到的替身父亲，提供弗洛拉从父母那里没有获得的各方面的关注、依靠以及正确的价值观念；他是伊莎贝尔意识中的“家庭法官”和“智者”，作为德高望重长辈的替代者，能够为大家解决困惑，指点迷津，是纳兰韦家的“医生”、“顾问”、“法官”、“检察员”和“解放者”（《意》：31）；而对于奥托来说，爱德蒙是另一个自己，自己的分身，是未被混乱束缚的正常的自己，通过爱德蒙的存在可以知晓自己的异常。陷于家庭伦理困境的三人，都将爱德蒙当作修复者，以及异化的伦理身份的替代者，期待他“整理”大家，使一切“井然有序”“获得自由”（《意》：31）。

而女佣玛吉因为她的身份成为一个隐身的替代者。不用多说，纳兰韦家庭的细节琐碎的物质生活都是由玛吉料理，她才是在风雨飘摇之际这个家真正意义上的支撑者。她的重要性更体现于爱德蒙与她的关系，即她是爱德蒙找寻到的替身母亲。长年累月的生活使爱德蒙觉得始终有两个母亲，相比于莉迪亚的暴君统治，玛吉才是给爱德蒙带来温馨感受的“母亲”，这一点从爱德蒙对玛吉的记忆可以看出，他所能想起的都是“舒适”、“温暖”、“及时的饭菜”和“干净”(《意》: 11）这一类字眼。这部小说第十三章的标题“爱德蒙跑向母亲”也暗示着玛吉的替身母亲身份。爱德蒙俄狄浦斯情结的创伤只能通过替身母亲的出现，以及和替身母亲重构家庭来消去。正是玛吉作为爱德蒙替身母亲的重要性，彰显出她对将爱德蒙当作替身的另三人的重要性，她通过治愈爱德蒙，间接地治愈大家。

其实这种寻找替身的行为在某种意义上就是摒弃自我中心主义，将自己重置于他人的世界中，同时也把他人拉入自己的世界，这正体现出爱的积极一面：使人不再局限于小我和自我，看清他人和世界。相比于其他寻找替身的人，爱德蒙的心理问题最为严重，这次回家之旅的收获也是最多的。他一直过于沉迷自我中心主义，是一个情感封闭体，想与奥托一家混乱的生活划清界限，通过逃离的方式保持自己世界的清净。就像当初自己毅然决然地离家，挣脱母亲的掌控，他想象并坚信这次回家之后尽快地离开也依然会回归正常生活。可是现实却是正好相反，这种逃离并没有解开他的心结。他虽然离开了母亲，但这只是物理意义上的离开，他其实从未长大成一个成熟的成年人，仍然笼罩在母亲的阴影下，回家之后更无法摆脱母亲带来的恐惧感和被支配感。他意识到了自我中心主义招致的严峻问题，自己也承认并感慨道：“我的苦思冥想在过去以至现在又有什么用呢？我在这里非但没有力量治愈他人的病痛，却仅仅发现了自身的病症。过去我以为自己已经超越了生活，如今看来，那不过是逃避了生活，什么也没超越。”(《意》: 188）爱德蒙需要的是一种正面宣泄，是借助于他人才能完成的自我拯救，这是他一直忽略的关键点。“对自我的拯救并不是体现在封闭的自我反思中，而是体现出他人中介的重要意义”[①],这是爱德蒙回家之旅最大的收获。虽然他是弗洛拉、伊莎贝尔和奥托三人非常明显的精神拯救者，但这种拯救是双向的，通过参与到他人的生活中，并扮演重要的角色，爱德蒙的世界与他人的世界产生交集，他的“自我中心主义内向视角”[②]逐渐向外转移，情感封闭体也被打破。

由此可见，当一个人意识到由于自私，自我与他人之间的双向交流、双向治愈都会受到阻碍时，他也就知晓了存在于世界中自己最大的敌人。人势必要打破自我封闭体，只有通过健康的爱、建立羁绊的方式才能避免个人精神荒原与人际关系伦理困境，这就是默多克刻画纳兰韦一家彼此寻找彼此依附的意义所在。

默多克的小说创作是对她自己关于善、关于道德的哲学思想的不断实践，她

① 刘小华:《“让人变得比较不残酷”的书——解读默多克的小说〈意大利女郎〉》，载《名作欣赏》，2012年第33期，第115页。

② 同上。

“不反映广阔的社会背景，而是构造一个封闭的‘道德试验场’”[①]，时刻关注人类生存和社会道德状况。在她所构筑的一个个普遍而又真实的小型世界中，家庭伦理和个人道德得到强烈关照，如默多克本人所说：“我后期的大部分小说是关于社会道德上的相互适应，性道德，婚姻中的道德问题以及宗教问题。”[②]尽管学者公认《意大利女郎》是默多克“最差的一本小说”[③]，在学界反响平平，但我们仍然不能且无法忽略它作为道德小说所进行的伦理思考。通过刻画纳兰韦家庭内部异常、混乱、扭曲的夫妻关系、代际关系以及其他层面的亲属关系，个人精神荒原和家庭道德建设的问题得以凸显，这表达出默多克对个人道德和家庭道德的双重重视。此外，她也为我们提供了一种走出人际关系伦理困境的可能，即摒弃自我中心主义，建立与他人的联系。

① 陈学清:《艾丽丝·默多克小说中的人物与作家的道德哲学思想》，南京：南京师范大学，2018 年，第 2 页。

② 艾丽丝·默多克:《黑王子》，萧安溥、李郊译，上海：上海译文出版社，2016 年，译者的话第 3 页。

③ Bran Nicol, *Iris Murdoch: The Retrospective Fiction*, New York: Palgrave Macmillan, 2004, p. 130.

第二章

玛格丽特·德拉布尔小说中的后现代叙事特征与跨国书写

玛格丽特·德拉布尔（Margaret Drabble, 1939— ）是英国文坛上一位久负盛名的小说家、传记作家和文学评论家，是当代英国杰出女作家和文学界名流，是继艾丽斯·默多克、多丽丝·莱辛等女作家之后的后起之秀。她被认为是“当代英国的历史记录者，100 年后人们会通过她的小说来了解今天，她为 20 世纪晚期的伦敦所做的将如狄更斯为维多利亚时代的伦敦、巴尔扎克为巴黎所做的那样”[①]。

从 1963 年出版第一部小说《夏日鸟笼》开始，德拉布尔连续写作了 50 多年。迄今为止，德拉布尔已经发表了 18 部小说；撰写了《阿诺德·本内特传》以及《安格斯·威尔逊传》2 部传记；主编了 5 部著作，其中以《牛津英国文学词典》最为出名；写了 4 个剧本、11 个短篇小说以及数百篇论文。她曾于 1980—1982 年担任英国国家图书联盟主席，并获得过多项大奖：《磨砺》于 1966 年获得约翰·卢埃林·罗斯纪念奖（John Llewellyn Rhyns），《金色的耶路撒冷》于 1967 年获得詹姆斯·泰特·布莱克纪念奖（James Tait Black Memorial Prize），《针眼》于 1972 年获得《约克郡邮报》最佳小说奖（Yorkshire Post Book of the Year Award），并于 1973 年获得美国文学艺术学院爱·摩·福斯特奖（E. M. Foster Prize）。德拉布尔因其卓越的文学成就于 1980 年获英国女王所授 CBE 勋位之殊荣。鉴于她对当代英国文学所做的贡献，她于 2008 年被授予“大英帝国女爵士”（A Dame of the British Empire）荣誉称号。一方面，她是英国伟大批评家弗·雷·利维斯 (F. R. Leavis) 的忠实信徒，另一方面，她又对后现代主义写作技巧持十分开放的态度，在她的作品中后现代创作手法如作家闯入、开放的结尾等也并不少见。这或许是她坚决反对在她身上贴任何标签的原因，她就是她自己，不属于任何一个流派或团体。

① Valerie Grosvenor Myer, *Margaret Drabble: a Reader's Guide,* London: Vision Press, 1991, p. 19.

在西方评论界，德拉布尔曾被冠以“道德小说家”、“现实主义小说家”、“妇女作家”以及“女性主义作家”等名称，对她的评价尚无定论，颇存争议。她的作品在国外特别在英美国家由企鹅出版社等一版再版。即便在我国，她的小说《瀑布》也被列入全国高校外语专业教学大纲书目，《磨砺》《冰雪时代》《金色的耶路撒冷》《空床日记》《红王妃》等名篇也陆续有了中译本，德拉布尔逐步为中国读者所了解和喜爱。德拉布尔的创作融合了现实主义、现代主义以及后现代主义各种创作手法。

德拉布尔的前期作品基本上遵循了现实主义的创作手法，采用第一人称的叙事视角，按照线性时间发展的顺序，刻画了刚从牛津大学毕业、徘徊在婚姻门槛的萨拉（《夏日鸟笼》，1963），在事业与家庭上苦苦挣扎的爱玛（《加里克年》，1964），单身母亲兼女博士的罗萨蒙德（《磨砺》，1965），一心想往上攀爬而与有妇之夫陷入爱恋的克拉拉（《金色的耶路撒冷》，1967）等一系列栩栩如生的人物形象。从1969年出版的《瀑布》开始，她不再采用单一的第一人称叙述手法，而是交替使用第一人称与第三人称，甚至交替采用多种叙述视角来讲述支离破碎的人生体验与社会经验。尤其是到了中后期作品，主题由单一的女性生活困境过渡到政治、经济、文化生活等各个方面，暴力、疯狂、性变态等题材也被广泛应用于创作之中，视野更为开阔。各种后现代主义创作手法如元小说、碎片化叙事策略、互文性等广泛地被运用到德拉布尔的创作之中。德拉布尔的创作实现了后现代的转向。

一般说来，文学批评家们习惯于将某位作家定位为现实主义作家、现代主义作家或者后现代主义作家，或者给他们贴上“道德小说家”、“现实主义小说家”、“妇女作家”以及“女性主义作家”等标签。的确，对于有些作家而言，给他们贴上某种标签也并非完全出自批评家们的主观臆测，而是对他们的创作进行研究后而得出的结论。对德拉布尔的创作也不例外，前面已经提到，国内外大部分批评家对德拉布尔贴上“现实主义”的标签。笔者认为，“现实主义”这一标签贴在德拉布尔身上是有失偏颇的。实际上，德拉布尔的整个创作是一个变动不居、不断发展的过程。那么，我们不禁会问，她的这种从现实主义到现代主义再到后现代主义的转向到底有哪些原因呢？

首先，20世纪是各种理论、各种主义盛行的世纪：形式主义、结构主义、解构主义、魔幻现实主义、女性主义等不一而足。生活在这样一个整体环境中，德拉布尔的写作或多或少都会受到影响。正如她自己在2000年接受采访时所提到的那样：

> 在我开始写作的时候还没有妇女运动，没有女性批评，确切地说，女性批评产生于1968年。而我出版第一部小说是在1963年，所以我能在单纯的前女性主义理论时期写作，那个时候没有人会因为我写了某种女性的书或写婚姻或服装来理解我。那时根本没有定型的女性小说，这使生活变得更简单。到了20世纪70年代，我不得不考虑女性主义的态度和批评，然后是90年代，又不得不面对以强劲之势到来的“文化盗用（cultural appropriation）”问题。[①]

作家是不能脱离他们的时代而创作的。从这个意义上来说，我们认为，20世纪的每一位作家都不可能专门地属于某个流派或者某种主义，他们必然会受到各种理论的影响，只不过有一种创作风格占主导而已。德拉布尔的小说创作也不例外，她20世纪60年代早期的小说创作多受到利维斯“伟大的传统”理论的影响，现实主义创作思想占据主导地位；20世纪70—80年代的作品大多采用了现代主义的表现手法，重在表现人物丰富的内心世界，并运用了意识流的手法，再现人物的思想流变；20世纪90年代至21世纪初的作品更重视元小说、碎片叙事、作者闯入、开放性的结尾等后现代小说创作手法的试验。

其次，德拉布尔在创作的各个时期，都有一个主要的人物对其产生深远的影响：比如在她刚离开剑桥大学开始创作之时，她的老师利维斯对她写作的影响是相当明显的，因此，她前期的几部作品反映了她对利维斯“伟大的传统”理论的继承。除此以外，其他的现实主义作家，特别是利维斯在他《伟大的传统》中所大加赞扬的几位大家中的女性作家如简·奥斯丁、乔治·艾略特等都对她的写作产生了深远的影响。例如，她的小说《瀑布》无论在故事情节还是在意象的运用上都受到艾略特的《弗罗斯河上的磨坊》的深刻影响。后来她又受到了现代主义文学大师、知名女作家弗吉尼亚·伍尔夫的影响，她创作于20世纪70—80年代的作品关注人的异化状况以及运用了意识流等手法来表明人的内心活动。

再次，德拉布尔是一位紧跟时代发展的思想开放的学者型作家，并不单独固守某个流派或某种主义，时刻保持与时俱进。随着年龄的增长以及自身阅历的增加，她关注的焦点自然会从私人化的女性生活转移到广阔的社会领域。她也并不想总是重复自己的过去原地踏步，而总是不畏艰难险阻，大胆地尝试新的题材与新的写作手法。比如《红王妃》这部作品就是一个极好的证明。德拉布尔本人并

① 玛格丽特·德拉布尔：《我是怎样成为作家的——德拉布尔访谈录》，屈晓丽译，载《当代外国文学》，2002年第2期，第159页。

不懂韩语，可是她并没有因此而从写作朝鲜宫廷故事面前退却。为了获得可靠的资料，她跑遍了英国的图书馆，参加博物馆的展览以便了解情况，甚至亲自去首尔进行实地考察。

最后，作品的内在要求迫使德拉布尔不得不尝试新的创作手法。正如她曾坦言的那样：

> 我是用第三人称写（《瀑布》）的第一部分，发现没法继续进行下去，因为我感觉自己似乎并不是在讲整个故事。于是我逐渐转变写作手法。我并非有意转换叙述手法，但这种手法的确很有用，于是我就采用了。但这根本不是我有意要写一部实验性的小说。①

但不管怎么说，德拉布尔的《瀑布》的确是一部实验性很强的小说，尽管她的确不像有的后现代主义小说那样无法卒读，她的第一人称与第三人称的交替叙述、开放性的结尾等手法也的确一改她前期四部作品的面貌。也就是说，在创作的过程中，德拉布尔发现，现实主义与现代主义的创作手法不能有效地表现后现代社会人类的经验，于是转向了后现代创作。

本章将选取德拉布尔最具后现代主义创作特色的四部作品《瀑布》《七姐妹》《红王妃》《永续年金》来展现其作品中的后现代主义主题与创作手法。

一、《瀑布》的互文特征

英国当代女作家玛格丽特·德拉布尔一直被评论家认为是一位典型的现实主义作家。实际上，早在第五部长篇小说《瀑布》（*The Waterfall*, 1969）中，德拉布尔就开始写作创新，《瀑布》在结构、内容、形式、语言等各方面呈现出明显的后现代特征。国外对《瀑布》的批评主要集中在对女性身份追寻、性爱问题的探讨以及从道德层面对作品进行剖析。英国评论家舒伯特认为，“《瀑布》被认为是玛格丽特·德拉布尔最好的小说之一……最基本的主题是个人身份的追求以及女性的自我意识、犯罪的焦虑以及如何适应这个贫瘠、决定论思想占主导地位的世界”②。弗吉尼亚·比尔兹认为该小说主要关注“性”，是关于“一位被自身

① Peter Firchow ed., *The Writer's Place: Interviews on the Literary Situation in Contemporary Britain*, Minneapolis: University of Minnesota Press, 1974, p. 117.

② S. B. Shurbutt, “Margaret Drabble's *The Waterfall*: The Writer as Fiction, or Overcoming the Dilemma of Female Authorship”, *Women's Studies*, 16 (1989), p.283.

心理与文化毁灭的女性”[①]的故事。玛丽翁·利比也是从性的角度来探讨该作品，并认为，“简成了一个‘作为性客体的女人’（woman-as-sexual-object）的经典范例”[②]。

国内对《瀑布》的研究寥若晨星。张小平教授认为，“《瀑布》通过一个主体分裂的女性作者，即主人公的分裂叙述，不仅再现了现实主义传统的再现与消解的张力，而且颠覆了浪漫爱情故事的现实主义叙事传统”[③]。盛丽博士则另辟蹊径，借助尼采的悲剧理论阐释了作品中的日神精神、酒神精神以及二者结合的美学意蕴对女性命运的僭越功能，并认为“《瀑布》整体上是一部关于借由性爱表征反抗道德逻各斯的作品”[④]。国内学者已注意到该作品与传统小说有所不同，但至今尚未见有学者对该小说的互文特征进行详尽研究。互文性是《瀑布》的一个突出特征，在人物刻画、主题表达方面发挥着重要作用。茱莉亚·克里斯蒂娃在《词语、对话和小说》中首先提出了“互文性”概念，她认为：“任何文本都犹如一幅马赛克镶嵌画，一切文本都是其他文本的吸收与转化。”[⑤]《瀑布》中的互文指涉十分密集，倘若读者未能领悟，对其意欲表达的深刻女性主题便会流于表面。本节旨在通过对《瀑布》中的互文特征分析，使读者对德拉布尔意欲表达的女性独立主题有更为透彻的领悟。

1. 与英国历史或文学上真实人物的互文

《瀑布》中的几个人物詹姆斯（James）、简·格雷（Jane Gray）、马尔科姆（Malcolm）与英国历史上的人物形成互文。据《英国新百科全书》记载：弗朗西斯·爱德华·斯图亚特·詹姆斯（Francis Edward Stuart James）被称为苏格兰詹姆斯三世和英格兰詹姆斯八世，是个私生子，他的王位继承权是不确定的，他的生父不知道是谁，奇怪的是，他的生母也不知道是谁。据历史记载，他出生时被公认为是骗子，溜到了女王的床上，以便继承天主教的王位。当威廉罢黜了詹姆斯二世后，小王子被带到法国与王室过着流亡生活，詹姆斯二世死后，路易十四

① Virginia K. Beards, “Margaret Drabble: Novels of a Cautious Feminist”, *Critique: Studies in Contemporary Fiction*, 15.1 (1973), p. 43.

② Marion Vlastos Libby, “Fate and Feminism in the Novels of Margaret Drabble”, *Contemporary Literature* 16.2 (1975), p. 184.

③ 张小平：《德拉布尔的〈瀑布〉：对浪漫爱情故事叙事传统的颠覆》，载《河南师范大学学报》，2010 年第 6 期，第 225 页。

④ 盛丽：《论〈瀑布〉的悲剧救赎与原型叙述》，载《当代外国文学》，2012 年第 2 期，第 74 页。

⑤ Julia Kristeva, “Word, Dialogue, and Novel”, in Toril Moi, ed., *The Kristeva Reader*, Oxford: Basil Blackwell, 1986, p. 37.

宣布詹姆斯为英格兰国王。《瀑布》中的人物与这段历史的对应关系十分明显：詹姆斯溜到了简的床上，而与简同名的简·格雷夫人（Lady Jane Gray）的确是英格兰的女王。简·格雷夫人的公公诺萨波兰公爵（Duke of Northumberland）说服垂死的爱德华六世将王位传给她，然而不幸的是，简·格雷夫人被捕并被砍头，在位时间只有九天。历史上的马尔科姆是苏格兰的合法国王，是邓肯（Duncan）的儿子，莎士比亚的悲剧《麦克白》中详细描写了邓肯被麦克白谋杀的故事。①

这些历史人物的指涉让熟悉英国历史的读者对詹姆斯、简、马尔科姆这个三角恋情重新进行思考。马尔科姆是简的合法丈夫，詹姆斯只是简的情人，但德拉布尔笔下的简与英国历史上的简·格雷夫人的命运不同。在《瀑布》中，简不仅没有因为她的出轨而被砍头，甚至在与情人出国旅游途中出车祸时她也没有受到任何伤害，更没有受到任何惩罚，这与历史上简·格雷夫人的遭遇形成强烈反差。由此可见，德拉布尔对女性追求爱情与情感自由是持肯定态度的，也彻底打破了读者期待。

除上述历史人物外，《瀑布》还与一些文学界的真实人物形成互文。比如，简将自己和詹姆斯的婚外情与英国爱德华时代的文学巨匠高尔斯华绥（John Galsworthy）的真实情感做对比：

当约翰·高尔斯华绥与他表兄的妻子有了婚外情时，尽管有嫌疑，他们的婚外情还是秘密地持续了多年，他们多次一起在国外度长假：据阿达·高尔斯华绥宣称，她与约翰有相同的姓氏，从护照和预订宾馆房间这个角度来说，这一点给他们提供了极大的便捷……同样，詹姆斯和我都发现我与露西的表姐妹关系有时也十分管用。②

简与露西的表姐妹身份的确给简与詹姆斯的外出提供了诸多方便。有一次詹姆斯驱车带简以及她的两个孩子出去游玩时，他向同事这样介绍简："我带我表妹出去溜达溜达。"（*Waterfall*: 71）另一次在伦敦赛车场，他"再次以表妹的身份"（*Waterfall*: 74）将简介绍给赛车手迈克。然而，不无讽刺的是，詹姆斯与简远没有高尔斯华绥他们那么幸运，不仅没有"多次一起在国外度长假"（*Waterfall*: 235），而且他们第一次去挪威的旅行途中就出了车祸，詹姆斯伤得不省人事。

① Eleanor Honig Skoller, "The Progress of a Letter: Truth, Feminism, and *The Waterfall*", in Ellen Cronan Rose, ed., *Critical Essays on Margaret Drabble,* Boston: G. K. Hall, 1985, p. 127-128.

② Margaret Drabble, *The Waterfall,* Harmondsworth: Penguin, 1971, p. 235. 后文出自同一著作的引文，将随文标出该著名称简称"*Waterfall*"和引文出处页码，不再另注，译文由笔者自译。

此外，为了证明自己与詹姆斯婚外情的合法性，简还提及了英国女作家夏洛蒂·布朗特的爱情。布朗特曾经对她的法语老师深深暗恋，然而这只是一种单相思，那个法语老师住在布鲁塞尔，后来布朗特与她父亲的助理牧师结了婚。简问道："到底哪一个是夏洛蒂·布朗特的男人？是那个她自己创作的、为之哭泣、为之向往的男人，还是那个拥有了她、谋杀了她、与之发生性关系的可怜的助理牧师？"（*Waterfall*: 84）简在此暗示：与其与自己不喜欢的人结婚生子，还不如保持对爱情的向往。从某种意义上来说，简是正确的，布朗特的确被婚姻谋杀了，可是简并没有看到，布朗特的婚姻生活中也有许多让她感动的点点滴滴。盖斯凯尔曾经描述过一个细节：夏洛蒂曾听见丈夫在为她祈祷，她非常感动："我不会死，是吧？上帝不会让我们分开的，我们那么幸福。"[①] 为了说服自己相信与詹姆斯的婚外情具有合法性，简在此特别强调了布朗特婚姻不幸福的一面，这体现出作为当代女性的简特别强调女性自身的情感诉求，而不会像布朗特那样对自己的婚姻委曲求全。《瀑布》不仅与英国历史中的真实人物相互指涉，而且与英国女性小说传统构成多重互文关系。

2. 与英国女性小说传统的互文

吉尔伯特·桑德拉与苏珊·古巴认为，"倘若女性作家对女性创作传统一无所知，那么她的创作力也就无从谈起"[②]。的确，德拉布尔对女性创作传统了如指掌，在她的小说中，我们可以发现大量与传统女性创作构成的互文。她对女性传统创作并非全盘接受，而是有破有立，在部分继承的同时，也有自己独特的主张。在理解女性作家之间的影响时，肖瓦尔特曾经说过："女性传统对女性的影响积极的一面是团结与力量，消极的一面则是她们的无能为力。女性传统会形成自己的经历与象征，这些经历与象征不只是简单地与男性传统的对立。"[③] 德拉布尔正是通过女性独特的"经历"与"象征"，来构筑《瀑布》独特的诗性想象。

《瀑布》的女主人公兼叙述者简是一位诗人和小说家，与夏洛蒂·布朗特一样，她也创作了一个如诗一般的情人，生活在"那想象中的布鲁塞尔"（*Waterfall*: 84）；与乔治·艾略特一样，她创作了一个女主人公，也就是简自己，与艾略特的小说《弗洛斯河上的磨坊》中的女主人公一样，她们都有一个叫露西的表姐，

① Elizabeth Gaskell, *The Life of Charlotte Bronte*, Harmondsworth: Penguin, 1975, p. 524.

② Sandra M. Gilbert, *The Madwoman in the Attic: the Woman Writer and the Nineteenth-century Literary Imagination,* New Haven: Yale UP, 1979, p. 17.

③ Elaine Showalter, *A Literature of Their Own: British Women Novelists from Bronte to Lessing,* Princeton: Princeton UP, 1977, p. 11.

并且都爱上了表姐的丈夫；尽管简强烈反对奥斯丁对某些事情的处理办法，也公开宣称“我是多么地不喜欢简·奥斯丁”（*Waterfall*: 57），她还是将自己的家庭关系与简·奥斯丁小说中的家庭关系做类比。

无论是《简·爱》中的简，还是《弗洛斯河上的磨坊》（*The Mill on the Floss*, 1860）中的麦琪·塔里弗（Maggie Tulliver），结局都不完美：简得到的是瞎了眼、失去基本生活能力的罗彻斯特；麦琪则选择溺水身亡。德拉布尔对传统小说中这种过时、无宽容之心的话语进行拒斥，《瀑布》中的简没有受到任何惩罚，情人詹姆斯也从车祸中恢复了健康，他们的婚外情尽管最终败露，但在詹姆斯痊愈后他们还一起去了约克郡的高达尔瀑布旅游，并在曼彻斯特的宾馆住了一晚。这种结局的安排表明，德拉布尔对女性的处理与19世纪女性小说传统是背道而驰的，德拉布尔以互文的方式批判了传统小说中对女性的苛责，彰显出她对女性独立人格的支持。

简不断地从文学传统来理解她自身的激情，因为“爱情故事并不是什么新鲜的事”（*Waterfall*: 153）。她发现文学传统对她产生了巨大影响，以至于她“谴责诗人们”该为她与马尔科姆的婚姻负责：“一见钟情，我曾听说过，我像一位命中注定失败的浪漫主义者一样追寻着它。”（*Waterfall*: 86）当简爱上了表姐露西的丈夫后，她不断地从19世纪的小说中寻找先例，尤其是乔治·艾略特的《弗罗斯河上的磨坊》中的女主人公麦琪，因为她同样爱上她表姐露西的丈夫。但是麦琪选择了溺水自尽，而简成为新时代的女人。简摈弃了旧小说中女主人公的做法，发现她们与她的自身经验毫不相干：“在这个时代（弗洛伊德以降的时代），我们该做什么呢？我们在第一章就淹死了。”（*Waterfall*: 153-154）在此，德拉布尔特别援引了《弗罗斯河上的磨坊》作为简极力反对的传统的代表。麦琪的结局、她对她表姐露西的丈夫的放弃以及返回她那残酷的家庭等，这一切使得麦琪返回固定的社会模式，在这一社会模式中她完全丧失了自己的身份，导致了自身的毁灭。她的溺水身亡表明了她对社会力量的最终屈服。

尽管《瀑布》仍然以某种线性叙述方式展开故事，特别是第三人称叙述部分完全就是一个地道的传统故事，然而，故事在内容上颠覆了传统小说叙事。简在生活的各个方面都取得了进步：从她“休止状态的冰期”（*Waterfall*: 7）开始，最初处于一种无精打采的被动和几近精神分裂式的孤立状态，到最后发展到能够主动与别人接触，比如与别的年轻妈妈们交流；在小说末尾，她又开始了她那几近放弃的诗歌创作事业，并聘请了一个保姆来专门照顾孩子；她将她的房间整理得井井有条；结交新的朋友；并且继续保持她与詹姆斯的激情关系。从某种意义上来说，她什么都得到了：爱情、事业、孩子，当代女人坚持认为她们应该得到的东西她都得到了。她宣称："所有这一切与我想象的很不一样，远比我想象的要令人振奋得多。"（*Waterfall*: 234）从某种意义上来说，简从最为传统的爱情与母亲的身份中获得了满足，得到了精神的救赎。

简频繁地提到《简·爱》这个作品和简·爱这个小说人物，简·格雷是对简·爱的戏仿。简试图描写她对詹姆斯的激情时，她最终几乎向读者呐喊："读者，我爱他，正如夏洛蒂·勃朗特所说的那样。"（*Waterfall*: 84）其实这是一个谎言，真实情况是，无论勃朗特还是简·爱都没有说过上述话，这里指涉的是简·爱的另一句话："读者，我与他结婚了。"[①] 尽管这里仅一字之差（英文"Reader, I loved him." 和 "Reader, I married him."仅一字之差），可内涵却完全不同。《简·爱》中的简最终与瞎了眼的罗彻斯特结婚了，而《瀑布》中的简却没有明确的结尾，让詹姆斯与简的婚外情在事情败露后仍然持续。简也曾设计过一个结尾，想让詹姆斯在车祸中致残，因为这样一来，她就可以像简·爱得到瞎了眼的罗彻斯特那样得到詹姆斯。可是她并没有这样做，因为简坦诚道："我不忍心这样做，因为我太爱他了。不管怎样，他并未受伤致残。真实情况是，他康复了。"（*Waterfall*: 231）因此，《瀑布》利用传统故事中的文学母题表达了德拉布尔独特的女性主义观，表达了作者对传统小说的质疑与反叛。

为了凸显简的世界与20世纪之前的小说主人公的不同，德拉布尔嘲讽式地指涉19世纪及其以前的作品，比如莎士比亚的《罗密欧与朱丽叶》、简·奥斯丁的作品等，他们都歌颂完满的婚姻，因为完满的婚姻维持着秩序与和谐。詹姆斯从车祸中康复，颠覆了悲剧传奇的范式：在悲剧传奇中，男女主人公的一方会因为各种原因而死去，而另一方也最终会自杀，以便让他们在另一个世界重新结合。可见，德拉布尔的《瀑布》与传统小说在人物、情节的设置等方面形成互文，表达的却是一种对传统小说嘲讽式的戏仿，这种戏仿表达了德拉布尔在女性问题上的立场——支持女性摆脱传统婚姻的束缚，勇敢地追求自己的生活。

3. 与艾米丽·迪金森及其诗歌的互文

如上所说，叙述者简·格雷反复提及夏洛蒂·布朗特、乔治·艾略特、简·奥斯丁等传统女性作家，并与这些作家笔下的人物如麦琪·塔里弗、简·爱等做类比，然而，作为诗人的简似乎并未提及艾米丽·迪金森（Emily Dickenson）。实际上，德拉布尔将简想象为迪金森诗歌中的人物，迪金森诗歌中关于爱、死亡、

① Charlotte Bronte, *Jane Eyre,* in Margaret Simth, ed., Oxford: Oxford UP, 1980, p. 473.

弃绝等主题对《瀑布》的创作影响巨大，熟悉迪金森的读者，在整个小说中总能瞥见迪金森诗歌的影子。最为明显的是，在小说开始之前，德拉布尔选择迪金森的一首诗歌“溺水并不令人同情”作为《瀑布》的题词：“溺水并不令人同情 / 由于人们试图上浮 /……造物主慈祥的面孔 / 无论看上去多么慈祥 / 我们都要躲避，必须承认 / 它就是灾难。”（*Waterfall*: 5）德拉布尔选择这首诗作为《瀑布》的题词，不仅暗示了小说关于爱、死亡、弃绝（love, death, renunciation）的主题，也为小说提供了“水”的意象。这首诗歌中提到，人在溺水时，会“浮出水面三次”试图挽救自己，并且不无讽刺地评论说在面临死亡时，我们都试图寻求上帝的帮助，可是迪金森告诉我们，不管造物主的面孔多么慈祥，我们都不要去他那里寻求帮助。简·格雷与迪金森这首诗中的主人公多有相似之处：她们都拒绝传统的拯救，认为上帝是不会拯救她们的，只能通过女性自身的努力才能使自己获救；她们对死亡十分迷恋，对爱情大加赞颂，对命运持一种加尔文式的决定论，使得简的新时代女性形象跃然纸上。

《瀑布》与迪金森诗歌中关于爱与死亡的主题互文是相当明显的，而弃绝的主题则隐含在文本中不易被发现。简与迪金森诗歌中的人物一样，将所有的欲望削减到最低程度，于是欲望的对象就成为一种缺席，只剩下欲望本身。迪金森常常通过食物的意象来表达未能满足的强烈欲望。在“我这些年一直在挨饿”（“I had been hungry, all the years—”）在这首诗中，叙述者想象透过窗户看到宴会的情形，在结尾写道：“我不再饥饿 / 于是我发现 / 饥饿是窗外人的感觉 / 一旦入室 / 即告消除。”[①] 进入宴会，她的食欲就会得到满足，而这种饥饿感也会立即消除。叙述者认为，与其让这种欲望得到满足，还不如继续挨饿，这就是一种弃绝的艺术。她的欲望是如此之大，以至于唯一的满足就是弃绝。欲望的客体失去其固有的价值，价值仅在于欲望和弃绝本身。

简·格雷对自己家庭生活非常不满，特别不认同父母的价值观。简的父母都十分虚伪，经常提及某个重要人物以提高自己的身份和地位。这使得简对他们敬而远之，产生了一种疏离感。但是为了取悦他们，简“将自己隐匿起来，为了他们我重新建构我的想法，因为我知道，如果他们知道我的真实想法，他们永远也不会从震惊中恢复过来”（*Waterfall*: 51）。面对父母的虚伪，成年后的简也想方设法“弃绝”自己的欲望。在一次圣诞家庭聚会中，大家都喝酒庆贺这盛大的节日，简却用弃绝欲望来伪装自己：“我拒绝喝酒……似乎唯有通过这种欺骗的形式我才能保护与掩饰我真正的欲望。如果我连他们允许我喝的分量都拒绝了，他

① Emily Dickinson, *The Poems of Emily Dickinson*, R.W.Franklin, ed., Cambridge: The Belknap Press of Harvard UP, 1999, p. 203.

们怎么知道我到底要喝多少，怎么知道我到底需要什么呢？”（*Waterfall*: 63）害怕展露出自己巨大的欲望，简选择完全“弃绝”她的欲望。也正是通过这种弃绝的艺术，简努力摆脱父辈对自己的影响，艺术地追求自己人格的独立。

简与迪金森在“弃绝”的同时，又强调“弃绝”是她们主动选择的结果，并非被动“放弃”。在《弃绝——是一种打动人心的美德——》（“Renunciation——is a piercing virtue——”）这首诗中，迪金森首先以传统的方式定义“弃绝”：它的意思是“随它去”（“the letting go”）。接着她根据“选择”来重新定义“弃绝”：“弃绝就是一种与自我对抗的选择。”[①]选择“弃绝”是一种行动的宣言，这是一种典型的双重自我：亦即在“弃绝”的同时，强调女性选择的自由。

与迪金森一样，对周围的成年人失去信心后，简也不再相信上帝：“他们（指简的家庭成员）信仰英格兰教堂的上帝……我努力去相信这些东西，因为如果我不相信，他们就会觉得似乎这是对他们的一种冒犯……但是即便还是孩提时代，我都有另一套自己的想法，我只让我自己知道自己的想法”（*Waterfall*: 50）。在早年给美国教士兼作家席根生（Thomas Wentworth Higginson）的一封信中，迪金森这样提及她的家庭：“他们都信教，除了我以外，他们每天早晨都对着朝阳祈祷，他们将其称为‘父王’。”[②]迪金森全家都信奉的上帝在她眼里却毫无意义，她小时候就对这席卷全英格兰的宗教信仰不感兴趣。相反，迪金森将情人提高到神的高度。在《我不能和你一起生活》（“I Can’t Live with You—”）这首诗中，叙述者想象自己陪着情人一起到了天堂，她说在天堂里她不会被接受，因为她的眼里只有情人而没有上帝。她对情人的爱如此强烈，以至于“我根本无暇顾及 / 其他的优秀者 / 比如上帝。”（And I had no more eyes / For Sordid Excellence / As Paradise.）[③]在她眼里，情人就是来拯救她的上帝。

与迪金森一样，简也不惜亵渎神灵，来建构自己的信仰。简将詹姆斯看作她的上帝，并对其深信不疑：“上帝的恩典或是奇迹，用哪个词来描述我不在意……命运女神是我的上帝，当詹姆斯躺在我身边时命运女神也就伴随着我。”（*Waterfall*: 50）当詹姆斯进入她的生活后，简才发现了真正的自我：“当詹姆斯看着我的时候，他看到了一个真实的我，没有猜想，没有欺骗。通过对我的了解，他拯救了我，通过分享我的知识，他使我道德败坏。”（*Waterfall*: 51）在此，简将自己的婚外

① Emily Dickinson, *The Poems of Emily Dickinson*, R.W.Franklin, ed., Cambridge: The Belknap Press of Harvard UP, 1999, p. 349.

② Emily Dickinson, *The Letters of Emily Dickinson*. Thomas H. Johnson, ed., Cambridge: Harvard UP, 1958, p. 404.

③ Emily Dickinson, *The Poems of Emily Dickinson*, R.W.Franklin, ed., Cambridge: The Belknap Press of Harvard UP, 1999, p. 315.

情人詹姆斯看成自己的"上帝"，表面上凸显简对男性的崇拜，这也导致许多批评家对德拉布尔深感不满。然而细心的读者会发现，詹姆斯的拯救角色都是通过简的感受表达出来的，詹姆斯自始至终都处于失语状态，未能操控简的生活，简始终是个独立的女性主体。

国外激进女性主义批评家们对德拉布尔的创作特别是对《瀑布》的创作非常不满。她们认为，一方面，德拉布尔把母亲身份作为女性生活的中心，其女主人公为了孩子而与男权社会妥协；另一方面，她们认为《瀑布》主人公简将自己的救赎寄托在男人身上是对女权主义的背叛。然而通过以上对《瀑布》的互文性分析，笔者认为，德拉布尔笔下的女性有其自身的特点，通过与英国历史以及文学界真实人物、英国传统小说中的人物以及艾米丽·迪金森及其诗歌中人物的互文指涉，凸显出《瀑布》中的女主人公简反传统、特立独行的一面。尽管詹姆斯的确扮演了简的拯救者角色，然而在整个小说中，詹姆斯一直处于失语状态，都是通过简的叙述来展现的，詹姆斯只是简获得自我救赎的一个途径。总之，通过错综复杂的互文，《瀑布》表达了对新时代女性独立形象的赞扬与期待。

二、《七姐妹》的元小说叙事策略

德拉布尔在其中、后期作品中不断进行小说叙事形式的实验，使得她中、后期小说与早期现实主义小说呈现出迥异的风格。她的后现代主义创作实验早在1969年的《瀑布》(*The Waterfall*)中就有了较好的体现，而在2002年的《七姐妹》(*The Seven Sisters*)中，该创作技巧达到了炉火纯青的地步。遗憾的是，对于这么一个技巧纯熟的作品，国内外的关注却明显不够。正如国内学者程倩所言："英美的德拉布尔研究对《七姐妹》关注较少，且大都围绕其女性主题展开。"[①]英国德拉布尔评论专家斯塔福注意到了该作品的元小说特征，她在书评中认为，"德拉布尔喜欢打断叙述，是元小说大师"[②]。然而她并没有对该小说的元小说叙事技巧进行专门的论述。截至目前，国内外均未对其元小说叙事技巧进行相关研究，这不仅会使读者对该小说的独特叙事艺术缺乏认识，而且会对其揭示的深刻主题的理解流于表面。本节旨在探讨德拉布尔在该小说中所进行的元小说叙事实验，并揭示这种独特的叙事风格与小说主题之间的契合。

元小说，又称自我意识小说或自反式小说，是后现代主义小说的主要形式之一。帕特里夏·沃是这样定义元小说的："元小说是小说写作的一个术语，它

① 程倩:《寄梦神话——析德拉布尔小说〈七姐妹〉之互文戏仿》，载《外国文学》，2011年第5期，75页。
② Nora Foster Stovel, "Book Reviews", *The International Fiction Review*, 31 (2004), p. 103.

有意识地、系统地使人们关注小说本身人工制品的身份，目的是使人们对虚构和现实之间的关系产生疑问。通过对自身构筑方法的批评，这样的创作不仅关注小说叙事的基本结构，而且探讨文学作品之外现实世界可能的虚构性。”[①]元小说是对小说形式和叙事本身的反思、解构和颠覆，无论在形式上还是在语言上都导致传统小说及其叙述方式解体。用戴维·洛奇的话说，元小说是“有关小说的小说，是关注小说的虚构身份及其创作过程的小说”[②]。琳达·哈琴也认为，元小说是“关于小说的小说，即在小说内部包含对自身叙事和语言特性的评论”[③]。揭示艺术和生活的差距是元小说的一种功能。元小说创作有多种方式，帕特里夏·沃在其专著《元小说：自我意识小说的理论和实践》中列举了二十几种元小说叙事策略，包括作者露迹、故事里套故事、拼贴、多种结尾、戏仿、变换叙事视角等。《七姐妹》的元小说叙事特征主要体现在以下三个方面：前后矛盾，展示小说的构造过程，揭示其虚构性；不断变换叙事视角，大量运用不可靠叙述，揭示小说的语言构成性；戏仿传统日记体小说与古典英雄传奇故事，颠覆其叙事成规，打破读者期待。

1. 前后矛盾，揭示小说的虚构本质

帕特里夏·沃认为，“元小说作家尤其注重矛盾（contradiction）、排列（permutation）和短路（short circuit）的创作手法”[④]。“矛盾”指的是文本中是非、虚实、正误等相互抵牾的二元对立元素的同时并存。文本中的话语自我否定、自我推翻，这些是非虚实的同时并存，彰显了文本本身的不确定性，使得整个文本呈现出不可名状的自我消解状态。作者通过提出事实又马上质疑其真实性的悖论式方法使得一切都虚无缥缈、稍纵即逝。在现实主义或现代主义作品中，矛盾最终总会得到解决，要么是在故事情节层面（现实主义作品），要么是在叙事视角或意识层面（现代主义作品），然而后现代主义作品中的矛盾最终没有得到解决。“运用矛盾手段的元小说文本没有最终的确定，只有说谎家的悖论（liar paradox）的再创造，有如毫不顾忌地说‘所有小说家都是说谎家’。”[⑤]

《七姐妹》的前后矛盾体现在两个层面：各部分结构之间的相互矛盾，以及

① Patricia Waugh, *Metafiction: The Theory and Practice of Self-conscious Fiction*, London: Routledge, 2003, p. 2.

② David Lodge, *The Art of Fiction*, London: Vintage, 2011, p. 206.

③ Linda Hutcheon, *Narcissistic Narrative: The Metafictional Paradox*, London: Methuen, 1984, p. 1.

④ Patricia Waugh, *Metafiction: The Theory and Practice of Self-conscious Fiction*, London: Routledge, 2003, p. 137.

⑤ 胡全生：《英美后现代主义小说叙述结构研究》，上海：复旦大学出版社，2002 年，36–37 页。

各部分内部叙述之间的相互矛盾。《七姐妹》由“她的日记”、“意大利之旅”、“艾伦的说法”以及“尾声”四个部分组成，各部分之间的关系可以用下图表示：

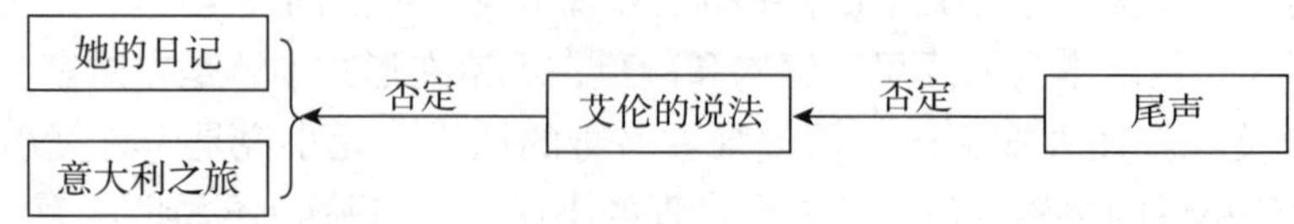

《七姐妹》中第一部分的日记体写作、第二部分的旅行文学样式、第三部分的回忆录形式等本属于不同文类的叙事成分杂糅在同一个文本中，体现出该小说的元小说特征——结构上的不协调。然而这不协调的各部分却又构成了一个统一的叙事框架，细心的读者会发现，《七姐妹》的开篇第一节以“她独自坐在天高月黑的夜晚，那是她独自居住的第三年”开始，全书的倒数第二节以“她独自坐在天高月黑的夜晚，那是她独自居住的第四年”作为结束，我们由此可以看出，该小说讲述了主人公坎迪达一年中的生活，中间穿插了她对自己过往生活的点滴回忆，以及对未来生活的美好憧憬。

第一部分“她的日记”以坎迪达作为叙述者讲述她本人的故事，我们随着主人公坎迪达的眼光来看待与体验她的日常生活，但是当她女儿艾伦宣布这一切只是她母亲在电脑上所虚构的生活时，我们意识到我们并没有真正走进坎迪达的生活，而只是漫游在她虚构的世界里。因为坎迪达自己退隐到了文字后面，一切都只是她创造的文字的世界。在第一部分“她的日记”即将结束时，叙述者自己承认道，“我承认在这个叙述中我杜撰了一部分内容”[①]。

第二部分“意大利之旅”共九小节，标题取自歌德的同名作品《意大利之旅》，以第三人称全知全能的叙述角度进行叙述，与第一部分构成了平行结构。这一部分主要讲述了坎迪达在得到了一笔 12 万英镑的意外之财后，组织起一帮姐妹朋友进行意大利之旅，加上坎迪达本人一共七人，这也是《七姐妹》标题的来源。对于坎迪达，这次旅行具有深刻的象征意味。她追随埃涅阿斯的脚步，探寻真正的迦太基，最后达到了库迈的西比尔洞穴。主动提出并努力组织这一次旅行和妥善处理“七姐妹”之间的关系，激发了她无限的自我意识，也使得她更会处理与别人的关系，为后来与女儿艾伦的和解埋下了伏笔。

第三部分“艾伦的说法”只有两节，第一节以坎迪达的二女儿艾伦的视角，对坎迪达的生活重新进行评判。开篇写道：“到目前为止，我和你所读到的故事，是在我母亲神秘莫测的猝死之后，从她的手提电脑上发现的。”（*Seven*: 251）并

① Margaret Drabble, *The Seven Sisters*, London: Penguin Books Ltd., 2002, p. 159. 后文出自同一著作的引文，将随文标出该著名称简称“Seven”和引文出处页码，不再另注，译文由笔者自译。

且宣称“在提到她喜欢吃五香三角菜饺时，她也许撒了谎，也许没有撒谎，但是，她肯定在其他许多事情上是说了谎的，无伤大雅或者极其严重的谎言。”（*Seven*: 255）她开始确认母亲在前两个部分所讲述的故事中有哪些是真实哪些是虚构的，因此第三部分是对前两个部分的修正与否定。艾伦写道：“她还偶然说到我是一个可怕的势力鬼，那是完全不真实的。伊泽贝尔是个势力鬼，是个拉大旗做虎皮的人。”（*Seven*:262）“我还要告诉你另外一件事，母亲的文档中有剽窃的地方。她说泪水‘像茶水一般滚烫’，那就是剽窃。她从罗伯特·路易斯·斯蒂文森的《金银岛》中偷来这个说法。”（*Seven*: 262-263）“我还不相信她说的拉德布鲁街地铁站的宠物小老鼠的故事。我认为她的陈述是不可靠的。”（*Seven*: 264）母女俩对萨莉的看法完全不同：坎迪达始终认为萨莉是一个肥胖、爱管闲事的讨厌鬼，可是艾伦却认为“妈妈对萨莉·赫伯恩一点儿也不公平”（*Seven*: 265）并且认为“萨莉是个脾气特好、心胸开阔的女人”（*Seven*: 266）。在第三部分最后一段，艾伦指出，母亲坎迪达在第二部分“意大利之旅”明确提到自己亲自去了库迈，听取了西比尔让她屈服的预言。可是艾伦却从杰拉尔德太太那里获知，“她们谁也没有去库迈”（*Seven*: 271）。第三部分“艾伦的说法”里面还有诸多质疑，可以说整个第三部分都是艾伦对前面两部分的一些细节方面提出的质疑或者评论。在此，坎迪达成了一个作者，而她的女儿则成了读者。读者对作者的观点不断地进行质疑与修正。而作为读者的我们，正在读着德拉布尔的小说。小说场景与现实生活场景交相辉映，模糊了虚构与真实的界限。这样一来，读者就自然会不断反思：该如何看待这个故事的真实性？

到了第四部分“尾声”，读者发现再次被欺骗：原来第三部分“艾伦的说法”只是坎迪达自己通过想象运用艾伦的口吻对整个故事进行的评论，坎迪达本人并没有死。“尾声”又回到了第一人称“我”的叙述当中，并宣称，“我发现我在假扮我女儿方面做得不够好，或者说在佯装自己已死方面做得不够好。”（*Seven*: 275）这样一来，读者才发现一切都是女主人公坎迪达臆想出来的，她的整个叙述都是不可信的。在此，叙述者在各个故事层面发生了越界行为，作为故事外叙述者的艾伦与故事人物坎迪达在此合二为一。实际上，我们发现，《七姐妹》中的叙述者能够自由地穿梭于不同的叙述层面，各个叙事之间形成了相互拆解而并非相互论证的关系。

第四部分“尾声”一直在对第三部分“艾伦的说法”进行修正或认可。比如，在第三部分“艾伦的说法”中，艾伦揭示了母亲坎迪达在性方面的一些问题：“如果有什么人是性变态的话，那人不是萨莉，而是我的母亲……很明显，男性生殖器并不能吸引我的母亲，她是个让男人提不起劲的女人。”（*Seven*: 266）在“尾声”

中，叙述者坎迪达证实了艾伦的说法："艾伦说得对，对于男性生殖器我一直是害怕的，不管它以什么姿态出现，坚挺或是绵软，似乎对我来说都不具有吸引力。"（*Seven*: 277）并解释自己为何要借艾伦之口来对整个故事进行重叙："我努力模仿艾伦，这是一种有益的练习。当我开始尝试从艾伦的角度来看待事物时，我突然想到简·理查兹或许确实是因为安德鲁才自溺而亡的。"（*Seven*: 276）对于婚姻的失败，坎迪达一直没有想明白其中的道理，她一直在反思自己行为的方方面面。透过艾伦的角度来看待整个事情，或许是坎迪达换位思考的一种策略。

在这一来二去的反复否定中，读者发现自己原来那套阅读现实主义作品的解码装置完全失去了效力。正如加拿大理论家琳达·哈琴所描述的那样："不得安宁的读者被迫彻查他的艺术观和生活中的价值观。他常常必须频繁修正他对所读之物的理解，以至于开始怀疑理解本身的可能性。"[①]于是读者就不得不重新调整自己的阅读角度，意识到文本的主宰地位不复存在，读者不自觉地参与到了小说的创作之中，思考哪一种可能更为真实，从而与作者进行对话。这样一来，读者就会对如女主人公坎迪达·威尔顿一样即将步入老年生活，面对丈夫背叛、孩子疏离这类女性的生存困境做出自己的判断与思考，与作者一道积极关注她们的生存现状，并积极思考解决的方法与对策。

沃曾指出，"矛盾除了出现在小说的宏观结构层面以外，还有可能出现在段落、句子甚至短语等微观层面"[②]。《七姐妹》中，除了各部分结构之间的矛盾以外，各部分内部的叙述也多有相互抵牾之处。在第一部分"她的日记"中，有很多前后矛盾的句子，这些句子先对某件事情进行肯定，然后立马对其表示怀疑。比如，坎迪达在健身俱乐部无意中听到两个会员的谈话，"从她俩的谈吐来看，她们并不十分富裕。然而她们一定是非常富有的。"（*Seven*: 8）这样让读者不断地进行猜测，她们到底是富不富裕？到底哪种说法是可信的？或许都不可信？

在开始书写下一节内容时，叙述者会先对上一节内容进行简短的评价和总结，而这个小结在很大程度上来说是对上面的内容进行否定或修正。比如，在第一部分第十六小节讲述完萨莉去伦敦拜访主人公兼叙述者坎迪达·威尔顿后，在第十七小节的开始这样写道："重读对萨莉来访的叙述，我看出大多数叙述是不真实的。实际上，回顾我在索福克的行为，我应该对很多事情感到羞耻。"（*Seven*: 74）接下来主人公就展示自己的种种不当行为：承认自己在索福克的最后几年里，

① 陈后亮：《元小说中的自我再现艺术——兼论琳达·哈琴的自恋叙事理论》，载《国外文学》，2011年第3期，第16页。

② Patricia Waugh, *Metafiction: The Theory and Practice of Self-conscious Fiction*, London: Routledge, 2003, p. 140.

所作所为并不淑女；为一些小事就大发脾气；有轻度的精神错乱与更年期症状等。到底哪种叙述是真实可信的呢？叙述者以这种方式不断对自己的叙述进行修正或否定，这就意味着每隔一段，叙述者就会以某种方式提醒读者，所有这一切都只是虚构。

当叙述者在描述某件事情时，会向读者坦言自己的不确定性。在准备描述自己与丈夫安德鲁的婚姻时，叙述者先给读者这样交代："我不确信我是否能够讲述事情的真相，我也对自己是否了解真相没有把握。我会尽力做到不过多地哀诉与抱怨。"（*Seven*: 14）叙述者会不断地打断自己的叙述，来对目前的写作进展做一个介绍或者评价，比如，叙述者是这样开始介绍她与丈夫安德鲁的婚姻状况的："我注意到在这本日记里已经三次提到了安德鲁。我认为那意味着我应当介绍他以及与他结合的经过。"（*Seven*: 14）当叙述者讲到自己与丈夫安德鲁离婚，提到自己把丈夫丢给了安西娅时，她自我评论道："在此，我写下了安西娅的名字和安德鲁的名字，我的叙述取得了很好的进展。"（*Seven*: 20）在描写完索福克的朋友、自己的婚姻状况以及三个女儿的情况以后，她写道："今天我已经写得够多了，明天我将会写我的那些圣安妮学校的朋友，这一期待让我充满了莫名的兴奋。"（*Seven*: 20-21）在开始介绍她的朋友时，她预先告知读者："现在我打算写一写我的老朋友珍妮特和茱莉亚了，我将先从珍妮特开始，因为她的经历并不那么有趣，说起来也容易一些。"（*Seven*: 23）这一切都表明作者在小说文本中不断地展示小说的构造过程，揭示小说的虚构本质。

从以上分析我们可以看出，无论是在结构上还是在语言句法层面，都体现出文本的虚构本质，在这种虚构背后，彰显了女主人公坎迪达无奈的生活状态。

2. 转换叙事视角，揭示小说的语言构成性

《七姐妹》四个部分分别从不同角度进行叙事。"她的日记"在四个部分中所占篇幅最多，占了整个小说的多半，采用了第一人称"我"的视角来进行叙述，灵活地运用了第一人称内视角与外视角的双重聚焦功能，让六十岁的坎迪达慢慢回忆自己与丈夫相识相知的过程以及她如何支持丈夫的事业，做出自己的贡献后却被丈夫背弃的经过、与女儿们的关系疏离等琐碎事宜，并对自己中学时代的朋友和索福克的朋友进行描述，使得步入老年的坎迪达与青年时代的坎迪达都在进行叙述。我们通过老年坎迪达的叙述，一起经历青年坎迪达的所见所闻所感。坎迪达离婚后，主动选择孤独地搬到伦敦一个破旧、肮脏的小公寓。"现在我陷入灰暗阴郁的伦敦天空中。这样更好。这个困境便是我的自由。在这里我将对我的

肉体和灵魂来一番脱胎换骨的改造。”（*Seven*: 19）她对婚姻的回顾揭示了在婚姻的最后几年里，她是一个对婚姻疏离，对性爱排斥、不合作的女人。搬到伦敦独住后，坎迪达参加了维吉尔班学习《埃涅阿斯纪》，认识了一些朋友。这个课程是由“像鸟一般的吟游诗人、伪装的库迈的西比尔”（*Seven*: 152）杰罗尔德夫人担任。在维吉尔班，她们一起阅读《埃涅阿斯纪》第六部，讲述了埃涅阿斯跨过冥河造访死亡之地，在那里被抛弃的恋人狄多拒绝与他说话，影射了坎迪达目前的思想现状——被抛弃的她再也不想看到丈夫。后来维吉尔班的房子改为健身俱乐部，作为维吉尔班的学员，坎迪达获得了免费参加健身俱乐部的资格。在健身俱乐部，坎迪达决定为绝望的婚姻画上句号，她将那镶有蓝宝石的结婚戒指沉入了游泳池的底部。

在阅读“她的日记”时，读者不知不觉与坎迪达产生了共鸣，并通过她的眼光来看待她的丈夫、她的女儿们以及朋友们。步入老年的坎迪达非常值得人同情：丈夫背叛，女儿疏离，她最值得信赖的事情就是在电脑上玩单人纸牌游戏，因为游戏规则公平，对谁都一样，从中可以找到对生活一星半点的安慰。与其他叙述视角相比，第一人称叙事视角更为直接生动，容易引发同情心而让读者产生共鸣。小说的叙述者和主人公都是“我”，坎迪达只是在自说自话，自己讲述自己的故事。于是，小说的叙事类型属于同故事叙述，也就是说，叙述者具有事件讲述者与被讲述者双重身份。这样一来，叙述本身就带有叙述者的个人偏见，她只能站在自己的角度叙述自己的所见所感，无法进入别人的内心。然而，这一部分的每一个小节都有一个第三人称叙述的小标题，这是一个隐藏的叙述者，很明显是以“局外人”的全知全能的身份出现，洞悉所发生的一切。小节的标题提纲挈领地预告各个小节的内容，以此提醒读者，里面的故事纯属虚构。

在第二部分“意大利之旅”中，德拉布尔一改第一部分的第一人称叙述视角，启用第三人称全知全能的视角，描写了“七姐妹”一路的旅行见闻与感受。作者在这一部分宣称：“坎迪达再也不需要自言自语地哀诉了，她清楚地意识到自己已经变成了另外一个人，一个具有多维视角、多声部的人，她没有必要装傻，她可以随心所欲地运用成语或引经据典，不用怕被人叫成书呆子或半吊子，不要怕被人说成是小题大做或自作聪明。”（*Seven*: 172）果不其然，第二部分的叙述更为精干，隐喻、互文层出不穷。坎迪达的生活大为改观。这一切都源于父亲给她买的那份保险所带来的 12 万英镑的意外之财，有了经济的支持，坎迪达从一个自我贬损、缺乏自信的被抛弃者转变为一个积极自信的人。

“尾声”一共七个小节。前三个小节都是采用第一人称叙事，第四小节改为第三人称，描写了坎迪达去芬兰参加女儿艾伦婚礼的情况，并描写了在婚礼上与神经外科医生简·古纳森一起跳舞，简邀请她一起去采蘑菇的情形。到了第五节，又改为第一人称，描写自己拒绝简的邀请，但是接受女婿克莱德的邀请去他的语言研究所看看他的那些病人。其中一个病人斯图亚特·卡里奇讲述了自己语言障碍的故事。第六小节用第三人称描写了她在自己的房子里编织毛线的一些感受。最后一节用第一人称描写坎迪达试图打听健身俱乐部那个长了脂肪瘤的女人珍妮，但是发现她已经去世了。然后描写坎迪达试图把那棵枯萎的圣诞树移开，可是她没能成功，还伤了自己的腿，不得不去医院缝了几针。因此，“尾声”采用了第一人称与第三人称交替叙事的手法。

在《七姐妹》中，德拉布尔有意从第一人称主观叙述转向第三人称全知叙述并采用多个人物的视角，其目的是形成“众声杂糅”的复调性。既让女主人公进行充分的自我言说，又能从他人的视角透视女主人公的生存真相。通过不断变换叙述视角，所有叙述者都在用一种毋庸置疑的口吻进行叙述与推理，结果我们被带入一个个既无意图亦无轨迹的世界。每一个细节论证都是合理的，然而整体却是支离破碎的，我们无从将其拾起。读者基本失去了超越小说人物的优越性，被叙述者牵着鼻子走，跟随着叙述者的描述，卷入小说的世界而无法使自己站在一个更高明的位置，并被抛入每一个叙述者的叙述当中从而丧失了自己的判断能力。这就是传统阅读的困境，传统读者习惯于全盘接受人物的叙述话语，并使自己融入叙述者的故事中去。

小说中不同的不可靠叙述者提出了对读者参与的要求。《七姐妹》中主人公坎迪达在讲述着自己不幸的婚姻生活。她十分坦诚地告知读者，无论是婚姻生活还是与朋友的相处，各个方面都是不愉快的。然而她的叙述真实性却被小说中的其他叙述者解构了。其他叙述者对坎迪达的故事进行了重述，做出迥然相异的解释。孰真孰假，需要读者的积极参与，仔细辨认。耐人寻味的是，《七姐妹》叙述者的英文名字叫 Candida，让人联想到“诚实”（Candid）这个词。然而纵观整个小说，我们得知，叙述者的所有书写都不可靠。正如德拉布尔的另一部小说《瀑布》中的叙述者所言，所有这一切都只是“谎言，谎言，全是谎言，连篇谎言”[①]。叙述视角的不断转换，揭示了小说的语言构成性，让读者陷入了语言的牢笼。

3. 戏仿先前文学样式，颠覆叙事成规

“戏仿也称戏谑模仿、嘲讽诗文、讽刺作品。在后现代主义小说中，戏仿是

① Margaret Drabble, *The Waterfall*, New York: Penguin Books, 1971, p. 84.

一种破坏性的模仿，它用幽默、讽刺或反讽来嘲弄其对象，使原创性作品及其主题、作者、风格或某个其他对象被轻视。”[①]戏仿是元小说常常采用的一种叙事技巧，它“可以模仿先前的文学作品、文学体裁或神话传说，目的是打破这些叙事框架,以消解其背后隐藏的认识论观念”[②]。《七姐妹》的戏仿主要体现在对日记体小说与神话故事的戏仿两个方面。

日记体小说在欧洲的形成已有几百年的历史。18世纪初丹尼尔·笛福的《鲁滨孙漂流记》通常被认为是西方第一部重要的日记体小说。自此，日记体文学作品大量出版，较为著名的有理查森的《帕美拉》、歌德的《少年维特之烦恼》、果戈理的《狂人日记》、萨特的《恶心》等。日记最重要的特征是所叙事实的真实性和情感的真诚，而日记体小说与日记有诸多类似之处，“它采用日记的结构形式并具有日记的基本特征。日期是它标志性的要素”[③]。“日记体小说在实现其‘真实性’功能上有两个独到之处：首先，就内容而言，作者可以率性而发，直抒胸臆，叙述具有内在的真实性与完整性；其次，日记是一种普通人皆能为而非职业作家所独有的文体形式，其贴近生活，具体可信……构筑作品的真实性往往是作家的首要目的。作家运用各种手段免除读者的疑心，使人相信日记绝非虚构而成。”[④]由此可以看出,追求真实感是作家采用日记体小说的根本原因。然而在《七姐妹》中，作家德拉布尔尽管在第一部分中采用了日记体这种形式进行写作，但是她不仅不追求一种逼真效果，相反，她在叙事层面想方设法地告诉读者小说的虚构本质，与日记体作家的做法相去甚远。

第一部分被冠以“她的日记”这个标题，是坎迪达在伦敦独居的房间里用手提电脑完成的。叙述者以第一人称手法通过回忆的方式将自己与丈夫安德鲁的生活、中学时代的生活以及成年后的几个朋友的日常生活琐事描写得细致入微。从形式上来看，“她的日记”部分具有日记体小说创作所具备的基本要素：封闭的创作空间、叙述者孤独的心境以及叙述者自我关照的主题等。然而，该部分却并非如传统日记那样按照日期形式进行写作，每个小节并没有出现具体的日期等日记所具有的要素，倘若不是该部分的标题提醒我们这是“她的日记”，读者可能会认为这只是叙述者的回忆。日记体的形式更彰显主人公坎迪达·威尔顿的孤独感。

---

① 陈世丹:《后现代主义浪漫传奇文本与当代学术界的荒诞景观》，载《中国人民大学学报》，2012年第2期，第145页。

② 李金云:《论奥斯特〈密室中的旅行〉的元小说叙事策略》，载《国外文学》，2012年第4期，第107页。

③ 陈晓兰:《欧洲日记体小说发展概观》，载《兰州大学学报》，2001第1期，第121页。

④ 孙继红、王晓斓:《西方日记体小说的形成及其发展走势》，载《辽宁师范大学学报》，2008年第2期，第98页。

此外，该部分也打破了传统日记纪实描述的传统，解构了日记传达生活体验与内心感受的真实性。坎迪达在日记中所描述的有多少真实的成分我们无法确证，因为就连她本人都是以一种不可确信的笔调在写那些日记。在第三部分“艾伦的说法”中，艾伦指出坎迪达的日记部分有许多不真实的记录，然后这样质疑道：“为什么一个人在日记里还要撒谎呢？”（*Seven*: 265）作为读者的我们，无法确证该书的哪一部分是真实可信的，或许哪一部分都不太真实。这样一来，传统日记体的真实性就完全被打破了，陷入了一系列无始无终的文字链条中，文章充满了不确定性。

除了对日记体小说进行了戏仿以外，《七姐妹》还对《圣经》叙事以及神话故事进行了戏仿。德拉布尔在该小说的扉页引用了《圣经》故事中的一句话：“五只麻雀不是卖半个便士吗？在上帝面前，它们一个都没有被遗忘。”（扉页）这段话出自圣经新约《路加福音》第十二章第六小节。通读整个故事，读者领悟到德拉布尔将这句话写在扉页上作为对整个故事主旨的统领所具有的强烈反讽意义。不仅主人公坎迪达婚姻失败、女儿疏离，成了一个被人遗忘的孤独女人，而且她的丈夫安德鲁也并没有因为自己的不忠而遭到任何处罚，在此，上帝似乎失去了对个人命运的洞察。

《七姐妹》对《埃涅阿斯纪》的戏仿是最为明显的：埃涅阿斯为了完成兴国伟业而进行一场艰难的跋涉，在《七姐妹》中就被置换为坎迪达为了探寻自己的命运而追寻埃涅阿斯的足迹去意大利旅行。神话人物的降格造成了一种强烈的幽默讽刺效果。在第二部分意大利之旅中，主人公坎迪达召集一帮朋友加上司机兼导游一共七人，她们沿着埃涅阿斯的足迹去追寻各自的命运。她们是维吉尔班的学员，在旅途中还不忘带着《埃涅阿斯纪》，在身体旅游的间隙进行精神食粮的补充。《埃涅阿斯纪》主要讲述的是特洛伊沦陷后，埃涅阿斯携父亲、妻儿出逃，在逃亡过程中他的父亲和妻子分别过世。埃涅阿斯漂泊七年到达了迦太基，埃涅阿斯的母亲维纳斯让丘比特用神力使得迦太基女王狄多爱上埃涅阿斯，以便使其在迦太基安定下来，不再漂泊。狄多与埃涅阿斯恋爱并结合，但是丘比特派遣神使警告埃涅阿斯不要忘记兴国伟业，要他离开迦太基，他向狄多陈述必须离开之由，狄多饮刃自焚而死。埃涅阿斯率领特洛伊人终于到达意大利，在库迈登陆。埃涅阿斯和西比尔进入冥府寻找父亲给他提供建议时，在冥府遇见了狄多，可是狄多却拒绝了埃涅阿斯的求见。《埃涅阿斯纪》中的这个故事充分表明：埃涅阿斯为了兴国伟业而不得不放弃了爱情。

福格尔认为，20 世纪作品重访希腊神话时，要么是将现在与过去对照，使得当代生活黯然失色，比如乔治·艾略特的《荒原》；要么就是为世俗行为提供一个神话基础，比如詹姆斯·乔伊斯的《尤利西斯》。[①]德拉布尔的小说《七姐妹》属于后者。《七姐妹》对神话故事《埃涅阿斯纪》进行了戏谑式的模仿。坎迪达的丈夫安德鲁是一个中学的校长，并兼任一个基金会的董事长，人前人后受人尊敬，风光无限。可是他却在一个学生简·理查兹（Jane Richards）溺亡后，与她的母亲安西娅·理查兹（Anthea Richards）有了婚外情。坎迪达得知此事后，毅然选择离婚，并独自搬离了与丈夫生活了几十年的索福克镇，独自住到了伦敦一个破旧的小区房间里。于是，神话故事的深层结构："爱情——由于责任而背弃爱情"转变成现在的深层结构："爱情——由于不负责任而背叛"。神话故事的深层结构与成规被刻意改写而扭曲变形。更为重要的是，这种神话背后沉淀的深层文化心理结构——失乐园/复乐园的乌托邦结构，也被悄无声息地消解与颠覆。与神话故事中的世界相对比，《七姐妹》更凸显了当代世界女性的生存困境。

对《埃涅阿斯纪》的戏仿表明，这种英雄式的传奇模式已经不适用于表征当代人的经验，正如帕特里夏·沃所说，"这些文学形式再也不是传达现代人经历的合适媒介，因此，元小说将过时的文学传统的负面价值，转变成富有建设性的社会批评"[②]。正是通过对《埃涅阿斯纪》的戏仿，作者更加凸显了现代女性的婚姻困境：在一个和平时代，男人们没有为了复兴国家的伟大责任而将女人抛弃的苦衷，却有了因为婚外情而将女人遗弃的理由。

正如程倩所评论的那样，"作者在《七姐妹》中的当代叙事沿用了神话故事的表层结构，模拟了人物类型和事件细节，却有意识地置换了精神内核，颠覆了故事结局，构建起反讽性互文指涉"[③]。

国内研究后现代主义小说的学者们一般都认为，后现代主义小说之一的元小说不反映现实，小说的意义仅产生于文本内部。然而，作为小说家兼文学批评家的大卫·洛奇曾经对罗兰·巴特提出的"作家之死"以及保罗·德·曼提出的"小说远离现实"的观点进行了反驳："我想对巴特说的是，对于我所写的小说，我切切实实地有一种父辈般的责任感，在非常重要的意义上来说，我的写作本身就是我的过去，我在写作的过程中的确进行思考、遭受痛苦，与我的小说共存亡；而对德·曼我想说，我的小说根本没有远离现实，而是在很大程度上对现实世界的表征，倘若我的读者未能在我的小说中读出一些比如说学者或罗马

① Stan Fogel and Gord on Slethaug, *Understanding John Barth*, Columbia: University of South Carolina, 1990, p. 133-134.

② Patricia Waugh, *Metafiction: The Theory and Practice of Self-conscious Fiction*, London: Routledge, 2003, p. 11.

③ 程倩："寄梦神话——析德拉布尔小说《七姐妹》之互文戏仿"，载《外国文学》，2011 年第 5 期，第 79 页。

天主教徒的实际行为的真理，我会感觉到我失败了，读者也会有同感。”[①]

的确，尽管《七姐妹》呈现出多重元小说特征，但是这种自我揭露在此只是德拉布尔运用的一种技法，实际上，她并没有弃现实主义于不顾，并未将注意力从现实世界转移到语言的牢笼中来，并不像有些后现代小说那样完全脱离现实世界，而使小说仅仅成为一种语言游戏，导致小说没有任何故事情节而达到无法卒读的地步。德拉布尔的小说与现实世界有着千丝万缕的联系，尽管读者意识到小说世界的语言构造特征，他们仍然对其所反映的现实有着深深的感触，这才是德拉布尔有别于那些纯粹的后现代主义小说形式实验的高明之处。正如哈琴所说：“我不认为在元小说中，艺术与生活的关系完全被切断或者完全被否定，相反，这种联系在一个更新的层次即在讲故事的想象过程中而不是故事本身层次上被加强了。读者的新角色便是这一改变的载体。”[②]读者在叙述者絮絮叨叨、反反复复的不确定叙述中，深刻体会到步入老年的坎迪达生活的无奈与辛酸。《七姐妹》可谓是小说叙事技巧与现实主题紧密结合的成功典范。

三、《红王妃》中的异文化书写及其“理解”主题

德拉布尔出版于2004年的第十六部小说《红王妃》是一部风格奇特之作，一经出版就引起评论家的充分关注。比如，在国外，《出版者周刊》认为：“作者（德拉布尔）巧妙地跨越了时空的界限，用一根血泪和欢笑的红丝带把两个迥异的女人的一生串联在了一起。陌生又熟悉的生者和逝者互相交流，古代和现代互相交织，如同近在咫尺的蜂群，又如同两个遥望的星系……像DNA双螺旋结构，互相交错，却不重叠。”[③]《卫报》也评论道：“作者用熟练的文字技巧展现了一个光鲜亮丽的浪漫故事……很少有女性主义的空想小说能把文字和想象运用到如此美妙的境地，让你忘记那只是虚幻的。”（《红》：封底评论）一直对德拉布尔小说进行跟踪研究的评论家诺拉·福斯特·斯托夫在书评中认为，《红王妃》的主旨隐藏于其副标题“一个跨文化的悲喜剧”[④]、小说正文之前的铭文以及序言当中。在小说的扉页，德拉布尔引用了俄国著名导演亚历山大·索科洛夫（Alexander Sokurov）导演的电影《俄罗斯方舟》（*The Russian Ark*, 2003）里面的

① David Lodge, “The Novel Now”, in Mark Currie, ed., *Metafiction*, London: Longman, 1995, p. 150.

② Linda Hutcheon, *Narcissistic Narrative: The Metafictional Paradox*, London: Methuen, 1984, p. 3.

③ 玛格丽特·德拉布尔:《红王妃》，杨荣鑫译，昆明：云南教育出版社，2007年，封底评论。后文出自同一著作的引文，将随文标出该著名称简称《红》和引文出处页码，不再另注。

④ Nora Foster Stovel, “Margaret Drabble: The Red Queen”, *The International Fiction Review*, 34 (2007), p. 191.

一句话:"当死者发现他们的书被重印时，他们会喜极而泣。"[①]这里的死者指的是18世纪的朝鲜王妃,而《红王妃》这部小说是对《王妃回忆录》的改写。国内对《红王妃》这部作品的评论并不多，截至目前，有近10篇期刊论文分别从女性主义、新历史主义、存在主义角度切入或者从叙事学的角度研究它特殊的文本结构。[②]却没有任何评论家从异文化的角度对小说进行探讨，也没有上升到全球性理解的高度。

无论从哪一个角度切入，国内外评论家们都无一例外地关注了《红王妃》跨越时空的独特叙事结构。然而对于小说这种叙事安排的深层含义，却少有评论家进行探讨，他们既没有探讨小说中的异文化书写，也没有深刻挖掘统领小说主旨的全球性理解主题，甚至有评论家对此结构的设置表示不解甚至误解。比如，美国资深评论家理查德·艾达在《纽约书评》上对《红王妃》评论道:"《红王妃》的副标题是'一个多元文化悲喜剧'，这暗示了作者的写作意图，然而这个意图却没有实现。尽管德拉布尔努力说明人类的生存状况具有普适性……我们读到的仍然是两个在风格和内容上完全脱离的叙事，两个从未真正对接的声音。"[③]很明显，艾达认为《红王妃》的结构安排欠妥，认为小说的古代与现代部分叙事之间缺乏某种内在的联系。据此，本节旨在通过分析《红王妃》中的"古代"、"现代"和"后现代"这三个部分的异文化书写，揭示作者德拉布尔意欲竭力探讨的是全球性理解的主题，并指出，通过文本分析，我们发现德拉布尔终难摆脱其白人文化身份的优越感，带有深刻的东方主义的烙印，因而对她的全球性理解主题的提升难免显得左支右绌。

1. "古代": 18世纪朝鲜历史与文化的书写——对东方文化的理解

异文化的基本含义有两种：一种是不同于主流文化、被主流文化的维护者所诟病并被称为"祸患的言论"的文化；另一种是指相对于一定的地域而言，异域传来的文化就是异文化。本节所探讨的异文化取第二种含义。因此,《红王妃》的"古代"部分所描写的18世纪朝鲜文化相对于"现代"部分中的英国知识女性芭芭

① Drabble, Margaret. *The Red Queen—A Transcultural Tragicomedy*. Viking: Penguin Books, 2004, 扉页 .

② 杨建玫从新历史主义角度探讨了《红王妃》对历史的重写，见杨建玫:《从〈红王妃〉看德拉布尔对历史的重写》，载《当代外国文学》，2011年第2期，第120–127页；郑婷婷从叙事学角度将《红王妃》和加拿大作家玛格丽特·阿特伍德的作品《盲刺客》进行比较研究，指出二者在叙事技巧方面颇有相似之处，见郑婷婷:《飞跃时空寻独立——〈红王妃〉与〈盲刺客〉的比较研究》，载《学理论》，2010年第22期，第167–168页；程倩主要探讨了《红王妃》的跨时空叙事。见程倩:《历史还魂，时代回眸——析德拉布尔〈红王妃〉的跨时空叙事》，载《外国文学》，2010年第6期，第54–62页等。

③ Richard Eder, "'The Red Queen': Babs Channels Lady Hyegyong", *New York Times*, 10 Oct. 2004.

拉·霍利威尔而言属于异文化，而“现代”部分描述的芭芭拉的生活相对于红王妃而言也是异文化。德拉布尔通过异文化书写，强调了在东西方之间乃至全球范围内，人们都必须学会相互理解，消除误会，达到共同繁荣。

第一部分“古代”主要描写了18世纪朝鲜历史与文化。德拉布尔选取了朝鲜历史上著名的历史人物第21代帝王英祖国王李昤（1694—1776）、思悼王储李愃（1735—1762）以及著名的历史事件“壬午事件”为题材，借王妃亡灵之口以第一人称叙事视角重述王妃的真实故事，悉数朝鲜王妃长达80年的宫廷生活点滴。王妃亡灵的身份使得德拉布尔能够跳出第一人称叙事视角的局限，因为亡灵不仅对自己所生活的时代了如指掌，而且死后她一直以幽灵的身份关注着当代社会的发展，因而在描述18世纪历史事件时，她能够自由地以全知幽灵的身份时而加上一些旁白，插入自己的评论与感受。德拉布尔在小说的序言中就充分说明了这一点：

> 小说的第一部分我借王妃之口以第一人称叙述，但并不意味着是在真实地再现她的人生。她的“声音”和她的故事激发了我的创作欲望，而这“声音”已不仅仅属于她一个人，它已成为一个混合体，其中包含了我的“声音”、霍利威尔博士的“声音”，当然，还有回忆录各位译者及评论者的“声音”，而所有这些人都会对王妃这个人物做出不同的诠释，都会给这个人物涂上不同的个性色彩。（《红》：序言第3页）

在1815年去世之前，王妃写了四个版本的回忆录。德拉布尔对王妃回忆录的重述是基于贾云·金·哈鲍什教授的英译本。这种大量借用历史人物与历史题材的小说并非德拉布尔独创。这种创作方法也屡遭批评家诟病。比如，南加利福尼亚州历史学家艾伦·李曾公开批评桑塔格的小说《在美国》抄袭历史故事，并指出“书中多达十二段文字与其他历史书籍或传记文学雷同而没有注明出处，只是在扉页上笼统地说这本小说的灵感来自何处以及参考了哪些相关书籍”[①]。《红王妃》的故事更甚：整个“古代”部分的叙述除了对极个别情节进行删节与改写以外，基本上都是基于贾云·金·哈鲍什教授的《王妃回忆录》英译本，占全书将近一半的篇幅。

王妃的故事极为引人入胜，这种异文化书写充满了东方的神秘色彩。红王妃的现代替身——英国女学者芭芭拉·霍利威尔对朝鲜见闻产生困惑，在阅读《王

① 郝桂莲：《静默与喧嚣：〈在美国〉的历史书写》，载《外国文学评论》，2011年第1期，第125页。

妃回忆录》以及在韩国参加国际学术会议期间经历了种种异文化冲击。2000 年以前德拉布尔不曾去过韩国，因此那里的一切对她而言都有着强大的吸引力与新鲜感。王妃 9 岁就被选入宫，接受宫廷的礼仪与规训。王妃的灵魂是连接东西方的纽带，她不仅谙熟朝鲜宫廷的生活礼仪，也深谙伏尔泰、弗洛伊德心理分析学，并怀疑君主立宪制。自她 9 岁被选进宫做王妃以后，就一直生活在幽闭的皇宫，受到诸多宫廷繁文缛节的约束，遵循儒家传统。

古代朝鲜女人是没有任何自由的，女人权利的行使必须假借男人之手方能完成。与古代的中国一样，18 世纪的朝鲜也尤为尊崇儒学，儒家思想中要求女人“三从四德”[①] 的思想在作品中特别明显。王妃本人即一个典范，她 9 岁时便由父母做主选进王宫；结婚后一切以维护自己的丈夫思悼王子为己任；思悼死后，儿子便是王妃生活的全部动力与目的。

除此之外，王妃还受制于儒家思想中的“七出之条”的严重束缚。“七出之条”指的是在东方许多国家比如朝鲜、中国等古代的法律、礼制和习俗中，规定夫妻离婚时所要具备的七种条件，当妻子符合其中一种条件时，丈夫及其家族便可以要求休妻（离婚）。这七条包括：不顺父母，为其逆德也；无子，为其绝世也；淫，为其乱族也；妒，为其乱家也；有恶疾，为其不可与共粢盛也；口多言，为其离亲也；窃盗，为其反义也。《红王妃》中的王妃非常害怕自己不能怀上孩子：“一个王妃要是怀不上儿子，通常会被打入冷宫，终生饱尝孤独寂寞的滋味……我的责任就是怀上孩子，为王室生继承人。”（《红》: 29）因为“七出之条”中的第二条即为“无子”，更何况，儒家思想中有“不孝有三，无后为大”的规训。当自己的丈夫思悼王储纳妾甚至到处拈花惹草时，王妃也绝对不敢有过分妒忌之心：“一方面，忌妒是被认为不合妇道，因为做妻子的就应当无条件地服从丈夫的意愿；而另一方面，全然没有忌妒之心又会被怀疑对丈夫的不忠，因为你对他纳妾与否完全无所谓。所以，既不能不忌妒，又不能忌妒过头，要把握好这个度是一件很棘手的事情。”（《红》: 48）

在《红王妃》的古代部分，王妃不惜笔墨详尽描写了英祖国王与思悼王储之间的父子冲突。她将丈夫如何发疯、如何患上衣物狂躁症以及如何有了杀人倾向等娓娓道来，并把这一切归因于思悼王子与英祖国王之间的隔膜与缺乏理解。王妃早已预测到丈夫的疾病以及他未来的命运，可是对此她却无能为力，除了想尽各种办法掩盖丈夫各种疯狂举止外她回天乏术，眼睁睁看着自己的丈夫被他父亲英祖国王活活地封在米柜中饿死。更让人感到不可理喻的是，思悼的母亲尚惠娘

① 《仪礼 · 丧服 · 子夏传》：“妇人有三从之义，无专用之道。故未嫁从父，既嫁从夫，夫死从子。”

娘也支持国王赐死自己亲生儿子。德拉布尔曾在访谈中表示对此无法接受："牺牲了自己的儿子，我觉得那是一件非常恐怖的事情。也许我觉得无法接受这样的事情，我觉得我没办法描述这样的事。这件事让我觉得很苦恼，这样的素材令我心烦。"①

在失去丈夫之后，王妃完全把精力转移到未来的王位继承人——她的第二个儿子崇玉身上。这个令人如此惊悚的故事却是由一个女人毫不动声色地讲述，而她对未来早已预知。"虽然这一部分出自一个 18 世纪韩国李氏王朝的王妃之口，但是在德拉布尔的笔下，王妃被描写成一个了解欧洲启蒙运动，知晓弗洛伊德和儒家思想的一个多元文化背景下的人。"②王妃在讲述自己故事时不断地打断自己的讲述而做一些评论，讲述现在她本人对心理学以及王室家族的研究，甚至抱怨现代社会大英博物馆要求研究者查询资料时带上劣质的棉质手套。因此，故事的完整性被不断打破。尽管她对宫廷内部阴谋的描述十分引人入胜，但她并不满足于此，而是不断使自己跨越当时的语言与知识结构的藩篱，以现代人的身份来对当时的情景做出当代的解释。比如，她讲到英祖国王对她讲过一些私密的话："永远不要在白内裤上留下红色的印迹，要让你的裤子保持洁净。男人不喜欢看到红色印迹。"（《红》：15）接下来她解释道："我现在已是隔世之人，成熟自不待言，加之读了 19、20 世纪的人类学和精神分析学的专著，我想，当初他所说的其实是男人对女人经血的恐惧。"（《红》：16）

思悼王子被父王锁在米柜中活活饿死，这种死法与东方的文化习俗紧密相连。在东方国家，王室成员的死亡必须注重形象。一般而言是要求留有全尸，因此极少像西方那样以砍头的形式来处死王室成员，更多地选择赐予毒药。可是思悼王子拒绝服药，英祖国王就想出把思悼封入米柜活活饿死的招数。这在芭芭拉看来，是不可理喻的东方文化。

自欧洲启蒙运动以后，出现在西方文学作品中的东方形象基本上都是负面的，于 19 世纪达到了高潮。在一些西方作品中，东方的形象总是与专制、停滞、野蛮等等相联系。与此相应，作为非西方形象，中国、韩国、印度以及其他东南亚各国皆被描述为一个东方的"黑暗中心"③，成为一种服务于西方殖民扩张的意识形态。而德拉布尔的《红王妃》中的韩国形象或偶尔出现的中国形象却是正面的，甚至文化意象与西方多有相似之处。比如，红色是贯穿整个作品的一条丝带，具

① 李良玉："玛格丽特·德拉布尔访谈录"，朱云译，舒程校，载《当代外国文学》，2009 年第 3 期，第 159 页。

② 刘竞秀：《从〈红王妃〉看德拉布尔的不确定创作艺术》，载《内蒙古农业大学学报》，2011 年第 2 期，第 385 页。

③ 王丽亚：《论毛姆〈彩色面纱〉中的中国想象》，载《外国文学》，2011 年第 4 期，第 49 页。

有深刻的象征含义。王妃从小就渴望有一条红绸裙，芭芭拉也喜欢她的情人给她买红色袜子，她们的中国养女陈建依去伦敦时也想买一件红色衣裳，甚至德拉布尔也非常喜欢红色的衣服。在“后记”中，德拉布尔写道：“要不是王妃提到她对红绸裙的渴望，我不会像现在这样对她的故事做出回应。这也算是一种巧合吧，此时此刻就在我写下这些文字时，我就穿着一身红衣。假如她不提到红绸裙，我就不会被她诱惑，也就不会有你刚刚读到的这部小说。”（《红》：244）红色是女人所独有的颜色——也暗示了女人的经血，也才有了“这是一部用红丝带连接起来的书”这一说法。再比如，18 世纪朝鲜王妃与当代英国学者芭芭拉多有相似之处：都有丧子之痛；丈夫都由于父子之间的冲突而发疯或引发其他精神疾病；等等。特别值得一提的是，作品结尾处中国女孩陈建依被引为角色作为英国学者芭芭拉与荷兰学者占·范乔斯特遗孀的共同养女，并暗示陈建依将代表一种未来与希望，这充分展示了处于不同国家的人只要能达致彼此理解，就能和睦相处，共同致力于世界的未来。

2. “现代”：当代英国文化的书写——对西方文化的理解

如果说小说的第一部分“古代”是对历史文本《王妃回忆录》的重新改写，仍然属于历史书写的话，那么第二部分“现代”完全是德拉布尔虚构与想象的产物。这种结构安排初看起来的确有如艾达所说的“两个在风格和内容上完全脱离的叙事，两个从未真正对接的声音”①。可是仔细阅读文本，我们发现，这实为德拉布尔独具匠心的安排，富有深刻的含义。

小说“现代”部分采用了第三人称有限视角展示英国现代女性知识分子芭芭拉·霍利威尔的现代生活，这一部分也暗含了较多的多元文化背景。芭芭拉是红王妃的代言人与替身。“这位替身（指芭芭拉）跟我本人之间存在的是一种怪异的不可思议的关系……我们在这里携手合作，讲述一个让人魂牵梦绕的似鬼非鬼的故事。我和我的替身交替出面，互为讲述者与被讲述者。”（《红》：111–112）芭芭拉是一位受过高等教育的英国现代女知识分子，她是地道的伦敦人，曾以学者身份访问东方国家韩国，在访问期间短暂地有过荷兰情人，并因而有机会收养了一个来自中国的女孩陈建依。最为重要的是，她是红王妃选中的现代代言人。在整部小说中，红王妃的亡魂无时无处不在。这样一来，《红王妃》并没有单单被置于韩国的文化背景之下，而是被放置在东西方不同的文化背景之中，因而成

① Richard Eder, “‘The Red Queen’: Babs Channels Lady Hyegyong”, *New York Times*, 10 Oct. 2004.

为“一个更具有普遍性的故事”[①]。

与芭芭拉对古代朝鲜的见闻产生困惑一样，红王妃对当代英国见闻也是诧异有加：与红王妃的生活境遇不同，芭芭拉是一位自由女性，有充分的选择与行动的自由。芭芭拉不仅能够接受高等教育、穿越于大型国际学术论坛并在论坛上做报告，而且可以肆无忌惮地与不同的男性调情。在韩国举办的国际学术会议上，芭芭拉与荷兰学者占·范乔斯特发生了恋情，三天的缠绵陪他度过了人生的最后三个晚上。在王妃看来，这一切都是不可理喻也无法想象的，西方世界对性的开放程度使王妃的亡魂大跌眼镜。甚至在范乔斯特死后，在常人看来，芭芭拉唯恐他们之间的关系曝光才会被认为是常态心理，可是由于“事涉外交，占·范乔斯特的死亡被谨慎处理了，并未引起太大的轰动，这让芭芭拉·霍利威尔感到遗憾。骨子里的虚荣使她乐于把占·范乔斯特作为夸耀的资本，就是现在她也愿意公开她和他之间的关系。”（《红》：227）这种心态即便在现代人眼里，也并非常人所能理解与接受的，而对于生活在18世纪朝鲜的王妃而言，这一切怎能不让她瞠目结舌？

德拉布尔曾说道：“作家所要寻求的不仅仅是私人的、独一无二的、细节的、有区别的事物，作家也寻求相似、连接、平行的事物。随着年龄的增长，我们对人类所共有的一些东西越来越感兴趣。随着历史的发展，边界也会被慢慢打破。”[②]《红王妃》这部小说也不例外。在小说中，德拉布尔安排了两个相似的家庭故事——红王妃与芭芭拉——暗示了历史在重演，表明她想探讨的问题是“精神错乱是否该受到责备或者被人们谅解，是否可以治愈”[③]。她还提到，她之所以将两个家庭并置，是想将理解引入主题。

在2006年接受韩国学者李良玉的采访时，当被问及“选这样一个不同寻常的标题，你想向读者暗示什么？”时，德拉布尔回答：“我努力暗示的是这部小说是关于不同文化对比以及不同文化之间的误解问题。小说既写到王妃对英国见闻产生困惑的部分，也写到那位英国女主角对韩国的见闻感到困惑的内容。通过‘跨文化悲喜剧’，我想要问的是：是不是某个故事或所有的事情都是误解？是不是所有事情都让人困惑？我们是否理解——我们是否曾经正确地彼此理解对方？”并且说她同意一位日本教授的话：“很多人都误读了这部小说因为他们都没

① 刘竞秀：《从〈红王妃〉看德拉布尔的不确定创作艺术》，载《内蒙古农业大学学报》，2011年第2期，第385页。

② Margaret Drabble, “Writing for Peace: Peace and Difference; Gender, Race, and Universal Narrative”, *Boundary*, 2 (2007), p. 224.

③ 李良玉：“玛格丽特·德拉布尔访谈录”，朱云译，舒程校，载《当代外国文学》，2009年第3期，第160页。

有读副标题，没有认识到我想做的是对态度进行某种跨文化式的对比。”[①]德拉布尔在这次访谈中还谈道：“让眼睛适应一种外国文化、艺术是件困难的事情。刚开始我是无法理解，就像英国人第一次接触到法国印象派作品——他们根本不知道自己看到了什么。在某种意义上，这就像我们看日本或中国的绘画作品一样。”[②]芭芭拉与红王妃各自受到异文化的冲击，需要一个适应过程。

在“现代”部分，我们发现英国学者芭芭拉与18世纪王妃的家庭有诸多相似之处：丈夫都因为公公的过分严厉而患上了精神疾病；都有丧子之痛；等等。德拉布尔设计的这种种相似之处不是没有意义的。她说：“我打算探讨的问题是精神错乱是否该受到责备或者被人们谅解，是否可以治愈。我们生活的这个年代，很多精神病患者通过治疗有所康复。我们正处于一个充满理解的时代的开始。将两个家庭并置在一起，我想将理解引入主题。”[③]同时，德拉布尔认为，王妃对丈夫思悼王储的精神病病因阐释充满了仁慈与理解：“当她说他是病了而不是中邪时，我很感动，她坚持说这一切都不是他的错，因为他孩童时就没有得到爱，他的父亲一直在压制他。”[④]因此，尽管国内外都有学者认为，德拉布尔将跨越时空的两个女人的相似遭遇进行对照旨在说明，尽管时代在变化，尽管中西方之间的文化差异，女性所处的地位却多有相似之处。尽管德拉布尔不无这方面的用意，但其深层原因是试图引入“理解”这一主题。

通过对200多年前红王妃生命体验的书写，德拉布尔艺术地再现了朝鲜近一个世纪的历史画卷，特别再现了18世纪的朝鲜女性的生存现状。不经意间，通过朝鲜红王妃与现代英国知识女性芭芭拉的生存处境与生命体验的对照书写，德拉布尔意欲修正朝鲜正史，颠覆女性被压迫的他者地位，跨越时空，超越性别，寻求一种全球性的和谐共生社会的愿望显露无遗。

德拉布尔曾在访谈中说：“我想谈的是文化理解与误解的问题，我认为这是我们时代的一个大问题，有人提出这样一个问题：英国人和印度人能否在《印度之行》中取得谅解。今天我们仍然面临这样的问题，不是在殖民背景中，而是在全球背景中：不同文化之间是否能彼此理解？我们生存于文化相对主义时代，彼此理解是非常重要的……我想寻找故事中具有普遍性的东西。”[⑤]“我们生活的世界需要我们彼此理解，至少我们要知道为什么不能彼此理解对方。这就要求我们

① 李良玉：“玛格丽特·德拉布尔访谈录”，朱云译，舒程校，载《当代外国文学》，2009年第3期，第154页。
② 同上，第159页。
③ 同上，第154页。
④ 同上，第160页。
⑤ 同上，第161页。

跨越文化并且明白文化之间有接触的可能，这就是小说所要表达的内容。”[①]

与德拉布尔以往的小说所不同的是，《红王妃》尽管仍然关注女性人物的生存困境与命运，然而，她不再将注意力集中于性别上的不平等，而是视野更为开阔，把女性置于韩国与英国这两个东西方具有代表性的国家的视野之下来探讨，试图通过不同地域、不同国家的书写，达到多元文化共存，全球和谐的新境界。德拉布尔曾说：“我相信未来是注定要达到性别平等的，现在的任务是，只有欣然接受多元文化，我们才有望维持永久的和平。”[②]因此，尽管小说“古代”部分和“现代”部分分别对女主人公红王妃与芭芭拉·霍利威尔的生活进行了细致详尽的描绘，但女性主题并不是该小说关注的焦点。

不仅如此，《红王妃》对男性的关注丝毫不亚于对女性的关注。《红王妃》中重点关注的男性人物有五个：思悼王子、彼得·霍利威尔、彼得的父亲、英祖国王以及占·范乔斯特。红王妃的丈夫思悼王子是“古代”部分王妃故事的中心人物之一。王妃将她本人与王子之间如何相识、结婚、共同生活的点点滴滴以回忆录的形式记录下来，重点强调了思悼王子在父王的高压紧逼之下如何变疯、患上稀有的衣物狂躁症、如何发展到嗜杀如命以及最终如何被自己的父亲英祖国王关押在米柜中活活饿死的全过程。与思悼王子有着相似悲惨经历的另一个值得关注的男性人物是芭芭拉的丈夫彼得·霍利威尔，他与思悼一样，在强势父亲的威逼之下患上了严重的精神病。而彼得的父亲、英祖国王以及荷兰知名学者占·范乔斯特这三个男性人物在表面看来都是强悍的一派，他们大权在握，事业大成，是大家景仰与敬畏的对象，可是他们的内心却充满恐惧与不安：彼得的父亲总是担心自己的儿子将来成不了大器；英祖国王作为一国之君，权力倾城，可是他时刻为自己王位的稳定与发展而忧心忡忡；而占·范乔斯特尽管通过自己的努力成了众人瞩目的学术界泰斗，却对感情充满了困惑与忧虑，三度婚姻都令其感到甚为不满，最终猝死于与情人芭芭拉偷欢之时。德拉布尔避重就轻，有意忽视占·范乔斯特国际范围内的学术声誉与地位，将他描写成芭芭拉为时三天的情人，猝死在酒店的病床上。他在德拉布尔的故事中所起的作用一方面是满足了芭芭拉的性欲与情感需求，另一方面主要是德拉布尔让他成了一个中间人，使得芭芭拉可以收养中国婴孩陈建依做继承人。德拉布尔曾坦言，这个角色是她“凭借想象力创造出的角色。灵感源于我参加的巡回会议，而这个角色又成了一种注解：在18世纪的朝鲜你们有国王，而今天你们有的是巡回会议的‘国王’——一些重量级

① 李良玉：“玛格丽特·德拉布尔访谈录”，朱云译，舒程校，载《当代外国文学》，2009年第3期，第162页。

② Margaret Drabble, “Writing for Peace: Peace and Difference; Gender, Race, and Universal Narrative”, *Boundary*, 2 (2007), p. 225.

的学者出现在巡回会议上，开完会后就不见了，地位稍逊一些的学者在他们离开后还要辛苦地工作。我的脑子里就萌发一个想法：他们出现后消失，但他们会留下某些遗产，出人意料的遗产，不是他的书或者讲演，而是这个婴孩。这吸引着我将其作为小说的一个转折点。"[①] 这个转折点就是使得故事从"现代"过度到了"后现代"。可见，德拉布尔有意颠覆了大学者的英雄形象。

这样一来，德拉布尔对整个人类生存状况的关注既跨越时间与空间，也跨越了性别与身份，使得关注本身具有了普世意义。这契合了21世纪初全球化背景下全人类面临着的一些共同问题：权力欲望、人性压抑、精神扭曲等等，而对这种种问题的解决，关乎着不同文化背景之间如何相互理解的问题。因此，这部小说从根本上要谈的是全球性的一些问题。

3."后现代"：沟通东西方理解，达致全球理解的尝试

《红王妃》的第三部分"后现代"采用了全知全能的第三人称叙事视角，讲述芭芭拉从韩国参加国际学术会议回来以后的日常生活琐事。

德拉布尔本人的声音在《红王妃》中可谓如影随形。她将自己伪装成叙事者，用叙事者的声音将过去与现在、历史与现实巧妙地结合起来。仔细阅读《红王妃》文本，我们发现，无论是"古代"部分的红王妃，还是"现代"部分的霍利威尔博士，在她们身上，都能找到德拉布尔本人的影子。在"后现代"部分，德拉布尔更是十分明显地让芭芭拉·霍利威尔以及她的朋友波莉·尤西尔与德拉布尔本人相遇，彰显作家德拉布尔的责任："她与波莉约好要去泰特见她俩的一位新朋友。这位新朋友是位小说家，叫玛格丽特·德拉布尔，是她俩几个月前在一个午餐会上认识的。"（《红》：241）当时她俩都在阅读德拉布尔的一部小说，于是就交流起来。在与德拉布尔见面以后，芭芭拉"现在已把王妃转交给了一个值得托付的人，她可以把王妃忘掉了。'米柜王子'已被写进了占·范乔斯特遗著的脚注里，也算有了交代。至于王妃，就让她折磨玛格丽特·德拉布尔去吧，芭芭拉要回到自己的新生活中去了"（《红》：242）。

尽管"古代"与"现代"讲述的是风格与内容完全不同的故事，但并非如美国评论家理查德·艾达在《纽约书评》上所说的"两个从未真正对接的声音"，这种连接的纽带就在于叙事者的声音。"古代"部分尽管是以第一人称红王妃的口吻来叙事的，但是此时的红王妃与18世纪朝鲜历史上真实的红王妃不同，她已经是一个无所不知、无所不能的红王妃的鬼魂，附身于有历史使命感的霍利威

① 李良玉："玛格丽特·德拉布尔访谈录"，朱云译，舒程校，载《当代外国文学》，2009年第3期，第159页。

尔及作家德拉布尔身上。在“现代”与“后现代”部分,叙事者以置身事外的姿态,自由深入地探索每个人物的内心，而不受制于人物视角的限制。这两部分故事看似与“古代”的故事没有任何关联，实际上隐含了作家大量的对全球性问题的思考。为了使历史故事起到明鉴的作用，德拉布尔除了不断在历史故事中插入现代叙述者的声音以外，还让历史人物的声音以鬼魂的方式审视现代人的生活，使历史人物与事件超越了当时的意义深度。

德拉布尔在当代英国学者芭芭拉·霍利威尔身上倾注了大量关于学术的思考。德拉布尔借霍利威尔的眼睛观察当代世界学术会议，借她的脑袋思考当代学术问题，这样一来，霍利威尔就成了德拉布尔的替身。因此，与其说红王妃找了一个当代学者霍利威尔作为她的替身来传播她那凄迷的一生，毋宁说德拉布尔就是红王妃的当代替身，她以一位作家的良知来提醒广大读者，当代的许多问题需要跨越地域、跨越性别的全球人的共同努力。在“后现代”部分，红王妃多次抱怨芭芭拉不是她的最佳替身：“王妃用怀疑的目光审视着她这位昏昏欲睡的替身。她也许是选错了。这位替身被别的事情分了心，没有牢记自己的使命。”（《红》：224）“也许，偶尔她也会想要催促一下她的信使，因为她发现她的这位替身似乎有点儿犹豫，有点儿懈怠。”（《红》：231）紧接着德拉布尔就解释说：“不过不用等多久，芭芭拉·霍利威尔将会遇到一个人，一个可以把讲述这故事的任务托付给她的人。”（《红》：231）在后来不久，我们发现，这个人正是德拉布尔本人。

作为一位作家，德拉布尔深知自己的责任，尽管自己或许会遭到别人的误解，但是为了全人类的理解与沟通，作家就应该勇于冒险，试图去理解别国的文化。这或许是德拉布尔将自己引入小说，替代芭芭拉将红王妃的故事传递下去的原因。德拉布尔曾经在采访中坦言：“当你想要走出你自己的文化时，你就是在冒很大的险。随着‘政治正确’这种观念的日益膨胀，一旦冒险我们就必须十分谨慎，因为我们很可能会被称为种族主义者或是文化盗用主义者。我觉得那真是不幸，除非我们很想冒这样的险，可我们从没有——甚至从来没有过这样的会议，我们从没有学过另一种语言，根本没有开始任何的接触。我们总是把别人看成他者。一旦你遇到别人，不再会把别人当成他者。一旦你开始努力读一本文学作品或是欣赏绘画艺术时，你会学到更多。我觉得这很重要，虽然你的确冒着被别人指责的危险，他们会指责你游离了你所熟知的东西。”①

在“后现代”部分，德拉布尔除了将她本人引入小说文本以外，还引入了一个中国婴孩陈建依，她将作为占·范乔斯特的遗孀维维卡和芭芭拉的共同养女。

① 李良玉:“玛格丽特·德拉布尔访谈录”，朱云译，舒程校，载《当代外国文学》，2009年第3期，第162页。

这个中国女孩所肩负的并不只是这两个西方女人的养女，还肩负着连接东西方文化的桥梁与纽带的重任。“陈建依既不是天赐的礼物，也不是芭芭拉寻着去要来的，更不是本内迪克的替身。她是一位来访者，一位客人。”（《红》：241）“她有着王妃的气度，肩负着王妃对未来的期盼。”（《红》：237）陈建依是一位被跨国领养的孩子。如今，跨国领养已进入了某种世界性的关怀与视野，他们的文化背景以及他们在建构跨文化的“家”中起着不可或缺的作用。因此，我们可以说她代表的是东西文化的桥梁，要达到真正的理解，必须多加强东西文化之间的交流与碰撞。而另一方面，小说中设计的芭芭拉去首尔参加学术会议的经历已经告诉我们：国际性的交流对增进国际间的友好合作提供了契机。德拉布尔描写道：“打从首尔归来后，芭芭拉·霍利威尔的生活轨迹似乎就改变了。没人能料到，一个没多大意思的会议能产生如此深远的影响。芭芭拉的神经仿佛重新搭接了线路，信息出入的方向都跟原来完全不同了。”（《红》：231）这种国际间交流也属于一种旅游，它的意义，“莫过于在自我与他者的接触中，在承认与差异中，达到一种文化的自我意识。在对‘他者’的关照中，同时照亮了自我”[①]。

然而，尽管将德拉布尔本人引入小说文本、在小说末尾引入中国女孩陈建依作为芭芭拉与维维卡的跨国养女、国际间进行学术交流等一系列举措是德拉布尔试图达到全球性理解所做的很好的尝试，但通过细读文本，我们不难发现德拉布尔白人文化的优越感随处可见，东方主义的烙印也时常显露无遗。在德拉布尔的笔下，朝鲜的文化被描绘成黑暗的中心，在东方人眼里的英雄行为，在德拉布尔的眼里却时常成为“非常恐怖的事情”[②]。比如，韩国学者李良玉认为：“《回忆录》中的王后，就是尚惠王太后——王储的母亲，我认为她是一位拥有非凡勇气和理性的女性。她牺牲了儿子却挽救了君权，她这么做是出于理性而非私人感情。”[③]但是在德拉布尔的作品中，我们找不到尚惠王太后的位置。同样，在东方学者眼里，芭芭拉“自认为是位理性的女性，行为举止却相当奇怪，她还与一位荷兰学者感情缠绵”[④]。可是德拉布尔对芭芭拉却有着莫大的宽容,明显戴着白人文化价值观的有色眼镜。这样一来，全球性理解无疑被笼罩上阴影，有了许多不确定因素。正如“后现代”部分叙事者所感叹的那样：“她在寻找着，究竟寻找什么，她自己也说不清楚。也许她在为自己的东方之旅寻找某种结论、某种关联，而这种关联将有助于她为自己的人生谱写出新的篇章。但影像的重叠和

① 唐宏峰:《帝国之眼：近代旅行与主体的生成》，载《中国图书评论》，2010年第9期，第5页。

② 李良玉:“玛格丽特·德拉布尔访谈录”，朱云译，舒程校，载《当代外国文学》，2009年第3期，第159页。

③ 同上，第159页。

④ 同上，第159页。

记忆的交叉感又令她感到困惑。”(《红》：232)

“异文化理解的途径有两种：其一是通过对异文化的接触达到对自己文化的理解；其二是知晓自己的文化增益对异文化的理解。”①在《红王妃》中，德拉布尔通过对异文化——朝鲜18世纪文化与当代英国文化的书写，给我们展现出作品中两个不同国度的女主人公朝鲜王妃与英国学者芭芭拉·霍利威尔各自感受到的文化冲击，并试图对这种种冲突进行理解。在此，德拉布尔对当前的世界热点问题“全球化理解何以可能”进行了认真的思考，表现出哲学思辨式的内省。对于时下如何学习与理解异文化、构建和谐社会等有着重要的理论价值与现实意义。

全球性的理解何以可能？通过对《红王妃》的细读研究，我们发现：首先，全人类的共同问题：如精神疾病、父子冲突引发的疯狂问题、东西方文化之间的理解与沟通问题等共同问题需要全人类携起手来，共同面对，设法解决。其次，在“后现代”部分，德拉布尔本人成为作品中的一个角色，她打算将红王妃的故事继续传递下去，充分体现作家在填补传递不同文化中的重要作用，也体现出德拉布尔的全球视野、对时代所具有的强烈责任感以及对人类生存状况的终极关怀。最后，如何携手解决人类共同的难题？或许小说中引入的中国女孩陈建依给我们提供了答案——多多交流、相互沟通、相互理解、求同存异，这才是解决全球性问题的可行路径。

然而，正如日本学者末木文美士所观察到的那样，“理解作为他者的异文化绝不是容易的事情。很多情况下容易导致相互误解，有时也会造成国民感情的纠葛，甚至相互敌对的结果也并不少见。为了避免这种结果，不应该轻易地认为可以立刻理解异文化，而应该经常意识到这是一个在理解上有很多困难的他者，在考察思想的背景的同时，认识思想的差异和不同。只有把他者作为他者进行认识，才会开启准确理解他者的大门”②。更何况，通过小说文本的分析，我们发现德拉布尔终难摆脱其白人文化的优越感，带有深刻的东方主义的烙印，这种全球性理解主题不能不遭到我们的质疑。

四、《永续年金》的凝视机制和主体身份建构

“凝视”这一概念首先是由法国学者福柯提出的。福柯的“凝视”理论贯穿于他的三部扛鼎之作《疯癫与文明》、《临床医学的诞生》和《规训与惩罚：监狱

① 青木保：《异文化理解》，于立杰、陈潇潇译，北京：中国青年出版社，2008年，前言第1页。
② 末木文美士：《异文化之间相互思想理解的可能性》，《复旦学报》，2007年第5期，第9页。

的诞生》中，并因此有了三种相互联系、层层推进式的“凝视”——精神诊疗学“凝视”、临床医学“凝视”以及现代社会“全景敞式主义”式“凝视”。在精神诊疗学“凝视”中，医生和其他社会正常人凝视疯癫者并将其识别出来、收治进了精神病院；临床医学“凝视”关注病人的身体状况，体现出医生对病人身体“凝视”的绝对权威；“全景敞式主义”式“凝视”则更进一步，把整个现代社会变成了一个“大监狱”，所有人无一能幸免，都成为被凝视的对象。因此，“凝视与现代社会的权力运作密切相关，是‘监视’‘审察’等具有权力特征的‘看’的方式的同义词”[①]。“那里不需要军队、有形的暴力、物质的约束，仅仅是一种凝视，每一个人在他的重力之下都将通过内化而成为其自身的监工。”[②]

随着全球化的不断深入，“凝视”这一概念被广泛运用于人类学、哲学、文学、电影艺术、建筑学等学科，它的内涵与外延也不断延伸与扩展。无论在何种学科语境下，凝视已经超越了“观察”或者任何关于“看”的语汇，它最为核心的意义是凝视背后的制度支持、规训、建构产物和压迫性。[③]而这种压迫性总是体现为一方对另一方的压迫，因此，凝视概念中隐含的“凝视”“被凝视”总是与“主体”“他者”相互照应，自我主体身份的建构离不开他者的凝视。对于主体身份的确立与建构，许多西方哲学家都坚持关系本体论，也就是说都离不开主体的凝视以及他者的被凝视这一基本哲学维度。比如，马克思认为，人的本质在其现实性上不过是他全部社会关系的总和；海德格尔则干脆将此在直接认定为“在世之中”的关系性存在。以凝视与主体身份建构的紧密关系作为切入点为我们提供了一种新的解读小说的路径。

英国当代知名女作家玛格丽特·德拉布尔在其最新短篇小说《永续年金》（*Perpetuity*）中探讨了包括“游客凝视”以及与之相应的旅游机构所设计的各种凝视在内的凝视机制，并因此分析了主人公艾尔莎的主体身份建构过程。这主要得益于《永续年金》的旅行文学体裁以及当代消费社会旅游机构为规训游客所进行的各种凝视活动。

德拉布尔以其长篇小说及其编纂的《牛津英国文学词典》而闻名于世。长期以来，她长篇小说的成功遮蔽了她短篇小说中显露出来的才华。《永续年金》是德拉布尔专门为英国《新政治家》（*New Statesman*）杂志撰写的最新短篇小说，

① 王卓：《一双“观察的眼睛”在述说——论布鲁克斯长诗〈在麦加〉中的多元凝视》，载《国外文学》，2012年第3期，第94页。

② 米歇尔·福柯：《规训与惩罚——监狱的诞生》，刘北成、杨远婴译，北京：生活·读书·新知三联书店，2003年，第148页。

③ 周蕾、杨慧：《“凝视”中国旅游：泛政治化的视觉经验》，载《思想战线》，2008年第1期，第74页。

发表于 2011 年 7 月 11 日。该短篇描写的是一对英国老年夫妇艾尔莎和丈夫罗伯特由于偶然的机会，在“游客凝视”的诱惑下与西班牙旅游公司签订了一份暗藏有“永恒”字样的旅游计划，从此走上了“永续年金”的不归路。那么，艾尔莎夫妇究竟是怎样一步步陷入这个“永续年金”的陷阱中去的？换句话说，艾尔莎夫妇如何从“游客凝视”的主体变成了客体的？她又是通过什么途径最终摆脱了这个陷阱？作者德拉布尔对全球化凝视进行了何种反思？本节将分析艾尔莎如何在“游客凝视”的诱惑下获得了“自我理想”的“伪主体”满足感、各种旅游团体的凝视策略如何使得艾尔莎的主体异化、艾尔莎又如何从“男性凝视”下突围等三个方面来揭示艾尔莎从“凝视”到“被凝视”、从遵循社会规范到彰显个人主体意识的身份建构过程。

1．“游客凝视”的诱惑：“自我理想”建构的伪主体

在福柯“凝视”理论的基础上，英国社会学家约翰·尤瑞（John Urry）提出“游客凝视”理论。“游客在旅游活动中把日常生活的责任和义务暂时搁置，以独特的心态、方式和眼光去看待旅游活动中的事物被称为‘游客的凝视’（Tourist Gaze）。”[①]“游客凝视”是一种隐喻意义上的“凝视”，它所指涉的不拘囿于“观看”这一动作，而是“将旅游欲求（Needs）、旅游动机（Motive）和旅游行为（Tour 或 Travel）融合并抽象化的结果，代表了旅游者对‘地方’（Place）的一种作用力”[②]。尤瑞的《游客凝视》探讨的是人们怎样以及为何短期离开自己日常工作与居住的地方，并关注人们之所以消费不必要的物品与服务，是因为这些物品和服务可能会带给他们与日常生活截然不同的愉悦体验。[③]

19 世纪之前，社会物质生产力低下，除上层阶级以外，很少有人出去旅游观光，因为旅游与他们的工作无关。而正是与工作无关这一特征，促使旅游成为现代社会大众的首选休闲方式，也就是说，现代社会大部分人几乎每年都要出去旅游，主要原因是旅游与工作无关。尤瑞指出：“成为游客是现代经验特征之一。不出去旅游就如同没有私家车或者一套好房子一样，旅游已经成为现代社会地位的标志，也常常被认为有益于身体健康。”[④]在英国，“旅游占用了自由时间的 40%”[⑤]。

① 朱煜杰：《旅游中的多重凝视：从静止到游动》，载《旅游学刊》，2012 年第 11 期，第 20 页。

② 刘丹萍：《旅游凝视：从福柯到厄里》，载《旅游学刊》，2007 年第 6 期，第 93 页。

③ Urry, John. *The Tourist Gaze*. London: SAGE Publications, 1990, p. 1.

④ Ibid., p. 4.

⑤ Ibid., p. 5.

不难看出，“游客凝视”实际上是现代消费主义的产物。后现代社会物质生产极大丰富，人们不再满足于简单生存所必需的物质消费，而是追求休闲、娱乐等消费过程中的价值观念，并自觉地将其内化为一种自我实现方式。显然，旅游在现代西方人的生活之中，成了一种文化性的存在。旅游的本质是“非旅游”，旅游的存在本质是一种“意指逻辑”，这样一来，旅游就成了一个无内容的功能性存在，成了主体身份的一种标志。

短篇小说《永续年金》一开始，主人公艾尔莎夫妇就受到了“游客凝视”的诱惑：由于即将迈入退休年龄，艾尔莎夫妇想暂时离开工作地去享受不一样的生活，可是他们并无特别计划。恰逢他们的朋友波比和马丁在富埃特文图拉岛租了一个月的公寓房，并热情邀请他们一起旅行，只需要他们付乘机费用：“这里简直就是天堂，你们务必到场，有足够的地方，够我们所有的人待在一起，机票很便宜，你们一定会喜欢这里的！”[①] 这份来自朋友的邀请对他们而言，具有无法抗拒的诱惑力。萨特认为，他者的凝视使主体具有了一种强烈的自我反思意识。而拉康告诉我们，他者并不是指具体的他人，而是大写他者。具体到此时的艾尔莎夫妇身上，大写的他者即表明自己身份的“游客凝视”。随着全球化的扩展，放下身边工作去外地旅游已经被有闲阶层内化成为一种身份标志。因此，在艾尔莎夫妇看到自己的朋友在外旅游时，产生了一种对自身强烈的反思意识：工作了一辈子，也应该享受享受生活了。正如萨特所描述的那样：“我在我的存在中突然被触及了，一些本质的变化在我的结构中显现——我能通过反思的我思以概念的方式理解和确定这些变化。”[②] 于是，在“游客凝视”的诱惑下，也为了对得起自己这一辈子的辛劳，艾尔莎夫妇就欣然前往金丝雀群岛，加入朋友的旅游行列。这里体现出他们的凝视是没有目标的，仅仅是因为有熟人在那里或者去过那里，可以说艾尔莎夫妇的这次旅游是“游客凝视”的诱惑与“他者凝视”所促成的结果。

拉康的凝视理论认为：“自我理想是在想象的凝视中形成的。在想象的凝视中，主体使自己成为他者凝视的对象，认同他者的目光，并按照他人指给自己的理想形象来看自己，以使自己成为令人满意的、值得爱的对象，形成自我理想。”[③] 换句话说，“自我理想”指的是“以他者的目光来看自己，按照他人指给自己的

① Margaret Drabble, “Perpetuity”, *New Statesman*, 2011, p. 42. 后文出自同一著作的引文，将随文标出该著名称简称“Perpetuity”和引文出处页码，不再另注，译文由笔者自译。

② Jean-Paul Sartre, *Being and Nothingness,* trans. Hanzel E. Barnes, New York: Kensington Publishing, 1993, p. 259.

③ 吴琼：《他者的凝视——拉康的“凝视”理论》，载《文艺研究》，2010 年第 4 期，第 34 页。

理想形象来看自己。”[①] 对于艾尔莎夫妇来说，他者就是英国上流社会阶层话语构成的象征性他者——游客凝视。他们的朋友波比和马丁是这个大写他者中具体的“他人”。在英国当代物质生活极为丰富的情况下，暂时离开工作场所，离开熟悉的地方，每年去别的地方过一种与工作不相关的休闲活动是每个有身份者的必选方式，是身份的象征。在想象的凝视中，为了符合这种身份，为了获得一种“自我理想”，艾尔莎夫妇把他者的凝视内化为自我理想，形成一个“伪主体”自我，不断地寻求象征界他者的认同。于是他们决定前行，加入他们的朋友当中去。踏上了旅途的征程，也就将自己置于整个旅游的象征秩序中，在旅游机构设置的层层“他者欲望”的凝视中，成为众人之境建构的异化主体。

2. “他者欲望”的凝视：众人之境建构的异化主体

在“游客凝视”中，除了游客对旅游地产生作用外，为了获得经济效益，旅游接待地也会尽量迎合外来游客的欣赏口味。“游客凝视”并非指游客对当地居民的单向度凝视，它还指“各个地方有意识地、主动地开发自身的物质和符号性资源来发展旅游业，他们不再是游客凝视的客体；相反，他们在旅游业大潮中勇于回望,并在骚动的秩序中重新定位自己”[②]。艾尔莎夫妇在这种“回望”中被卷入了当地旅游集团凝视机制的挟裹，并在众人之境中建构了他们的异化主体。

周广鹏博士认为，“旅游体验的实现途径只有三个，即旅游观赏、旅游交往和旅游娱乐”[③]。在《永续年金》中,德拉布尔对旅游观赏与旅游娱乐这两个方面少有涉及，着重描述的是旅游交往给旅游者带来的体验。《永续年金》关注的焦点是英国游客与“掮客”、当地居民特别是当地旅游机构成员之间的交往。在交往过程中，英国游客艾尔莎夫妇完全成了被凝视的对象，缺少尤瑞所称道的旅游“愉悦感”。那些“掮客”们，无论是看起来“并无恶意”的打假期工的女孩，还是千方百计诱使他们购买分时享用度假房的销售者，都全方位地揣测游客行为，并采取适当的行动来控制游客，诱使游客上当，从而获取利益。实际上，不论是“游客凝视”还是“当地人凝视”抑或“东道主凝视”，都是旅游规划者专业化构建的产物，是一种“被规划的凝视”。

第一次旅游给艾尔莎夫妇留下了深刻印象。当他们第二年自己单独去度假时，一位来自天堂点度假村的女推销员用甜言蜜语与他们搭讪，附和着他们的喜好聊天，并因此取得了他们的信赖，然后说如果他们能够填写好她的调查问卷，他们

① 吴琼：《他者的凝视——拉康的“凝视”理论》，载《文艺研究》，2010 年第 4 期，第 34 页。

② 吴茂英：《旅游凝视：评述与展望》，载《旅游学刊》，2012 年第 3 期，第 108 页。

③ 周广鹏、余志远：《旅游体验：从视觉凝视到精神升华》，载《商业研究》，2011 年第 12 期，第 177 页。

就可以获得免费旅游，并一再保证他们没有任何附带义务，只需要填写一份调查问卷就可以了。由于这女孩看起来就是一个假期打工的学生，他们就填写了问卷。这体现出主人公再次受到“游客凝视”的诱惑。与第一次不同的是，这一次不是旅游地风景的诱惑，也并非“免费旅游”机会的诱惑，因为他们在填写调查问卷时根本就不相信什么免费旅游，而是另一意义上的“游客凝视”，是一种与权力相关的凝视：那个女孩能否拿到奖金回扣的命运掌握在作为游客的他们手里，于是他们就不假思索地行使了他们的权力。殊不知他们正慢慢陷入步步为营的旅游营销机构的陷阱与阴谋，该推销员是当地旅游集团凝视机制的一部分。

果不其然，回国两个月后，他们就接到天堂点度假村的电话，说他们幸运地中奖了，可以去科斯塔·特吉塞度假一个礼拜，自己只要出机票费用，公寓全部免费。艾尔莎对这个天上掉下来的馅饼表示怀疑，可是罗伯特却跃跃欲试，因为他认为他们不会失去什么。“我们会失去什么？”他争辩道，“即便这宾馆是水泥沙坑或者是一个布特林的农舍小屋，我们可以办理退房手续，自己入住酒店。这些岛屿不会缺少度假住宿处。不会有错的，我们去看看吧。”（“Perpetuity”：44）于是他们就去了。

到达那里以后，他们发现那里一切都令人满意：“有两个床位的卧室很舒适，铺有青绿色瓷砖的浴室很实用，小厨房里配有微波炉，起居室的颜色和岛屿的颜色一样，是令人愉悦的蓝绿色……几乎所有你需要的东西都配备齐全。”（“Perpetuity”：44）“唯一的不足之处在于他们必须参与销售交谈，还必须同意让一位销售人员在他们到达的第三天上午去他们的公寓介绍所有的销售服务项目，并且同意在他们旅行的最后一个下午参加一个促销会议。”（“Perpetuity”：44）在此，“游客凝视”的诱惑使得他们忽视了这“唯一的不足”，而正是这“唯一的不足”使得他们从“凝视”主体变成了“被凝视”客体。

和艾尔莎夫妇交谈的销售人员十分专业老道。她并没有在他们那里待太长时间，因为她知道，销售人员在客人房间待的时间过长只会令人生厌。她留下一些小册子就离开了。显然，这些小册子也是他们营销策略的一部分。尤瑞认为，“大众传播媒体、旅游书籍、营销图片等共同定制、操纵和掌控了旅游凝视，即旅游凝视被社会性地组织和系统化了”[1]。通过她提供的小册子，艾尔莎和罗伯特发现，“这不是那种分时享用度假用房，而是一个礼拜的自由保有房产，有由阿雷西费的律师拟定的正式契约与合同。他们任何时候都可以转售，或者自己留着使用，也可以留给子孙们使用。”（“Perpetuity”：44）回想过去，自己辛劳工作了一辈子，

① 刘丹萍：《旅游凝视：从福柯到厄里》，载《旅游学刊》，2007 年第 6 期，第 93 页。

在即将退休的时候，应该停下来充分享受生活。关键是，这份享受还不贵。因此，他们不假思索地参加了促销会议现场。

促销会议现场体现出旅游营销的最高手段：一方面，销售主管们秉持“顾客就是上帝”的营销策略，他们彬彬有礼，有求必应，认真负责地解答顾客的一切问题，让顾客有种宾至如归的轻松感。另一方面，这些销售人员深谙人的心理，充分利用了人的欲望。弗洛伊德认为，欲望来自人的本能冲动，而拉康则强调欲望的后天社会性。拉康认为，“人的欲望即他者的欲望。欲望是对他者的欲望之欲望：一方面，人所欲望的客体是他人所欲望的客体；另一方面，人的欲望是想得到他人之承认的欲望”[①]。在拉康看来，“人的欲望是在他人的欲望里得到其意义。这不是因为他人控制着他想要的东西，而是因为他的首要目的是让他人承认他”[②]。列维纳斯也曾多次提到“欲望的欲望”,他甚至将这个“欲望的欲望”称为“西方人的生活状况”。[③]

在拉康看来，“个人主体与他人的关系首先是一种带有‘侵凌性’（暴力性）的微细的‘情感交流’，这个‘交流’往往以自己同类的感性形象的方式出现，这是现象学意义上的一种社会性的意向关系”[④]。果然，在销售现场，主管们的行为让顾客“感到十分贴心”，他们充分利用顾客之间的相互凝视，让艾尔莎夫妇深感“唯一的压力来自同行”，因为“三刻钟过后，一对中年夫妇举手宣布他们决定购买度假房”。（“Perpetuity”：42）

在这对夫妇成功交易之后，销售团队成员立刻让西班牙酒喷涌而出，为他们的成功买卖干杯，制造消费幻象。在鲍德里亚的消费视域中，“他者的欲望是直接由市场中的消费幻象制造出来的，幻象支配消费”[⑤]。在此，他者的凝视与消费文化合谋，促使艾尔莎夫妇在欢呼声中立刻做出预缴押金的决定。在消费主义社会中，商品本身的价值与使用价值被悬置起来，让位于象征性的符号价值。艾尔莎夫妇根本无暇顾及他们是否有必要购买这套住房的使用权，通过消费行为，他们误入了由凝视操控的社会文化等级身份建构的歧途。艾尔莎夫妇就此一步一步让自己陷入“永续年金”的陷阱。“永续年金”是一个经济学概念，指的是无限期支付的年金。艾尔莎夫妇在签订了这个购买合同后，必须无限期地交纳旅游地的房屋继续使用费。

---

① 黄汉平:《拉康的主体理论与欲望学说》，载《文学评论》，2010 年第 3 期，第 196 页。

② 拉康:《拉康选集》，褚孝泉译，上海：上海三联书店，2001 年，第 278 页。

③ 列维纳斯:《塔木德四讲》，北京：商务印书馆，2002 年，第 42 页。

④ 张一兵:《从自恋到畸镜之恋——拉康镜像理论解读》，载《天津社会科学》，2004 年第 6 期，第 17 页。

⑤ 张一兵:《作为一种差异性交换系统的虚假消费——鲍德里亚〈符号政治经济学批判〉解读》，载《福建论坛》，2009 年第 5 期，第 47 页。

在刚刚签订合同之后，他们对此决定基本感到满意，但也难免有些惴惴不安，认为自己在做一场赌博。但是一想到他们已经享受了免费的一周旅游，也就泰然了。“三个礼拜后，他们的购买文件抵达奇切斯特，所有文件看起来没什么异样，符合法律程序，尽管有些文件是用西班牙语写的。他们满怀信心地付完了余款。”（“Perpetuity”：44）艾尔莎夫妇将其他顾客与销售人员的凝视内化成自己的行动，并因此规训着自己的表演。梅洛－庞蒂认为，“凝视具有感知自反性，会使凝视的主体产生强烈的处境意识”[①]。在凝视其他游客的过程中，艾尔莎夫妇的主体性被客体化。被凝视的客体需要在他者的凝视话语中参证自己，得到凝视者的认可，于是，其他游客的价值观成为自身价值观的内化。凝视活动不可避免地暗含了一种身份定位与自我定位，使得凝视主体与凝视客体之间相互识别与分化，揭示了艾尔莎的自我意识与社会规范之间的矛盾冲突，在这种矛盾冲突中对他人身份进行评判，对自我身份进行重新定位。

拉康指出：“主体实际就是无意识主体，这一主体的根本点就在于他的他在性，主体总是生活在他处的主体，总是为他者而在的主体。”[②]为了得到他者的认可，艾尔莎夫妇成为“他者欲望”凝视机制下的无意识异化主体。同时，拉康认为，“主体在想象的凝视中所完成的认同只是一种暂时的缝合效果，是主体的欲望在象征的能指域偶然的锚定，这意味着其所获得的确定性和一致性随时有可能被揭穿”[③]。艾尔莎夫妇在其他游客的凝视下毫不犹豫地交了定金，完成了对理想自我的认同，可是这种认同只是“一种暂时的缝合效果”。随着每年的房屋继续使用费变成了一种实际意义上的“永续年金”，艾尔莎终于明白，“从他者的观点来观看和建构自己的统一性的尝试终究是徒劳”[④]。

一转眼，艾尔莎和罗伯特一年一度的旅游就过了七年。艾尔莎开始注意到天堂点度假村的条件日趋恶化：浴室里的瓷砖吱嘎作响，小厨房的灶台有了一些环形印迹，沙发坐垫下塌，马克画的马已经褪色，接待处张贴满了广告，等。尤瑞告诉我们：“很多服务的成败取决于所处的环境，取决于服务发生地的无形与有形的环境。”[⑤]到了第十年，罗伯特患上了老年痴呆症，并于四个月后死于心脏病。于是，艾尔莎夫妇的旅游也就自然不能成行了。他们也曾带上他们的儿子与儿媳彼得和萨利去那里度假，可是彼得与萨利认为那里单调乏味，英国味浓厚，于是，

① 王卓：《一双“观察的眼睛”在述说——论布鲁克斯长诗〈在麦加〉中的多元凝视》，载《国外文学》，2012 年第 3 期，第 98 页。

② 吴琼：《雅克 · 拉康——阅读你的症状》，北京：中国人民大学出版社，2011 年，第 499 页。

③ 吴琼：《他者的凝视——拉康的“凝视”理论》，载《文艺研究》，2010 年第 4 期，第 39 页。

④ 同上，第 39 页。

⑤ Urry, John. *The Tourist Gaze*. London: SAGE Publications, 1990, p. 64.

由子女来支付房屋继续使用费也成了不可能。一年一度催缴房屋继续使用费的单子让艾尔莎焦虑万分，她如何才能摆脱层层凝视机制，彻底逃离这个永续年金的陷阱呢？她选择了“女性凝视”来抵抗“男性凝视”，达到女性主体的自我救赎。

3. 从“男性凝视”到“女性凝视”：女性主体的自我救赎

在父权制社会,男性总是处于“凝视”的主体地位,女性成了“被凝视”的客体。正如英国当代著名女性主义电影理论家穆尔维所说的那样:“在一个由性的不平衡所安排的世界中,看的快感分裂为主动的男性和被动的女性。”[①]在男性主宰的世界，女人被形塑成妖女或天使。妖女作为本能和欲望的符号，是男性肉体上的承担者，她们通过征服男人来征服世界；而天使作为情感与欲望的代码，是男性精神上的守护神，她们臣服于男人，心甘情愿地将自己的生命价值完全消融在男人的生活中。《永续年金》中的“男性凝视”主要体现在艾尔莎的丈夫罗伯特以及度假地房产新经理布莱恩身上。

《永续年金》一开篇便将艾尔莎形塑为“天使”角色，她心甘情愿地成了丈夫罗伯特凝视的“他者”形象。她对丈夫言听计从，在丈夫面前完全失去了自我的主体身份，他们的出行计划完全是听从了丈夫的意愿。当他们接到天堂点度假村通知他们中奖获得一个礼拜的免费旅游时,“艾尔莎对这个‘天上掉下来的馅饼’有些怀疑，而令她惊讶的是，罗伯特似乎很愿意去试一试”(“Perpetuity”: 44)。既然自己的丈夫认为“不会有错”，艾尔莎不假思索地欣然前往了。

在丈夫生病期间，艾尔莎尽自己努力照顾好他。即便在她的丈夫辞世后不在场的很长一段时间里，她所有的心思都围绕着他转，沉浸在丧夫之痛的悲哀中无法自拔，每到之处都会让她想起丈夫。她甚至因此曾一度忘了旅游的事情，每次房屋继续使用费单到来时她才会想起要退出这个旅游计划。可见，她坚持了十年之久的旅游纯粹是为了取悦她的丈夫。在此，女性成了一个空洞的能指符号，漂浮在隐性男性话语场域，消弭了作为主体的自我意识。短篇小说标题“Perpetuity”意为“永恒”，不仅指艾尔莎夫妇购买的旅游地分时度假房要求永无止境地交付房屋继续使用费，也暗指艾尔莎对丈夫永恒的爱。

在丈夫去世后，“她没有再次去那里度假的计划了，她独自一人去那里也太令她伤心了”(“Perpetuity”: 45)。于是，艾尔莎就想尽早结束这种“被凝视”的局面，可是事情远非她想象的那么简单。她先是想寻找“分时享用度假房”购买者，可是“和大部分的房地产市场一样，西班牙房地产市场并不十分景

① 穆尔维:《视觉快感和叙事性电影》,周传基译，北京：中国广播电视出版社，1992年，第212页。

气”。“没有人想买任何东西了，大家都想出售。”（“Perpetuity”：45）于是，她通过信件、电话以及发邮件的方式告知对方经理她想要退回房屋的使用权，可是这是一场持久之战。

艾尔莎发现天堂点度假村现在有了新的管理班子，他们拒绝接受她的退出。于是她决定最后一次亲自去现场对此事做一个了断。她先是与新经理的助手帕姆进行谈判，可是帕姆丝毫不顾及艾尔莎此行目的，一个劲儿地向她推销新的度假房以及其他优惠政策。纠缠了很长时间后艾尔莎几乎是吼叫着要求见经理，帕姆才把经理布莱恩找来。

布莱恩是该短篇中另一个“男性凝视”者，和他的女助手帕姆千方百计地讨好艾尔莎不同，当艾尔莎向布莱恩提出取消契约时，他“立马告诉艾尔莎，说他以前是警官，懂得法律。她与罗伯特已经签字，他们已经签字，没法改变了。”（“Perpetuity”：46）“警官”的身份和法律的威严并没有使艾尔莎退却，她是“一只强硬的老鸟”（“Perpetuity”：46），决定用“女性凝视”来对抗“男性凝视”。

很明显，布莱恩认为取消契约这种事情不应该由女人来处理，于是他问艾尔莎丈夫去哪儿了，为何让她来协商此事。当艾尔莎告诉他丈夫已经过世时，布莱恩“眼睛都没眨一下”（“Perpetuity”：46）继续建议让她的孩子们来履行合同。如前所述，艾尔莎的儿子与儿媳彼得与莉萨对这里的旅游丝毫不感兴趣，这个提议让艾尔莎感到愤怒与恐惧。她试图寻找律师来解决这个问题，但是终因自己对法律的无知而退却了。

无奈之下，艾尔莎只好求助于泪水了。耐人寻味的是，这一招还真奏效：“在公共场合令人窘迫的哭闹使得接待处的愠怒女人感到惧怕，也使得布莱恩感到惧怕，布莱恩赶忙去给艾尔莎倒了杯水。”（“Perpetuity”：46）后来，布莱恩给艾尔莎安排了一次与律师的见面，艾尔莎最终摆脱了永续年金，从“被凝视”的窘境中摆脱出来：“艾尔莎已经解除了永久契约。她终于回到了正常的生活轨道。现在，她从房间走了出来，走进明媚的阳光下，她成了自由女人。”（“Perpetuity”：46）艾尔莎最终获得了女性主体的自我救赎。

艾尔莎对新经理布莱恩的凝视是一种独特的女性凝视，是艾尔莎利用自己独特的性别身份来使自己摆脱危机的一种策略。这种不对等的凝视体现了德拉布尔独特的女性观——女性在男权社会终究只是弱者。凝视是一种具有感知自反性的活动，会使得凝视主体具有强烈的处境意识。有地位有身份的新经理布莱恩的凝视，使得失去丈夫的艾尔莎产生强烈的自怜感，并且不自觉地让女性主体体察到女性的弱者地位。于是，艾尔莎才求助于泪水。

因此，表面看来这是一个以女性艾尔莎为主人公的女性叙事，而实际上却是一个由女性出场却无女性发声的男性叙事，即便女性有发声的时候，也仅仅是为了男性而歇斯底里或呜咽抽泣，女性的被凝视在此昭然若揭。德拉布尔设计了艾尔莎通过哭闹的方式来摆脱永续年金，可谓意蕴深长。

拉康指出，凝视具有先在性，“我只能从某一方位去看，而在我的存在中，我却是被全方位观看”[①]。拉康将这种全方位的被看称为“惯于被看”(given-to-be-seen)，这种“惯于被看”实际上成了主体存在论意义上的一种基本处境，它无处不在，因此被主体排除出了意识之外。在消费主义文化价值观裹挟下“游客凝视”的诱惑、在大众传媒技术合理性宰制下的他者欲望的凝视以及性别意识形态下父权制文化建构中男性对女性的凝视等因素合力使得艾尔莎逐步从凝视主体变成了被全方位观看的客体，将自身置于整个旅游凝视机制的规训与惩罚当中而不自知。

“旅游者的凝视是民族传统文化的传播和交流的原动力，旅游者也就成了民族文化传播使者。”[②]实际上，作家的凝视比单纯的旅游者的凝视要更胜一筹，因为旅游者的传播主要通过摄影、讲述等初级的方式，而作家则通过旅游书写，传播速度更快，范围也更广。因此，作家在传播“他者”文化的过程中起着关键作用。正如国内学者杨金才教授所说的那样，“游记作家总是把所见的‘异域’文化视为‘他者’文化，并盘踞在权力核心位置，有意识地塑形异类文化，并使其边缘化”[③]。通过分析《永续年金》中的各种凝视机制，德拉布尔以跨文化的视野建构了一个野蛮的“他者”文化形象，以西方文化为价值尺度来品评异域文化，通过使游客从“凝视”主体变成“被凝视”客体的过程，肆意夸大了异域文化的野蛮与不开化，突显大英帝国文化优越感。从这个意义上来说，德拉布尔本人也参与了《永续年金》的凝视机制。

---

① Jacques Lacan, *The Seminar of Jacques Lacan, Book XI: The Four Fundamental Concepts of Psychoanalysis* Jacques-Alain Miller, ed., trans. Alan Sheridan, London: Hogarth, 1977, p. 72.

② 把多勋、王俊、兰海:《旅游凝视与民族地区文化变迁》，载《江西财经大学学报》，2009 年第 2 期，第 115 页。

③ 杨金才:《英美旅行文学与东方主义》，载《外语与外语教学》，2011 年第 1 期，第 80 页。

第三章

朱利安·巴恩斯小说中的后现代类像与历史

朱利安·巴恩斯（Julian Barnes, 1946—　）是英国当代文学界最具活力和影响力的作家之一，与伊恩·麦克尤恩、马丁·艾米斯并称为英国文坛“三巨头”。20 世纪 80 年代巴恩斯开始在英国文坛崭露头角，他发表的第一部长篇小说《伦敦郊区》（*Metroland*, 1980）于当年荣获毛姆文学奖。此外，巴恩斯四次获得“布克最佳小说奖”提名：《福楼拜的鹦鹉》（*Flaubert's Parrot*, 1984）、《英格兰，英格兰》（*England, England*, 1998）、《亚瑟与乔治》（*Arthur & George*, 2005），并最终于 2011 年凭借《终结的感觉》（*The Sense of an Ending*）摘得布克奖。迄今为止，他已发表 17 部长篇小说（其中 4 部是以笔名丹·卡瓦纳（Dan Kavanagh）出版的侦探小说），3 部短篇小说集，3 部散文集。除了获奖作品外，其代表作还包括《在她遇见我之前》（*Before She Met Me*, 1982）、《盯住太阳》（*Staring at the Sun*, 1986）、《十又二分之一章世界史》（*A History of the World in 10½ Chapters*, 1989）、《柠檬桌》（*The Lemon Table*, 2004）等。巴恩斯小说极具后现代主义创作特色，在内容和形式上兼备独树一帜的文本内涵和巧妙精湛的后现代小说实验风格。具体体现在以下两个方面：一、运用戏仿、拼贴、反讽等后现代艺术手法将不同体裁的文本杂糅于同一作品；二、作品之间互文，呈现出作品意义的断裂性和不确定性。

一、《英格兰，英格兰》：真实与虚拟并存的类像

《英格兰，英格兰》淋漓尽致地展现了巴恩斯大胆实验的写作手法和创新多变的叙事结构，再次影射出“英国文坛的变色龙”所具有的独特魅力。巴恩斯曾称《英格兰，英格兰》是“一部关于英格兰理念、事情真相、真理追寻、传统建

构以及展现我们是如何遗忘历史的小说”[①]。小说由“英格兰”、“英格兰，英格兰”和“安吉利亚”三个章节组成，并分别“对应1980年、2010年和2040年三个时间点”[②]。第一章讲述女主人公玛莎·柯克伦对童年故事的回忆；第二章描述类像世界“英格兰，英格兰”的建构过程和它建成后的商业运行模式；第三章描述另一个类像世界“安吉利亚”的社会面貌和玛莎居住于此的晚年乡村生活。与巴恩斯其他小说一样，《英格兰，英格兰》也包含了记忆与历史两大主题。然而，该作品展现了其独特之处。一方面，它积极呼应了英国当时的社会背景。政治上，英国昔日帝国地位的荣耀依旧保留在人们心中；文化上，自20世纪50年代以来的大量外来移民不仅影响了英国人们的本土生活，而且对他们的民族身份产生了威胁；经济上，撒切尔保守政府实行的自由放任政策使英国经济发生了巨大变化。另一方面，它为英国日后的发展趋势提供了可能性选择。巴恩斯通过运用后现代创作技巧和宏大的叙事手法，对即将跨入21世纪的英国展开构思与设想。这进一步反映出他对英国社会的未来所寄予的期望。以该作品出版的年份为时间轴点，小说中两个未来世界建构所依据的思想与法国当代著名思想家让·鲍德里亚（Jean Baudrillard, 1929—2007）提出的后现代“类像”概念不谋而合。

类像（Simulacrum），又译仿像、拟像、幻象等，是鲍德里亚用以分析后现代社会、生活、文化的一个关键性术语。其主要表现为“以现代电子技术为基础的类像完全不同于语言、绘画和音响等自然符号系统，它不仅以极度逼真的视听方式彻底置换了现实事物，而且以自由想象、大量复制和远距传播的方式创造出现实生活中根本不存在的真实，创造出一种比真实更加真实的‘超真实’”[③]。类像是经过仿真（Simulation）过程而生成的产物。鲍德里亚从符号学角度出发，将仿真的历史过程划分为三种秩序。第一种秩序是对自然的模仿，这一级类像能反映根本现实，但与现实之间存在细微差异。第二种秩序是对物自身的不断复制，这一级类像由机器生产而成，并受商品价值规律的支配。同类产品之间一模一样，人们无法从其中找出本源或原件，所以第二种秩序颠倒或遮蔽了根本现实。第三种秩序是对计算机符码的操作，这一级类像不再是传统意义上的存在物，而成了根据模型仿真出来的无指涉意义的符号。它不仅遮蔽了现实的缺席，而且与现实没有任何关系。这三种秩序是“符号逐渐远离现实、遮蔽现实，并反过来建构现实的过程，它们共同构成了超真实文化的整个发展

① Vanessa Guignery, *The Fiction of Julian Barnes*, London: Palgrave Macmillan, 2006, p. 105.

② Peter Childs, *Julian Barnes*, Manchester: Manchester UP, 2011, p. 120.

③ 支宇:《类像》，载《外国文学》，2005年第5期，第57页。

历程”[①]。有必要指出的是，这三种秩序既具历时性，也具连续性。即便是在电子信息技术十分发达的今天，它们均同时存在。于《英格兰，英格兰》而言，“英格兰，英格兰”和“安吉利亚”这两个类像世界的建构，不只是属于某一种或两种秩序，而是上述三种秩序共同作用的结果。

1. 类像世界中主体的非真实认知

超真实的后现代类像世界是一个符号领域，没有确定的所指，很难找到真实的本源。具体而言，类像存在着两种不同的形态：“一种类像是对客观世界中真实存在物的逼真再现和精确复制；另一种类像则通过现代科学技术创造出极度真实但客观世界并不存在的虚拟物象和虚拟场景。”[②]由此可知类像与真实的两种关系，一种是复制或模仿关系，即类像是通过对客观真实精确复制或仿制而成的实际存在物。复制品精确程度之高、数量之庞大，能阻碍主体做出正确的判断。当原件与复制品混合呈现时，主体根本无法区分孰真孰假。另一种是仿真关系，即类像是通过现代科学技术制造出十分逼真却不存在于客观世界的非真实存在物。在超真实的类像世界里，类像与真实之间的界限变得模糊，发生了“内爆”，致使主体很难找到真实的本源，从而无法准确地认知客观现实。再者，客观现实与主体认知之间的对等关系发生断裂，符号成了二者的中介，组成“现实—符号—主体”关系。主体认识自身，不再是通过对客观真实世界的直接感受和理性知觉，而是由类像环境或超真实的符号指引，导致主体产生非真实的自我认知。

以杰克·皮特曼爵士和玛莎·柯克伦为代表的主题公园项目组成员，误将类像世界等同于客观世界，试图通过超真实的类像世界来实现自我对真实的追寻。杰克爵士在内心滋生出对真实的渴望主要源于两个因素。首先，工作环境中的人工自然是主要因素之一。皮特曼大厦是小说故事发展的核心空间之一，建在一片苍白的灰烬和山毛榉之中。它是项目组成员工作的地方，但充斥着复制品。为了体现“与自然环境的和谐共存”[③]，大厦里有一处绿洲带，上面“绿草茵茵，棕榈婆娑，水流潺潺”(《英》: 83)，它后面还开辟了一片紧挨着伦敦市的人工湿地。这一切景观都是大自然的复制品，看起来“比真实的自然‘更真实’，然而这只是外在的装饰，实质上真实的自然在城市中是缺席的”[④]，因为城市景观的“意图

① 汪德宁:《超真实的符号世界——鲍德里亚思想研究》，中国社会科学出版社，2016 年，第 120–123 页。

② 支宇:《类像》，载《外国文学》，2005 年第 5 期，第 57–58 页。

③ 朱利安·巴恩斯:《英格兰，英格兰》，马红旗译，南京：译林出版社，2015 年，第 30 页。后文出自同一著作的引文，将随文标出该著名称简称《英》和引文出处页码，不再另注。

④ 王小会:《〈金钱——绝命书〉：从超真实向真实回归》，载《当代外国文学》，2017 年第 2 期，第 170 页。

和目的都只是由人来赋予的，而不是自然本身”[①]。例如，根据该公司马克斯博士的讲解，人工湿地上的芦苇丛会特别吸引受人们欢迎的某些鸟类，但不受欢迎的鸟类对此地毫无兴趣。其次，社会环境中的人造舆论是另一主要因素。作为英国商业领域的经济巨头和风云人物，外界关于杰克爵士有许多种不同意见。有人认为“他拥有深厚的与生俱来的智慧”（《英》：66），有人发现“他是金钱、自我和缺乏良知之间的粗暴轻率的连接”（《英》：66），还有人认为，“他是个机会主义者，一个赌徒，一位金融魔术师，他只要短短几分钟就可让你相信金钱是真实的，并且就在你的眼前”（《英》：66）。这些多样且不一的评论将杰克爵士的形象或传奇化，或鄙俗化，实质上这些形象便构成了类像本身，呈现出一个个超真实的类像。在技术理性与消费逻辑的共谋下，广告报纸、网络媒介不断复制这些类像，使它们变成了能独立存在、自主运行的符号。而杰克爵士产生非真实的自我认知与被这些人工符号包围的环境有着密切的联系。

在超真实符号环境的影响下，杰克爵士开始追寻真实。他有时候会思考，他的名字是真实的吗？什么是真的？你是真的吗？对于最后一个问题，杰克爵士的答案是否定的，因为“我可以把你们换成替代品，换成……仿品，我只要能把我喜欢的布朗库西卖掉就马上去做”（《英》：34）。但“钱是真的吗”（《英》：34）？他认为，“从某种意义上说，是的，比你们还真实”（《英》：34）。在他看来，人不仅可以像物品一样被复制，而且没有物品（比如钱）那么真实。如果说杰克·皮特曼爵士是一位杰出的商人，无可厚非；若说他常扮演成一个不为人知的、三个月大的婴儿“维克多”，将非比寻常。小说别出心裁地插入了几页关于“维克多”被真实护理的内容，包括换尿布、哺乳、排便等片段，反映出杰克爵士寻求真实体验的需求。按照弗洛伊德理论，婴儿时期主要体现本我欲望的直接表达。上述护理活动恰好能帮助他释放原始欲望，以期真实地达到本我、自我、超我之间的平衡。他将位于伦敦郊区的梅伊姨妈家等同于客观世界，这一封闭空间让他卸下了一切束缚，满足地享受呢喃婴儿般的真实体验。这种独特的体验令人容易联想到迪士尼乐园，它“是所有令人困惑的模拟秩序中最好的模型”[②]。无论儿童或者成年人都能在其中快乐且真实地释放自己。梅伊姨妈家就像迪士尼乐园一样，也是一个类像世界。它是对婴儿护理所的精确复制，“里面主要有两样东西：一个木制的幼儿围栏，1.5 米高，3 米见方；还有一辆婴儿车，1.5 米长，车轮辐条很粗，轮轴非常结实”（《英》：185）。成年人去迪士尼游玩和杰克爵士在梅伊姨

① 王小会：《〈金钱——绝命书〉：从超真实向真实回归》，载《当代外国文学》，2017 年第 2 期，第 157 页。

② 让·鲍德里亚：《生产之境》，仰海峰译，北京：中央编译出版社，2005 年，第 193 页。

妈家扮演婴儿有一个共同目的，即“为了培植他们真实的孩子气的幻觉”[①]。但是，杰克爵士扮演成婴儿能够彻底地让他体验到真实吗？显然是不可能的。个体任何活动的参与都伴随着自我意识的进行。巴恩斯用细腻地笔触描绘了杰克爵士参与护理体验时的身心状态，却有意识地在这一过程中忽略了对他自我意识的剖析。这表现出作者为扩大小说叙述张力而展开的巧妙设计，也体现了杰克爵士以为通过角色扮演就能获得真实体验的非真实自我认知。

同杰克爵士一样，女主人公玛莎·柯克伦也产生了非真实的自我认知。但与之不同的是，玛莎自我认知的变化是由童年时期不可靠的记忆导致的。她将脑海中的这段记忆等同于客观存在的现实，然而，记忆实际上也是一个超真实的类像世界。它是对某一先前场景或画面的复制，具有足以令人信服的特点，同时也因个体有意识的选择使得记忆与根本现实存在差异。玛莎的第一段记忆是母亲在厨房哼着歌做饭，她坐在地板上玩英格兰政区拼图板，而父亲总会在她发现少了一块拼图时出现，并魔术般地从裤子口袋掏出缺的那一块，使得英格兰政区变得完整。英格兰行政区拼图板是对英格兰各官方郡县的精确复制，成了一种象征符号，反射出超真实的类像特征。而将英格兰行政区拼凑的游戏方式，与后文“英格兰，英格兰”重聚、逼真再现英格兰著名历史遗产相呼应。此外，巴恩斯精心刻画玛莎爱玩拼图的喜好，是为了突出童年时期的她受拼图板这一类像影响之深，以至于后来她内心深处关于父亲离开的唯一解释是去远方找寻那块丢失的拼图。这是玛莎产生非真实自我认知的根源。当二十五岁的玛莎与父亲再见时，她得到的答案并非如此，而是父亲当时爱上了别人。原本童年时父亲的突然离开已在她幼小的心里造成创伤，缺乏父爱的成长过程更加使其自我身份无法完整地建立。如今，其实并不是这份答案，而是保留在心里多年的记忆被证实为不真实，这一结果使她本就不太完整的自我身份愈加晃荡不已。玛莎告诉自己：记忆“也是一种持续的自欺欺人”（《英》：5），换言之，记忆这一类像世界便是造成她产生非真实认知的主要因素。

非真实的自我认知对玛莎的人生产生了重要的影响。除了无法建立完整的自我身份，玛莎也不能确认自我真实的感觉。三十九岁的玛莎进入皮特曼大厦工作后，与项目组成员保罗相爱。但他们之间的矛盾来得悄无声息，表面上是因为“不再爱得那么纯粹了”（《英》：246），实际上是由于玛莎一直拘囿于以自我认知为中心的非真实世界。她渴望真实，追求真实，但无法确认什么是真实。所以即使保罗“曾经说过她让他感到了真实”（《英》：271），玛莎依旧在心底对自己说，

① 让·鲍德里亚:《生产之境》，仰海峰译，北京：中央编译出版社，2005年，第195页。

“其实真相就是，你只是期待着保罗的存在能充当刺激心灵成长的荷尔蒙吧”（《英》：247）。同时，巴恩斯通过拼贴的方式概述了玛莎丰富的性爱简史，反映出她重视性爱感受远多于感悟爱情真谛，即满足本我欲望远多于认知自我。进一步观之，正因为玛莎在内心深处的认知世界中找寻不到真实，所以才会愈加重视性爱感受，因为性爱往往能给人带来最真实、最直接的体验。不可否认的是，玛莎一直在“竭尽全力地追求幸福”（《英》：232），但不可靠的童年记忆、非真实的自我认知使她陷入了“可幸福为什么就是不来”（《英》：232）的困境。

以主题公园项目组成员为代表的精英群体为了实现自我对真实的追寻，误将类像世界等同于客观世界，致使自身产生了非真实的自我认知。杰克·皮特曼爵士将梅伊姨妈家这一实际存在的类像世界当作真实世界以追寻真实的体验。玛莎·柯克伦将童年记忆这一虚幻的类像世界当作真实依据以寻求真实的心灵归宿。他们追寻真实的途径都是建立在非真实的方式之上，最终获得的只能是超真实而非真实的感觉。这种感觉并不具备可靠性，由此，身处类像世界中的人们沦为了客体，而类像世界成了一个能独自运行的主体。

2. 类像世界中社会的超真实建构

超真实是现代电子技术和生物技术按照模型再生产出来的真实，是一种比真实还要真实的虚拟真实。它不再是一些单纯的现成之物，而是人为地生产或再生产出来的“真实”；它不是变得不真实或荒诞，而是变得比真实更真实，成了一种在“幻境式的（自我）相似”[①]中被精心雕琢过的真实。“仿真”“内爆”“符号”均是描述后现代社会、诠释超真实思想的重要概念。无指涉的符号参与仿真过程后，被大量复制成超真实的类像，致使原本与摹本、真实与非真实之间的界限变得模糊。《英格兰，英格兰》建构了“英格兰，英格兰”和“安吉利亚”两个类像世界。前者打破了马克思主义政治经济学原理，通过符号、仿真以及内爆三者之间的相互关联和影响，生动地呈现了英格兰历史遗产被商业符号化的样貌。与之相反，后者代表衰退颓败的旧英格兰主岛，是作者巴恩斯通过结合真实与想象进行建构的类像世界。

类像世界“英格兰，英格兰”作为商业社会的建构源于杰克·皮特曼爵士的构思。起初，“英格兰，英格兰”项目的确立基于一个事实：“今天，我们喜欢复制品胜过喜欢原作的习惯已经确立”（《英》：62）。喜欢标新立异且十分爱国的杰克爵士抓住了这一商机，构思出“英格兰，英格兰”高品质休闲旅游项目。他认

① Jean Baudrillard, *Simulacra and Simulation*, trans. S. F. Glaser, Ann Arbor: U of Michigan P, 1994, p. 23.

为，“我们要让我们的游客们感觉到他们走过了一面镜子，离开了他们自己的世界，进入了一个新的世界，似曾相识又完全不同，这里的一切与这个星球上的其他有人的地方完全不同，恍若进入了难得的梦境”（《英》：144）。如杰克爵士在小说第二章前部分所言，“如果我们是认真的，如果我们在设法提供事物本身的话，我们相应地就必须在一个令人无限惊喜的地方找到一片真正的风水宝地”（《英》：72）。这里的“事物本身”指真正的英格兰，“真正的风水宝地”指怀特岛，而“设法提供事物本身”的成品是怀特岛的升级版，即“英格兰，英格兰”。鲍德里亚在其著作《类像与仿真》（*Simulacra and Simulation*, 1994）中谈道，“仿真不再是对领土、指涉存在的仿真，或者对一个事物的仿真。这是没有起源和现实性的真实模型的产生：超真实”①。主题公园项目组将具有超真实特征的“英格兰，英格兰”视为获取巨额利润、吸引全球游客的商业社会，以期操控英国旅游产业的经济命脉。

类像世界“英格兰，英格兰”是一个浓缩且微型的英格兰，复制是它的生产理念，英格兰历史文化是它的产品定位。与英格兰主岛相比，被改造后的怀特岛“就是一个快进版的英格兰：这一分钟是大本钟，下一分钟是安妮·哈瑟维的农舍，再下一分钟是多佛白崖，温布利球场，巨石阵，王宫和舍伍德森林”（《英》：197）。二十五个国家的潜在客户通过民意投票挑选出来的五十条英格兰精华（Quintessences of Englishness）全部聚集于此，再现了英格兰历史遗产的独特韵味。然而，这五十条英格兰精华已不再是真实存在物，它们衍生成了一种具有历史感的后现代符号。在鲍德里亚看来，“符号已不仅仅是人类创造出来的文字、记号、图像等，而是一切事物的存在和意义都可以被抽空，并被转化抽象的符号，这是现代社会抽象化和同质化发展的必然结果”②。例如，为了确保项目的可行性，项目组测验了一个有着英格兰血统但没有与历史相关的教育或职业背景的中产阶级知识分子。测验结果表明，历史于他而言并不确定；历史只是他心中的历史或者脑海中的模糊记忆。他同时也代表了被测验的大多数群体，他们“记忆历史的方式就像他们回忆自己的童年一样，自以为是，瞬息万变”（《英》：99）。可见，英格兰历史在大多数人心中是抽象的存在，五十条精华也意味着人们记忆中的英格兰形象。它们所表征的不是当初原原本本的真实存在，而是英格兰的象征符号。所以，项目组精心复制的是人们心中已知的英格兰历史，即对符号的再生产。同时，“英格兰，英格兰”还有“勃朗特的乡村和简·奥斯丁的故居，原始森林和传统动物；他们有音乐厅、果子酱、木屐舞和莫里斯舞演员、皇

① Jean Baudrillard, *Simulacra and Simulation*, trans. S. F. Glaser, Ann Arbor: U of Michigan P, 1994, p. 1.

② 汪德宁：《超真实的符号世界——鲍德里亚思想研究》，北京：中国社会科学出版社，2016 年，第 123 页。

家莎士比亚戏剧团、史前巨石柱、僵硬的上唇、圆顶硬礼帽、经典电视情景剧、半木质结构的红色大巴、八十个品牌的常温啤酒、夏洛克·福尔摩斯和尼尔·格温”(《英》: 171)。游客可以在短时间内参观完整个与英格兰历史进程相关的景点，在沉浸于类像世界的同时，享受高品质的服务。来自皮特曼大厦的一项详细研究表明，“这件复制品和‘原作’一样受到游客们欢迎。而且，93%的受访者认为看过这件完美的复制品后，他们觉得没有必要再去博物馆看‘原版’了”(《英》: 217)。因此，通过大量复制具有英格兰历史表征的符号，“英格兰，英格兰”形成了一个非常受全世界高品质游客欢迎的商业社会。

小说建构的第二个类像世界“安吉利亚”代表了衰退颓败的2040年旧英格兰主岛，是巴恩斯通过结合真实与想象进行建构的类像世界。它是对前工业时期英格兰乡村生活的模仿，一切都回归原始，没有电子通信，没有交通工具。同时，它又与之不同，无论从地理景观、社会情况还是政治地位方面，它都进一步体现了一种深深的萧条感。小说之所以称其为“旧英格兰主岛”，一方面因为关注度，相较于“英格兰，英格兰”独立后的欣欣向荣和备受世界瞩目，她几乎成了无人问津的孤岛；另一方面因为综合实力，旧英格兰主岛“逐渐丧失了她的力量、领土、财富、影响和人口。旧英格兰会被拿来同葡萄牙或是土耳其的落后省份相提并论。旧英格兰割断了自己的喉咙，躺倒在阴影重重的煤气灯下，它现在的功能只是作为一个反面教材”(《英》: 300)。从物理景观维度来看，“安吉利亚”与前工业时期的英格兰相似，但作者巴恩斯旨在呈现的是极度真实但客观世界并不存在的类像世界。小说中2040年的旧英格兰主岛已然故步自封，失去了民族向前进步的生机与活力。巴恩斯同时细致地描绘了“安吉利亚”地面上的景观，“没有公路交通，没有输电线，没有路灯和广告牌，没有一个国家至关重要的管道水路系统……只是死气沉沉的被推土机夷平了的郊区乡村；四车道的公路消失在树林里；吉卜赛大篷车在坑洼的柏油路面上颠簸”(《英》: 304)。这番重复否定性的描述产生了一种令人震撼的画面感和真实感。虽然“安吉利亚”与作品出版的年份（1998年）距离将近半个世纪，但它足以给读者，尤其是当下的英国读者提供一面镜子。这面镜子通过真实与想象的结合实现了对当下英国的部分复制，呈现出相似于前工业时期的英格兰景观。不过，镜子背后掺杂着另外一份情绪，即旧英格兰主岛上悲观的爱国者们仍对不列颠帝国念念不忘，以至于他们“拒绝面对镜子”(《英》: 42)。

正如商业精英杰里·巴特森在皮特曼大厦为“英格兰，英格兰”项目出谋划策时所言：“我们不再是大国。为什么有人那么难于承认这一事实呢？”(《英》: 44）从这一观点出发，巴恩斯独具匠心地建构了两个显著不同的类像世界，它们是比客观真实更加真实的世界。第一个类像世界"英格兰，英格兰"的建构，是基于项目组认同英国不再是大国的观点。为了吸引全球瞩目和积累巨额财富，项目组别出心裁地出售英格兰历史遗产，因为"我们已经成为别人也许还在渴望成为的东西"(《英》: 45)。在项目组看来，英国现在拥有的历史文化影响力，是其他国家正在极力追求的。第二个类像世界"安吉利亚"的建构，是基于英国民众坚信英国仍是大国的情感。相似于英格兰前工业时期的"安吉利亚"，在第三个千年依旧自以为是地怀揣着昔日辉煌的英格兰历史，无视其自由落体状态的发展趋势，最终被世界遗忘、沦为封闭破败的孤岛。它既反映出一种回归本真过去的渴望，也给当代英国读者提出了警告。它形象地告诉英国人，如果不正视现实，未来的英国可能会面临同样的局面。实际上，这两个类像世界正折射出当下英国的现状——激进和保守的两极化，巴恩斯希望借助于它们以引起人们深刻的重视和反思。

3. 类像世界中民族文化的符号化表征

民族文化是一个国家于历史长河中的精神积淀，代表着薪火相传的文明传统和生生不息的民族力量。20 世纪后半叶，由于电子信息技术和媒介的高度发展，人们进入了超真实的后现代类像世界，"'表征 / 再现'危机成为当代思想文化的根本语境"[①]。为了满足消费大众的审美欲望,民族文化被不断地复制和再生产成各种符号。它在诱惑大众陷入表层审美取向的同时，也失去了自身隐含的价值意义，因为"在现代生产条件无所不在的社会，生活本身展现为景观（spectacles）的庞大堆聚。直接存在的一切全都转化为一个表象"[②]。当民族历史遗产变为商品供消遣和出售时，它能在一定程度上满足人们对审美幻觉的需求，但人们购得的只是空洞的符号，而不是民族文化所表征的深刻内涵。鲍德里亚指出，"通过仿真技术对文化模拟的运用，大众从本应只是民族文化的继承者转化成了改造民族文化的实施者"[③]。经仿真再现的民族文化能让消费大众产生一种看似真实的感觉，但他们并不能确定这种感觉究竟源于何处。当人们的价值观备受符号冲击甚至扭曲时，民族那些重要的传统和庆祝仪式将变成一种外在表现形式，缺乏了仪式般的凝聚性和启示性。《英格兰，英格兰》中两个类像世界反映出民族文化的符号化表征，一方面英格兰历史遗产被商品化，另一方面英格兰重要传统的仪式感被简单化，暗藏了民族文化的表征危机。在商业社会"英格兰，英格兰"中，

① 支宇:《类像》，载《外国文学》，2005 年第 5 期，第 57 页。

② 居伊・德波:《景观社会》，王昭凤译，南京：南京大学出版社，2006 年，第 3 页。

③ Jean Baudrillard, *Simulacra and Simulation*, trans. S. F. Glaser, Ann Arbor: U of Michigan P, 1994, p. 66.

英格兰历史被置于游戏化语境，丧失了严肃性，取而代之的是趣味性和刺激感。

首先，项目组将英格兰历史遗产出售这一生产方式本身就削弱了民族精华的丰富内涵。英格兰历史遗产被复制生产为旅游景观，与“商品供给、需求、资本累积、竞争及垄断等市场原则一起”[①]，虽然实现了英格兰民族文化的商业性发展，但令其变成了无指涉意义的符号。于生产者杰克爵士而言，将过去的民族精华通过科学技术的创造再一次完整呈现出来，不仅有助于消除现代人面对原作时的焦虑，而且能把英格兰的辉煌历史“作为他国的未来卖给他们”（《英》：45）。因为曾经的世界只有一个，人们直接生活在其中；但“现在有了这个世界的表现形式——分解一下这个词，就是再次呈现的意思。不是对那个质朴原始的世界的替代，而是一种提升和丰富，是对那个世界的整理和总结”（《英》：65）。于高品质旅游的消费者而言，由复制英格兰五十条历史精华构建的类像世界不仅给他们提供了熟悉的历史，而且带来了一种真实、幸福的消费体验。这个商业社会极大地满足了人们的消费欲望和审美欲求，因为“当文化产品成为消费品时，它能使人们保持在一种身心投入的状态”[②]。这种高品质消费还体现了一定的社会身份和地位，“研究表明，大部分度假者享受花钱的过程。同样重要的是，他们也享受被别人看到自己花钱的过程”（《英》：218）。然而，在生产者与消费者看似双赢的背后，英格兰民族文化降格为商业符号。生产者的根本目的是建构“英格兰，英格兰”类像世界以创造资本主义价值观神话，并无意展现英格兰历史的文化意义。正如鲍德里亚提出，“在商场中，商品的超真实体现了文化的超真实”[③]。类像世界呈现的景观使得消费者的消费欲望膨胀，麻痹了他们的自我意识、消解了其社会主体性，导致他们失去辨别真相的能力，也不再去追求英格兰民族文化的厚重内涵。

其次，为了迎合全世界高消费游客的审美品位，项目组设计了由角色扮演来再现历史事件或英格兰著名历史人物的销售方案。舒特斯曼指出，“后现代转向实际上就是审美转向”[④]。此处的“审美”不同于日常生活中的审美实践，意指后现代社会的虚拟化或者仿真过程。角色扮演者有的是怀特岛上的原居民，有的是花重金聘用的戏剧演员。游客们可以直接问他们问题，然后得到“用逼真急促的语调给出的具有特定历史时期风格的答案”（《英》：228）。同时，“英格兰，英格兰”类像世界中有“将英国历史上不同时期的历史事件进行对接拼合”（《英》：274）的表演，例如：1980 年参与伊朗使馆包围事件的空军特别部队和中世纪时

① 迈克·费瑟斯通：《消费文化与后现代主义》，刘精明译，南京：译林出版社，2000 年，第 21 页。

② Jean Baudrillard, *Simulacra and Simulation*, trans. S. F. Glaser, Ann Arbor: U of Michigan P, 1994, p. 67.

③ Ibid., p. 67.

④ Richard Shusterman, *Practicing Philosophy: Pragmatism and the Philosophical Life*, London and New York: Routledge, 1997, p.114.

期罗宾汉的逍遥帮进行的战斗等。从表面来看，这是一场表演，“突袭罗宾汉的老巢被秘密地列为一次性的跨时代的盛大表演，仅允许付了双倍附加费的贵宾级游客观赏”（《英》: 274）。实际上，这是项目指挥中心为了制裁逍遥帮造反而策划的一起真实事件，“但跨时代的冲突显然能引起游客们更加强烈的共鸣”（《英》: 279）。当人们处于审美幻觉中时，其审美需求将不再以真实性为标准，那么民族文化的传统表现形式会直接受到后现代社会生产者的挑战和颠覆。正如利奥塔所言，“资本主义具有一种与生俱来的能力，将人们熟悉的事物、社会形象和机制非现实化，以至于一切所谓的反映现实的表征活动，除了引起对昔日的回忆、戏谑模仿，令人难受而不是满足以外，根本无法再现现实”[①]。由此，英格兰民族文化在资本主义市场经济的操控下丧失了历史的严肃性，同时也在某种程度上解构了历史的真实性。

在前工业乡村社会“安吉利亚”中，再现的英格兰重要传统如初夏盛典，变成了无意义的表演，丧失了仪式感。这一转变的浅层原因可以归咎于类像的影响。类像在后现代日常生活中起主导作用，并改变着人们的思维方式。它能使不存在的事物变成超真实的图像，即缩短了现实与想象、时间与空间的距离。距离感的消失大大削弱了民族传统在人们心中所具有的神秘和神圣的地位，尤其表现在庆祝传统仪式方面。仪式是“由一系列模式和序列化的言语和行为组成，往往是借助多重媒介表现出来，其内容和排列特征在不同程度上表现出礼仪性的（习俗），具有立体的特性（刚性）、凝聚的（熔和）和累赘的（重复）特征”[②]。这一转变的深层原因是人们自身思想观念的变化。大量复制品的出现不仅没有受到大众的集体排斥，反而赢得了广泛的认可和欢迎。它们既颠覆了社会的中心和意义，又使人们只能处于被动接受的状态。因此，“安吉利亚”对于庆祝传统似乎变得力不从心。

玛莎晚年时期所住的山庄正如火如荼地进行着初夏庆典。这个特别场合的揭幕者由不虔诚的牧师科尔曼担任，他“甚至都没有仪式性地提及我主上帝创造的太阳照耀着这个村庄”（《英》: 313），因为在他看来，“自己这个职位不是要宣扬神学体系”（《英》: 313），并且“道德说教只能换来在银盘子里的几颗裤子纽扣或是没有流通价值的欧元”（《英》: 313）。庆典的举办在六月份，其象征性人物却被装扮成五月皇后，理由是戴在皇后头发上的花束在五月开花。化妆比赛因不能确定埃德娜·哈雷、白雪公主、罗宾汉等人物是否真实存在，以至于最后成了

① Jean-Francois Lyotard, *The Postmodern Condition: A Report on Knowledge*, trans. Geoff Bennington and Brian Massumi. Minneapolis: U of Minnesota P, 1979, p. 74.

② 菲奥纳·鲍伊:《宗教人类学导论》, 金泽、何其敏译，北京：中国人民大学出版社，2004 年，第 178 页。

什么才算真实人物的争论。草地上的即兴游行也混乱不已。整个庆典在简单设置的场景中举行，喧嚣、纷乱的氛围无法使村民之间凝聚出与心灵相呼应的道德力量。村民们的活动亦不受行为规范的约束和限制，“他们去教堂礼拜，并非是去聆听精神教导或是获得永生的希望，而是出于对定期社交生活和音乐欣赏的需求”（《英》：313）。表面上村民们依旧积极关照传统，实际上历史传统的真谛已在他们不确定的心中消逝。身处类像世界中的人们，没有了信仰，不明白什么是真实，他们“只是用眼睛生活着，放弃了思考”[①]。

以复制品形式再现的英格兰民族历史遗产和由人物扮演且被任意拼凑的英格兰历史事件，均转化成经济利益驱动下的符号化商品。“英格兰，英格兰”商业社会的成功建构，表明当代人不仅易于满足表面化的审美快感，而且无所谓真实与否的思想观念。而“安吉利亚”中英格兰重要传统仪式的丧失恰恰凸显了当代人浮于表象的心理。因此，巴恩斯通过展现英格兰民族文化的非真实表征，影射出真正改变的不是外部世界而是人自身这一事实。

在超真实的后现代类像世界中，主观与客观、真实与想象以及历史传统与现代科技之间的界限全部内爆。人们不再刻意要求原件，类像也易于被接受。民族文化转化成一种不确定的编码游戏，无法再提供正确的道德评判与审美判断，进而人们任由类像主宰，失去了衡量自我价值的标准。实际上，客观世界才是人们追寻真实的唯一空间，并且主体身份的确定依赖于真实的自我认知。通过建构两个超真实的类像世界，该小说试图为即将步入 21 世纪的英国提供两种可能的发展设想。一个是抛弃英国昔日帝国地位的情结，积极投入社会的经济建设；另一个是回归原始的过去，自给自足，与世隔绝。不论英国将进入哪一种发展趋势，巴恩斯希望借此作品提醒当代人们：关注当下社会，关注自我本真。

二、《时间的噪音》：创伤叙事中的历史与伦理

布克奖得主朱利安·巴恩斯创作有 17 部小说，其中《时间的噪音》（*The Noise of Time*, 2016）是巴恩斯继《终结的感觉》（*The Sense of an Ending*, 2011）之后的首部长篇小说，他被认为是“当前英国文坛最具活力、最负盛名的作家之一”，他因写作风格的多样化和易变性，被称为“英国文坛的变色龙”[②]。20 世纪 80 年代以来，朱利安·巴恩斯、马丁·艾米斯、伊恩·麦克尤恩被并称为英国“三

① 弗雷德里克·詹姆逊：《语言的牢笼》，钱佼汝、李自修译，南昌：百花洲文艺出版社，2010 年，第 267 页。
② Moseley Merritt, *Understanding Julian Barnes*, Columbia, South Carolina: South Carolina UP, 1997, p. 1.

巨头”。他语言诙谐幽默、丰富多变且富有哲理，他硕果累累，著有“无论是语言还是整体架构上都达到相当高度”[①]的处女作《伦敦郊区》(*Metroland*, 1980)，有“半是评论、半是论述”[②]的《福楼拜的鹦鹉》,还有巴恩斯本人觉得“更具深度和内涵”[③]的《凝视太阳》(*Staring at the Sun*, 1986)等一系列作品。巴恩斯通过高超的叙事技巧，灵活多变的叙事手段，多种多样的叙事方法，探讨了人类生存危机中面临的各种问题，如爱情、婚姻、信仰、历史、身份、伦理等。巴恩斯尤其对历史、记忆、伦理、身份等饶有兴趣，正如著名印度学者萨尔曼·拉什迪指出：“巴恩斯的《十又二分之一章世界史》(*A History of the World in 10½ Chapters*, 1989)是一部关于历史可能是什么的小说,《福楼拜的鹦鹉》可以作为历史的脚注，作为对既定事物的颠覆，作为围绕我们所知道的，我们所思考的……精心设计的涂鸦。”[④]在《时间的噪音》中,巴恩斯以新传记叙事策略体现小说主人公肖斯塔科维奇用一种自己独特的方式展示了苏联斯大林专制统治时期的历史，表现个体在权力支配下的生存状态。

关于《时间的噪音》这部小说，截至目前，国内有两名学者发表了相关论文，侯志勇提到这部小说“展现的正是肖斯塔科维奇终生对在政治高压下的生存、艺术真诚和个人正直的追求和反思。等电梯、搭飞机和坐汽车的场景浓缩了肖斯塔科维奇人生的三个关键时刻和他政治生命的三大特点：性命难保、言不由衷、身不由己。每个阶段的标志性事件都是他与权力的直接对话”[⑤]。这篇论文主要研究了三次与权力的对话，对于肖斯塔科维奇的心灵创伤和权力对个体的影响鲜少提及。汤铁丽从文学伦理学的角度“结合相应的伦理环境，逐一解构三个伦理结，即死亡与生存、音乐与尊严以及信仰与艺术的伦理选择，并在此基础上探究肖斯塔科维奇最终做出成为懦夫的伦理选择”[⑥],该论文主要集中在肖斯塔科维奇的悲剧命运和伦理选择。对于肖斯塔科维奇在受到权力的创伤后以自己的方式主动探索、主动选择以沉默和妥协对抗权力来保全自己的生命和艺术理想则鲜有研究。

---

① 王守仁、何宁:《20世纪英国文学史》，北京：北京大学出版社，2006年，第220页。

② Malcolm Bradbury, *The Modern English Novel 1878—2011*, Beijing: Foreign Language Teaching and Research Press, 2005, p. 487.

③ 王守仁、何宁:《20世纪英国文学史》，北京：北京大学出版社，2006年，第223页。

④ Salman Rushdie, *Imaginary Homelands: Essays and Criticism 1981—1991*, New Delhi: Random House Publishers India Pvt. Ltd, 2010, p. 241.

⑤ 侯志勇:《“懦弱的英雄”——简评朱利安·巴恩斯新作〈时代的喧嚣〉》，载《外国文学动态研究》，2016年第4期，第66页。

⑥ 汤铁丽:《“我的英雄是一个懦夫”——巴恩斯〈时代的噪音〉中的伦理选择》，载《当代外国文学》，2017年第3期，第120页。

综述前人已有研究成果并细心研读巴恩斯的作品《时间的噪音》后发现，从福柯的权力与规训理论来探讨权力规训对肖斯塔科维奇带来了何种创伤，肖斯塔科维奇对权力规训如何进行反抗，巴恩斯又是如何实现肖斯塔科维奇的生命伦理诉求仍有较大的研究空间。

1. 权力专制统治下的创伤叙事

书名 *The Noise of Time* 既可以翻译为《时间的噪音》，也可以译为《时代的喧嚣》。一方面，作者是为了纪念苏联音乐之魂肖斯塔科维奇。巴恩斯曾说，“在这本书中，肖斯塔科维奇所遇到的波折和苦难让我更感兴趣。我无法想象在他的处境中生活……肖氏更深入地陷入苏联的政治系统中”①，因此，肖斯塔科维奇的音乐能穿越时间的噪音在不朽的历史长河中永存。另一方面，书名通过运用象征手法暗示整个时代的浮躁，有谁真正愿意去听懂一个音乐家的心声呢？政府通过权力使混乱取代了音乐，建立审查制度，使音乐不再成为音乐，正如巴恩斯所言，“我的书所反映的主题，并不局限于某个国家或某个事件，我的主题是人类共通的。只要政府和艺术同时存在，大家就一直会问这个问题”（《时》：239）。正因为这部作品的思想深度、艺术价值和普遍的社会意义，所以巴恩斯可以收获如此多的文学声誉。

巴恩斯以俄罗斯谚语“一个听，一个记，一个饮”开篇，讲述了肖斯塔科维奇本人亲身经历的一桩小故事，并在末尾补足后续，前后连贯，浑然天成，体现了巴恩斯高超的叙事技巧。巴恩斯一开始就提道，“这事儿发生在战争中期，那地方有个火车站站台，就像周围一望无际的平原一样，单调朴素，灰蒙蒙的”（《时》：3）。小说的整体色调是灰色阴暗的，弥漫着斯大林专制统治时期恐怖的阴影。对外斯大林通过发动战争实现自己的专制，对内他通过权力对人民实行“大清洗”来巩固自己的权威。战争期间，很多无辜的人战死沙场，大部分士兵也伤痕累累，非死即伤，即使幸存，也有某种身体或心灵上的残缺。《时间的噪音》第一章第一句话就提道“这是最坏的时候”（《时》：9），恐惧的气息瞬间散发开来，让人不寒而栗。在斯大林的专制统治下，人民无时无刻不生活在权力的恐惧之中。小说一开始，主人公肖斯塔科维奇就提着小行李箱在等电梯，他设想着自己可能会被权力抓走的狼狈情形，在这个可怕的权力威胁和恐惧之下，他是无力的，“他的情境突如其来，但又完全合乎常理”（《时》：9）。巴恩斯以第三人称视角对肖斯塔科维奇的恐惧进行了详尽的叙述，“他紧张的神经无论如何都要让他合乎寻

① 朱利安·巴恩斯：《时间的噪音》，严蓓雯译，南京：译林出版社，2018 年，第 243 页。后文出自同一著作的引文，将随文标出该著名称简称《时》和引文出处页码，不再另注。

常”(《时》: 9),而且巴恩斯两次强调权力抓人“突如其来,但合乎情理”,暗示生命的无常和脆弱,同时也表明不少无辜之人已死在斯大林的权力之下,活着的人战战兢兢活在害怕之中,权力“从来不是群捕,只抓走一个牺牲品,然后下一晚再带走一个——这种做法让那些留下的人,那些暂时幸存的人,越来越恐惧”(《时》: 80)。斯大林的目的就是“要吓唬住有不满情绪的工人群众……任何敢于对斯大林专制发表反对意见的人,等待着他们的将是什么命运”[①]。福柯在《规训与惩罚——监狱的诞生》里提道:

> 我们已经看到了一次公开处决和一份作息时间表。他们惩罚的不是同一种罪或同一种犯人。但是他们各自代表了一种惩罚方式,其间隔不到一世纪。但这是一个时代,正是在这段时间里,无论是在欧洲,还是美国,整个惩罚体制在重新配置。这是传统司法“丑闻”迭出、名誉扫地的时代,也是改革方案纷至沓来、层出不穷的时代……这是刑事司法的一个新时代。[②]

经过资产阶级启蒙思想家宣扬的自由、平等、博爱等思想之后,惩罚基本不直接触碰罪犯的身体,取而代之的是“被控制在一个强权、剥夺、义务和限制的体系中”[③]。在小说《时间的噪音》中,作曲家肖斯塔科维奇就是被强制困在这个斯大林权力统治体系之中。1936年,斯大林去看肖斯塔科维奇创作的歌剧《姆钦斯克县的麦克白夫人》,却中途退场,随后《真理报》发表了《混乱取代了音乐》,肖斯塔科维奇被当局招去审问,当时气氛十分紧张,许多艺术家、音乐家纷纷莫名其妙地消失,一切都在恐怖的权力氛围笼罩之下。“审讯者看了他很久。然后变了个语调,就好像要让他做好思想准备,他的立场将变得威严。”(《时》: 57)而且权力还对他施加精神压力,“我只给你四十八小时,到星期一的十二点,你会记起所有事。你必须回想起所有讨论的每一个细节,这个针对斯大林的阴谋,你将是主要证人。”(《时》: 58–59)由此可见,权力虽然没有禁锢肖斯塔科维奇的身体,但牢牢地控制住了他的精神甚至灵魂。表面上,肖斯塔科维奇还可以拥有行动自由,到处行走,可实际上他的精神已备受摧残,这比对他的打击更为严重,“精神痛苦是触及人的灵魂的,是一种更为长久、更令人难以忍受的折磨”[④]。权力正是看到了这一点,所以给肖斯塔科维奇两天思考的时间。这两天

① 列夫·费尔德宾:《斯大林大清洗内幕》,吴长福译,上海:书海出版社,1989年,第50页。

② 米歇尔·福柯:《规训与惩罚——监狱的诞生》,刘北成、杨远婴译,北京:生活·读书·新知三联书店,2003年,第7页。

③ 胡颖峰:《规训权力与规训社会——福柯政治哲学思想研究》,北京:中央编译出版社,2012年,第85页。

④ 同上,第86页。

给他带来的是陷入濒死的恐惧和无声的痛苦，给他的精神造成了巨大的创伤，他只有通过伏特加疗法才可以入睡，“星期六晚上，还有星期天晚上，他一直喝到入睡”（《时》: 62）。

然而，讽刺的是审问者那天却没有按时出现，“你不在名单上，扎克列夫斯基今天不来……扎克列夫斯基自己受到了怀疑。”（《时》: 62–63）这并没有排除肖斯塔科维奇心里的恐惧，相反，他更加忧心忡忡，胆战心惊，惶惶不可终日。所以，为了不让妻子和幼小的女儿看到自己在深夜穿着睡衣睡眼惺忪地被人揪起来带走的狼狈情形，他每天深夜里拎着小行李箱，穿戴整齐坐在公寓电梯口抽烟，等待“被逮捕”的命运降临。“就这样，他开始了在电梯前的守夜。他不是唯一这么做的人……然后他站在那里等待着，回想着过去，担心着将来，在短暂的当下吸着烟……”（《时》: 64–65）。此处，巴恩斯忠实地把肖斯塔科维奇还原在一个封闭的场域内，那是一个气氛紧张、肃杀、密不透风又布满监视的苏联斯大林时代。“他不是唯一这么做的人”（《时》: 64）表明权力对身体的规训由来已久，弥漫在整个社会，而且不是偶尔的，是一种持续不断的控制，因为在电梯旁守夜的不只是肖斯塔科维奇一人，还有无数被权力规训的人，不仅是短暂的守夜，而是持续性的精神控制。“惩罚系统大大改进了，比起过去，没有谁会漏网”（《时》: 27）。“夜晚，孤身一人，好像思绪在控制他”“他的记忆一片空白，只充满恐惧”（《时》: 11）。

赵一凡总结了福柯关于现代规训社会的特点，“现代刑罚的一大转折，即淡化肉刑，代之以驯服心灵的缜密技术”[①]，为了获得安全，为了不被权力逮捕他的身心，他寻求元帅图哈切夫斯基庇护，当元帅准备替他向斯大林写求情信时，“他的头轻了，他的心也松了”，但当元帅抓起笔写字时，“汗水从他的头发里冒出来，从他的美人尖一直流到前额，又从脑后渗进了衣领。一只手拿着手帕不安地抖动，另一只手拿着钢笔停住了。这样没有军人气概的恐惧令人沮丧”（《时》: 38）。这充分说明，权力的衍生物——恐惧，无处不在，如影随形。而且最后元帅不但没有能为肖斯塔科维奇提供安全，自己冤死后还被人像拖冻猪肉一样拖出审讯室。因此，肖斯塔科维奇心里的创伤更加严重了，他感到更加恐惧了，而且这是一个漫长而乏味的过程，他总是惴惴不安。权力带给人的恐惧已经渐渐内化到人的体内，即使没有了权力的施力者，他也依然无时无刻地觉得自己被人盯视着。叔本华在《作为意志和表象的世界》里曾说过，“在人类追求愿望时……这一过程，如果进行得太快，就会幸福；如果慢，就产生痛苦；如果停顿，就是无聊。更为

① 赵一凡:《从卢卡奇到萨义德：西方文论讲稿续篇》，北京：生活·读书·新知三联书店，2009 年，第 692 页。

可怕的是它能使生命僵化，表现为致命的苦闷”[①]。肖斯塔科维奇等待被捕的过程就是这样。虽然肖斯塔科维奇侥幸逃脱权力的魔爪，没有被捕入狱，可以算是一种愿望的达成，可是这个等待的过程太痛苦，让他备受煎熬，让他觉得“人间的天堂将在两千亿年后到来……生活是混乱的、毫无意义的”(《时》: 67)。尽管肖斯塔科维奇没有被捕，但他因恐惧而被边缘化，变得不敢向往自己想要的生活，不敢表达自我，他甚至羡慕那些死去的人，甚至认为“死亡胜过恐惧”(《时》: 163)。在这种极端的恐惧之下，一切都变得毫无意义，“所有的斗争、理想、希望、进步、科学、艺术，都这样结束了，只剩下一个男人站在电梯旁……等着被抓走”(《时》: 52)。因此，肖斯塔科维奇是一个在权力的专制统治下心灵受了创伤的无辜受害者，他“在权力的压迫下，自我破碎了，分裂了”(《时》: 195)。

2. 创伤的再现与历史的真实

“创伤”在《英汉大词典》里指“(医)外伤，伤口，损伤;(心理、精神)创伤”[②];在《牛津现代高级英语辞典》里指“身体上的外伤，损伤;常常导致神经机能性疾病的情感冲击”[③];从词典给出的解释来看，“创伤”既可以指看得见的有形的身体外伤，也可以指无形的精神上或心灵上的伤害。

肖斯塔科维奇是一个在权力专制统治下饱受精神折磨的音乐家。出于对权力的恐惧，小心谨慎生活在权力统治下的人或多或少都有一些精神障碍。巴恩斯通过呈现权力对个体的影响，在文本中激活了这一段历史。与此前历史文学的不同之处在于，创伤成为巴恩斯引导大家前往历史的通道，在肖斯塔科维奇充满恐惧、害怕和梦魇般的生活中，以及他胆战心惊与权力的三次对话中，过往的创伤性事件一幕幕在不断“重演”，这一真实可感、饱经沧桑的历史片段得以重现。个体在权力专制统治下的痛苦和挣扎可以让读者在更为具体的社会历史背景中去反思极端权力的危害，这些创伤在文学的空间中呈开放的状态，让我们可以缅怀过去的历史，重新审视权力统治下的英雄，还原一个真实的肖斯塔科维奇，强化人们对他英雄身份的认同。“虽然权力在人们身上的作用并不平等(一些群体被权力的作用支配、剥削和虐待)，然而权力作用于每一个人”[④]，因此，分析肖斯塔科维奇的个体创伤过程也就成为大家共同缅怀的经历。

---

① 叔本华:《作为意志和表象的世界》，董建编译，北京：北京出版社，2008年，第63页。

② 陆谷孙等:《英汉大词典》，上海：上海译文出版社，2000年，第3737页。

③ A. S. Hornby, et al. eds, *Oxford Advanced Learner's Dictionary of Current English*, Oxford: Oxford UP, 1988, p. 1233.

④ J. 丹纳赫等:《理解福柯》，刘瑾译，天津：百花文艺出版社，2002年，第85页。

"权力塑造主体"的社会实践有三种方法：纪律约束、社会规范和教育模式。[①]采用纪律约束，"企图塑造一种驯服主体，即一个个惯于服从命令的温顺之人，他们长期接受权威影响，以致获释后也能自动运行，发挥功能"[②]。其中最为有名的是边沁设计的全景敞式监狱。之前是因为发生瘟疫所以要实现严格的隔离和严密的监视，规训权力开始萌芽。福柯说道，"全景敞式监狱是一种观看 / 被观看二元统一体的机制。在环形边缘，人彻底被观看，在中心瞭望塔，人能观看一切，但不会被看到"[③]。尽管后来肖斯塔科维奇被戴上了荣誉的花环，被当作苏联大使去参加世界和平和文化大会，被赐予小别墅和汽车，"这么说吧，对被单独囚禁的犯人来说，这样的生活肯定是一种改善，他有了狱友，被允许爬上栏杆呼吸秋天的空气……更幸福的时代来到了"(《时》：185)，表面上看肖斯塔科维奇获得了莫大的荣誉，行动也相对自由，实则他无时无刻不在政府的监视之下，只是成了一个无形监狱中的高级囚犯而已，他已成了一个惯于服从命令之人，尽管他厌恶对思想的奴役，也厌恶对身体的奴役，但他不得不听命于权力的安排。肖斯塔科维奇是真实的历史人物，他是个杰出的作曲家，而且造诣颇高，"在他的许多交响曲里都刻画出紧张的社会冲突、心理冲突、敌对势力的斗争，刻画出和平与战争、光明与黑暗、人性与仇视一切生命和人类的野蛮兽性之间的冲突"[④]。作为一部描写真实历史人物题材的小说，《时间的噪音》中很多事件都有真实原型，也很真实地记录了在权力的规训下人们饱受创伤侵扰的故事。

"复演"是创伤的一个重要特点，创伤性事件会不断在脑海中回忆重现，这正是肖斯塔科维奇所经历的。自从斯大林到剧院看了他的《姆钦斯克县的麦克白夫人》满腔怒火离开之后，肖斯塔科维奇立即赶往阿尔汉格尔斯克火车站，然后颤抖地打开《真理报》，他赫然发现第三大版的标题"混乱取代了音乐……现在所有的这一切都没有意义了：他的歌剧像一条突然惹恼了主人的狗，要被毙掉"(《时》：33–34)。在这之后，他一直生活在焦虑不安之中，因为歌剧被毙掉也很可能意味着他危在旦夕，即将被毙掉。"当时正是全国一片恐怖的时期。清洗的规模极大……斯大林一挥手就能创造或毁灭整个文化运动"[⑤]，在这种权力的恐惧下，他精神极度紧张已接近崩溃的边缘，他承受着极大的精神创伤，所以一个

① 赵一凡：《从卢卡奇到萨义德：西方文论讲稿续篇》，北京：生活·读书·新知三联书店，2009年，第692页。

② 同上，第692页。

③ 米歇尔·福柯：《规训与惩罚——监狱的诞生》，刘北成、杨远婴译，北京：生活·读书·新知三联书店，2003年，第225页。

④ 达尼列维奇：《肖斯塔科维奇》，毛宇宽译，北京：音乐出版社，1959年，第4页。

⑤ 所罗门·伏尔科夫：《季米特里·肖斯塔科维奇回忆录》，叶琼芳译，北京：外文出版社，1981年，第23–24页。

人深夜去等电梯。根据伏尔科夫的记录，“肖斯塔科维奇处于绝望之中，几乎绝望到要自杀。他经常等待着被捕，内心抑郁。差不多有四十年，直到他逝世，他始终把自己看作是个人质，一个被判了罪的人。这种恐惧有时强些，有时淡些，但从来没有消失过。整个国家成了一所无路可逃的大监狱”（《时》：24）。表现出类似痛苦和恐惧的还有被斯大林选中的恃强凌弱、热衷威胁别人的郝连尼科夫，他被斯大林召进克里姆林宫，“斯大林没有理他，假装在工作。郝连尼科夫越来越紧张。斯大林抬起了头……‘给了他一个眼色’。郝连尼科夫立刻吓得把屎拉在了裤子里”（《时》：180），这是精神受到创伤身体做出的一种应激反应。

弗洛伊德发现许多患者倾向于重复那些给他们带来很多不快乐的事情。创伤性神经症者为什么不得不反复重复他们最初的创伤，尽管只是用一种碎片式的方式？在“超越快乐原则”中，弗洛伊德使用了“强迫性重复”的观点，即心理组织将创伤同能指(signifiers)结合起来的结果。这一结合过程对随之而来的宣泄很有必要。[①]

对于这些创伤幸存者来说，创伤不会成为记忆而消失，会伴随他们的生活并一直持续，创伤是一种持续性的事件，每一次回忆都是一种重复经历。治疗创伤的重要手段主要是通过帮助受创伤的人重建一段历史或者重建一段叙事。这个重建的过程就是让个体可以从创伤事件中得以传递故事的过程，比如和某人交谈。这也是郝连尼科夫为什么“兴高采烈地复述他的丢人事”（《时》：181）的原因，因为这可以帮助患者治疗创伤。关于肖斯塔科维奇的创伤经历，他本人有“多种叙述”（《时》：228）。在官方的历史版本中，如郝连尼克夫一直“发表圆滑而空洞的讲话，声明肖斯塔科维奇是个快活的人，他没有什么可以害怕的”（《时》：228）。新历史主义认为，历史不可以还原，历史的真理是权威人士的主观判断和评估。过去的事件和态度只在文献中存在，而作家的任务就是重构历史，展现真实。伏尔科夫撰写了《肖斯塔科维奇回忆录》，在该书的序言中写道：

多少年来，他（肖氏）一直觉得往事已经永远消逝了。至于往事的确还存在一份非官方的记录，这种想法他（肖氏）还需要逐渐习惯。“难道你认为历史不是娼妓吗？”有一次他（肖氏）这样问我。这个问题流露了一种我还不能领会的绝望的心情，我所相信的正相反。而这一点在肖斯塔科维奇看来也是重要的。[②]

① 施琪嘉:《创伤心理学》，北京：中医药科技出版社，2006年，第47页。

② 所罗门·伏尔科夫:《季米特里·肖斯塔科维奇回忆录》，叶琼芳译，北京:外文出版社，1981年，第8页。

这入木三分的记录表现了历史的不确定性，历史事件本身早已无法还原。《时间的噪音》是创伤记忆和历史真实结合的文本，表明历史是权力话语的产物。小说选取了在电梯旁、在飞机上、在车里重复叙述肖斯塔科维奇经历创伤的具体细节，来支持巴恩斯不可能目击到肖斯塔科维奇心里受创伤时的场景。《时间的噪音》并没有要求读者去辨别这些回忆是否真实，而是给我们提供了一种后现代叙事话语假设，即事实和历史并非完全可以区分。巴恩斯把对历史的文本性和文本的历史性巧妙地结合在一起，重写了现存的历史，并实现了真实历史的重构。巴恩斯多次重复肖斯塔科维奇的创伤经历，是为了重构一个真实的肖斯塔科维奇，唤起读者的强烈感受，以为自己看的是小说人物真实的生活，而不是历史。

对于过去的创伤，重要的不是记住什么，而是怎样去治愈。在创伤的历史文化过程中，个人的创伤会逐渐成为一代人共同拥有的历史记忆。不管是什么样的主题，巴恩斯的作品都是精雕细琢的精品，他被认为是著名的实验主义小说家，原因之一就是他很有效地运用了弗洛伊德的创伤理论。通过追溯肖斯塔科维奇个体的创伤性经历，权力对个体的专制统治和残酷伤害被淋漓尽致地呈现在读者面前，成为大家共同的记忆。

3. 创伤叙事中个体的规训与抗争

根据福柯的权力理论，“权力存在于各处，存在于一切关系之中……权力无处不在，并非因为它涵盖一切，而是它来自四面八方”[①]，权力对人的影响是全方位的，斯大林统治时期，很多历史或者记忆都只被允许以官方的形式存在，“在苏联，最难得和最可贵的毕竟是‘回忆’。它已被践踏了数十年，……当三十年‘大恐怖’开始的时候，受惊的公民销毁了私人的文字记录，随之也还抹去了他们对往事的回忆……历史以令人眩晕的速度被改写……他们记得的仅仅是官方许可他们记得的事件”[②]。

既然不得不听命于斯大林到美国去为苏联代言，肖斯塔科维奇为什么还甘愿默默忍受尼古拉斯·纳博科夫的诋毁回到这个令他爱恨交加的苏联？太多的暗示让肖斯塔科维奇心领神会，只要他纵身一跃，就可以像他崇拜的同胞作曲家斯特拉文斯基那样在自由的美国纵情挥洒才华，但他没有这样做。尽管他可以在美国获得自由和物质上的满足，但“对他本人来说，纽约成了最耻辱、最充满道德羞愧的地方”（《时》：122）。他活得唯唯诺诺，像个木偶人，服务于强权，成为政府的传声筒，一方面他是为了保全自己的家人，宁愿行尸走肉没有灵魂地活着，

① Michel Foucault, *The History of Sexuality*, *The Will to knowledge*, London: Penguin Books, 1990, p. 93.

② 所罗门·伏尔科夫：《季米特里·肖斯塔科维奇回忆录》，叶琼芳译，北京：外文出版社，1981 年，第 6–7 页。

自愿待在苏联这样的“监狱”中，另一方面也是权力不断规训他的结果，“他已经变得如此习惯于威逼恐吓和恶言羞辱，对表扬和客套话，也就不像本应的那样充满怀疑了”(《时》: 183–184)。在权力的规训下，他看起来怯懦和软弱，但这并不意味着他放弃了反抗。正如巴恩斯所言，“怯懦和软弱比勇气和力量更要有意思、更让人深思、更有故事”(《时》: 237)。英雄可以为了理想或者是其他崇高的事物，毅然决然地不惜以生命为代价去追求。有时做懦夫比做英雄更需要勇气。英雄只需要爆发一下子，就可以再也不顾及之后的事情。而懦夫则要忍受着被众人唾骂，无人理解的孤独，只要活着，还要进行一次次违背心意的选择，“他基本上每天都要检查一下自己的良心，因为他总是怀疑自己的灵魂出了问题”(《时》: 190)。肖斯塔科维奇生活在权力与规训手段的压迫下，被碾碎成几万片，已经无法记起自己是一个怎样的整体。他只能看着自己被强权、被所有可以征服他的东西所吞噬，失去自我，不敢表达任何想法，忍受着所有自己厌恶的东西，甚至成为他自己最不想成为的人。肖斯塔科维奇在万般无奈之下去了美国，“尽管与斯大林发生了激烈争论，他还是去了——可是此行是他的一次极不愉快的经历”[①]。这个看起来“懦弱”的肖斯塔科维奇怎样抗争？他通过音乐来抗争，“在斯大林死后，肖斯塔科维奇在《第十交响乐》(1953年)中总结了斯大林时代。第二乐章顽强、无情，像一股险恶的旋风——斯大林的‘音乐画像’……随着独裁者的死亡……在作品中肖斯塔科维奇确立自己的人格了”[②]。

1）独裁式权力下的牺牲品

首先，在斯大林统治苏联的29年里，最大的特征就是恐怖。这种恐怖不仅针对敌人，也针对自己的官员和老百姓。朱利安·巴恩斯在接受采访的时候曾提到他们去苏联边境的经历，他们听到开枪的声音并询问边境上的士兵发生了什么事情，被告知是“有人在打猎，打鸭子”，结果等他们离开苏联之后，到罗马尼亚时，边境的士兵说，“谁会用机关枪打鸭子”(《时》: 255)。从这里可以推断出，很多人成了苏联独裁式权力统治下的牺牲品。还有一次，有一群人要见阿赫玛托娃和左琴科，“这是斯大林的另一个诡计。你们听说我们有些艺术家遭到迫害？没影儿的事，这只是你们政府的宣传。你们想见见阿赫玛托娃和左琴科？看，他们就在这里，想问他们什么就问什么”(《时》: 134)。表面上看，在斯大林的统治下人民很自由，而且呈现给外国人的形象也是非常民主，实际上这是一种做出来的假象，只是一个愿意相信，另一个不愿意拆穿。

其次，悬挂斯大林的画像也是另一个极权形成的标志，用来加强对他的个人

① 所罗门·伏尔科夫:《季米特里·肖斯塔科维奇回忆录》，叶琼芳译，北京：外文出版社，1981年，第33页。
② 同上，第33页。

崇拜。当权力对肖斯塔科维奇通过指定一个严肃而年长的社会学家特罗申来让他迷途知返的时候，这个辅导老师除了给他一份书单，还说了一句让肖斯塔科维奇非常窘迫的话，“你的墙上没有斯大林的画像”（《时》：152），他好像犯了一个天大的错误。斯大林统治时非常专制独裁，根据列夫·托洛茨基的《斯大林评传》，斯大林“还取得了列宁从未享有过的那样大的权力——那的确是比悠久的俄国专制史上任何沙皇所享有过的专制权威还大的权力”（《时》：381），也正是因为列夫·托洛茨基与斯大林政见不一，列夫·托洛茨基在书桌前写此书时被人用一记暗斧结束了生命。这从侧面也反映斯大林的独裁和专制，权力不允许有不同的声音存在。《时间的噪音》中肖斯塔科维奇说道，“权力羞辱了他，夺走了他的生计，命令他忏悔。权力告诉他怎样工作，怎样生活”（《时》：54）。在权力的规训手段下，民众已经对此感到麻木和屈服，大多数人对安全的渴望使得他们被迫隐藏内心深处的不满与愤懑，委曲求全在斯大林权力的威胁恐怖统治下。

根据弗罗姆的理论就是“共生性关系”（symbiosis），其中有一种情况就是“把自己消解在一个外在的权威中，失去自我。另一种情况是让别人成为自我的一部分，扩大自我，获得自我缺少的力量。”[①]。于是肖斯塔科维奇和权力派来的代表特罗申扮演着学生和导师的关系，特罗申“显然相信自己所做的一切都是出于善意，作家对他也十分谦恭，承认这些不请自来的保护”（《时》：153）。因为斯大林的权威无处不在，“在他权威笼罩下的地球人就感觉到，或想象着他的眼睛永远盯着他们”（《时》：153）。因此，对于受权力威胁恐吓的肖斯塔科维奇来说，特罗申是权力派来的某种可以保护的来源之一，同样，“如果导师为学生提供了保护，学生对导师也有同样的责任”（《时》：153）。因此，肖斯塔科维奇比较配合地接受了权力的代表特罗申对他的再教育，他也成了这种权力下的牺牲品，开始了他在“权力阴影的生活”（《时》：188）。

2）独裁式权力下的抗争

精神创伤会对人造成严重和持续的深远影响，发生创伤事件后，“受害者陷入或感觉自己正处于生存受到威胁的状态之中。在此情境之中，受害人感到焦虑，有抗争和逃避的冲动……以自身独特的方式重复着创伤性事件的刺激”[②]。作者用创伤叙事描述肖斯塔科维奇的精神创伤经历，回顾肖氏独特的沉默和反讽抗争方式，找到创伤的根源，帮助他重新构建英雄的身份。同时，小说以肖斯塔科维奇——在电梯旁——在飞机上——在汽车里的意识流不断重现创伤事件，这种回忆缺乏时间上的先后关系，打破了现代主义单一的、固定不变的逻辑叙事，这也是巴恩

① Erich Fromm, *Escape from Freedom*, New York: Rinehart and Winston, 1941, p. 220.

② 施琪嘉：《创伤心理学》，北京：中医药科技出版社，2006 年，第 12 页。

斯挑战以往叙事策略，体现自己文学主张的表现。

以沉默保全自我

巴恩斯在采访中提道，“在专制独裁下，历史真实是很难梳理或确认的……当然，一旦这个专制政府瓦解，有一些实情会出现，但也不可能是全部的实情”（《时》: 240），因此，巴恩斯通过描写肖斯塔科维奇在权力下保持沉默，对记忆的不断追寻和省察来探究他是如何在如此艰难的情况下保持自我的。巴恩斯采用第三人称叙事，一下子把镜头拉到很远，对肖斯塔科维奇过去的回忆和碎片化的联想可以让读者看到肖斯塔科维奇和他生活的时代背景。一下又拉得很近，让读者的视眼中只有他，同时，读者还可以从肖斯塔科维奇的背后窥探他无比复杂、无比丰富的内心世界。

面对权力或权威，肖斯塔科维奇大部分情况只能选择沉默，因为话语是危险的。“命运。这是一个大词，意味着某些事你无能为力。当生活告诉你，‘就这样’，你只好点头，称之为命运。”（《时》: 13）面对生活和现实的无奈，肖斯塔科维奇的沉思默想让他保全了自我，保全了家人，同时也保全了他的音乐，因为他不想自己的故事被人改写，他需要自己书写自己的命运，哪怕需要付出自我破碎、精神死亡的代价。

根据弗罗姆，人可以分为主动行动者和被动行动者。关于主动行动者，弗罗姆认为，“一个人安静地坐着，沉思默想，除了体验他自己以及他和世界的融合以外，没有任何外在的目标或目的……这种精神高度集中的沉思冥想的态度是最高层次的主动性活动，是灵魂的主动性活动，只有那些拥有内在自由和独立的人才能做到”[①]。肖斯塔科维奇具有丰富的想象力和沉思默想的能力，比起权力的代表，无论是斯大林还是尼基塔 · 谢尔盖耶维奇，他自始至终拥有内在的主动性，因为他会思考人生、权力、艺术等，可以说肖斯塔科维奇是一个积极保全自我的“主动行动者”。他“还认识了人类灵魂的毁灭。是的，生活不是在田野上漫步，就像诗句所说。灵魂可以被以下三种方式摧毁：被别人对你做的事，被别人逼你对自己做的事，被你自愿选择对自己做的事。任何一种就足够了，尽管如果三种方式同时出现，那结果就不可避免”（《时》: 208）。由此可见，沉默虽然让肖斯塔科维奇显得有些“懦弱”，但正是因为他了解生命存在的意义和存在的价值，他才通过沉默来保全自我，因为随着时间的流逝，历史会给出一个客观公正的判断。正如《时间的噪音》中所言，“撇开他所有的焦虑、恐惧和列宁格勒式的礼貌，他本质上是一个坚强的人，他努力在音乐中追求他看得见的真实”（《时》:

① 埃里希 · 弗罗姆:《爱的艺术》，李健鸣译，上海：上海译文出版社，2008 年，第 19–20 页。

189)。而且在采访巴恩斯时，他曾说“在斯大林的苏联，如果你选择当英雄，你不仅不可能继续创作，而且你将被处决，你的家人、朋友、和你有关的人都将受到牵连，被关进监狱或被处决”(《时》: 237)，所以，肖斯塔科维奇选择在权力压迫下用沉默来保全自我更令人深思、更让人钦佩。正如苏格拉底面对他人指责他没有从政时，他回答如果我从政，早就死了。福柯指出：“这个回答并不意味着怕死，而是为了尽可能长期坚守从神那里接受的使命——操心其他人……这是为了履行这个责任，苏格拉底才拒绝从政。这不是怕死：而是担心如果死了就无法完成他的根本任务。”[①]同样的，我们可以认为，权力让肖斯塔科维奇感到恐惧，心理受到创伤，这并不是因为他怕死，而是因为权力会阻止他继续保全自我，继续保护他的家人，继续创作音乐，所以他选择以沉默来保全一切。“肖斯塔科维奇怎么办呢？他不能，也不想公开顶撞当权者，但是他很清楚，完全的屈从有扼杀自己创造力的危险。他选择了另一条道路，不管是有意还是无意，肖斯塔科维奇成了……佯作癫狂、假托神命的‘癫僧’式的伟大作曲家”[②]，他故意用装傻的方式，用沉默的方式来委婉地与权力抗争，委婉地向世人揭露权力的邪恶。

以妥协来保全生命

对于肖斯塔科维奇而言，用妥协来保全生命也是他抗议权力统治的一种形式。福柯的权力理论认为，生命权力已经成为社会的管理和控制形式，当权者通过生命权力来控制人们的思想和行为，因为生命权力保证了权力实施的私密性、有效性和可行性。“权力和身体紧紧地联结在一起，无论是规训权力，还是生命权力，都将身体作为它的实施对象，都在描述权力对于身体的管理、改造、控制。”[③]肖斯塔科维奇假装接受了权力对他的改造，他接受了派来审查他灵魂的特罗申同志的“指导”，和这位辅导老师进行着“礼貌、乏味和虚伪的交流”(《时》: 157)，假装一切都很和谐美好。“在权力关系中，权力和抵抗是如影随形的一对”[④]，权力不能够完全支配我们的想法和行为，哪里有权力，哪里就有反抗。肖斯塔科维奇用反讽创造了符合官方要求的音乐，他以这种看似妥协的方式来抵抗权力，保全生命。

在论及《时间的噪音》与《福楼拜的鹦鹉》两部作品时，巴恩斯提道，“这两本书都是关于我非常崇拜的伟大艺术家，而且都是擅长反讽的艺术家。我自己

① 米歇尔·福柯：《说真话的勇气Ⅱ：治理自我与治理他者》，钱翰、陈晓径译，上海：上海人民出版社，2016年，第284页。

② 所罗门·伏尔科夫：《季米特里·肖斯塔科维奇回忆录》，叶琼芳译，北京：外文出版社，1981年，第19页。

③ 汪民安：《福柯的界线》，南京：南京大学出版社，2008年，第215页。

④ 同上，第219页。

在作品中也经常反讽，我自认为自己是一位‘反讽作家’”，由此可见，肖斯塔科维奇通过反讽来抵抗权力也不足为奇，而且是理所应当，巴恩斯在小说中是这样提到肖斯塔科维奇的，

他所有的生活都依赖于反讽。他想象这种品质是从日常之处诞生的：是从我们想象、或以为、或希望生活所是的样子，与它实际所是的样子之间的裂缝中产生的。因此反讽成了自我和灵魂的防御；让你可以日复一日地呼吸下去……反讽让你机械地模仿权力的行话，年初那些以你名义所写的毫无意义的报告，煞有介事地痛悔你的书房里没有斯大林的画像……你内心部分相信，只要能依赖反讽，就能活下来。(《时》：217)

肖斯塔科维奇以反讽的方式揭露在斯大林权力统治下的恐惧创伤经历，这本身就是一种反抗的方式。通过反讽，肖斯塔科维奇侥幸逃过各种波折，得以保全生命。此外，为了通过权力的审查，他也用反讽来保持了自己的音乐。“第二种是专门用来通过官方审查的，乐手们强调了作品中的‘乐观’成分，强调它符合官方艺术的要求，这是引用反讽来抵抗权力的完美例子。”(《时》：157）肖斯塔科维奇在斯大林最喜欢的歌曲《苏利科》加入了变奏，“一个著名的苏联作曲家往一首交响乐或弦乐四重奏塞进了微妙的嘲讽”(《时》：218)，却发现根本没有人注意到，这是他在妥协之下用音乐进行的无形抗争。

根据福柯，“人不仅是一种知识形式，它更是权力锻造的对象。假设人有一种知识形式，有一种科学的话，这种科学和知识肯定受制于权力的规训，受制于规训权力的某种特定技艺。它是这种权力技艺造就的知识，也是意在规训的一种方式”[①]。为了能顺利进行对人民的统治，权力必须想方设法从各个方面去消除创伤造成的负面影响。权力很清楚大多数人的软弱部分，并且熟知是怎样运作的，“它花了一些年排除牧师、清理教堂，但如果牧师因为短期有用就会被找回。同样，如果战争期间人们需要音乐打起精神，那么作曲家也会被投入使用”(《时》：86)。因此，肖斯塔科维奇被迫成了作曲家协会理事会主席。他以自己不是党员、身体不好、没有政治素质等理由拒绝过很多次，但权力始终不放过他，逼迫他不得不屈服，最终他像一个垂死的病人屈服于牧师一样向权力妥协，“必须有某种妥协，这就是生活”(《时》：175)。尽管权力无比强大，但也会不可避免地遭到反抗。肖斯塔科维奇的身体妥协了，但他的精神没有屈服。他用音乐记录了这

① 赵一凡等:《西方文论关键词》，北京：外语教学与研究出版社，2006年，第449页。

一切，在音乐中直率地表达自己的反抗，通过音乐来救赎自我。肖斯塔科维奇按权力指示参加各种各样的会议，做没完没了的报告，包括以他的名义写音乐评论，这些都是他对生活做出的妥协，同时也是反对规训的一种抗争形式。肖斯塔科维奇为了保全性命扮演“癫僧”的角色，他“也就对他自己所说的一切卸脱了责任：任何语言都已失去它字面的意义，即使是最高的颂词、最美的辞藻。关于人所熟悉的真理的宣讲却原来是嘲弄”[①]。这显然是肖斯塔科维奇以妥协的方式在抗争。

作者巴恩斯不仅描述了肖斯塔科维奇受创伤的事件和他的感受，而且从不同的角度回顾了肖斯塔科维奇幸存后的经历。作为幸存者，肖斯塔科维奇体会到的不仅是个人的恐惧和创伤，同时也看到了斯大林政权光芒下的罪恶，他很反感所谓的西方人道主义者，他们赞美白海运河，但从未提到这是由劳改犯修建的，那里有十万劳动力，四分之一的人死掉了，这些死去的人就像树木被砍伐时飞溅出来的碎片。西方人道主义者受到热情招待，他们轻率地赞美肖斯塔科维奇，却忽视了曾经权力是如何对待他和他的音乐的。“巴恩斯总是不断尝试创新，拒绝重复。他曾说，要能够写作，你就必须让自己确信你的创作是个全新的开始，不仅是个人的新起点，也是整个小说史的新起点。”[②]在《时间的噪音》中，巴恩斯使用创伤叙事达到了语言形式和思想内容的完美结合。

综上所述，不论权力对肖斯塔科维奇造成精神创伤，还是权力对肖斯塔科维奇的创伤进行治疗，都是权力的一种规训手段。面对权力的打击和威胁，肖斯塔科维奇以保持沉默和妥协来保全自我，同时也嘲讽了斯大林统治时期的专制。

《时间的噪音》讨论的不仅是权力对个体造成的巨大创伤，同时也是对政治制度、人类社会和人类命运的思考。由于创伤，肖斯塔科维奇生活在分裂的两个世界中，他对自己的幸存产生愧疚感和责任感。通过追溯肖斯塔科维奇的创伤经历，巴恩斯将这种创伤转化成人类普遍的创伤事件。关心在权力下受创伤的肖斯塔科维奇是对人类生存状况的了解，更是重新审视肖斯塔科维奇，并使得一个真实的肖斯塔科维奇得到呈现。肖斯塔科维奇是无辜的受害者，是“懦弱”的英雄，巴恩斯以细腻的笔触给读者描绘了一个在权力的威胁和恐惧下竭尽全力用沉默和妥协来保全生命、保全家庭、保全音乐的坚强人物形象。正如小说提到他的信念：“什么能对抗时间的噪音？只有我们内心的音乐，关于我们存在的音乐，有些人将它转化成了真正的音乐。几十年后，如果这样的音乐足够强大、真实、纯净，

---

① 所罗门·伏尔科夫：《季米特里·肖斯塔科维奇回忆录》，叶琼芳译，北京：外文出版社，1981年，第20页。

② Peter Childs, *Julian Barnes*, Manchester: Manchester UP, 2011, p. 5.

能淹没时间的噪音，它就能够转化为历史的低语。”（《时》：157）总之，《时间的噪音》通过创伤叙事激活了读者对斯大林专制统治时期的记忆，不仅是为了缅怀苏联音乐之魂肖斯塔科维奇，同时也为了在这一段历史中注入时代精神，重新构建一个真实的肖斯塔科维奇，因为肖斯塔科维奇自己独特的隐忍和沉思默想的抗争，我们今天仍然可以听到他用音乐讲述他自己的人生故事，反思人类共同的命运。

第四章

伊恩·麦克尤恩小说中的后现代关怀伦理与创伤叙事

伊恩·麦克尤恩（Ian McEwan, 1948— ）是当代英国文坛最著名的作家之一，被誉为英国“国民作家”①，与同时代的马丁·艾米斯、朱利安·巴恩斯并称为英国“文坛三巨头”。麦克尤恩一生创作颇丰，作品曾多次斩获英国各大奖项，其首部小说集《最初的爱情，最后的仪式》（*First Love, Last Rites*, 1975）一经出版便获得毛姆奖，《时间中的孩子》（*The Child in Time*, 1987）荣获惠特布莱德奖，《黑犬》（*Black Dogs*, 1992）、《赎罪》（*Atonement*, 2001）和《星期六》（*Saturday*, 2005）等小说均入围英国布克奖名单。麦克尤恩的多部作品高居畅销榜单，是英国严肃文学作家中的畅销天王。他擅长以犀利而细腻的文笔刻画现代人生活中的恐惧与不安，积极探索并深刻反思战争、暴力、善恶等广受关注的话题。从麦克尤恩的小说主题和风格来看，他的创作可被分为三个时期：早期作品主要关注乱伦、死亡、性暴力等问题，被评论家视为“震惊文学”，该时期的小说以短篇小说为主，《最初的爱情，最后的仪式》、《床第之间》（*In Between the Sheets*, 1978）、《陌生人的慰藉》（*The Comfort of Strangers*, 1981）等是早期主要代表作品。《时间中的孩子》作为早期向中期过渡的代表作，象征麦克尤恩写作风格的第一次转变。从《时间中的孩子》到《阿姆斯特丹》（*Amsterdam*, 1998），可以看出麦克尤恩已逐渐摆脱早期对禁忌话题的迷恋，叙事风格也有了新的方向，因此第二个时期也是发展期。小说《赎罪》的面世则标志麦克尤恩小说进一步迈入成熟期，小说的表现对象也从以前封闭的、内向型的自我书写转向与社会现实的融合和对时代历史的反思。成熟期的作品更多地以政治、历史、战争等宏大主题为主，如小说《星期六》就是以“9·11”恐怖袭击事件以及伊拉克战争为背景展开叙述，同时也夹杂对科学、历史与人文等多层面主题的探讨。麦克尤恩的小

① Robert Crampton, “A Leftish Writer of Fiction Who Can Imagine a Coalition Success”, *The Time May*, 29 (2010), p. 24.

说紧跟时代与历史的步伐，展现了对当代人类命运的深切关怀，他是当之无愧的“国民作家”。

作为一位20世纪后期的作家，麦克尤恩的作品也不同程度地受到当时多种文学思潮的影响，其中就包括后现代主义。后现代主义是兴起于20世纪50年代后期至60年代初期西方学界的一种主要思潮和流派。后现代在建筑、绘画、文学等领域的不同展现形态，体现了后现代主义已逐渐成为一种文化潮流。后现代主义认为，世界是混乱、破碎的，一切都是不确定的，它强调多元性与异质性，反对单一性，主张解构权威与中心。反意义、反秩序、反经典等是后现代主义的鲜明特点。英国文学理论家伊格尔顿认为，后现代的世界是“充满偶然性、没有一个坚实的基础，是多样化、不稳定的……它无深度、无中心、漂移不定、自我指涉；它是游戏性的，往往从别处借来观念和意象加以折中调和；它是多元主义的艺术，它无视通俗文化和高雅文化的划分，也模糊了艺术和日常生活的界限”[①]。

在后现代主义小说中，宏大叙事被消解，取而代之的是以小人物、日常事件等为关注点的小型叙事。后现代主义小说打破了传统小说中的线性叙事，主张碎片化、零散化的非线性叙事，大量运用其他文学体裁的叙事技巧，同时通过并置的虚构与事实、复杂的互文结构、戏仿及拼贴等技巧来展现后现代社会的不确定性。后现代主义小说的主要表现形式包括元小说、反体裁、零散叙事、语言游戏、通俗化倾向等，表现出语言主体、零散叙事、不确定性等主要特征。后现代主义小说创新的形式和技巧不仅丰富了文学创作与解读，也更为生动地展现了后现代社会现实与人类生存状况。

纵观麦克尤恩不同时期的小说，不难发现，后现代书写几乎贯穿了麦克尤恩的创作生涯。这也是麦氏的小说广受推崇、经久不衰的重要原因之一。麦克尤恩在小说中，通过运用互文、元小说、文类混用等多种后现代主义叙事技巧，在丰富小说审美内涵的同时充分展现了纷繁复杂的后现代社会，反映了作者对个人、社会现实的深层思考。

首先，麦克尤恩的后现代书写特征体现为对“互文性”技巧的使用。互文性（intertextuality，又称“文本间性”）这一概念出现于20世纪60年代，由法国批评家克里斯蒂娃（Julia Kristeva）正式提出，是后现代、后结构批评的标志性术语。“每一个文本，每一个句子或段落，都是众多能指的交织，并且由许许多多其他的话语所决定。因此，一切话语必然都具有互文性”。[②]也就是说，文

① 陈世丹等:《美国后现代主义小说详解》，天津：南开大学出版社，2013年，第203页。

② 陈永国:《互文性》，收入赵一凡等编《西方文论关键词》，北京：外语教学与研究出版社，2016年，第216页。

本与文本之间就像一个开放的关系网络，文本的意义不再是固定、封闭的，而是多元的，每一个文本都或多或少地受到其他文本的影响。法国文论家罗兰·巴特（Roland Barthes）指出："任何文本都是一种互文。在一个文本中，不同程度地以各种多少能够辨认的形式存在着其他的文本，比如，先前文化的文本和周围文化的文本。任何文本都是过去的引文的重新组织。"[①] 互文的方式主要包括暗指、引用、戏仿等。

互文性手法是麦克尤恩小说创作中最常用的一种，在《黑犬》《阿姆斯特丹》《星期六》等多部小说中均有体现。例如《星期六》的卷首语就引用索尔·贝娄（Saul Bellow）的《赫索格》："人是什么？在某个城市中。在某个世纪里。在蜕变之中。在群体之中。被科学地改造。被有组织的力量统治。被滴水不漏地控制。生存在后机械化的环境里。极端的希望一个一个破灭。"[②] 卷首语所描绘的情景也同样存在于《星期六》。小说通过记录贝罗安在星期六这一天的生活经历展现了21世纪人类的共同生存困境：恐怖袭击、战争威胁以及新媒介等都在对人们的日常生活实施控制。在后机械化的社会中，人们的集体意识极度缺乏，而自我意识却不断膨胀。贝罗安的星期六不断地被各种事件打乱，飞机失事、示威游行、汽车刮擦、新闻报道等，他的生活正被这个后机械化的时代滴水不漏地控制着。小说《阿姆斯特丹》的卷首语则引用了奥登的《歧途》："在这里相遇并拥抱的朋友都已离去，各自都奔向各自的错误。"[③] 最新作品《坚果壳》（*Nutshell*, 2016）卷首语则引自《哈姆莱特》，"哦，天哪，要不是我噩梦连连，即使把我关在果壳之中，我依然认为自己是无限宇宙之王——"[④]。麦克尤恩通过直接引用等互文性手法，使小说与前文本形成对话，在深化小说主题的同时也真实地反映了后现代社会人们的生存现状。

麦克尤恩在其小说中不仅与其他文本形成互文空间，而且也不乏作者的自我引用和自我指涉（auto-referentiality），即"引用自己以前的作品，把小说当作再现自身的世界，构成一种深藏的互文性，形成了一种'内文本关系'"[⑤]。麦克尤恩的新作《甜牙》是一部间谍题材的小说，主要讲述了主人公塞丽娜·弗鲁姆受英国军情五处派遣执行一项代号为"甜牙"的卧底行动，行动任务是接近青年作家汤姆·黑利，并诱使他接受资助。塞丽娜为深入了解黑利，选择阅读他的作品，

① 王先霈、王又平：《文学批评术语词典》，上海：上海译文出版社，1999年，第378页。

② 伊恩·麦克尤恩：《星期六》，夏欣茁译，上海：上海译文出版社，2011年。

③ 伊恩·麦克尤恩：《阿姆斯特丹》，冯涛译，上海：上海译文出版社，2018年。

④ 伊恩·麦克尤恩：《坚果壳》，郭国良译，上海：上海译文出版社，2018年。

⑤ 陈永国：《互文性》，收入赵一凡等编《西方文论关键词》，北京：外语教学与研究出版社，2016年，第213页。

以期了解目标对象。黑利的这些作品被直接嵌入小说中，并夹杂着塞丽娜的所思所感，而这些作品恰巧能在麦克尤恩本人的小说中找到原型。例如，塞丽娜详细讲述的《爱人们》采用的是麦克尤恩《即仙即死》（“Dead as They Come”）的框架，《来自萨默塞特平原》则与《两个碎片》（“Two Fragments”）形成互文。同样，“短篇《立体几何》中女主人公的情感化与男主人公接近冷酷的理性之间的对比和所形成的张力在小说《时间中的孩子》、《黑犬》和《爱无可忍》（*Enduring Love*, 1997）中占据极其重要的位置”[①]。麦克尤恩通过不同文本之间的对话，增强了文本的审美内涵与可读性，使读者在阅读过程中体验到互文性带来的阅读快感。

其次，麦克尤恩的后现代书写特征体现在其作品的“元小说特征”。元小说（metafiction）是“有关小说的小说，是有关小说的虚构身份及其创作过程的小说”[②]。作为后现代主义的重要特征之一，元小说展示了文学作品的建构过程，通过“自我揭示虚构、自我戏仿，把小说艺术操作的痕迹有意暴露在读者面前，并自我点穿了叙述世界的虚构性、伪造性”[③]。麦克尤恩的代表作《赎罪》是元小说的典范。《赎罪》讲述的是主人公布里奥妮在年少时，因受好奇心驱使私拆了管家儿子罗比送给布里奥妮姐姐塞西莉娅的信，错将罗比视为色情狂故借机污蔑他为强奸犯，罗比因此锒铛入狱。随着年龄的增长，布里奥妮逐渐意识到曾经的错误，踏上了赎罪之旅。她放弃剑桥大学的学习机会，选择当一名护士，并寻找机会为罗比洗清罪名。小说的前三部分与传统的小说并无二致，情节完整，跌宕起伏，而在第三部分末尾出现了布里奥妮的落笔签名与时间，紧接着第四部分却变成以布里奥妮为第一人称视角的自述。她在自述中写道，“我一直构思我的最后一部小说，这本应该是我的第一部小说。最早一稿完成于1940年1月，最后一稿完成于1999年3月，期间有六部不同的手稿”[④]。而小说的主人公罗比与塞西莉娅的故事也由布里奥妮杜撰而来。“罗比·纳特于1940年6月1日在布雷敦斯死于败血症，塞西莉娅于同年的9月在贝尔罕姆地铁车站爆炸中丧生。那年我从未见过他们。”[⑤]小说的虚构性与伪造性就此被揭穿。小说《黑犬》具有历史编纂元小说的特征。历史编纂元小说指的是“那些广为人知的通俗小说，他们既有强烈的自我指涉性却又悖谬地关注历史事实和历史人物”[⑥]。琳达·哈琴认为，

---

① 郭先进：《伊恩·麦克尤恩小说后现代叙事艺术》，载《兰州文理学院学报》，2014年第2期，第69页。
② 戴维·洛奇：《小说的艺术》，王峻岩等译，北京：作家出版社，1998年，第230页。
③ 陈世丹：《美国后现代主义小说详解》，天津：南开大学出版社，2010年，第304页。
④ 伊恩·麦克尤恩：《赎罪》，郭国良译，上海：上海译文出版社，2018年，第424页。
⑤ 同上，第425页。
⑥ 林元富：《后现代诗学》，收入赵一凡等编《西方文论关键词》，北京：外语教学与研究出版社，2016年，第191页。

历史编纂元小说不是单纯的元小说，“它对历史和历史人物的频繁调用能起到借古喻今的作用，促使读者重新思考历史、传统、宗教和意识形态问题”[①]。《黑犬》以第二次世界大战后的欧洲为小说的社会历史背景。小说中不乏大量对历史事件的指涉，如集中营、欧洲重建等。麦克尤恩借主人公杰里米之口，以回忆的方式将个人历史与历史真相并置，“影射了以记忆为基础的历史的不确定性、多维性和主观性”[②]，促使读者重新审视权威历史的真实性。

麦克尤恩的小说中不仅有传统小说完整的故事情节、历史文化背景等，同时还巧妙地运用后现代元小说的叙事技巧，使小说形成多元的想象空间，也为读者提供了更广阔的文本解读路径，极大丰富了小说的审美内涵。

最后，麦克尤恩的后现代书写特征体现在其作品的“文类混用”特征。“文类混用是指挪用、模糊、超越和混合现存文类，依照霍兰托尔的说法，是一种跨文类策略”[③]。文学文类混用可分为三种：一种是大文类混用，一种是小文类或者亚文类混用，还有一种是前二者的混合体即大小文类混用。“其中，小文类混用指文学文类再划分的亚文类间的混用，比如小说中历史小说、侦探小说、言情小说等混用。文类混用作为一种写作技法在后现代主义小说中极为常见，文类混用将不同文本类型杂糅在一起，使文本呈现出多元化与异质性的特点，这也是后现代主义小说家所极为推崇的。”[④]作家对文类混用这一技法的运用使得读者很难辨别小说的具体文类，卡尔·马尔姆格伦曾对莫里森的《宠儿》文类归属问题进行过探讨，他认为《宠儿》是一部“杂交文本”（hybridized text），“部分像鬼怪小说，部分像历史小说，部分像黑奴叙事，部分像爱情小说”[⑤]。这种文类混用的现象也出现在麦克尤恩的多部小说中。

《星期六》以“9·11”恐怖袭击、伊拉克战争等历史性大事件为背景展开叙述，从小说开头主人公贝罗安因飞机失火事件产生的恐惧，一直到小说结尾巴克斯特对贝罗安一家的袭击，可见“恐怖袭击”成为贯穿整部小说的主线。因此，《星期六》也被列为后“9·11”小说的范畴。而小说也同时具有哥特文类的特征。耿潇认为，《星期六》是典型的城市哥特小说。城市哥特小说指的是“以城市为背景的哥特小说，描述的是隐藏在大都市繁华背后的黑暗阴影，镜头聚焦城市中

① 林元富：《后现代诗学》，收入赵一凡等编《西方文论关键词》，北京：外语教学与研究出版社，2016年，第191页。

② 胡慧勇：《伊恩·麦克尤恩历史小说〈黑犬〉的新历史观》，载《南京邮电大学学报》（社会科学版），2016年第2期，第109页。

③ 胡全生：《后现代主义小说的文类混用》，载《江西社会科学》，2014年第10期，第91页。

④ 同上，第92页。

⑤ 同上，第90页。

的暴力犯罪、精神荒原、肮脏的贫民窟等场景”[①]。《星期六》通过对贝罗安星期六这一天的经历描述，展现了伦敦都市繁华背后的黑暗阴影。小说《甜牙》是一部间谍小说，同时又像政治小说、爱情小说以及回忆型叙事小说。《黑犬》则既像一部回忆录，又像一部历史小说。文类混用所体现的不稳定性和多元化特征与后现代主义紧密相连，体现了后现代主义“什么都行”[②]（anything goes）的精神。麦克尤恩通过文类混用的技巧增强了小说多元解读的可能性，充分调动读者的阅读积极性，同时为读者呈现了一个多维、立体的后现代政治历史空间。

麦克尤恩的小说极具后现代主义叙事风格。他对多种后现代主义叙事技巧的运用，使其小说的审美内涵及文本意义得以无限延伸。麦克尤恩通过引用、内文本互文等互文手法，使小说与前文本形成“对话”，拓宽了小说的时间与空间，丰富了小说的深层含义。《赎罪》《黑犬》等作品的元小说特征揭示了历史与虚构的模糊界限，赋予读者以新的视角审视历史的权威性与真实性。同时，其小说呈现的文类混用特征则向读者展现了一个多维的后现代社会空间，多元的文类创造多元的解读，文类的多元化也进一步增强了麦氏小说的后现代主义色彩。麦克尤恩将传统小说与后现代主义小说完美地融合，使小说极富可读性，且更深刻地展示了后现代社会的真实状况。

一、《赎罪》的“关怀伦理”书写

《赎罪》（*Atonement*, 2001）是伊恩·麦克尤恩2001年推出的一大力作，作品一经出版，热评不断。作品的“真实”“虚构”“元小说叙事”等问题的讨论纷至沓来，作为女性人物兼女性叙述者的女主人公布里奥妮得到了评论界的高度关注。英国著名文评家赫米奥妮·李认为“《赎罪》告诉我们21世纪的英国小说继承了些什么，现在可以怎么做。其中一件可以做的事——麦克尤恩做得很巧妙——就是双性同体。这是一部男性作家写的小说，讲述一个女性作家书写一个‘男性’主题,二者简直无法分辨”[③]。李的论述强调了小说中女性经验书写的独特性，肯定麦克尤恩在解构性别二元对立观念方面的努力，但她也给我们留下了一个问题，即什么是“男性”主题。美国关怀伦理学家内尔·诺丁斯（Nel Noddings, 1929—　）认为，放眼当今世界，“可以看到它正在被各种争斗、杀戮、蓄意破坏以及各种精神痛苦所侵蚀。这个暴力画面最令人痛心的是，事实上上述

① 耿潇:《〈星期六〉的哥特文类属性研究》，载《当代外国文学》，2013年第4期，第85页。
② 胡全生:《后现代主义小说的文类混用》，载《江西社会科学》，2014年第10期，第94页。
③ Margaret Reynolds & Jonathan Noakes, *Ian McEwan: The Essential Guide*, London: Vintage, 2002, p. 185.

行为很多都是以原则的名义而实施的”[①]。这些诸如正当辩护、公正与公平等被“逻各斯”所引导的主题即李所言说的“男性”主题，它们被用父性的语言广泛地讨论着，而母性的声音则被忽略了。诺丁斯认为，我们的思想传统在很大程度上不仅是由男性所构造的，而且反映了一种男性看待世界的方式。女性的思维方式则相反，看重的是照料和关心他人的能力。她主张肯定女性独特的道德体验，强调人与人之间的情感、关系以及相互关怀。这种关怀在另一位关怀伦理学研究者凯瑟琳·勒农（Kathleen Lennon）看来，不应该仅仅针对妇女，更应成为整个社会的一种价值观，使关怀超越性别，朝着两性共同的伦理方向发展。[②]《赎罪》既描写了第二次世界大战前“父性语言”主导下的英国中上层家庭，又“遵循着写小写的历史、写身体的历史的原则，放弃宏大叙事，专注于刻画挣扎在其间的普通人,将战争细化为个人的感受”[③],还辟出一章书写布里奥妮的战地医院“护理”（nursing）工作，反映了麦克尤恩对男性、女性、伦理与小说创作之间关系的复杂思考。本节基于当代西方关怀伦理学视角，试图探讨以下三个问题：一、谁之恶或该谁赎罪？二、何以赎罪？三、赎罪成否？

1. 谁之恶或该谁赎罪？

麦克尤恩称《赎罪》为“我的奥斯丁小说”，他说十年来一直想写一部小说，向前辈简·奥斯丁（Jane Austen, 1775—1817）致敬。[④]在小说的扉页题记里，他引用了《诺桑觉寺》里的一段话：

“亲爱的莫兰小姐，你好好想想，你这样疑神疑鬼是多么的可怕。你凭什么下此断论？别忘了我们所生活的国度和时代。你要牢记我们是英国人：我们是基督徒啊。你不妨运用你自己的理智，你自己对或然性的感悟，你自己对于周遭所发生的一切的冷眼旁观。我们所受的教育会叫我们犯下如此令人发指的行为吗？我们的法律会默许这样的暴行吗？像英国这样一个国家，社会文化交流具有坚实的基础，每个人都受到左邻右舍的监视，阡陌交通、书刊报纸使一切都暴露在光天化日之下，倘若犯下了暴行能不为人所知吗？亲爱的莫兰小姐，你到底在想些什么呀？”

① 内尔·诺丁斯:《关心:伦理和道德教育的女性路径》，武云斐译，北京:北京大学出版社，2014 年，导言。

② 肖巍:《妇女与伦理学——访凯思林·伦农博士》，载《哲学动态》，1998 年第 4 期，第 37 页。

③ 陈榕:《历史小说的原罪和救赎——解析麦克尤恩〈赎罪〉的元小说结尾》，载《外国文学》，2008 年第 1 期，第 93 页。

④ Jeff Giles, “A Novel of Bad Manners”, *Newsweek,* 7 Apr. (2002), p. 94.

他们已走到了廊台的尽头；她含着羞愧的泪水跑回到了自己的房间。

——简·奥斯丁《诺桑觉寺》

这是一个最明显的与奥斯丁的互文，“为读者巧妙铺垫了阅读期待，也对读者做出创造性解读进行了有效的‘误读’引导”，预示了布里奥妮所认定的“真实”只是她自己的想象。[①]但如果我们注意到小说里的另一段类似的描写，上述题记将引发另一种质疑：“她（布里奥妮）对于和谐而又秩序世界的向往使她不可能做出任何鲁莽的错事。故意伤害和恣意破坏都太无秩序，不符合她的口味，而她的本性里又根本没有冷酷的成分。”[②]两段引文都强调秩序（第一段引文里称之为法律、公众监督）对公众和个人生活的重要性，是避免犯错或犯下暴行的保证。那么，现实果真如此吗？显然，麦克尤恩不仅是在“误导”读者、警示读者，还是在引导读者思考一个更深层的主题——“暴行”（包括布里奥妮的罪）从何而来？

布里奥妮误认为姐姐塞西莉娅受到家中洗衣工儿子罗比的胁迫，借机在表姐罗拉受到强暴一案中，一口咬定乃罗比所为，使后者锒铛入狱。这不仅硬生生毁了罗比与姐姐塞西莉娅的爱情，也间接导致了罗比的死亡。小说叙述的一条明线似乎正是女主人公布里奥妮为自己的错误指控进行的赎罪之路：她放弃上大学的机会，选择到战地医院护理伤员；试图起草声明，公开承认自己作伪证的行为；通过写作还原事件真相，终老之际交出已创作59年的小说。布里奥妮的灵魂得以净化，安心面对即将到来的失忆和死亡。然而这种解读在女权主义者看来，不过是“失乐园”神话中将女性作为恶毒替罪羊观念的重复罢了，这个“失乐园”神话总是挑选女性作为该受惩罚之人。早期非洲教父德尔图良的一篇训告词清楚地表达了对女性的看法：

难道你们不知道你们当中的任何一个都是夏娃吗？上帝对生活在这一时代的你们的性别的宣判就是：罪责也必须与你们同在。你们是恶魔的通道。你们是禁树的拆封者。你们是神圣律法的第一个背弃者……你们如此轻易地毁掉了上帝按照自己形象所塑造的人。由于你们的背弃，有了死亡，甚至连上帝的儿

① 曾艳钰：《“误读的焦虑”——麦克尤恩〈赎罪〉中的真实与误读的真实》，载《当代外国文学》，2013年第2期，第115页。

② 伊恩·麦克尤恩：《赎罪》，郭国良译，上海：上海译文出版社，2018年，第6页。后文出自同一著作的引文，将随文标出该著名称简称《赎》和引文出处页码，不再另注。

子也不得不死去。[1]

引文中，女性与恶被并置，女性被认为是恶的制造者。该神话的巨大影响力在美国女权主义学者玛丽·戴利（Mary Daly, 1928—2010）看来，已经影响到了关于女性社会地位的规章和法律，并且“它也促成了不遗余力炮制出偏颇、男性中心主义伦理理论家那帮家伙们的思维倾向”[2]。它在妇女的从属地位及其现有社会身份的形成方面起到了巨大作用。女性被形塑为“家宅里的天使”（实则囚徒），对“法则”或是引文中所述的“神圣律法”带有与生俱来的忠诚。

年幼的布里奥妮、塔利斯太太和罗拉，都是忠诚原则的共谋者。麦克尤恩在小说开篇不厌其烦地向读者如此这般描述：

布里奥妮是一个非常讲究整齐的孩子。她姐姐的房间乱得像个狗窝：书本不合，衣服不叠，床铺不整，烟灰缸也不倒；而布里奥妮的房间俨然是她遏制恶习的一个圣殿：一个农场模型横放在宽敞的窗台上，里面有常见的动物，它们全都朝着一个方向——面向它们的主人——就好像要突然引颈高歌，连场院里的母鸡也被整齐地关在栅栏中……（《赎》：5）

十三岁的布里奥妮迷恋秩序、顺从秩序，按照男权文化秩序的构建，把自我价值的实现寄托在男性身上。她要求一切要规规矩矩，如同一名等待作战指令的士兵一样，服从权威。她想象中的世界就像搭建起来的模型，认为道德问题应该像几何一样由一些逻辑规律来控制，也应像解决数学问题一样地予以处理。麦克尤恩在叙述中使用了诸如“一个秘密抽屉”、“六位数密码”、“四年之久的宝贝”和“九岁生日”等精确的表述强调她的“逻辑理性”。无独有偶，布里奥妮的父亲塔利斯先生工作的内容离不开“外汇管理、定量供应、疏散大城市的民众和征用劳工”，手写的“是一连串数字计算的公式”。塔利斯太太往往一眼就“猜出直线处表示乘数是五十。每扔下一吨炸弹，就有五十名伤亡者。若两周内投下十万吨炸弹，伤亡人数将达到五百万”（《赎》：152）。如果读者还记得小说对阔绰的投机商马歇尔先生的介绍，也会发现精确数字的堆砌——“过去的九个月里”“建造第二个工厂”“四大相关工会”以及他滔滔不绝的独白——“如果希特勒不

① 内尔·诺丁斯:《女性与恶》，路文彬译，北京：教育科学出版社，2013年，第48页。诺丁斯在书中用该引文来说明“失乐园”神话不但在犹太教版本里强调挑选女性作为该受惩罚之人，基督教作家那里也包含这些版本。

② 同上，第45页。

停止战争，武装部队的花费肯定继续呈上升趋势；这种巧克力甚至还有可能成为官方定额配量包中的一部分”。如果他能打赢这场“阿莫大军”战，那么“如果还有一次大征兵，另外还得再造五个工厂才能适应市场的需求”（《赎》：50）。与塔利斯先生一样，在马歇尔先生的眼里，平民的生命只是一些数字，打着正义、秩序旗号的战争不过是他们谋利和个人升迁的工具。如果说巧克力白色的糖衣层代表着催人奋进、踊跃杀敌的爱国主义旗帜，黑黑的巧克力不正是政客和投机商们那被利益熏黑了的心吗？他们无视无数无辜的平民生命，“草率马虎到了不负责任的地步”。战争中的杀戮是一种极大的恶，难道战争的推手不是更大的恶吗？诺丁斯说，最痛心的是，“事实上上述行为很多都是以原则的名义而实施的”[①]，正义的伦理实际上成了男性的逻各斯（Logos）伦理。“男性”们已经忘记了他们自己曾经从属于的母体，而女性对战争的接受，“这样的支持也是一种关系的病理性扭曲”，源于“对权威性的因袭习惯”[②]。小说中的罗拉本是一位受害者，但她已然遗忘了自身的母性，她对暴行的沉默、对恶的顺从，使她被异化了，同施害者一道成为一名作恶者。

小说的结局是极具讽刺意味的，布里奥妮作为恶的受害者，成了“恶的制造者”，而真正该为“恶”赎罪的马歇尔先生因为战时为国家做出的巨大贡献，后来被授予勋爵称号，他对世界的善行经常被人传颂。如果读者再次重读小说的题记，不禁感叹麦克尤恩高超的叙事技巧，熟悉的麦氏嘲讽也扑面而来：谁该为之赎罪？只有布里奥妮吗？答案是不言而喻的。

2. 何以赎罪？

现代文化普遍承认战争是一种大恶，它导致极度的痛苦、分离和无助。然而战争和战士长期以来始终被讴歌。关注战争，尤其是第二次世界大战，是战后英国小说的伟大传统之一。[③]《赎罪》的第二部分是从未经历过战争的麦克尤恩的第二次战争叙事（第一次是小说《黑狗》），他没有选取英国上下同仇敌忾共抗德国的场面，而是描写了英国人记忆中最想回避的敦刻尔克大溃败。1940 年 5 月 25 日，英法联军防线在德国机械化部队快速攻势下崩溃，英军在位于法国东北部靠近比利时边境的敦刻尔克开始了历史上最大规模的军事撤退行动。此次撤离，意味着欧洲大陆落入法西斯势力之手。麦克尤恩放弃宏大叙事，专注于挣扎在痛苦、

① 内尔·诺丁斯：《关心：伦理和道德教育的女性路径》，武云斐译，北京：北京大学出版社，2014 年，导言。

② 内尔·诺丁斯：《女性与恶》，路文彬译，北京：教育科学出版社，2013 年，第 201 页。

③ 张和龙：《宏大而优美的心灵史诗——评伊恩·麦克尤恩的〈赎罪〉》，载《外国文学动态》，2008 年第 2 期，第 20 页。

分离、死亡边缘的普通人，将战争细化为个人的感受，“伦理表征比之前任何一部小说都要突出”[①]。与第一部分强调秩序或父性权威相反的是，小说的第二、三部分致力于建构一种消解秩序、寻求母性气质回归的关怀伦理。

小说消解秩序、寻求母性气质回归的努力是多层面的。首先，从习惯上被称为文本时间的成分安排来看，第一部分在叙述上是单向和不可逆的，也就是说事件信息之间的关系是线性呈现的。故事始于哥哥利昂回来前一天布里奥妮计划排练自己创作的《阿拉贝拉的磨难》一剧，随后依次讲述了罗拉姐弟的到来、花瓶事件、利昂带着朋友马歇尔先生回家、晚宴、双胞胎离家出走，在罗比被警车带走中结束第一章。为了凸显故事情节的前后发展关系，叙述者使用了诸如“再过一天，她哥哥就要回来了”“午饭后不久”“直到下午五点钟”“直到傍晚”“当天夜里”等时间短语。这种线性的故事连续体叙事在克里斯蒂娃看来，是“一种我们可以说是具有男性特质、既文明又执迷的时间模式”[②]，主要特点之一就是具有很强的指向性和目的性，一切事物呈线性预期向前发展。长期以来，“文化代表的是公共的线性时间，属男性独享。”[③]因此可以说，小说第一部分是一个男性文本，暗示人类历史发展历程中男性主宰下的价值观和意识形态。但乡间大宅和它代表的旧历史已经出现了颓败的势头，就如同罗比和塞西莉娅在喷泉边打碎的古董花瓶一样，它们“即将在外界的冲击下，尤其是数年后席卷欧洲的第二次世界大战的冲击下，分崩离析”[④]。第二部分故事叙述跳到了第二次世界大战的敦刻尔克大撤退，罗比已投身军营，为战后活着与塞西莉娅重聚奋斗着。与前面部分的线性时间叙述不一样的是，这部分“采用了一种蒙太奇式的技巧，包含倒叙、真实历史数据和事件发生次序的冲突”[⑤]，时间呈现出主观特性。克里斯蒂娃将其称为“女性时间”，突出循环往复和回归，是“循环式和纪念碑式（cyclical and monumental）”[⑥]。小说叙述了与一法国家庭的相遇、倒叙罗比与塞西莉娅的短暂见面、为小男孩举行葬礼等标志性事件，其中循环或被重复的“纪念碑式”事件是

① Judith Seaboyer, “Ian McEwan: Contemporary Realism and the Novel of Ideas”, in James Acheson & Sarah Ross, eds., *The Contemporary British Novel*, Edinburgh: Edinburgh UP, 2005, p. 31.

② Julia Kristeva, “Women’s Time”, in Kelly Oliver, ed., *The Portable Kristeva*, New York: Columbia UP,1997, p. 354.

③ McAfee, Noelle. *Julia Kristeva*. New York & London: Routledge, 2004, p. 93.

④ 陈榕：《历史小说的原罪和救赎——解析麦克尤恩〈赎罪〉的元小说结尾》，载《外国文学》，2008 年第 1 期，第 93 页。

⑤ Petkovic, Rajko & Petra Perkov. “Temporal and Narrative Features of Ian McEwan’s and Joe Wright’s *Atonement.*” *Sino-US English Teaching* 8 (2011), p. 536.

⑥ Julia Kristeva, “Women’s Time”, in Kelly Oliver, ed., *The Portable Kristeva*, New York: Columbia UP,1997, p. 352.

塞西莉娅寄给罗比的信件。每当经历一段行程坐下或躺下来休息的时候，信件就是罗比的回忆银行，他以此获得生存的力量和对未来生活的憧憬。大撤退过程中的混乱以及伴随而来的生命个体的主观体验冲击着罗比固有的线性时间模式，反思已被社会预先确定的模式化角色，一种渴望回归的感觉或者说一种“母性思考”[①]包围着他。

其次，小说消解秩序、寻求母性气质回归的努力还体现在叙述语气和故事情节等上面。两个历史叙述——炮火纷飞的敦刻尔克大撤退和战地医院护理，分别是从罗比的视角和布里奥妮的视角展开。第二部分男性视角叙述的篇幅与第三部分布里奥妮女性叙述篇幅基本相等，意在平衡叙述上的男女平等。[②]叙述口吻也以一种直觉的、感受性、母性关怀式的方式进行。战争对于罗比而言，是齐齐从膝盖以下斩断的小孩子的腿，是铺天盖地响起的轰炸声，是一路走来，越来越多的“车辆、弹坑、碎片、尸体”(《赎》: 245)。而战争呈现在布里奥妮的生活中的是伤病房里充斥着痛苦的呻吟和哭泣，“身体的每一个秘密都被暴露——骨头从肉里戳出来，一节肠子或者是一条视神经裸露在外，任由目光亵渎”(《赎》: 312)。麦克尤恩采用陌生化叙事，颠覆下级要无条件服从上级的军规，代之以“关系共同体”来重新界定这个小团体。罗比的军衔比耐特尔和迈斯低，可他们却一直跟着罗比，什么都听他调遣，“他们觉得，为了抵达海岸，他们绝对少不了他……他在这个小团体中像个指挥官，可实际上他自己一条杠都没有”(《赎》: 195)。而成年后的布里奥妮放弃在剑桥大学求学的机会，来到战地医院“自我惩罚”，寻求救赎。她逐渐意识到“人，归根结底，是一个物质存在，很容易受伤，不容易修复”。同时在痛苦、分离、死亡面前，秩序的权威不得不让位。当一批新伤病士兵未经分派擅自占床休息时：

“你得起来”，护士长越走越近，布里奥妮已经急得浑身发软，声音嘶哑又无力。“我们办事是有程序的。”

“他们需要睡眠。规矩以后再说吧。”口音带着爱尔兰腔。护士长把一只手放到她肩上……

病房里并不需要她这样的人来维持秩序……可是她只是想做自己认为是分内

① 母性思考：母性思考来自母亲的实践。在美国关怀伦理学者拉迪克看来，母亲的三种主要实践包括对孩子进行保护性的爱、教养和培育。关于什么是母性思考，拉迪克给出的定义是“对孩子要求做出反应的母性实践者获得了一种概念结构，即相互关联的词汇和能力，通过这一结构，他们组织和表达自己实践的事实和价值。这里存在着一种反省、判断和情感上的统一性，我把这种统一性称作‘母性思考’”。(具体还可参阅肖巍:《女性主义关怀伦理学》，北京：北京出版社，1999 年。)

② Julie Ellam, *Ian McEwan's Atonement*, London: Continuum, 2009, p. 80.

的事。毕竟这些条例又不是她制订的。过去的几个月里，这些东西一遍又一遍地给灌进她的脑子里。新病员入住时有几千条需要遵守的条例。她怎么知道那些东西实际上根本没有任何意义呢？（《赎》：301-302）

护士长让布里奥妮意识到规矩是人制订的，可以制订也可以废止，对人类和他们的苦难而言，关爱应是摆在首位的。身处其中的我们应该要“识别关爱的场景”“减轻痛苦和死亡的苦难”[①]。来自爱尔兰的护士长对待伤病员不分民族也不考虑贵贱，母性的关爱是她永恒的原则。在一位重伤的法国士兵即将离世之际，护士长请求略懂法语的布里奥妮去“坐在他旁边，握着他的手，跟他聊聊天”（《赎》：313）。这次特殊的经历再次让布里奥妮学会了怎样关爱人，也看到战争这一伦理之恶的根源与对于关爱的忽略不无关系。

艾兰姆（Julie Ellam）在《伊恩·麦克尤恩的〈赎罪〉》一书中提醒读者不要忽略第三部分的“护理”叙述在小说中的作用。[②]麦克尤恩自己也曾言：“关于政治军事的铺天盖地，描写英国后方生活的作品却不多，以女性为主的护理行业更是几乎被叙述遗忘的角落。”[③]《赎罪》中布里奥妮在圣托马斯医院的护理经历体现了麦克尤恩重现这段历史的努力，同时，他也在通过这种间接的方式，控诉着战争的残酷，反思人性。小说透过罗比和布里奥妮个体主观体验的视角直视恶本身，勾勒出人类面对恶时的情境，呼唤“良知”。海德格尔（Martin Heidegger, 1889—1976）说，“‘良知向来是我的良知’，这不仅意味着被召唤的向来是最本己的能在，而且也因为呼声来自我向来自身所是的那一存在者。”[④]良知呼唤的是“罪责”，一种我们称之为“使自己负罪责”的行为，“不是通过权利伤害本身发生的，而是我对他人在其生存中受到危害、误入歧途甚或毁灭负有责任”[⑤]。罗比和布里奥妮在浴血战火生涯中领悟到这种“罪责”，逐渐成长为伦理关怀者。

3. 赎罪成否？

大卫·休谟（David Hume, 1711—1776）很久以前就主张道德是建立和根植在感觉之上的——“终极判断依赖于一些内在的感觉和感受，它们普遍地存在于

① 内尔·诺丁斯：《女性与恶》，路文彬译，北京：教育科学出版社，2013年，第151页。

② Ellam, Julie. *Ian McEwan's Atonement*. London: Continuum, 2009, p. 80.

③ Ian McEwan, "An Inspiration, Yes. Did I Copy from Another Author? No", *The Guardian*, 27 Nov. 2006.

④ 马丁·海德格尔：《存在与时间》（修订译本），陈嘉映、王庆节译，北京：三联书店，2006年，第319页。

⑤ 同上，第323页。

所有物种中"[①]。诺丁斯认为这种感觉有两种而非只有一种。首先是对自然关心的敏感，因为如果没有原初的敏感也就不会有伦理敏感性。母性物种照顾其后代的行为，从伦理的角度考虑通常被认为是自然的。第二种感觉是一种关怀的伦理，发生于对第一种感觉的回忆之回应："为了回应他人的困境和为了自己的利益考虑的冲突，我们最美好的关心与被关心的记忆以感觉——'我必须'——的方式席卷了我们。"[②]罗比和布里奥妮均经历了这样一种冲突，他们的战地叙述既是对战争之恶的深度体验，又是一部小写的个人伦理成长史和救赎史。

罗比一直想摆脱两个同伴，不想管他们，"他只关心自己的生存"。但是"我必须"最终战胜了首先考虑自我的"我不想管"，[③]罗比始终没有真的一个人走掉。更重要的是，徜徉在塞西莉娅爱情怀抱里的罗比，由一名被关怀者逐渐转变为一名关怀者，在与他人的互相关爱关系中成长：

他拿定主意，该再次说服她去和她父母建立联系。她无须原谅他们，或又回到那些老的纷争上去。她只要写一封短而明了的信，告诉他们她的住处，她的近况。谁能知晓以后的岁月里会发生什么样的变化呢？他知道，若是她没有趁她父母都还健在与他们言归于好，她的悔恨将永无尽头。假如他没有鼓励她那么做，他也永远不能原谅自己。(《赎》：215)

此时的罗比已经开始认识到，塔利斯夫妇当初出于保护孩子的关怀是没有罪的，一如他的母亲格蕾丝给他的爱。罗比借助这些母爱的记忆召唤出了一种"移情"的感受——"我必须"——激活了对于塞西莉娅和塔利斯夫妇的关爱反应。这种"移情"的连锁反应后来典型地体现在罗比、内特尔与一位吉卜赛老妇的相遇上。在一条狭窄的街道上，因为腰部伤口感染全身发烧的罗比向这位老妇讨水喝，老妇的怀疑和厌恶，尤其是要求帮她把跑出圈的猪抓回来才为他们提供水和食物，让同伴内特尔产生了抢劫的念头。但是此时的罗比感到一种似曾熟悉的"家"的回归，让他想起了他的母亲，"他明白要是抓不到猪，他们就永远回不了老家"(《赎》：260)。老妇人一个人过日子，很爱她的大母猪，但她更想通过抓

① David Hume, "An Enquiry Concerning the Principles of Morals", in A. I. Melden, ed., *Ethical Theories,* New Jersey: Prentice-Hall, Inc., 1967, p. 275.

② 内尔·诺丁斯：《关心：伦理和道德教育的女性路径》，武云斐译，北京：北京大学出版社，2014年，第56页。

③ 诺丁斯在《女性与恶》中认为，"伦理关爱的发展，是随着我们反思我们关爱和被关爱的经验，以及以一种关爱的态度承诺去回应他人而发展的"。有一些时候，另一个人的困境既能引起我们那种关爱反应所特有的移情的"我必须"，也能引起一种首先考虑自我的"我不想管"。

猪考验他们是否还保存着一颗关怀之心，“我必须”再次战胜了“我不想管”。抓回了猪以后，老妇将他们的饭盒、水壶装满，还在背包里装进红酒、红肠以及裹着糖衣的杏仁，三个人感觉非常满足，甚至觉得连周围的空气都充满了愉快的轻松感。“关怀是互惠的”[①]，关怀者因为被关怀者互惠的回应而充满了活力。罗比头一次对内特尔表达感谢，内特尔也恢复了对罗比的信任。临死前，罗比躺在地下室里反思罪与赎，认识到“每一个人都是有罪的，每个人又都是无罪的……而且证人们也是有罪的。人们整天都在目睹着彼此犯下的种种罪行。你今天没杀人，可是对多少人的死你采取了听之任之的态度？”（《赎》：267）罗比在最本己的能在中领会了自己，以最本己的本真的方式顿悟到自己的“有罪责”，最后在“一个人要承担的事情太多了”的良知呼唤中死去。

同样地，布里奥妮也经历了由自然的关怀者到伦理的关怀者的挣扎。醒悟到自己的所作所为，明白冤枉了罗比、拆散了一对有情人，布里奥妮毅然地切断了与父母等人的联系，并到医院行政办公室要了塞西莉娅的地址，开始给她写信。她想要与姐姐见上一面，并表示愿意通过法律渠道修改证词。布里奥妮把护理病人当作一种自我惩罚，一种赎罪的方式，因为“她终于明白这场战争会如何加重她的罪孽”。如上文我们所论述的，在护理工作中，布里奥妮体悟到“相互的关爱”的重要性，但困于现实生活的种种亲情牵扯，布里奥妮止步于一位自然关怀者。在罗拉和马歇尔先生的婚礼现场，当牧师宣称“若有人能举出一条义理，为何这对男女不可合法联姻，请于此刻开口表明，或从此永远缄默”（《赎》：332），布里奥妮退缩了，她没有勇气面对交锋。50多年后，77岁的布里奥妮仍然不敢出版这部揭露真相的小说：

> 然而，这些年来，许许多多的编辑告诉我，只要我的同案犯毅然在世，那么我那法庭回忆录就决不能出版。如果出版了，那你只能是抹黑了自己，诽谤了死者。马歇尔夫妇从40年代后期以来就一直活跃在法庭上。他们不惜血本，坚决捍卫自己良好的声誉……我知道，只有等到他们过世了我才能出版……他们中只有一个走了，那也没用。就算最后马歇尔勋爵清癯瘦瘠的脸出现在讣告栏上，我北方的表兄弟也容忍不了同谋的控告。（《赎》：377）

马歇尔夫妇的权势令出版社不敢出版该小说，亲情的羁绊，尤其是考虑到与她相交甚好的罗拉的弟弟皮埃罗的感受，布里奥妮失去了出版的勇气。对于

① Martin Buber, *I and Thou,* trans. Walter Kaufmann, New York: Charles Scribner’s Sons, 1970, p. 58.

布里奥妮的却步，小说并不带多少指责之词，在作者看来，这也是一种善，一种赎罪。虽然伦理关心需要付出自然关心中所不需要的努力，但这并不意味着伦理的关心高于自然的关心。[①]正是因为有这种天然的关心和爱，伦理的关心才成为可能。小说结尾处，皮埃罗指导他的孙辈们排演64年前布里奥妮创作的《阿拉贝拉的磨难》一剧："在雷鸣般的掌声中，没有人发现可怜的皮埃罗双手捂住脸已不能自已。他是否触景生情，想起父母离婚后那段孤独而又可怕的时光了呢？想当初，在藏书室里，他们，这对双胞胎，多么想演这出戏啊。64年后的今天，这出戏终于上演了，而他的兄弟却早已作古了。"(《赎》: 376）皮埃罗姐弟三人从小经历分离和无助，对自然的关怀的渴望比塔利斯姐妹更加强烈。剧本讲述磨难之后收获爱情和幸福的故事一直是皮埃罗兄弟内心的渴望，64年前晚上的离家出走一幕与剧本中的女主人公阿拉贝拉出走与人私奔何其相似！分离与无助这些人类的苦难过早地抓住了他们，就如同悲观主义牢牢把握住了人类现实的一部分一样——分离、痛苦、死亡之于每个个体，战争、贫穷、恐怖主义之于人类。

有评论者批评小说的结局太过于"悲观主义"——罗比与塞西莉娅后来从未再聚首；罗比死于败血症，塞西莉娅在贝尔罕姆地铁站爆炸中丧生；马歇尔夫妇仍精神矍铄，声名显赫。芬妮（Brian Finney）也认为"小说结尾部分（虽）采用了开放式结尾,（但）很阴暗"[②]。对此，麦克尤恩这样予以回应："我从来都不相信小说中所谓阴暗的深刻洞察力，或小说在葬礼中结束。总是有人走开去，弯下腰捡拾起一朵鲜花。"[③]布里奥妮在小说中为她姐姐和罗比安排了一个美好的结局，并在终老失忆之前完成了这部小说。从这个意义上来看，与其说写作被当作一种赎罪的方式，不如说通过将自己写进小说，作为小说的一位人物，通过文字的保存、传承，布里奥妮升华成一名伦理关怀者。她带领读者从关怀者的角度思考人类的生存状态，反思恶的根源，寻求治愈。虽然这是一项永远无法完成的任务，但"弯腰拾花"的行动正是要害所在，因为"奋力尝试是一切的一切"！

小说《赎罪》始于《阿拉贝拉的磨难》的排练，终于其64年后的成功演出。人类的历史正如布里奥妮最后所感悟的："自从我写了这部小剧本以来，其实并没有远行，确切地说，我大大地偏离了正道，如今又折回到了起点。"(《赎》:

① 内尔·诺丁斯:《关心：伦理和道德教育的女性路径》，武云斐译，北京：北京大学出版社，2014年，第57页。

② Brian Finney, "Briony's Stand Against Oblivion: The Making of Fiction in Ian McEwan's *Atonemnt*", *Journal of Modern Literature*, 3 (2004), p. 81.

③ Ian McEwan, "I Thought I Was Going to Screw It Up—Interview with Will Cohu", *Daily Telegraph*, 22 Sept. 2001, p. 8.

377）冷漠、痛苦、残酷的生活现实仍在，人类该何以为继呢？布里奥妮目睹儿孙满堂、亲人“如此亲切的重聚”，感悟家庭日常生活与关爱所带来的巨大欢乐，更加坚信“有情人和他们幸福的结局”的独特意义，因为这是生命赋予人类很珍贵的那部分。她说，“这儿有罪恶，但也有钟情相恋的人”。唯有心中有爱，才能有效减少这个世界的恶。

《赎罪》通过赋予女主人公布里奥妮以多重身份，质疑和挑战在父性语言主宰下的理性、秩序、原则，认为它所关注的只是服从和惩罚，不理会痛苦和拯救。相反，人性与母性总是不相悖的。从文本时间、叙述篇幅、语气、情节等方面来看，小说家致力于建构一种消解秩序、寻求母性气质回归的关怀伦理，反思这个打着所谓正义旗号所实施的暴力的世界。麦克尤恩在2006年的一次受访中谈到战争杀戮时说，“有趣的是，你怎么能做到不让自己变得邪恶而去打败一个邪恶的敌人呢？”[①]原罪也许真的不可饶恕，但现世之罪却无须这样的禁忌。身为“星期五午餐”[②]团体的一员，麦克尤恩对新无神论表现出极大的热情，认为“宗教信仰从道德上来讲，至多不过处于中立的位置，但在最坏的情况下就是一种邪恶的精神扭曲”[③]。小说以“赎罪”为题,有意并置宗教和战争这两类“邪恶的精神扭曲”，呼吁现世的伦理关怀，努力让文学在当下承担起应有的伦理道德和社会责任。

二、《星期六》创伤叙事探析

伊恩·麦克尤恩被誉为当代英国的“国民作家”[④]，是当今英国文坛最具影响力的作家之一，他的小说曾多次获得布克奖、毛姆奖等多项奖项提名。《星期六》是麦克尤恩的第九部长篇小说，也是继《赎罪》之后的又一部经典力作，讲述的是神经外科医生贝罗安在星期六这一天的经历。小说出版后便受到广泛关注。德琳·瑞斯琼斯（Deryn Rees-Jones）从科学观和诗歌观论述了麦克尤恩将马修·阿诺德的《多佛海滩》作为其小说情节聚焦点的真正原因。[⑤]蒂姆·高

① David Lynn, “A Conversation with Ian McEwan”, *The Kenyon Review,* Summer (2007), p. 40.

② “星期五午餐”是指一个新无神论团体，20世纪80年代，麦克尤恩成为这个团体的一员，其中包括克里斯托弗·希金斯。

③ David Impastato, “Secular Sabbath: Unbelief in Ian McEwan’s Fiction”, *Commonweal*, 23 Oct. 2009, p. 15.

④ Robert Crampton, “A Leftish Writer of Fiction Who Can Imagine a Coalition Success.” *The Time May*, 29 (2010), p. 24.

⑤ Deryn Rees-Jones, “Fact and Artefact: Poetry, Science, and a Few Thoughts on Ian McEwan’s *Saturday*”, *Interdisciplinary Science Reviews*, 4 (2005), p. 332.

蒂尔（Tim Gauthier）探讨了英国人的国民性，认为小说主人公贝罗安与下层阶级代表巴克斯特之间的"共情"实质上是一种形式上的殖民化。[①] 苏珊·格林（Susan Green）则借用跨学科研究方法探究小说中的人物描述和概念隐喻，认为小说反映了社会、政治、伦理等问题。[②] 国内对《星期六》的批评主要从空间叙事、文类属性、交往理论和景观社会等层面对作品进行剖析。林莉探讨了《星期六》的空间叙事策略，认为小说以独特的空间结构表现了 21 世纪全球化背景中人类的生存困境。[③] 李菊花运用哈贝马斯的交往行为理论解读小说中蕴含的交往思想，表现作家对人类理性、和谐交往寄予的美好愿望。[④] 耿潇则另辟蹊径，采用文类研究方法解读文本，进而"说明作者如何充分利用这种文类潜在的政治功能表达对当前世界时事、文化及英国社会的看法"[⑤]。

纵观目前关于《星期六》的研究成果，从创伤理论的角度解读该小说的文本寥寥无几，仅国内两篇硕士论文对小说的创伤主题进行了探究。王利文运用拉卡普拉的历史性创伤和结构性创伤理论对《赎罪》和《星期六》中主人公的创伤经历进行了对比分析，认为两部作品都"不同程度地透射出了作者对个人抉择和伦理道德问题的深层思考"[⑥]。何其佳通过对小说情节以及人物内心世界的分析，认为包容和原谅才是摆脱创伤、走向未来的最佳途径。两篇论文都指出"包容、原谅和关爱"[⑦]是创伤治疗之道。但通过细读文本，笔者认为：在《星期六》中，治疗创伤的关键其实是"自省"，是在正视自身错误的基础上寻求救赎之道。本节从创伤理论出发，通过分析小说中的个体创伤、集体创伤以及小说人物的创伤治疗途径，认为作者在书写创伤的同时也积极地为现代社会人类所面临的困境提供解决之道，小说也进一步揭示了作者难以割舍的历史情怀以及对创伤主题的深层思考。

1. 个体创伤

西门克里奇在《伦理、政治、主观性》中说，"从词源学的意义上讲，创伤

① Tim Gauthier, "Selective in Your Mercies: Privilege, Vulnerability, and the Limits of Empathy in Ian McEwan's *Saturday*", *College Literature*, 2 (2013), p. 24.

② Susan Green, "Consciousness and Ian McEwan's *Saturday*: 'What Henry Knows' ", *English Studies,* 91.1 (2010), p. 59.

③ 林莉：《论〈星期六〉的空间叙事策略》，载《当代外国文学》，2013 年第 1 期，第 47 页。

④ 李菊花：《论麦克尤恩〈星期六〉中的交往思想》，载《当代外国文学》，2013 年第 1 期，第 39–46 页。

⑤ 耿潇：《〈星期六〉的哥特文类属性研究》，载《当代外国文学》，2014 年第 3 期，第 84 页。

⑥ 王利文：《伊恩·麦克尤恩〈赎罪〉和〈星期六〉中主人公的创伤解读》，大连外国语大学，2014 年。

⑦ 何其佳：《原谅、关爱、恢复——麦克尤恩〈星期六〉的创伤解读》，西南大学，2016 年。

就是伤痛的感觉。创伤既有心理意义也有精神意义，表明是外界因素导致的一种冲击。”[①] 美国著名理论专家凯西·克鲁斯（Cathy Caruth）将创伤定义为“对突发的灾难性的难以承受的事件的经验。人们对这些突发事件的反应常常是滞后的，控制不住的幻觉或其他形式的困扰”[②]。《星期六》以“9·11”事件、伊拉克战争等灾难性历史事件为背景展开叙述，这便奠定了小说的创伤基调。主人公贝罗安因在星期六凌晨目睹飞机失火事件而引发的恐惧与焦虑充分证明恐怖袭击这一突发性的灾难事件给人们造成了难以抚平的创伤。而在大篇幅描写历史事件带来创伤的同时，作者对人物的个体创伤也进行了细致的书写。

主人公贝罗安是一名高级神经外科医生，他的身份与工作环境决定了他每天都必须面对来自他人的创伤，而“经验丰富的他已经不会再被目睹的各种伤痛所困扰”[③]。即使当他发现病人颅内的组织已经变异，化疗和放射治疗也无法有任何疗效时，他也丝毫无所顾虑地将这个不幸的消息告知了患者年迈的母亲。可见，作为医生的贝罗安早已无法对他人的伤痛产生一种“共情”心理。李桂荣将创伤的病例特征进行了综合分类，其中比较常见的症候有：茫然、麻木、过度警觉等。“麻木”，即木僵，对周围的人、事物等反应迟钝或无反应，情感淡漠或情感消失。[④] 而这一特征充分体现在贝罗安对待巴克斯特的一系列行为中。星期六的早晨，贝罗安驱车前往壁球馆与好友施特劳斯相约打壁球，却不料在途中与街头混混巴克斯特的车发生碰撞。在与巴克斯特等人进行正面交谈时，贝罗安注意到巴克斯特不停颤抖的右手，而这并不是简单的颤抖，贝罗安顿时感到放松，他决定立马摆脱这群人的夹击准备离开。正当他反身的瞬间，巴克斯特迅速而猛烈地打中了贝罗安的前胸，两个同伙将他推到两车的夹缝间欲实施抢劫，却遭到巴克斯特制止，“住手，我们不要他的钱。”（《星》：77）而此时，巴克斯特脸部异样的抽动让贝罗安进一步确定了自己的结论：“这种肌肉不停地抖动总有一天会恶化成手足徐动症，患这种病症的人将遭受不自觉的、不受控制的抖动的折磨。”（《星》：77）巴克斯特患上了一种“亨廷顿式舞蹈症”，这种病症“从一开始性格上的微小改变，到手和脸的抖动，到情绪的变异，包括——最明显的症状——不可控制的突发脾气，到不自觉的痉挛似的手舞足蹈、智力下降、记忆力衰退、认识不能症、运用不能症、痴呆、完全失去肌肉的控制力，有时会出现僵

① 李桂荣：《创伤叙事》，北京：知识产权出版社，2010 年，第 23 页。

② Cathy Caruth, *Unclaimed Experience: Trauma, Narrative and History*, Baltimore: The Johns Hopkins UP, 1996, p.11.

③ 伊恩·麦克尤恩：《星期六》，夏欣茁译，上海：上海译文出版社，2011 年，第 8 页。后文出自同一著作的引文，将随文标出该著名称简称《星》和引文出处页码，不再另注。

④ 李桂荣：《创伤叙事》，北京：知识产权出版社，2010 年，第 29 页。

化，做噩梦的幻觉，最终是在毫无理智中死亡”（《星》：78）。

贝罗安明知此类病症将导致何种结果，但他并未流露出任何情感。他曾听说这种症状可能遗传自父亲，但也只是猜测，“反正猜测也不会损失什么”（《星》：78）。于是他开始利用自己的医学知识转移巴克斯特的注意力，并利用患者对病情的羞耻感帮助自己逃脱夹击。巴克斯特本是一个天资聪颖的孩子，而疾病却让他落得如此下场，没有父母，也没有人能帮得了他。即便如此，巴克斯特的病情仍没有让贝罗安产生一丝怜悯之情。“贝罗安知道自己已经不会再为患者的遭遇而感到同情，多年的临床经验早就让他麻木了。更何况贝罗安内心深处一刻都没有停止过计算还有多久自己才能脱离眼前的危机。”（《星》：82）

贝罗安情感的缺失与麻木使得他在判断出巴克斯特的病情后，内心丝毫没有同情之感，反而是采取欺骗的手段获取对方的信任。贝罗安的行为最后导致巴克斯特带领同伙闯入其家中，并对其全家人的生命造成威胁。“小说暗示，贝罗安缺乏共情理解是遭受巴克斯特报复的原因之一”[①]。

2. 集体创伤

个体创伤总与集体创伤有着紧密的联系，个体创伤背后往往影射着集体的创伤。凯·埃里克森（Kai Erikson）曾指出：“集体创伤是指对社会生活基本肌理的一次打击，它损坏了联系人们的纽带，削弱了之前人们的集体感，破坏了组织之间的联系、相应的价值观和固定的社会关系，对于形成并维系这个集体的重要价值观念和认知程度造成普遍的损坏。”[②]《星期六》是“最早将“9·11”事件小说化的作品之一”[③]。恐怖事件发生后，恐慌、暴力、战争的阴影长时间笼罩着西方社会，孤独、创伤弥漫在空气中，也注入了人们的内心，人们对暴力事件和战争的憎恶也预示着这类事件带来的阴影将时刻困扰着人们的心理和生活。在这种氛围下，人与人、人与社会的关系也开始变得脆弱不堪。贝罗安与巴克斯特因一件小事而引发的暴力事件充分证明了这一点。苏忱认为，“贝罗安一家与巴克斯特的交锋是文明进步与恐怖暴力之间的对抗，也是表面之下隐藏着富裕安逸享乐的西方社会与世界主要宗教的疯狂一面之间的对立”[④]。仅因为一次偶然事故，

① 苏忱：《伊恩·麦克尤恩小说〈星期六〉中西方社会恐袭阴影之思》，载《外国语言与文化》，2017年第2期，第97页。

② Kai Erikson, “Notes on Trauma and Community”, in Cathy Caruth, ed., *Trauma: Explorations in Memory*, Baltimore: The Johns Hopkins UP, 1995, p. 187.

③ 曲涛、孟健：《解读后“9·11”小说中的道德叙事——评伊恩·麦克尤恩小说〈星期六〉》，载《外语与外语教学》2013年第5期，第90页。

④ 苏忱：《伊恩·麦克尤恩小说〈星期六〉中西方社会恐袭阴影之思》，载《外国语言与文化》，2017年第2期，第96页。

贝罗安不得不在自己家中与“恐怖分子”针锋相对，就在几个小时以前，他还曾推测恐怖分子不太可能来谋杀他的家人，巴克斯特的突然出现否定了他的推测。通过对该事件的刻画，作者将两个来自不同社会阶层的人们之间复杂又脆弱的关系呈现给读者，揭示了由贝罗安代表的上层阶级对底层人士冷漠淡然的态度以及由巴克斯特代表的“恐怖分子”对社会造成的危险是无法预料的，给人们的心灵造成的创伤也是难以抹平的。

巴雷物（Michelle Balaev）认为，“创伤理论中无时性（timeless）、重复和有传染力的概念支持了超历史创伤（transhistorical trauma）的文学理论，它在个人和集体之间建立一种并行的因果关系，如同在创伤经历和病理反应之间的关系”[①]。巴雷物的观点支持了创伤记忆在代与代之间、个人和集体之间以及讲述者和听者或读者之间传递，并特别指出了这种传递构成了创伤文化和集体记忆。[②]小说中贝罗安的儿子西奥以及女儿黛茜都是在新时代环境下成长的年轻一代，他们都有自己对理想的追求、对事物的评判标准。在星期六的凌晨，贝罗安因目睹了飞机失火事件而耿耿于怀，当他看到儿子西奥时说的第一句话就是“我刚看到一架起火的客机飞向希思罗机场”（《星》：23），可见贝罗安对飞机失火事件的极度恐惧，而他的恐惧也在不断地传递给儿子西奥，“你猜是不是恐怖分子？”“你没看清是哪个航空公司吗……你觉得是圣地组织干的吗？”（《星》：25）西奥的问题也透露出了他的恐惧与不安。“9·11 事件是西奥关注的第一件国际大事，也是他头一次接受在这世上除了朋友、家人和音乐之外还有其他事情足以左右他的存在。当时他已经 16 岁了，这种醒悟来得可谓颇晚。”（《星》：25）而对于西奥来说，要想在这个世界上幸福、简单地活着，那就应该“乐做井底之蛙”：

> 当被问及原因的时候，他解释说：“倘若纵观天下大事的话，例如政治局势、温室效应、贫困人口等等问题，难免会觉得一切都糟糕透顶，毫无进展，前途一片灰暗。但是如果我只顾眼前，只关心自己的境遇，我就会想起刚刚邂逅的女孩、即将和蔡斯一起表演的曲子、下个月的滑雪假期，这么一想反倒发现生活其实不赖。”（《星》：28–29）

其实，西奥的这种态度是西方社会存在的“犬儒主义”的缩影。面对政治局势、贫困人口这样的天下大事，西奥感到一切都是糟糕透顶，所以他选择改变自

① 王欣：《创伤叙事、见证和创伤文化研究》，载《四川大学学报》（哲学社会科学版），2013 年第 5 期，第 77 页。

② 同上。

己的态度——“只关心自己的境遇”(《星》: 29)。太多的灾难性事故在西奥内心留下了隐形的创伤，也让他对这个世界产生了抵触心理，所以西奥说出了那句自创的格言“眼界越远，失望越多”(《星》: 28)。

当贝罗安与女儿黛茜讨论伊拉克战争事件时，黛茜坚定自己的反战立场。“她的种种描述综合了她自己眼见耳闻的事实……她又再次重复她已经听过的有关联合国预测的伊拉克将会有 50 万死于饥饿和轰炸的人。”(《星》: 155)黛茜字里行间透露着她对战争的憎恶，她不忍心眼睁睁看着上百万难民流离失所、无家可归。在与贝罗安争论是否应该发动伊拉克战争的问题上，父亲的妥协、顺从的态度彻底惹恼了黛茜，她希望父亲能与自己的想法一致，让他明白那些极端主义者，新保守主义者已经接管了美国，伊拉克只不过是他们玩弄的对象。“‘9·11’本应是他们说服布什最好的机会……没有证据能证明‘9·11’和伊拉克甚至基地组织有什么关系，也没有真正令人恐慌的事实证明大规模杀伤性武器的存在。”(《星》: 159)“9·11”事件、伊拉克战争将全世界人民置于极度的恐惧与不安之中，灾难带来的创伤从贝罗安这一代延续到了下一代。小说这样呈现两代人共同的创伤记忆，透露出作者对社会稳定、世界和平的极度渴望。

值得一提的是，小说多次描写了战争、游行、恐怖组织的情形，这种“历史再现”呈现的是笼罩在阴影下的西方社会承受的集体创伤。麦克尤恩直面历史，带着他极强的政治敏锐性，在《星期六》中多次对恐怖袭击事件和伊拉克战争给人们带来的不同程度的创伤进行了书写，他敏感地“抓住了‘9·11’事件之后西方人普遍存在的一种心态，那就是对社会失去了信任，也不再相信无所不能的上帝。他们认为只有通过暴力、战争才能击垮敌对势力的威胁和挑衅，才能真正摆脱频繁的恐怖事件给他们带来的恐惧感”[①]。

在《星期六》中，对“9·11”事件的描述以及小说人物关于战争的争论突出了小说的创伤意蕴，在小说结尾，巴克斯特的突然袭击给贝罗安一家造成的恐慌，进一步还原了突如其来的恐怖袭击事件带给西方社会的巨大影响。麦克尤恩以个体的创伤影射整个社会的创伤，将后“9·11”时代的西方社会人性冷漠、人文精神缺失的现状展现得淋漓尽致，体现了创伤小说的艺术魅力。小说“不是简单地诉说个人和历史的创伤，而是一种更高层次的哲学关照和反思”[②]。作者在进行创伤书写的同时，也在对个人、社会现状进行了深层思考，而如何走出创伤

① 曲涛、孟健:《解读后“9·11”小说中的道德叙事——评伊恩·麦克尤恩小说〈星期六〉》，载《外语与外语教学》，2013 年第 5 期，第 91 页。

② 郭先进:《个人的抑郁与文化的抑郁——〈黑犬〉的创伤叙事研究》，载《当代外国文学》，2017 年第 1 期，第 80 页。

成了许多创伤承受群体面临的共同困境。

3. 创伤治愈

为了走出创伤的阴影，受创者必须直面创伤，以积极的态度努力战胜创伤。埃里克森认为，“创伤摧毁了个体的安全感，其持续时间长短，受重新认知和理解创伤所需时间的制约。假如个体能有效地将创伤在意识中整合、认知和重构，积极回归现实生活，心理危机就能得以解决”[①]。国内多数评论文章都认为，小说主人公治愈创伤的方式是他选择包容与原谅了巴克斯特的过错，但是结合文本细读，笔者认为贝罗安最后走出创伤，寻求救赎之路是建立在他认识到自身过错的基础上，所以“包容”和“原谅”并不完全适于《星期六》主人公的创伤治愈。贝罗安与巴克斯特因白天汽车刮擦发生冲突，怀恨在心的巴克斯特对贝罗安展开报复行动，带着同伙闯入贝罗安家中实施抢劫，不仅用刀将贝罗安妻子作为人质，更是心生歹念威逼黛茜脱光衣服。面对巴克斯特的疯狂举动，贝罗安仍在用谎言维护自身安全，就连西奥也大声对他吼道：“别说了！爸爸！别说了！你要不住嘴，他真会他妈的杀死妈妈！”（《星》:182）当巴克斯特听到黛茜念的一首《多佛海滩》而受到感化，卸下防备之时，贝罗安又一次利用自己的医学权威转移巴克斯特的注意力，并与儿子西奥一同将巴克斯特推下了楼梯。其实，在第一次与巴克斯特发生冲突时，作为上层阶级的知识分子，贝罗安理应以正确的处理方式化解矛盾，而他选择的是利用自己的医学知识骗取了巴克斯特的信任并将他“抛弃”。当巴克斯特闯入家中实施抢劫时，他选择的还是同样的方式。就在巴克斯特摔下楼梯的瞬间，贝罗安看到了他眼中并没有恐惧，而是失望。这一刻贝罗安才“幡然醒悟”，他意识到了自己欺骗的罪恶：

> 贝罗安觉得自己从那双悲伤的棕色眼睛里看到他对欺骗的谴责。他，亨利·贝罗安，拥有那么多——事业、金钱、地位、房子，更重要的是他有家人……但他却没有为巴克斯特做任何事情，没有给予这个几乎已经被残疾基因夺取了一切的可怜的人一点点帮助，后者即将一无所有。（《星》：192）

就是在这重要的一刻，贝罗安认识到了自己的错误：他事业有成，家庭美满，却没有为这个被残疾基因夺取一切的可怜之人做任何事。当同事杰伊告诉贝罗安有关巴克斯特的病情后，贝罗安选择立马赶往医院，亲自为巴克斯特做手术，挽

① Kai Erikson, “Notes on Trauma and Community”, in Cathy Caruth, ed., *Trauma: Explorations in Memory*, Baltimore: The Johns Hopkins UP, 1995, p. 190.

回这个曾威胁他生命的“恐怖分子”的性命，并努力说服家人还有警察放弃对巴克斯特的起诉。贝罗安清楚地知道巴克斯特能正常生活的时日已经不多了，所以想努力让他看到生活的希望。这看起来是对巴克斯特的宽恕，而其实贝罗安才是寻求宽恕的那个人，他最后的醒悟也促使他努力去寻找治愈创伤、寻求救赎之路。贝罗安在经历了这场风波后，他更加懂得如何珍惜生活，珍惜家人。在他第一次领略到那种死亡临近的恐慌后，再看到垂死之人都会让他产生感同身受的悲伤。他也明白对一个黄泉路上的人落井下石是非常无耻的行为。

“麦克尤恩对恐怖主义和无处不在的暴力并没有采取犬儒的态度，他在小说中积极思考恐怖暴力的发生之源。”[①]贝罗安最终意识到自身的错误，并采取积极的措施治愈创伤，这正是作者为处于恐怖阴影下的西方社会提供的“一剂良药”。麦克尤恩在结尾升华了小说的主题，揭示了隐藏在人心底最深处的情感状态，对后“9·11”时代的个体创伤及集体创伤进行了深刻反思。

麦克尤恩在《星期六》中借助主人公贝罗安的视角，展现了当代英国社会人们日常生活中的精神与心理状态。在“9·11”事件、伊拉克战争等历史大背景下，作者对个体创伤与集体创伤进行了全方位的书写。通过对这部小说的创伤解读，笔者认为，麦克尤恩通过对个体与集体创伤的书写，为我们呈现了一幅后“9·11”时代英国社会“伤痕累累”的景象，同时他也积极地为现代社会人类所面临的共同困境提供解决之道。彰显了作者难以割舍的历史情怀以及对个人、社会和创伤的深层思考。

三、《甜牙》的后现代叙事策略

伊恩·麦克尤恩是当代英国最具影响力与号召力的作家之一。与马丁·艾米斯、朱利安·巴恩斯并称为英国“文坛三剑客”。作为英国的“国民作家”，麦克尤恩的小说创作从早期封闭、阴暗的自我书写转向后期对社会历史现实的宏观书写，创作风格的转变体现了他对文学潮流与当下社会的密切关注。《甜牙》是麦克尤恩于2012年出版的新作，小说以20世纪70年代冷战时期的英国社会为背景，讲述主人公塞丽娜·弗鲁姆（Serena Frome）受英国情报机构军情五处派遣，参与一项特殊的“甜牙”行动，目的是资助青年作家创作以帮助宣传主流思想。该小说一经出版便受到广泛关注。国外学者彼特·查卢斯基（Petr Chalupsky）将《甜牙》与麦克尤恩前几部小说《赎罪》《无辜者》等进行对比，探讨了小说的

① 苏忱:《伊恩·麦克尤恩小说〈星期六〉中西方社会恐袭阴影之思》，载《外国语言与文化》，2017年第2期，第98页。

主题意蕴与叙事策略，认为小说中游戏般的叙事手法是其独特魅力所在。[①]劳拉·沃克（Laura Savu Walker）在其文章中探讨了《甜牙》元小说与反思历史的特点，认为麦克尤恩以微妙的平衡力扮演着双面间谍的角色。[②]在国内，尚必武运用嵌入叙述、心理叙述、内聚焦等书写策略，试图“揭示‘原谅’这一在作品中不断闪现的词汇所蕴含的伦理价值和情感元素”[③]。胡碧媛在其文章中指出，《甜牙》从不同层面探讨人性、道德及社会问题，小说的主题与艺术特色也展现了作家娴熟的文学技巧。[④]黄一畅运用修辞叙事理论分析小说的伦理向度，揭示麦克尤恩“对后现代元叙事中阅读伦理的可能塑形”[⑤]。

可见，《甜牙》鲜明的后现代特征已成为国内外学者的研究重点，其中多以元小说、互文性等为主。本节通过分析小说中不确定的情节与结局、杂糅的叙述风格、并置的真实与虚构等后现代主义叙事策略，发现小说丰富多元的文本内涵，以及潜藏在文本下的现实意义。麦克尤恩借虚构的小说创作，从多个方面为读者展现了一个70年代冷战背景下的西方社会，展现了作者对历史真实性的反思，及其作为小说家的社会责任感。

1. 不确定的情节与结局

美国后现代主义文论家伊哈布·哈桑（Ihab Hassan）认为，不确定性是后现代主义根本特征之一，“它包含了对知识和社会产生影响的一切形式的含混、断裂、位移……各种不确定性渗透在我们的行为、思想、解释中，从而构成了我们的世界”[⑥]。陈世丹认为，“不确定性决定一篇文本如何被人阅读。作品（文本）的意义取决于解释这一作品的方式，而不是取决于一系列固定不变的规则”[⑦]。后现代作家打破了现代主义惯常的“封闭体”写作，倡导采用“开放体”写作，终止了情节的确定性和单一性。后现代主义文学的不确定性主要体现在情节、形象、主题、语言等几个方面。在《甜牙》中，作者通过不确定的情节以及开放的结局，使小

---

① Petr Chalupsky, “Playfulness As Apologia for a Strong Story in Ian McEwan’s *Sweet Tooth*”, *Brno Studies in English*, 41.1 (2015), p. 101.

② Laura Savu Walker, “‘A Balance of Power’: The Covert Authorship of Ian McEwan’s Double Agents in *Sweet Tooth*”, *MFS Modern Fiction Studies*, 61 (2015), p. 498.

③ 尚必武：《〈甜牙〉——“原谅”的伦理与情感》，载《当代外国文学》，2013年第4期，第64页。

④ 胡碧媛：《成熟的自我，丰富的文学》，载《东西评论》，2013年第6期，第20页。

⑤ 黄一畅：《修辞叙事视阈下的后现代阅读至乐——以伊恩·麦克尤恩〈甜牙〉为例》，载《西安外国语大学学报》，2015年第3期，第104页。

⑥ Ihab Hassan, *The Postmodern Turn: Essays in Postmodern Theory and Culture*, Ohio: Ohio State UP, 1987, p. 73.

⑦ 陈世丹：《美国后现代主义小说详解》，天津：南开大学出版社，2013年，第72页。

说的解读呈现多种可能。

《甜牙》可分为两个部分，第一部分以主人公塞丽娜为第一人称视角，讲述了她40年前受英国军情五处的派遣执行一项秘密任务的经历。第二部分则以作家汤姆·黑利为第一人称视角揭开故事真相，对之前的内容进行推翻，即反转。作为一部间谍题材的小说，《甜牙》展现了冷战背景下的间谍世界，其情节看似环环相扣，实则充满了空白性与不确定性。主人公塞丽娜本是一位普通的剑桥大学女学生，在机缘巧合下结识了历史学教授托尼·坎宁，而因此开始了走向特工的道路。在与托尼交往期间，塞丽娜不仅享受托尼给予的经济支持，还享有托尼单独教授历史、文学知识的机会，而塞丽娜没有预想到的是，托尼实际上是军情五处的特工，且所谓的单独授课也不过是为日后将塞丽娜送入军情五处所做的准备。结束与托尼的感情之后，塞丽娜进入军情五处成为一名低级职员，她出众的外貌及对文学的爱好使她迅速脱颖而出，被上级选为"甜牙"行动的女间谍。"甜牙"是一项特工行动的代号，目的是以自由国际基金会代理人的名义诱使具有反共倾向的青年作家接受资助，并利用他们的作品宣传主流思想。

在这次行动中，共有十个目标对象，塞丽娜负责的是正攻读文学博士的汤姆·黑利。而至于这次行动中其他几个目标对象是谁，是何身份等细节，小说都未曾再提起，关键人物黑利被选中的原因也未给予过多解释，"甜牙"行动的真实性无从得知。故事伊始，小说就被蒙上一层不确定的面纱。塞丽娜的上级彼得·纳丁在介绍黑利时，说道，"本杰明已经整合了一份文件，我们想听听你的意见。如果你乐意，我们希望你能坐上火车到布莱顿跑一趟，看看他。如果你竖起大拇指，那我们就用他。否则我们就把目标转到别处去"[①]。可见，纳丁派遣塞丽娜接近黑利是为了预先打探情况，评估计划的可行性，而这份工作后来却成了简单的招募工作。军情五处的高层仅仅掌握了黑利的基本资料，便有如胜券在握一般派塞丽娜前去诱使黑利接受政府的巨额资助，而黑利不仅接受了资助，同时也掉进了塞丽娜"甜牙"的陷阱。这似乎是早已有人摸透了黑利的心思，并利用他的弱点引其上钩。更令人匪夷所思的是，塞丽娜的前男友托尼曾被军情五处怀疑是英俄的双面间谍，军情五处也派人试探塞丽娜的政治立场，而在小说结尾，塞丽娜的直属上司马克斯却将"甜牙"行动的机密透露给黑利，塞丽娜被赶出军情五处，成为唯一的牺牲品。因此也可如是推测，这次行动的目标或许并不是包括黑利在内的十个作家，而是塞丽娜。小说中多个事件的细节均未给出确定的答案，故事脉络缺乏连贯、逻辑性，作者似乎正有意在小说中设置多处空白以留给

① 伊恩·麦克尤恩:《甜牙》，黄昱宁译，上海：上海译文出版社，2018年，第120页。后文出自同一著作的引文，将随文标出该著名称简称《甜》和引文出处页码，不再另注。

读者发挥想象的空间。

读完小说，读者会发现“刚读完的那个故事突然被赋予崭新的意义”（《甜》：1），而这种“反转”不仅使小说更具耐读性，且使得小说结局呈现出开放性的特点。小说最后一章是黑利写给塞丽娜的一封信，从信中可知，其实早在报纸揭露塞丽娜的真实身份之前，黑利就已经从马克斯口中得知事实真相。马克斯是军情五处的一员，也是塞丽娜的上司，二人曾有过短暂的暧昧关系。一时嫉妒心起的马克斯将有关塞丽娜与军情五处的秘密向黑利全盘托出，极度愤怒之下的黑利感受到前所未有的仇恨，决定隐瞒已知的实情，并以此作为其创作小说的故事蓝本，展开对塞丽娜的“甜牙”行动。小说结尾，黑利在信中写道：“如果你的回答是一个致命的‘不’，那好吧，我没有留副本，只有这一份，你可以付之一炬。如果你还爱我，你的答案是‘好’，那么我们的合作就开始了，而这封信——如果你同意的话——将会是《甜牙》的尾章。最亲爱的塞丽娜，你说了算。”（《甜》：399）小说就此戛然而止，却余音绕梁。从结尾可看出，《甜牙》实际是黑利所著，他以塞丽娜的口吻讲述整个故事。而这部小说到底是作者黑利自己的虚构，还是经过了塞丽娜后来的补充？读者所读的版本究竟是黑利所著的版本，还是经过塞丽娜修改过的修订本？扑朔迷离的故事情节，开放性的小说结尾展现了作者娴熟的写作技巧，也揭示了小说不确定性的后现代主义特征。

2. 杂糅的叙述风格

《甜牙》是一部杂糅了文学、历史、文化、政治等多种题材的爱情小说。加奈尔·布朗（Jannelle Brown）在《洛杉矶时报》书评中指出，“文学才是《甜牙》真正的主题”①，麦克尤恩本人则曾在采访中提到《甜牙》也“是一部关于阅读的小说”②。可见，多种题材的相互交织，使小说文本展现出多元化的后现代特点。

《甜牙》是典型的后现代文本。小说借鉴了间谍小说的叙述模式，为读者展现了间谍世界的阴暗与诡秘。而与传统的间谍小说不同的是，《甜牙》并不单单是对间谍世界的展示，还结合了政治、历史等严肃主题及谎言、爱情等通俗元素。小说中的英国情报机关——军情五处，在冷战正处于胶着期时，与军情六处争夺资源，打着自由国际基金会的旗号资助青年作家以鼓励创作，并借其创作进行意识形态渗透。除了政府机构间的政治，还有“被一整套官僚主义和机构内卷化效

① Jannelle Brown, “*Sweet Tooth* by Ian McEwan is a Novel, but Not a Thriller”, *Los Angeles Times*, 23 Nov. 2012.

② Barbara Chai, “Interview with Ian McEwan”, *Wall Street Journal*, 29 & 30 Oct. 2012.

应拖得一步一喘的办公室政治。无论是一份理由暧昧的密控档案，一篇只消上级一个眼神就推倒主旨的报告，还是一位因为个性张扬而遭到解雇的女职员，都折射着某种早已被习以为常的荒诞性”（《甜》: 5）。政治成为贯穿整部小说的主线。“英国文学圈与政治素来深厚的关系，英国小说与间谍业之间素来纠结的瓜葛（我们熟悉的毛姆、格林、弗莱明和勒卡雷之类，都是著名的跨界人物），均可视为《甜牙》的灵感源泉”（《甜》: 5）。麦克尤恩将政治与生活细节相融合，并作为文学创作的素材，展现了政治背后的虚伪、阴暗与复杂性。

除上述之外，《甜牙》实际上也是一部成长小说。与“描述主人公成长经历及其道德上和心理上的成熟过程”[①] 的成长小说一样，主人公塞丽娜经历的利用与被利用，信任与背叛，仇恨与原谅的过程是成长小说的基本模式：天真—考验—成熟。小说的成长主题主要体现在塞丽娜的情爱当中。塞丽娜出身于教会家庭，在“四面筑起围墙的花园里长大，体验过其中必然蕴含的一切愉悦与局限”（《甜》: 3）。父母疼爱有加，痴迷文学，享受高等教育，塞丽娜的成长环境与成长过程是单纯而美好的。进入剑桥大学后，塞丽娜结识历史系教授托尼·坎宁，并开始了一段跨越年龄的地下恋情。两人一起在郊外的小别墅里度过了一段专属于彼此的美好时光，而好景不长，这份恋情最终以一场精心安排的骗局结束。托尼以恋情被妻子发现为由，结束了这段婚外情，遭受打击的塞丽娜对于这份感情始终难以释怀。实际上，托尼早已计划好将塞丽娜当成礼物作为送给军情五处的补偿。进入军情五处，塞丽娜一直处于上级的监视状态下，她也逐渐发现隐藏在这世界背后的阴谋与黑暗。“甜牙”行动的秘密泄露后，塞丽娜成为军情五处唯一的牺牲品，因为“特工的身份一旦暴露，从此便百无一用”（《甜》: 363）。几经欺骗与背叛后，塞丽娜也逐渐变得更成熟。从结尾黑利的信中可以看出，塞丽娜经受住考验，最终选择了原谅。

麦克尤恩独到的写作技巧使小说的叙事空间立体化，叙述风格与叙述模式的杂糅凸显了小说的后现代特征。

3. 并置的真实与虚构

琳达·哈琴将后现代主义与编史元小说之间画上等号，她认为编史元小说“强调现实和历史都是语言的建构物”，且“对历史和历史人物的频繁调用能起到借古喻今的作用，以促使读者重新思考历史、传统、宗教和意识形态等问题”[②]。

① Chris Baldick, *The Oxford Dictionary of Literary Terms*, New York: Oxford UP, 2001, p. 35.

② 林元富：《后现代诗学》，收入赵一凡等编《西方文论关键词》，北京：外语教学与研究出版社，2016年，第191页。

真实与虚构的并置凸显了小说《甜牙》的后现代特征。《甜牙》的时间背景设于20世纪70年代冷战时期的英国社会，历史人物与虚构人物碰面，他们的生活彼此交织、相互影响。麦克尤恩以虚构的方式让历史真实人物与小说人物会面，真实事件与虚构事件重叠，从而进一步反思现实、反思历史。

小说中，历史人物频繁登场，与虚构人物共处同一时空。小说人物托尼·坎宁是剑桥大学历史学教授，而他的另一身份，是军情五处的特工。在塞丽娜初次见到托尼时，就介绍道："他是教授，一度是内政大臣雷吉·莫德林的朋友，后者曾经到他学院里来共进晚餐。某天晚上，这两个男人喝得烂醉，说起在北爱尔兰推行不经审判即可拘留的政策，双方争执不下，就此失和。"（《甜》：16）雷吉·莫德林是真实存在的历史人物，他是英国保守党著名的政治家，是英国政府北爱尔兰政策的主要制定者和执行者，与著名的1972年北爱尔兰游行民众事件"血腥星期日"直接相关。而"血腥星期日"这一历史事件也被写入小说。"去年四月的威杰里报告出台……声称，派遣一支像伞兵部队那样冲动好斗、目标明确的队伍去维持一场民权游行的秩序，显然是一次操作失误。这本来应该是北爱尔兰皇家武装警察的任务"。（《甜》：92）军情五处是英国的军事情报机构，是世界上最具神秘色彩的谍报机构之一。主要职责是为政府处理安全、防务、外事、经济方面的事物搜集情报。小说中，军情五处还通过资助青年作家进行文学创作来达到渗透意识形态的目的。并与情报司、军情六处合作，共同培养作家、报纸、出版商。"乔治·奥威尔临终时给了情报司一份三十八名'共产主义同路人'的名单。而情报司则帮忙将《动物农场》翻译成十八种语言，同时替《一九八四》做了大量推广工作。"（《甜》:117）可见，意识形态为统治阶级服务，历史也如此，因为"在历史事件被构建为历史事实的过程中，就难以排除权力和意识形态的因素"①。"小说中的历史事实虽然经过作者精心选择，并有据可查，但他们是为小说虚构服务的"②。麦克尤恩对历史人物与历史事件的频繁调用，以及利用虚构的小说对真实素材的改编，创造出一个多元化的后现代主义叙事空间。

在论及历史的真实与小说的虚构问题时，哈琴认为，"历史不再是绝对的真实，小说也不见得纯属虚构，因为历史和小说都是话语、人为建构和表意系统，我们对过去和历史的认识都来自被阐释和编制过的'文本化的残余'（textualized

① 林元富：《后现代诗学》，收入赵一凡等编《西方文论关键词》，北京：外语教学与研究出版社，2016年，第195页。

② 陈世丹：《美国后现代主义小说详解》，天津：南开大学出版社，2013年，第312页。

remains)”[1]。这些“残余”缺乏完整性，且是主观的产物，如“目击证据、日记、书信、回忆录等等。倘若是官方记录，那就更难逃各种机构、制度和利益集团的操纵、歪曲或压制了”[2]。小说《甜牙》的主体部分以回忆录的形式讲述塞丽娜约40年前的一次特殊经历，并通过塞丽娜的第一人称视角追溯历史。而小说结尾，读者会发现，整部小说都是黑利在基于一些调查之后，以塞丽娜的口吻写成的、带有虚构性质的创作。读者与塞丽娜一起掉入黑利埋设的“甜牙”陷阱。小说的虚构本质被揭露，历史的真实性也有待商榷。

值得注意的是，文中记录历史事件的官方媒介——报纸，实际上也不过是意识形态操控下的产物。报纸在《甜牙》中起着不可忽视的作用。托尼在为塞丽娜授课时就要求她每天看一份报纸，“他当然指的是《泰晤士报》，在那个年月，它仍然是赫赫有名、教人敬畏的报纸”(《甜》：31)。在那个喧嚷的70年代，人们了解时事多半通过报纸、杂志等媒介，不管是军事讯息，还是政治新闻。“报摊上每张报纸的头版都登着‘石油输出国组织油价危机’的报道。西方对以色列加大支持力度，所以正在遭受惩罚。出口给美国的石油一律禁运。矿工工会的领导正在召开特别会议，讨论他们怎样才能最好地利用眼下的局势。”(《甜》：209)报纸被视为记录真实事件的载体，小说通过新闻报纸客观再现历史，展现了某种历史性的危机，然而，小说又揭示了其不可靠性。当彼得·纳丁与塞丽娜提到《邂逅》时，他说道：“这是一份月刊，知识分子的玩意，政治，泛文化之类，它跟大多数知识分子刊物不同，一旦涉及共产主义，尤其是苏联那种，它往往抱着怀疑的态度，或者干脆就是敌意。他们打的算盘是诱导欧洲持中左立场的知识分子远离马克思主义观念。”(《甜》：106)报纸这一媒介背后是权力的运作，也就说明报纸也是主观、虚构性的创造。

麦克尤恩对历史人物的调用和历史事件的情节编排赋予了小说丰富的视觉意象与想象空间，使读者穿梭于真实与虚构、历史与现实之间，同时，对70年代纷乱动荡的英国社会的全景式展现，促使读者重新反思历史、审视现实。

后现代主义者认为，“文学不在于如何表现世界或解释世界，而在于对人们理解这个世界的思维方式提出挑战”[3]。素有英国“国民作家”称号的伊恩·麦克尤恩，凭借其敏锐的洞察力，将小说创作与时代历史相结合，以更为成熟的姿态展现其小说的时代威慑力。在小说《甜牙》中，麦克尤恩巧妙利用情节的断裂、

① 林元富：《后现代诗学》，收入赵一凡等编《西方文论关键词》，北京：外语教学与研究出版社，2016年，第194页。

② 同上，第195页。

③ 曾艳兵：《西方后现代主义文学研究》，北京：中国社会科学出版社，2016年，第73页。

空白以及开放的结局使小说展现不确定性的特征，消解了文本封闭、固定的隐含意义；对多种叙述风格的融合则体现了小说多元化的后现代特点。他以虚构的方式再现了 20 世纪 70 年代的英国社会现实，将小说与读者置于开放的历史语境中，进而反思历史的本质。麦克尤恩运用多种后现代主义叙事策略为读者呈现了一个丰富多元的文学世界，同时也折射了当代社会人类的真实困境。

第五章

石黑一雄小说中的后现代科技与伦理

作为2017年诺贝尔文学奖得主，著名日裔英国小说家石黑一雄（Kazuo Ishiguro, 1954—　）在一夜之间被全世界所熟知。他于1954年生于日本长崎，5岁时跟随家人移民英国，并在那里开始接触、学习英国文化。1982年，28岁的石黑一雄以处女作《远山淡影》（*A Pale View of Hills*）开始进入公众视野，并于次年获得由英国皇家学会颁发的温尼弗雷德·霍尔比纪念奖（The Winifred Holtby Memorial Prize）。1986年他以《浮世画家》（*An Artist of the Floating World*）获得由英国及爱尔兰图书协会颁发的惠特布莱德奖（Whitbread Book of the Year Award），同年还获得英国布克奖（The Man Booker Prize）提名。1989年，石黑一雄出版第三部作品《长日将尽》（*The Remains of the Day*），该作品不仅为他赢得了写作生涯中的第一个布克奖，还被哥伦比亚电影公司改编为同名电影，并获得奥斯卡奖（The Oscars）、金球奖（Golden Globe Awards）、英国电影学院奖（British Academy Film Awards）等奖项提名。1995年，其作品《无可慰藉》（*The Unconsoled*）获得契尔特纳姆文学艺术奖（The Cheltenham Prize），同年，石黑一雄还获得由英国政府授予的大英帝国勋章（Most Excellent Order of the British Empire），这代表着英国政府对这位拥有双重文化背景身份的移民作家的充分认可。石黑一雄于2000年出版的《我辈孤雏》（*When We Were Orphans*）和2005年出版的《别让我走》（*Never Let Me Go*）均获得了英国布克奖提名，且后者不仅被《纽约时报》《时代周刊》等评为最佳图书，还被日本著名小说家村上春树所赞扬。2010年上映的同名电影《别让我走》更是获得了第37届土星奖的“最佳科幻电影”提名奖，且电影中凯西·H.的扮演者凯瑞·穆丽根（Carey Mulligan）还获得了英国独立电影节最佳女主角奖。2015年，石黑一雄携其“十年磨一剑”的新作《被掩埋的巨人》（*The Buried Giant*）卷土重来，该作品一经问世便引发文学评论界的热烈讨论。除以上提到的七部作品之外，石黑一雄还曾于2008年出版了一部短篇小说集《小夜曲：音乐与黄昏五故事集》（*Nocturnes: Five Stories of Music and Nightfall*)。可见，石黑一雄作为一名有着双重文化背景身份的日裔英国移民作家，其作品视域之广、寓意之深，是文学评论界有目共睹的。

石黑一雄获得如此多殊荣，除了作家本身独特的文学视角和平淡、优雅的标志性叙事风格之外，还因为其作品中流露着许多对多元文化、种族、传统与现代社会矛盾等后现代问题的思考，尤其对于后现代伦理问题，石黑一雄通过文本向读者传达了他作为后现代主义作家的独到见解。在小说《远山淡影》、《长日将尽》和《别让我走》中，石黑一雄以后现代视角分别探讨了后现代社会中移民者的身份焦虑和在伦理困境中的自我建构和解构、传统社会向现代社会和后现代社会转型过程中人类面临的各种伦理问题以及科学技术发展对人类伦理道德的吞噬现象，并试图以此呼吁人类在发展社会经济的同时更应该多加关注、审视和反思社会的伦理道德问题，以形成更好的多元型道德社会。

西方现代主义文学即现代派文学，是19世纪末20世纪初所形成的一种文学流派。在两次世界大战之后，战后重建使得全球科学技术飞速发展，人类从传统社会进入现代化社会，生活方式和思想观念都随着社会进步而进步。现代主义者认为，世界上的一切不可理喻都只是一种现象，而所有现象背后必有其本质，只要能够究其本质，一切不可理喻的现象都能够变得统一有序。现代主义者们一直以来都试图以自己的思想去理解世界，他们想建立一套价值标准来恢复这个世界的秩序。但在这样看似有序的新世界格局中，人类并没有因此获得更高程度的自由，高度集中的权力和大一统的思想价值体系反而使人渐渐丧失了自我与主体性。康德（Immanuel Kant）曾说："我们这个时代可以称为批判的时代。没有什么东西能逃避这批判的。宗教企图躲在神圣的后边，法律企图躲在尊严的后边，而结果正引起人们对它们的怀疑，并失去了人们对它们真诚尊敬的地位。因为只有经得起理性的自由、公开检查的东西才能博得理性的尊敬。"① 在质疑与反思的声音中，后现代主义悄然出现，后现代主义者们认为，现象即本质，这个世界本就是不可捉摸、难以把握的，我们无须去寻找现象背后的本质，因为本质根本不存在。后现代主义的标志便是对宏大叙事（元叙事）的质疑与批判，利奥塔尔（Jean Francois Lyotard）曾指出："我们可以把对元叙事的怀疑看作是'后现代'。"② 也有学者认为后现代主义是"一种不确定的内向性"③。波兰社会学家齐格蒙特·鲍曼（Zygmunt Bauman）对现代主义和后现代主义进行了区分："典型的现代型世界观认为，世界在本质上是一有序的总体，表现为一种可能性的非均衡性分布

① 约翰·华特生编选:《康德哲学原著选读》，韦卓民等译，北京：商务印书馆，1987年，第7页。
② 利奥塔尔:《后现代状态》，车槿山译，南京：南京大学出版社，2011年，第4页。
③ 刘象愚:《从现代主义到后现代主义》，北京：高等教育出版社，2002年，第262页。

的模式，这就导致了对事件的解释，解释如果正确，便会成为预见（若能提供必需的资源）和控制事件的手段。”[①]在这里，鲍曼对现代性持乐观态度，认为它可能在一定程度上对世界发展有积极作用，而后他又评论：“典型的后现代型世界观认为，世界在本质上是由无限种类的秩序模式构成，每种模式均产生于一套相对自主的实践。”[②]在这个时期，鲍曼对现代主义和后现代主义的研究都较为客观，没有明确的立场，而在1993年出版的《后现代伦理学》中，鲍曼深刻剖析了现代伦理危机，详细探讨了后现代伦理学的理论基础。“当现代性到了自我批判、自我毁誉、自我拆除的阶段时（在这个过程中，‘后现代性’就意味着掌握和转移），很多以前的伦理学理论（但不是现代的道德关怀）所遵循的路径，开始看上去像一条盲目的小径，同时，对道德现象进行激进、新颖理解的可能性之门被开启了。”[③]鲍曼试图以一种全新的方式将后现代主义和伦理学巧妙结合在一起，用后现代主义视角来看待伦理学，给予其一种更适合后现代社会的角色定位。

人之所以为人，是因为人有主体意识和自我意识，人是精神的控制者，也是道德的主体，人类具有同一性，也有其个性，每个人都是以多元的形式存在于世界上，不能以统一的道德价值标准体系使人规范化。现代性道德以探究人类本质为目的去寻找道德的普遍原则，“理性”成了判断人道德与否的唯一标准，这种一元性、普遍性的道德于后现代主义者看来是难以实现的。后现代主义伦理学解构了现代性道德权威，反对传统和一元论，主张人的多元性和差异性，允许非统一的、多样的伦理道德观同时存在，这是对现代主义的反对和批判，也是人类在精神上对自由的追求。在鲍曼看来，后现代道德状况有以下几个主要标志：第一，“人性本善”或“人性本恶”在根本上就是错误的，因为善恶同时存在于人的内心中，不存在完全善或完全恶的伦理道德状况。第二，道德现象具有“非理性”的本质。伦理道德现象不是单一的、有规则的、可重复的、可预测的，一切经过理性思考的道德都不算真正的道德，只有优先于目的考虑和得失计算的道德才是真正的道德。第三，道德具有先验性，这决定了后现代伦理道德充满不确定性和模糊性。第四，道德不能被普遍化。现代主义伦理学主张一元和普遍的道德，希望以统一的道德价值体系将所有人规范化，而事实是，伦理道德没有统一的是非对错标准，在某一时间和地点被认定为道德的行为可能在另一时间和地点成为不道德的行为，所以任何伦理道德都仅仅是特定时间内的特定思想行为，不能将之

① 齐格蒙特·鲍曼：《立法者与阐释者——论现代性、后现代性与知识分子》，洪涛译，上海：上海人民出版社，2000年，第5页。

② 同上，第5页。

③ 齐格蒙特·鲍曼：《后现代伦理学》，张成岗译，南京：江苏人民出版社，2002年，第2页。

普遍化。[①] 以上述道德状况标志为基础，鲍曼建立了他的后现代伦理学。在他看来，后现代主义伦理也并非毫无缺憾，现代伦理在追求制度化、统一化的个人与集体安全感中失去了人性自由，而后现代主义伦理则由于追求极度多元和自由而失去了个人与集体的安全感，且这种安全感的缺失正是充满不确定性的后现代伦理生活所带来的。

在这样多元的、充满不确定性的后现代伦理生活中，人类迫切地需要制定出被所有人都接受、遵守的伦理规则，这些规则将在无形之间约束人们的思想行为，不论处于何时何地，人们都能心照不宣地依据这一伦理规则行事，只要不越过共同约定的伦理规则人们便可以和平相处。这样一来，社会成员之间将会获得一种安全感，自由与安全感并存于后现代伦理生活中的希望也将实现。而现实是，在人们迫切需要获得统一的伦理道德知识时，却并不知该如何获得，即使被人授予知识，人们也不确定是否可以毫无保留地百分百信任它。这种供需矛盾，鲍曼称之为“后现代伦理危机”（The Crisis of Postmodern Ethic）。在《后现代伦理学》一书中，鲍曼指出：“在规范的多元状态下（我们的时代是一个多元论的时代），对我们而言，道德选择（道德良知紧随其后）在本质上不可避免地是摇摆不定的（矛盾的）。我们的时代是一个强烈地感受到了道德模糊性的时代，这个时代给我们提供了以前从未享受过的选择自由，同时也把我们抛入了一种以前从未如此令人烦恼的不确定状态。”[②] 后现代伦理生活中的各种不确定性让人们对理想中的权威趋之若鹜，但那些曾经让人们信赖的权威都被后现代主义者以各种方式提出质疑，最终导致人们没有可以完全信赖的东西。“最后，我们不信任任何权威，至少我们不依赖任何权威，不永久地依赖任何权威：我们对任何宣布为绝对可靠的东西都表示怀疑。”[③] 后现代伦理便是这样一个质疑权威、批判宏大叙事的伦理道德体系，在这个体系里，人们的思想行为没有特定的伦理道德规范，理性不再是判断人道德与否的唯一标准，或者说，道德实际上成了个人的行为实践。后现代伦理危机的出现给充满绝对自由的后现代生活带来了各种伦理问题，在主张多元化与包容性的“道德自由”的后现代社会里，人类心中没有坚定的道德标杆，于是伦理身份渐渐迷失，随之而来的是多种伦理选择，甚至伦理两难，不论人类在何时何地做出何种选择，必然都会陷入复杂的伦理困境之中。后现代伦理给人类生活带来了一个既定的剧本：生活在后现代社会中的我们虽然得到了充分的自由，但我们却没有安全感，生活中的一切都是难以预料、不可信任的，我们不知道什

① 齐格蒙特·鲍曼：《后现代伦理学》，张成岗译，南京：江苏人民出版社，2002 年，第 12–15 页。

② 同上，第 24 页。

③ 同上，第 24 页。

么样的道德才算正确，面对复杂的伦理身份，我们不知该做出何种伦理选择才能走出伦理困境。这是人类在追求自由的道路上付出的相应代价，这种使人琢磨不透、惶惶不安的后现代社会也成了后现代作家的写作核心主题。

2017 年诺贝尔文学奖得主石黑一雄便是一个擅于对后现代伦理问题进行书写、探讨的后现代主义作家，他的小说大多以一种平淡、优雅的文字风格为读者讲述某个特殊时期的故事，这些故事往往都透露着石黑一雄对后现代社会中伦理道德的深入思考。在写作手法方面，石黑一雄的记忆书写贯穿他的所有作品，他从不刻画伟大的英雄人物形象，而是乐于书写各个时代里普通人的生命境遇，且他总是赋予作品一种淡淡的、朦胧的忧伤感，体现了石黑一雄本人内心之细腻。在前期，石黑一雄偏爱以日本文化为背景，以日本人为故事叙述者来展现他本人作为移民者的特殊文化认知视角，他尤其擅长以不可靠的碎片化叙事来重构记忆，例如在《远山淡影》和《浮世画家》中，石黑一雄用混乱的叙事视角不断干扰叙事者的回忆来给读者造成极大的阅读障碍，并让读者难以看到真实的历史事件，以此让叙事者在回忆与现实交替往返中虚构一个理想的、乌托邦的世界，并借助这种对过去事件不完整、不可靠的描述表现叙事者的民族情感和文化创伤，最终达到与过去的和解。在中期，石黑一雄不再穿梭于日英之间，而是全然将叙述者置于纯粹的欧洲背景之下，例如在《长日将尽》中，作者用时空交错、拼贴等写作手法将叙述者的经历以不规则的形式串联在一起，打破传统小说的固有形式结构和读者惯有的阅读、审美习惯，用后现代式的手法深入描写作者以移民者这一第三方视角所理解的欧洲文化。在后期，石黑一雄不再满足于描写现实世界，而是对科幻、神话等领域进行了大胆尝试，例如在《别让我走》和《被掩埋的巨人》中，石黑一雄就借幻想的未来世界和奇幻的史诗神话来聚焦当代社会的克隆人问题和人类的民族恩怨问题，表达了他对人类社会发展进程中各种潜在危机的担忧。

毋庸置疑，石黑一雄是一名优秀的后现代小说家，他不仅擅长在作品中进行各种后现代实验，更重要的是他对后现代社会中的伦理问题表现出了极大关心，他的每部作品里都有着符合小说历史背景的特殊伦理环境，其小说人物在那种伦理环境中定会表现出不同程度的伦理身份焦虑问题，而伦理身份问题则相应地会带来伦理困境、伦理冲突和伦理选择。例如在《远山淡影》中，第二次世界大战后的移民者因对自身伦理身份产生认同焦虑而陷入伦理困境；在《长日将尽》中，失落帝国的贵族绅士由于时代变革而自我物化了伦理身份，从而以一系列有违当今伦理道德的伦理选择错失了许多美好真挚的感情；在《别让我走》中，向死而生的克隆人们在冷漠残酷的人类社会中努力寻找自己的伦理身份却不得而终。石黑一雄作为第二次世界大战后的移民作家，其内心有着强烈的民族关怀，他渴望和平、呼吁和平，他欲求以自身巨大的情感力量挖掘读者在理想与现实中忽略的伦理道德，但毫无规范的多元的后现代社会却让他感到无能为力，于是他只能通过对处于某一特殊历史时期的故事叙述者内心世界的真实再现，把后现代社会中的各种伦理问题毫无保留地展现在读者眼前，以此表达他本人对后现代伦理道德的看法，留给读者无限深思。

一、《远山淡影》：后现代伦理困境中的自我建构与解构

第二次世界大战的结束带来了新一轮世界移民热，尤其是日本政府的投降让日本民众对眼前满目疮痍的家园失去了希望与信心，在日本被美国占领期间，日本民众终于领略到了西方真正的民主与自由，大量日本人开始移民西方国家。伴随着移民现象的出现，移民也成了后现代文学家笔下的热门主题，与拉什迪（Sir Salman Rushdie）和奈保尔（Vidiadhar Surajprasad Naipaul）一同被称为“英国文坛移民三雄”的日裔英籍作家石黑一雄正是一位有着双重文化背景身份的典型移民作家，他生于日本长崎，5 岁时便随父母移民英国，从此在英国生活和学习。以石黑一雄的经历来说，他有绝对的权利讲述移民问题，但实际上在他的所有作品中，很少有正面、直观地谈论移民问题的故事，尤其在后期，石黑一雄更是将笔杆触及了战争、科技、悬疑、历史等宏大主题之上，其文字也是带着淡淡哀愁的简朴英式风格，仿佛有意避免拿自己的移民身份做文章。然而石黑一雄于 1982 年出版的处女作《远山淡影》却是一部正宗的移民小说，国外对这部小说的研究多集中于创伤记忆和不可靠叙述，暂未有对伦理的研究；国内对该小说有从后殖民主义、不可靠叙事、创伤叙事、地理叙事以及空间批评等角度进行研究，对伦理方面的关注仅在于故事叙述者悦子（Etsuko）的伦理身份（Ethical Identity）和伦理选择（Ethical Selection）上，滕爱云提道：“在石黑一雄看来，小说是表现人内心世界的最有意味的形式，他笔下人物的内在挣扎常常是由于承担某种伦理身份的责任和义务而陷于伦理困境造成的。”[①] 实际上，伦理困境并不仅仅来自承担伦理身份相应的伦理责任，在《远山淡影》中，叙述者悦子的伦理身份改变来自她个人的伦理选择，且在该小说中，悦子的伦理选择实际上是后现代社会移民浪潮中的伦理两难，所以在研究这部小说时，更不应该忽略移民经历

① 滕爱云：《〈远山淡影〉中的伦理身份与伦理选择》，载《北京航空航天大学学报》（社会科学版），2018 年第 6 期，第 195 页。

给悦子带来的伦理困境（Ethical Predicament）和悦子在困境中通过自我建构最终自我解构来逃出困境的心路历程。在故事情节上，以往评论家们也都只表明悦子回忆中的好友佐知子（Sachiko）即悦子本人，佐知子的女儿万里子（Mariko）即悦子的大女儿景子（Keiko），却没有解释小说中存在的许多疑点。根据故事情节，悦子的谎言不仅限于以上的身份替代，还有许多背后不为人知的、不可言说的、悦子至今不愿面对的可怕事实。对这些疑点的解释将揭开小说的另一层神秘面纱。

在小说《远山淡影》中，叙述者悦子是一位第二次世界大战后移民英国的日本妇女。当初悦子带着大女儿景子移民英国，与英国丈夫生下小女儿妮基（Niki），但文化差异让景子总是难以适应在英国的新生活，景子渐渐变得抑郁、孤僻，最终在曼彻斯特的公寓里上吊自杀，直到几天后才被房东发现。大女儿的自杀给悦子造成巨大冲击，并让她深陷愧疚之中，她怀疑当初的移民决定从根本上就是错误的，甚至认为自己不是一个合格的母亲，尽管妮基不断安慰她不该为景子的死负责，但她始终摆脱不了这种自责感。在小女儿妮基从伦敦回到英国郊区家中看望自己的短短 6 天里，悦子回忆了曾经在日本长崎生活的一段日子。那时，第二次世界大战刚过去不久，受到原子弹重创的长崎一片荒芜，怀着身孕的悦子和丈夫二郎（Jiro）、公公绪方先生（Ogata San）一同住在长崎东边城郊的一幢战后重建的公寓里，佐知子和万里子母女俩搬到悦子公寓附近一栋在战火中幸存下来的小木屋里，从此悦子和佐知子便成为好友。在悦子的记忆中，佐知子是一个任性的女人，她原本嫁入了东京一个声名显赫的家庭，但战争的到来打破了生活的宁静，佐知子经常带着女儿住在地道和破房子里。虽然后来搬到长崎定居，但长时间流离失所的生活让万里子变得性格孤僻、怪异，而佐知子非但没有更加悉心照料万里子，而是对万里子不管不顾，即使万里子赌气跑出家门一整天，佐知子也不担心，仿佛在佐知子心中最重要的事便是能够和美国大兵弗兰克（Frank）一起移民美国。对于弗兰克的承诺，佐知子深信不疑。整部小说随着悦子的回忆一步步展开，悦子谈起曾经陪佐知子母女去长崎港口游玩的一次经历，在记忆中，那时的悦子还怀着景子；悦子还提及佐知子为了能够和弗兰克一起去美国，狠心淹死万里子心爱的小猫们这一残忍事件。在悦子的回忆里，佐知子便是这样一个任性冷血、为一己私利不顾女儿喜好的母亲，但另一方面，悦子又时常想起佐知子说的“对我来说，女儿的利益是最重要的，悦子。我不会做出有损她未来的决定”[①]。佐知子的形象渐渐变得模糊不可靠，且直到最后，悦子也没有交代佐知子

① 石黑一雄:《远山淡影》，张晓意译，上海：上海译文出版社，2017 年，第 50 页。后文出自同一著作的引文，将随文标出该著名称简称《远》和引文出处页码，不再另注。

究竟有没有成功移民美国，仿佛佐知子就这么在悦子的生活中消失了。直到故事结尾，悦子从回忆中抽离出来，场景回到悦子和小女儿妮基在屋后果园里散步聊天，当悦子提到早上给妮基的一本印着长崎港口风景照的日历时，悦子说："上面是长崎港口的风景。今天早上我想起有一次我们到那里去，一次郊游。港口周围的那些山非常漂亮……那天景子很高兴。我们坐了缆车。"（《远》：237）那一刻，悦子终于接受女儿景子已去的现实，悦子为了逃避、淡化自己曾经固执移民而间接导致景子自尽的愧疚，亲手为自己精心建构了一个完全独立于自己又与自己密不可分的佐知子形象，并用万里子的形象替代已逝去的景子。在6天的回忆里，悦子站在旁观者角度审视了自己过去的行为，在经历了逃避责任、认清责任和自我反省过程之后，悦子终于摘下"佐知子"这一面具，亲手解构了"佐知子"，也终于从伦理困境中走出来。

1. 移民身份焦虑与伦理两难

移民者是以特殊身份存在于两种文化之间的社会群体，"移民者"是这一群体成员的社会身份或文化身份，国内文学伦理学批评研究者聂珍钊教授指出："由于社会身份指的是人在社会上拥有的身份，即一个人在社会上被认可或接受的身份，因此社会身份的性质是伦理的性质，社会身份也就是伦理身份。"[①]而分析文学人物恰巧离不开对人物伦理身份的剖析，在聂珍钊教授看来："在文学文本中，所有伦理问题的产生往往都同伦理身份相关。伦理身份有多种分类，如以血亲为基础的身份、以伦理关系为基础的身份、以道德规范为基础的身份、以集体和社会关系为基础的身份、以从事的职业为基础的身份等。"[②]移民者的伦理身份较为复杂，他们既没有完全融入新文化环境，也没有完全脱离原文化环境，他们以悬空的姿态漂浮于两种文化之间，一面不时地怀念过去的生活状态，一面又努力模仿新环境中的语言和处事方式，希望尽快被新环境接纳。从某种形式上来看，移民者又可以被看作社会边缘群体，尤其对于处于东西方之间的一代移民者来说，他们面对的是突然到来的伦理身份变化，巨大的文化及意识形态差异导致他们长时间以来都徘徊于两种文化之间的灰色地带，这种不确定感或零归属感将在很大程度上给移民者带来身份焦虑，而身份焦虑的本质其实是一种对自身身份的担忧，由从原环境突然进入新环境而带来的原文化断裂与新文化冲击导致处于两种文化之间的移民者们不断地确认自己的身份，他们担心自己因不符合新社会环境的伦理道德规范而不被新环境接受，更担心自己在新社会环境中失去原有的、应有的

① 聂珍钊：《文学伦理学批评导论》，北京：北京大学出版社，2014年，第264页。
② 同上，第263–264页。

伦理身份和社会地位。

在小说《远山淡影》中，悦子对自身移民身份的焦虑感首先表现在与英国丈夫的冲突上。小说开篇便是悦子的自白："我们最终给小女儿取名叫妮基。这不是缩写，这是我和她父亲达成的妥协。真奇怪，是他想取一个日本名字，而我——或许是出于不愿想起过去的私心——反而坚持要英文名。他最终同意妮基这个名字，觉得还是有点东方的味道在里头。"（《远》：3）悦子的这段自白向读者交代了自己一代移民者的伦理身份，也表达了自己的身份焦虑。对于经历过伦理身份改变的悦子来说，过去的生活是一个敏感话题，她不愿将现在的任何东西染上过去的影子，也不愿被人主动提起自己原有的伦理身份，但对于她的英国丈夫来说，他对日本这一异域文化充满好奇，所以总是在言语和行为上制造一些与日本的关联，例如，悦子的英国丈夫总喜欢写一些关于日本的文章，"但是他从不曾理解我们的文化，更不理解二郎这样的人"（《远》：114）。悦子一面表现出不愿回忆过去，一面又不断地在自白中提起过去在日本的生活，尤其通过悦子对前任日本丈夫二郎的描述可以看出悦子实则是在日英文化冲突中为自己的原文化和原伦理身份做辩护。"我并非在深情地怀念二郎，可是他绝不是我丈夫想的那种呆呆笨笨的人。二郎努力为家庭尽到他的本分，他也希望我尽到我的本分；在他自己看来，他是个称职的丈夫。而确实，在他当女儿父亲的那七年，他是个好父亲。"（《远》：114）在悦子的描述里，二郎就是一个典型的日本丈夫、日本父亲形象，而这一形象正是日本文化的象征，悦子为二郎辩护，实则是在为自己的文化辩护。事实上，悦子的伦理身份焦虑远不止来源于小家庭中的双重文化冲突。悦子虽然如愿以偿地来到了英国，但她实际并没有真正做好移民准备，她在心理上拒绝融入英国社会、拒绝接受英国文化，从始至终她都生活在自己想象中的英国里。例如在妮基回家看望她的最后一天，母女俩在家附近的原野里散步聊天，悦子说："我一直觉得这里最像英国……你父亲刚带我到这里来的时候，妮基，我记得我觉得这里的一切都那么像英国。原野啊，房子啊。正是我一直以来想象中的英国的样子，我高兴极了。"（《远》：238）妮基曾说悦子居住的地方不是英国真正的乡下，随后悦子在自白中承认："我一直没敢到英国北部的农业区去，……尽管如此，这些年来，我越来越喜欢这些小路带来的平静和安详。"（《远》：55）悦子不敢去英国真正的乡下背后的真实原因其实是悦子仅仅做到了身体移民，而始终没有做到心理移民，多年来，她一直不愿走出舒适区，不敢面对异国文化对自身伦理身份的冲击。且最近，悦子最不愿面对的事——大女儿景子自尽——被英国媒体以最敏感的方式报道了出来："英国人有一个奇特的想法，觉得我们这个民族天生爱自杀，好像无须多解释；因为这就是他们报道的全部内容：她是个日本人，她在自己的房间里上吊自杀。”（《远》:5）在新的社会伦理环境中，悦子作为移民者，本身就是特殊的、边缘的，生活周遭每时每刻都在上演着对移民者原文化的偏见，仿佛“日本人”三个字就是极端性格者的代名词，这些偏见无形之间加重了悦子的伦理身份焦虑。

聂珍钊教授指出：“从起源上说，人的身份是进行自我选择的结果……伦理选择是从伦理上解决人的身份问题，不仅要从本质上把人同兽区别开来，而且还需要从责任、义务和道德等价值方面对人的身份进行确认。”[①]事实上，悦子的身份焦虑正是来自自己曾经做出的伦理选择。悦子在自白中一人分饰三角：现在移民者身份的悦子、过去日本人身份的悦子以及好友佐知子，并且将大女儿景子用万里子替代。在她的回忆中，佐知子自始至终都向往着能够带万里子去美国，并且这一目的是完全出于对女儿利益的考虑，因为佐知子不止一次强调：“对我来说，女儿的利益是最重要的，悦子。我不会做出有损她的未来的决定。”（《远》:50）当悦子表示担心万里子无法适应美国生活时，佐知子总是坚定地说：“我向你保证，万里子没事的。不会有问题的。”（《远》：50）并且还说：“万里子在美国会过得很好的，你为什么不肯相信？那里更适合孩子的成长。在那里她的机会更多了，在美国女人的生活要好得多……她可以成为女商人，甚至是女演员。这就是美国，悦子，什么事情都有可能。”（《远》：52–53）“日本不适合女孩子成长。在这里她能有什么指望呢？”（《远》：220）“她会应付得过来的。她应付得过来。”（《远》：221）从这些话语可以看出，佐知子的确是一个把女儿的利益放在首位、时时刻刻为女儿着想的好母亲。后来，去美国的计划由于弗兰克的失信而有了变动，佐知子又表示：“我很高兴事情变成这个样子。想象一下我女儿会多么的不习惯……她应该找个地方安顿下来。”（《远》：109）通过佐知子这句话可以看出实际上佐知子心里明白贸然移民美国可能不利于女儿的心理健康，但在这之后她并没有马上搬去伯父家，而是一直在等待移民机会的再次到来，直到“弗兰克已经把所有的事情都安排好了”（《远》：221）。佐知子立马收拾东西，打算带着万里子搬家去神户，然后从神户去美国。这充分说明佐知子的移民是在明白了其利弊关系之后才做出的选择，那么她为女儿着想的好母亲形象就变得有些不可靠了。时间轴切换到现在，当悦子独自一人回想过去二郎和女儿景子的事时，她自白：“我离开日本的动机是正当的，而且我知道我时刻把景子的利益放在心上。”（《远》：115）可是在持续六天的回忆快结束之际，悦子和小女儿妮基聊天时又不小心说出了真心话：“妮基，我一开始就知道。我一开始就知道她在这里不会幸福的。可我还是决定把她带来。”（《远》：228）不论是佐知子移民动机的

① 聂珍钊：《文学伦理学批评导论》，北京：北京大学出版社，2014年，第263页。

前后矛盾，还是悦子自白内容的前后矛盾，都无疑证明了悦子当年选择移民是在已经了解女儿景子不愿离开日本且如果离开日本则很有可能生活不幸福的前提下依然固执做出的选择。这一选择是伦理的选择，在文学伦理学批评看来，悦子的选择甚至是一种伦理两难。“伦理两难即伦理悖论。伦理两难由两个道德命题构成，如果选择者对它们各自单独地做出道德判断，每一个选择都是正确的，并且每一种选择都符合普遍道德原则。但是，一旦选择者在二者之间做出一项选择，就会导致另一项违背伦理，即违背普遍道德原则。”[①]悦子曾经面对的移民问题，正是伦理两难的问题。历史上，战后的长崎被原子弹摧毁成一片荒芜，曾经美丽的家园皆成废墟，人们眼前的一切都充满着不确定性，他们不知道自己该怎样继续生活，也无法想象自己的未来将走向何处。那时，大量的日本人选择移居海外，小说中的悦子正是这些移民者中的一员，为了女儿和自己有一个充满希望的未来，她迫切想离开日本，她把一切希望都寄托在美国大兵弗兰克身上。但悦子同时也明白，弗兰克是个靠不住的人，贸然移民给女儿带来的环境、文化和思想上的巨大改变可能会让年龄尚小的景子无法适应，从而不利于她的心理健康成长。悦子站在伦理道德的十字路口，向前进则可能给女儿带来心理创伤，向后退将无法给女儿一个美好的未来。“一般情况下，伦理两难是很难两全其美的。一旦做出选择，结果往往是悲剧性的。当然，如果不做出选择，也同样导致悲剧。”[②]悦子最终在离开和留下的伦理两难中选择了离开，她的选择带来了伦理身份的改变，自然也带来了身份焦虑，她之前对景子心理状况的担心也不幸成为现实，景子最终以自杀的方式结束了自己的生命，悦子陷入无限的伦理困境中。

2. 伦理困境中的自我建构

鲍曼认为，现代和后现代的伦理困境在于现代性社会试图建立所有人都能以其为道德标杆的统一的伦理道德规范，这种以“他治”代替“自治”的伦理环境在给人们提供确定性道德的同时也剥夺了人们自我生成道德的机会，而后现代伦理的到来虽然给人们提供了自由的道德选择环境，却使人们陷入一种不知何为正确道德的不确定性状态，这种进退两难的伦理环境被鲍曼看作伦理困境。国内文学伦理学批评研究者聂珍钊教授指出：“伦理困境指文学文本中由于伦理混乱而给人物带来的难以解决的矛盾与冲突。伦理困境往往是伦理悖论导致的，普遍存在于文学文本中。”[③]二者对伦理困境的表述虽看似不同，实则一个是基于社会性

① 聂珍钊：《文学伦理学批评导论》，北京：北京大学出版社，2014 年，第 262 页。

② 同上，第 263 页。

③ 同上，第 258 页。

层面的，另一个是基于文学文本的，文学来源于生活，生活是社会的，所以二者的表述有着共同本质。

从整部小说来看，悦子的伦理困境是建立在她的不可靠回忆和叙述之上的。为了逃避、淡化自己对于大女儿景子自杀应承担的责任，悦子在回忆中打乱了时间顺序，在自白中模糊了真实与虚构的界限，她一会儿说“我至今还清楚地记得”（《远》：8），随后又说“如今我已经记不得”（《远》：9）；她时而含蓄地说“也许随着时间的推移，我对这些事情的记忆已经模糊，事情可能不是我记得的这个样子”（《远》：46），却又紧接着表示“但是我清楚地记得……”（《远》：46）。在真实与虚构的回忆交替之间，悦子成功地为自己建构了一个清晰的贴着合格母亲标签的佐知子形象，她希望佐知子能成为她的道德发言人，并带她走出伦理困境。

从精神分析的角度来看，佐知子其实是悦子建构出来的镜像。1932 至 1949 年间，拉康（Jacques Lacan）在《论妄想性变态心理及其与人格的关系》、《精神分析研究中的攻击性问题》以及《镜像阶段在自我形成过程中的作用》等著述里阐述了人类的自我构成和自我认同的过程。拉康的基本观点是：自我之外的人、事物对主体具有能动的构成作用。主体的生成是建立在与他者之间的关系的基础之上的。[①] 处于婴儿时期的人的身体器官和大脑神经系统都尚未发育完全，婴儿对自身身体和外部环境的感觉都是不确定的，此时此刻，他将镜子中呈现的形象看作他者。当婴儿成长到六个月时，他开始察觉到自己可以控制镜中形象的行为，他认识到镜中的形象便是自己，此时婴儿有了自我与他者的区别概念，这是婴儿第一次认识自我的完整性。拉康曾坦言：“我把镜像阶段的作用看作一个建立在机体与现实、内与外的关系基础上的物象（imago）作用的特例。”[②] 镜像阶段是人类自我建构的开端，但它不止存在于婴儿时期，人终其一生都和他者相互依存，也就是说，人通过他者对自我的认可和自我对他者的依赖进行自我建构，例如社会环境、伦理道德和语言都可以成为镜像，它们是人类自我建构的成分因素。

在小说《远山淡影》中，悦子在回忆和自白中通过对历史环境和语言的描写成功建构了佐知子。悦子是用这样一段对历史环境的描写来提起佐知子的：“那时最坏的日子已经过去了。美国大兵还是和以前一样多——因为朝鲜半岛还在打仗——但是在长崎，在经历了那一切之后，日子显得平静安详。空气中处处感觉到变化。”（《远》：6）“最坏的日子”是指第二次世界大战末期美国在日本长崎投下原子弹将长崎夷为平地的那一段历史，“在经历了那一切之后”的“平静安详”体现出日本普通民众内心面对战争创伤的坚强。悦子在谈起自己和佐知子的居住

① 周小仪：《拉康的早期思想及其“镜像理论”》，载《国外文学》，1996 年第 3 期，第 20 页。

② Jacques Lacan, *Ecrits: A Selection*, trans. Alan Sheridan, London: Tavistock Publications, 1977, p. 14.

地时对环境进行了更加细腻的描述："旁边有一条河，我听说战前河边有一个小村庄。然而炸弹扔下来以后就只剩下烧焦的废墟。人们开始重建家园，……公寓楼和小河之间是一片好几英亩废弃不用的空地，尽是污泥和臭水沟。"（《远》：6）故事叙述者所说的每一句话都带着极强的目的性，悦子对自己所处历史环境的描述无疑是为了给佐知子的移民选择增加理由，更是为了淡化自己对景子自杀应负的伦理责任。在语言上，悦子巧妙编排了许多带着自我建构目的的人物对话。例如在悦子的回忆里，佐知子常撇下万里子一人留在家中，面对悦子的关心，佐知子说："谢谢你的关心，悦子……你真好心。我肯定你会是一位好母亲。"（《远》：10）悦子在之后的回忆里也不断地提及关于"好母亲"的言论，这种行为实际上是悦子对自己的心理暗示，她意图以此来说服自己：自己的确是一个合格的好母亲。除此之外，佐知子对移民美国之合理性的强调也是贯穿小说始终："在那里，她可以做各种各样的事。她可以成为女商人。她可以进大学学画画，然后成为一个艺术家。所有这些事情在美国要容易得多，悦子。日本不适合女孩子成长。在这里她能有什么指望呢？"（《远》：220）在这里，佐知子是悦子的道德发言人。在镜像理论看来，悦子的行为是通过发现、找到客观世界中理想状态的自我来实现自己的自我认同感。悦子希望自己是一个为女儿着想的合格母亲，于是她通过佐知子这一镜像建构了一个全新的自我，希望佐知子能够引导她逃脱道德谴责，逃出伦理困境。然而在持续六天的回忆与现实的交替中，小女儿妮基与悦子的紧张关系仿佛在提醒悦子依靠自我欺骗的方法并不能得到心灵救赎。妮基和悦子之间总是存在一个不可避免的阴影——景子。悦子除了由于妮基没有来参加景子的葬礼而认为妮基违背了妹妹的伦理身份之外，还对妮基和男友生活在伦敦却不结婚生子的这种年轻人的生活方式感到不满，但妮基坦言："我只记得她是一个让我难受的人。这就是我对她的印象。可是我真的很难过，听到她的消息。"（《远》：4）"这是我最不想做的事了……我就是不喜欢一群小孩子在你旁边大喊大叫。"（《远》：55–56）可以看出，妮基的心性是后现代的，她崇尚绝对自由，在尊崇自我和妹妹这一伦理身份之间她选择了前者。悦子作为母亲，虽然对小女儿的生活方式不认同，但景子的自杀不得不让她重新审视自我和伦理身份之间的关系。从悦子的回忆来看，当年她的移民选择是符合母亲这一伦理身份的，但多年后这一选择造成的后果却是悲惨的。想到这里，悦子心中的自我认同感逐渐动摇，她建构的自我也开始慢慢解构。

3. 伦理困境中的自我解构

后现代主义文学叙事以解构主义为主要特征，主张打破绝对权威，消解中心、一元论和二元对立观点。形而上学把二元对立看作是永恒不变、不可互相转化的，德里达（Jacques Derrida）认为二元对立的形而上学中把两个对立面看作是完全对立的两项是错误的，他的目标就是要消解对立，颠覆传统观念。在文学文本上，德里达反对对文本内容的权威解读，主张以误读的形式消解文本中心。在《弗洛伊德与书写的意味》一文中，德里达提道："文本是不存在确定性，哪怕过去存在的文本也不具有确定性。……所有文本都是一种再生产，事实上，文本潜藏着一个永远未呈现的意义，对这个所指意义的确定总是被延搁，并被新的替代物所补充和重新组构。"[①] 在小说《远山淡影》中，石黑一雄采用碎片性叙事视角、不确定的语言以及套娃式文本结构让叙事者在伦理困境中经过自我建构后彻底解构，达到了消解传统文本的目的，表达了作者本人对现代性文学中固定模式和秩序的反对和批判。

1) 碎片式叙事视角

美国后现代主义小说家唐纳德·巴塞尔姆（Donald Barthelme）曾说："碎片是我唯一信赖的形式。"[②] 石黑一雄在《远山淡影》中采用的叙事视角是碎片式的，叙述者悦子一人分饰三角，她时而以现在移民者身份回忆过去，时而站在过去日本人身份角度描述事件，在必要时，又转换到自己的镜像——佐知子——为自己的伦理选择发言。这种碎片式的叙事手法将多种以不同叙事视角叙述的事件混合在一起，把时间线完全不同的历史记忆串联在一起构成全新的事实真相。

其实悦子早已在叙事视角切换过程中不经意暴露了埋藏在心底的事实真相。有一次佐知子独自外出后回到家发现万里子不在家，于是和悦子一同寻找，走着走着，佐知子突然转头对悦子说："我们最后去了酒吧。我们本来是要去看电影的……最后我们去了酒吧，他们给了我们单独的小房间。"（《远》：44）不难看出佐知子是去和弗兰克约会了，由于内心对万里子抱有愧疚感，忍不住对悦子说出了事实。在回忆到佐知子由于弗兰克欺骗了自己而不得不放弃移民计划时，叙事者切换到现在的悦子，她自白道："如今的我无限追悔以前对景子的态度……我做成的事似乎就是让她在最后真的离开家时——事情已经过去快六年了——切断了和我的所有关系。可是我怎么也想不到她这么快就消失得无影无踪。"（《远》：111）当年的悦子明明可以在被弗兰克欺骗之后安心留在日本，却任由自己的固执而最终导致景子自尽，违背了母亲的伦理身份，更没有尽到母亲的伦理责任。想到这里，悦子在自白中说出了埋藏在心里的真实想法，精心建构的好母亲形象逐渐解构。

① 胡经之、王岳川主编：《文艺学美学方法论》，北京：北京大学出版社，1994 年，第 393 页。

② 杨仁敬等译：《美国后现代派短篇小说选》，青岛：青岛出版社，2004 年。第 51 页。

2) 不确定的语言

作为后现代主义小说家，石黑一雄在小说中擅长运用大量不确定的语言解构传统小说中固有的文本秩序，以此让小说中的语言虚实交替、不可信赖，充分表现出后现代主义小说中语言的不确定性。在小说《远山淡影》中，有一个最大的谜团自始至终没有得到确定的解释——万里子常提到的“另外一个女人”。以往评论家在评论这部小说时通常认为万里子口中的“另外一个女人”如同佐知子所说，是由于万里子在战后的东京废墟中曾亲眼看见一个女人在运河里亲手淹死自己的婴儿而产生的幻象，但对小说中前后不一的语言稍做整理可以发现石黑一雄在小说中设下了一个可怕的、难以察觉的事实真相：“另外一个女人”就是佐知子，即悦子本人，而被淹死的婴儿，是悦子当年与美国人的孩子。在佐知子向悦子解释万里子关于“另外一个女人”的幻象时，她说：“小巷的尽头是一条运河，那个女人跪在那里，前臂浸在水里……你瞧，悦子，她转过来，对万里子笑了笑……然后，她把手臂从水里拿出来，让我们看她抱在水底下的东西，是个婴儿。”（《远》：91–92）然而佐知子对“另外一个女人”行为的描述与之后悦子对小猫事件中佐知子行为的描述相差无几，佐知子曾经为了能带万里子搬家去神户再从神户移民美国而亲手淹死了万里子心爱的几只小猫，悦子对当时的情景是这么描述的：“她把小猫放进水里、按住。她保持这个姿势，眼睛盯着水里，双手都在水下……突然佐知子第一次转过头去看了一眼她女儿，手依旧放在水里。”（《远》：216）不难看出，深陷伦理困境之中的悦子出于自身伦理需要而采用不确定的语言精心编织了一个弥天大谎，当年一心向往移民的悦子因为弗兰克认为带着孩子不利于移民而选择亲手淹死了自己的新生儿，当时年龄尚小的景子目睹了这一切，而这一事件最终成了景子自尽的直接原因之一。

美国后现代主义文学研究者伊哈布·哈桑（Ihab Hassan）说：“不确定性是后现代主义根本特征之一，是后现代主义的精神品格。这是一种对一切秩序和构成的消解，它永远处在一种动荡的否定和怀疑之中。”[①]悦子在充满不确定性的回忆中给自己制造了自我欺骗的机会，但自我欺骗始终无法让她走出伦理困境，自我解构成了在困境中唯一的救赎方法。

3) 文本消解

文学伦理学批评要求身份同道德行为相符合，即身份与行为在道德规范上相一致。若伦理身份与伦理规范相悖，则导致伦理冲突。[②]母亲意味着爱，意味着无私奉献等伦理责任，但《远山淡影》中的悦子实际上是一个自私、狠心的母亲，

① 朱立元：《当代西方文艺理论》，上海：华东师范大学出版社，2005 年，第 380 页。
② 聂珍钊：《文学伦理学批评导论》，北京：北京大学出版社，2014 年，第 264 页。

是一个与传统母亲伦理身份相悖的人物形象，她从为了逃避伦理责任而给自己贴上虚伪的好母亲标签到最后认清自己过去犯下的错误、承担伦理责任并进行自我解构这一过程都在自己的回忆中完成。石黑一雄运用这种后现代手法打破读者的阅读期待，从而实现文本消解。

悦子的自我解构在小说最后一部分达到高潮。在弗兰克欺骗自己之后，佐知子依然固执地相信弗兰克终将带她们母女俩移民美国，于是淹死万里子的小猫，准备带万里子搬家去神户。面对悦子对万里子的担心，佐知子说："万里子？她会应付得过来的。她得应付过来……你以为我认为自己是个好母亲？"（《远》：221）在这里，悦子内心对自己母亲身份的认同建设已摇摇欲坠，她心中对景子的不安与愧疚感在自我解构过程中只剩佐知子这最后一层虚伪的纱衣将其遮蔽，通过佐知子这句话，可以看出悦子其实已经认识到了自己过去的行为是有违伦理道德的。在佐知子淹死小猫后，悦子沿着河边找到了跑远的万里子，万里子对悦子表达了自己不想去神户和美国的想法，悦子回应道："你会喜欢的。每个人对新事物总是有点害怕。可你会喜欢那里的。"（《远》：223）万里子随之又说自己不喜欢弗兰克，觉得"他像头猪"，悦子生气地说："你不能这么说话，……他很喜欢你，他会像个新爸爸。一切都会变好的，我向你保证……不管怎样，你要是不喜欢那里，我们随时可以回来……是，我保证。你要是不喜欢那里，我们就，马上回来。可我们得试试看，看看我们喜不喜欢那里。我相信我们会喜欢的。"（《远》：224）从这段对话可以看出，佐知子和悦子这两个在悦子回忆中完全独立的个体已渐渐模糊，到最后，悦子即佐知子，佐知子即悦子，两人完全重叠在一起。随后叙述者回到现在的悦子，当悦子对小女儿妮基提到长崎港口时，悦子淡淡地说："那天景子很高兴。我们坐了缆车。"（《远》：237）在这里，悦子终于摘下面具，她精心建构的佐知子已完全被自己解构，她开始坦然接受过去自己犯下的错误并尝试改变与女儿的相处方式，对于妮基也多了许多包容与理解。此时此刻，悦子终于走出伦理困境。

现代性社会主张一元的伦理道德，许多文学作品书写的伦理问题本身意在对有违现代性社会伦理规范的伦理现象进行批判。而在后现代社会中，"我们怀疑事情的真相与我们所知道的相反。"[①]没有什么是不可以存在的，也没有什么是不合理的，后现代打破了现代性社会中的伦理禁忌，人们对伦理的书写摆脱了规范的束缚，彻底回到了人的欲望本身。鲍曼在《后现代伦理学》中曾对后现代伦理道德状况做出总结："道德只有在付出了自我否定和自我消耗的代价后才能被'理性化'。"[②]石黑一雄在小说《远山淡影》中刻画了一个有违母亲伦理身份的移民

① 齐格蒙特·鲍曼：《后现代伦理学》，张成岗译，南京：江苏人民出版社，2002 年。第 36 页。

② 同上，第 292 页。

者角色，通过对叙述者悦子多重自我欺骗回忆的描述，石黑一雄向读者展示了后现代社会中自由的伦理选择带来的伦理身份焦虑，以及深陷伦理困境中的人通过自我建构而后自我解构来走出困境的过程，也由此证明了后现代社会中多元的伦理道德和复杂的人性需要经历一系列道德挑战与挣扎才能达到真正的理性和自由。

二、《长日将尽》：失落帝国中的后现代伦理问题

于 1989 年出版的《长日将尽》是石黑一雄写作生涯中第三部也是最具代表性的一部作品，与前两部以日本文化为背景的作品不同，石黑一雄将此部小说的时代背景设置为处于第二次世界大战后风云剧变时期的后现代英国，他在小说中以第一人称视角刻画了一个恪尽职守、极度压抑自我情感的典型英国男管家形象——史蒂文斯（Stevens），并以史蒂文斯为期六天的驾车旅行为时间线，以现实与回忆不断交替的方式叙述了史蒂文斯在旅途中的所见所闻和过去三十五年间他效忠于达林顿府（Darlington Hall）的管家职业生涯，在略带自我蒙蔽、自我欺骗和自我塑造的回忆中，史蒂文斯对过去进行了审视和反思。

该小说一经出版便享誉文坛，并于 1989 年获得布克奖。评论界对该小说的研究多在于后殖民、回忆叙述和创伤等角度，小说叙述者史蒂文斯明显面临的多种伦理问题却并未得到评论界重视。聂珍钊教授指出："伦理问题是伦理冲突的诱因，也是伦理选择的前提。"[①] 所以在研究史蒂文斯的伦理冲突和面对冲突所做出选择的背后原因前，应充分关注小说中出现的各种伦理问题。曾有评论者认为："造成这位老管家不幸遭遇的一个重要原因便是他对身份问题单一化、公式化的认知模式。"[②] 的确，由于对伟大英国管家这一身份的追求，史蒂文斯盲目追随前雇主达林顿勋爵（Lord Darlington），甚至不惜抛弃亲情、爱情和伦理道德，只为自己能够符合"伟大"这一标准。在史蒂文斯心中，社会身份和个人身份是不可并存的，一切个人情感只会妨碍自己将工作做到极致，他对身份的单一化、公式化认知导致他在过去几十年间错失许多珍贵的感情，也犯下一些有违当今伦理道德的过错。但史蒂文斯对伦理身份的错误认识完全来自个人的伦理道德迷失吗？对此，另有评论者指出："《长日留痕》中作者将时代转换中的伦理困境，集中反映到了男管家史蒂文斯的语言和身份焦虑上。在小说中史蒂文斯这种焦虑是

① 聂珍钊：《文学伦理学批评导论》，北京：北京大学出版社，2014 年，第 266 页。

② 魏文：《〈长日留痕〉中的伦理身份悖论》，载《北京第二外国语学院学报》，2015 年第 10 期，第 54 页（注：《长日留痕》即《长日将尽》，译法不同）。

由与原来主人的分离导致的，而对于整个时代来讲则是整个英国对帝国雄风不再的焦虑情绪。”[①]在这里，史蒂文斯成了整个大英帝国的时代缩影，他面对的个人伦理问题就是国家在时代转换中面对的社会伦理问题。那么，究竟是怎样的时代背景让一个男管家不得不面临各种伦理问题？仅仅是英国在政治和经济上的失势就足以让整个国家和国民都陷入伦理困境之中吗？评论界对此暂无深入研究。实际上，第二次世界大战不仅让英国失去了世界霸主地位，更重要的是，它让整个大英帝国不得不卷入从现代社会向后现代社会转变的车轮之中，这是思想的转变，也是社会集体意识的转变，它的影响波及每一个国民，它让每个人都深陷充满不确定的后现代伦理危机中。因此，从后现代主义角度研究《长日将尽》中史蒂文斯面临的伦理问题是非常必要的。

1. 新旧转变的后现代伦理环境

石黑一雄在小说开篇就交代了确切的时间：“一九五六年七月”[②]，其目的就在于将整个故事置于历史现实的框架之内，以增加故事的合理性和故事叙述者话语的真实性。历史上，1956年正是第二次世界大战结束十年后不久，战争给全世界带来的影响依旧体现在生活的方方面面。英国虽然是第二次世界大战中的战胜国，但战争的成果并没有给英国带来较多实质性的利益，反而让英国在战后逐渐失去世界霸主地位。在经济上，工业革命成就了英国，也导致英国在盛极一时后落入停滞不前的尴尬境地，原先的旧技术产业投资还未被完全收回，新技术革命就已开始登台表演，此时的英国在经济上已无力对抗那些原来没有进行技术产业投资的落后国家，后起之秀快速的发展脚步给英国造成了巨大压力。在政治上，由于经济实力的削弱，曾经作为殖民帝国的英国已无力掌控其遍布世界的殖民地，在美国的支持下，一些隶属英国的殖民地国家纷纷宣布独立，尤其在1955年召开的以保护殖民地和半殖民地国家利益为目的的万隆会议之后，殖民地解放运动发展到非洲，英国在全世界的殖民帝国地位摇摇欲坠。而彻底使英国从殖民霸主宝座上跌落的标志性事件——埃及政府宣布苏伊士运河公司收为国有——正发生在小说开篇的1956年7月。所以，整部小说便是建立在这样新旧转变、传统社会向现代和后现代社会变革的特殊历史时期上的。聂珍钊教授强调：“从人类文明发展的历史观点看，文学只是人类历史的一部分，它不能超越历史，不能脱离

① 史俊杰：《伦理转变中的困境——论〈长日留痕〉中男管家的焦虑》，载《南阳理工学院学报》，2012年第1期，第38页。

② 石黑一雄：《长日将尽》，冯涛译，上海：上海译文出版社，2018年，第1页。后文出自同一著作的引文，将随文标出该著名称简称《长》和引文出处页码，不再另注。

历史，而只能反映历史。不同历史时期的文学有其固定的属于特定历史时期的伦理环境和伦理语境，对文学的理解必须让文学回归属于它的伦理环境和伦理语境，这是理解文学的一个前提。”①在分析史蒂文斯的一系列有违当今社会伦理道德的行为事件时，我们不能一味批判其过错，而应站在小说人物生活的时代里考虑其思想和行为背后的社会原因，如果强硬地以当今伦理道德观念分析过去的文本，则在很大程度上会出现伦理悖论。“文学伦理学批评要求批评家能够进入文学的历史现场，有时要求批评家自己充当文学作品中某个人物的代理人，做人物的辩护律师，从而做到理解人物。”②所以，要理解史蒂文斯，必须先了解传统英国社会中的伦理环境。

英国人对贵族文化的崇拜是根深蒂固的。虽然早已经历了反封建制度的资产阶级革命，但贵族制在英国从未被完全否定，不仅如此，贵族制对英国的政治经济等各方面一直都有着深远影响。早在盎格鲁 - 撒克逊时期（Anglo-Saxon），英国贵族便以军事贵族的形式出现，他们恪尽职守，为国王和国家效力，这种自我奉献精神成了早期英国贵族的象征。且英国在公元前 2400 年左右就已经进入农耕社会，乡绅文化底蕴深厚，这是现当代英国人生性传统、保守的原因之一。自中世纪以来，英国贵族和乡绅都属于英国上流社会，而商人和平民则属于中下流，于是在这样一个等级制度分明的社会里，贵族绅士成了全国上下最崇敬、最尊重的一批人。在文化传承上，英国的传统文化具有较强的连贯性，所以相较于新事物而言，英国人更喜爱过去流传下来的传统思想和生活方式，他们不喜欢时代更迭带来的社会变革，不希望新势力的进驻威胁到贵族长久以来的崇高地位。然而，在全球经济一体化的进程中，没有国家能够避免卷入时代变革的车轮中，传统社会向现代化和后现代化的转型是每个国家必然要面对的现实，对于长期以来处于英国社会阶级顶端的贵族绅士们来说，以反对一元论、批判权威为主题的多元化后现代社会的到来，无疑是一种威胁与挑战。鲍曼在其后现代三部曲之一的《后现代性及其缺憾》（*Postmodernity and Its Discontents*）一书中指明：“当前生活的许多特征都导致了无法抵抗的不确定性感：导致了把未来的世界和‘力所能及的世界’视为在本质上是不确定的、无法控制的和令人危险的。”③而导致这种不确定性出现的因素中最重要的一点，鲍曼认为，是“新世界的无序”④，是“不久前还支配着世界的权力集团政治（power-bloc politics）不得不为其可怕的可能性而

① 聂珍钊：《文学伦理学批评导论》，北京：北京大学出版社，2014 年，第 14 页。
② 同上，第 15 页。
③ 齐格蒙・鲍曼：《后现代性及其缺憾》，郇建立、李静韬译，上海：学林出版社，2002 年，第 21 页。
④ 同上。

担忧”[①]。自第二次世界大战结束，世界格局变了，英国的世界霸主地位被美国一手夺去，而英国人心中的民族优越感和自豪感却并没有随着帝国没落而消褪，相反，在这样新旧转变的后现代伦理环境中，英国人，尤其是贵族绅士们，都竭尽全力维护自己最后的贵族尊严。在小说《长日将尽》中，史蒂文斯虽不是贵族绅士，但他却是最接近贵族的人。作为达林顿府的老管家，他把自己大半辈子的时间都奉献给了这座象征着英国最高权威之一的达林顿府，并在这里见证了它对英国发展的一系列重大影响。但随着达林顿勋爵的去世，这座辉煌府邸被转卖给了美国商人法拉戴先生（Mr. Farraday），连带着被打包卖出的，还有管家史蒂文斯和一些仆人们。面对时代更迭、国家兴衰和雇主改变，史蒂文斯对本民族文化的拥护感异常强烈，这尤其表现在他对英国乡村风景的描述上。

小说开篇，史蒂文斯便提到新主人法拉戴先生让他去驾车旅行的慷慨建议，面对突如其来的休假，自来到达林顿府做管家后便几乎没有休息过的史蒂文斯表面感激不尽，实则不以为然，他认为：“虽然从旅行观光、游览乡村盛景的角度上来说，我们确实对这个国家所知甚少，但是干我们这一行的，对于英格兰的‘见识’却实际上比大多数人都更胜一筹，因为我们就身处这个国家名流显贵云集的显赫府第当中。”（《长》：4）在史蒂文斯心里，达林顿府是英国的象征，来往于府上的贵族绅士们则代表着英国伟大的传统文化，所以作为达府老管家，史蒂文斯认为自己比任何人都了解英国，已无须再通过游览风景去认识自己的国家。在旅程的开头，史蒂文斯对达府周边风景的熟悉程度表现得非常自信，但当他逐渐远离达府，周遭的风景开始变得陌生，他内心的从容和自信感便慢慢消失，“那种我确实已经将达林顿府远远抛在后面的感觉陡然间涌上心头，我得承认我还当真感到了一阵轻微的恐慌——这种感觉又因为担心自己也许完全走错了路而变本加厉，唯恐自己正南辕北辙地朝荒郊野外飞驰而去。”（《长》：30）在这里，我们可以把史蒂文斯对陌生环境的恐慌看作是传统文化的守旧者对充满不确定性的后现代社会的恐慌，从未远离过达林顿府的史蒂文斯就像那些从小生活在动物园中的动物突然之间回归大自然，在得到自由的同时，也不知该如何适应自由。在出行前，史蒂文斯把达林顿府看作英国风景的浓缩，在出行之后，史蒂文斯的想法有所改变，他开始承认乡村盛景之美的确令人叹为观止，但他对风景的赞扬依然带着明显的民族优越感：“现在，我很乐于相信其他的国家能够奉献出更为雄伟壮观的景色……但我还是有充分的信心不揣冒昧地断言：英国那些最优美的风景——就像我今晨所见——拥有一种其他国家的风景所付之阙如的特质……

① 齐格蒙·鲍曼：《后现代性及其缺憾》，郇建立、李静韬译，上海：学林出版社，2002 年，第 22 页。

我相信，这样的一种特质会使英国的风景在任何客观的观察者眼中，都成为世界上给人印象最深、最令人满意的景色，这种特质或许以‘伟大’这个字眼来形容是最为贴切的。”（《长》: 36）史蒂文斯对英国乡村风景的描述是带有极度主观化的个人情感色彩的，在他眼里，不论是英国的风景还是英国的贵族文化，都是英国优越于世界其他民族的因素之一。之后，史蒂文斯的话语又从单纯的民族优越感转向了更严重的种族歧视：“我们将这片土地称为我们的大（Great）不列颠，也许还有些人觉得这未免有些妄自尊大，但我却敢于冒昧地直言，唯有我们国家的风景才配得上使用这个崇高的形容词……使我们的国土之美显得如此与众不同的正在于它欠缺（lack）那种明显的戏剧性或者奇崛的壮观色彩。个中的关键就在于那种静穆的优美，那种高贵的克制。就仿佛这片土地明知道自己的优美，知道自己的伟大，又感觉无须去彰显，去招摇。相形之下，像非洲和美洲这样的地方所呈现的景观……正是因为它们这种毫无节制的自我标榜，在态度客观的观察者看来反倒会相形见绌。”（《长》: 36–37）首先，小说原文格外强调的“Great”一词体现出了史蒂文斯面对乡村盛景时心中早已遮掩不住的民族优越感，他认为英国是“Great”一词的唯一代表。之后，译者将原文“lack”一词译为“欠缺”，但这里的“欠缺”并非指因缺少而不及其他，而是一种“less is more”，史蒂文斯特别指出非洲和美洲等地的风景正是因为太过招摇所以才不及平凡、低调的英国风景，表现出了他对当时英国殖民地明显的种族偏见和种族歧视。除此之外，史蒂文斯的话语充满了矛盾，他认为英国风景之所以“伟大”便在于它的低调，但史蒂文斯对所见风景的大篇幅主观赞扬却让低调的风景站在了“低调”的对立面，显得格外高调。对此，有评论家指出：“史蒂文斯试图确定的那种捉摸不定的理想和他必须依靠象征性比较、阐述手法来描述的事实都意味着他需要通过某种解释性的补充说明来明确英国性的良好品质，而这种品质却又据说是无须过多解释就可被理解的。”[①] 显然，史蒂文斯对英国乡村风景带有民族优越性和种族偏见性的描述透露出传统伦理环境中权威阶层人士在新到来的后现代伦理环境中只能通过苍白的言语来维持自尊的无力感，这种无力感无疑是由后现代社会的不确定性带来的。正如鲍曼所说：“与其说后现代在总体上产生了大量的个体自由，不如说它以日益极化的方式对之进行了重新分配：它在大量增加被诱惑者自由的同时，也把被压迫者与全方位地被监视者的自由缩减到了近乎不存在的程度。”[②]

① Steven Connor, *The English Novel in History: 1950-1995*, New York: Routledge, 1996, p. 106.

② 齐格蒙·鲍曼:《后现代性及其缺憾》, 郇建立、李静韬译，上海：学林出版社，2002 年，第 36 页。

2. 鲍德里亚消费社会中的伦理身份物化

法国作家、社会学家、哲学家让·鲍德里亚（Jean Baudrillard）曾说："我们生活在物的时代。"[①]鲍德里亚提出的消费社会（Consumer Society）概念指的是，当人类社会不再以生产为主导的时候，社会将被卷入一种消费狂潮，这种消费是建立在物质丰富的基础之上的，且人们的消费将由现代社会对物质内容的消费转变为后现代社会对物质形式的消费，换种说法，就是对符号的消费。"人们在这个社会的消费与购买不再是着重于物质的用途，而是为了满足我们被刺激起来的欲望，满足一种莫可名状的动机，或者为了满足物品显现出来的身份、涵养、文化品质。"[②]在后现代消费社会里，被消费的物品不仅限于在市场上充当买卖功能的商品，更多的还有文化。文化本身以及文化表征在后现代消费社会里成了一种消费品，鲍德里亚认为："在一个没有流动性的社会里，不存在媚俗的现象。这就是说，社会等级是固定的，贵族永远是贵族，平民永远是平民，因而文化也就永远可以保持固有的对象和水平……后工业社会的消费是一种掏空了内容的形式消费，因此晦涩高雅的精英文化、经典文学艺术才可以参加到大众文化的狂欢中来，成为众语喧哗的对象。"[③]因此，被消费物品的内容与形式在后现代社会中是被割裂开来的，人们不需要商品具有实质性可使用功能，只需要其具有相对应的地位、身份、文化象征即可，在这种虚幻的象征里，人们得到了精神自慰。

在小说《长日将尽》中，史蒂文斯所处的社会便是鲍德里亚所说的后现代消费社会，只不过在当时时代更迭、帝国没落的伦理环境下，史蒂文斯不是消费社会的消费者，而成了被消费者，甚至是被消费品。在那个社会中，史蒂文斯的个人生命价值早已被无限的工作给淹没，他成了在市场上可供人买卖的商品，成了一处房产打包售卖的附赠品。对于史蒂文斯来说，他早已没有了人的自我，能够证明自己依然有存在价值的唯一方式便是证明自己的确是一个优秀的英国老管家，是一个最接近英国贵族阶级的人。从这一层面上来说，是英国传统社会向后现代社会转型的过程给传统价值观的守旧者们带来了身份认同危机，他们无法找到自身存在价值和自我认同感，只能通过他者的凝视来定义自身身份、通过明码标价的数字来使自己区别于他人，从而获得心理优越感。这是后现代消费社会中的伦理身份物化现象，是面对多重伦理身份时由错误的伦理选择而造成的伦理悲剧。聂珍钊教授指出："在文学文本中，所有伦理问题的产生往往都同伦理身份

① 让·波德里亚：《消费社会》，刘成富、全志钢译，南京：南京大学出版社，2000 年，第 2 页。

② 朱立元主编：《后现代主义文学理论思潮论稿（上）》，上海：上海人民出版社，2015 年，第 354 页。

③ 同上，第 361–362 页。

相关……由于社会身份指的是人在社会上拥有的身份，即一个人在社会上被认可或接受的身份，因此社会身份的性质是伦理的性质，社会身份也就是伦理身份。”[①]史蒂文斯的社会身份是一个英国男管家，这一身份在当时的伦理环境中本身就象征着无上荣誉，但除了这单一的社会身份外，史蒂文斯同时还是父亲老史蒂文斯先生（Mr. Stevens Senior）的儿子、肯顿小姐（Miss Kenton）未来可能的丈夫。聂珍钊教授说：“伦理要求身份同道德行为相符合，即身份与行为在道德规范上相一致。”[②]当史蒂文斯的三重伦理身份起冲突时，他无法很好地调节三者之间的平衡，固执地选择将管家这一身份执行到底，从而导致伦理身份悖论，造成伦理身份物化。史蒂文斯的伦理身份物化是从两个方面进行的，一是被他者物化，二是自我物化。

战前的英国是一个鲍德里亚所说的没有流动性的传统社会，史蒂文斯作为达林顿府的老管家，其一举一动、一言一行无不象征着英国贵族阶级的高贵地位。但随着英国国际地位没落，曾经辉煌一时的达林顿府在达林顿勋爵去世之后竟也人走茶凉，而接手这座府邸的美国富商法拉戴先生将达林顿府只不过是看作能够象征其身份地位的“一幢名副其实、历史悠久的英国府第”（《长》: 163），史蒂文斯在法拉戴先生眼里也只不过是“一位货真价实的老牌英国管家”（《长》: 163），法拉戴先生追求的不是一位好管家能给自己的生活带来多少实质性的帮助，而是“在这幢老宅里已经工作了三十多年，效命于一位货真价实的英国爵爷”（《长》: 163）的英国老管家其本身就能为自己带来无上荣誉。“你是一位名副其实的旧式英国管家，并不是什么小男仆假装冒充的。你是货真价实的，不是吗？我想要的是真货，我得到的难道不是真货吗？”（《长》: 163–164）在这里，史蒂文斯的伦理身份已完全被他者的目光物化，他成了一件随豪华府邸附赠的样貌精美、标价昂贵的商品，他只需要在法拉戴先生的客人面前表现出一个正宗的老牌英国管家应该表现出的符合英国传统文化的气质，让法拉戴先生觉得物有所值即可。对于府里其他员工的入职标准，法拉戴先生也仅仅只要求“配得上一座堂皇的古老英国府邸”（《长》: 7），一切事物在这位新主人看来，只需要足够“英国”就好。有评论家指出：“达林顿勋爵的去世和法拉戴先生对达府的收购，在话语层面上分别象征着维多利亚式权威的丧失和新世界秩序的建立，而达府与男管家也就蜕变成了一种拜物商品的象征之物，一种只有世界头号大国才能支付得起的欲望商品符号而已……如果说达府是象征帝国身份的博物馆的话，史蒂文斯就是

① 聂珍钊:《文学伦理学批评导论》，北京：北京大学出版社，2014 年，第 263–264 页。

② 同上，第 264 页。

馆内的一座活化石，他象征着变化中的幻象。”[①]从个人角度来看，史蒂文斯伦理身份的物化是被迫易主的客观选择的结果；从国家、民族层面来看，史蒂文斯的伦理身份象征着英国曾经在世界上作为日不落帝国而存在的地位，其伦理身份在美国人的话语中遭到物化意味着第二次世界大战后的英国不得不落得被美国掌控的现实境地。

除了被他者的语言和目光物化之外，史蒂文斯的伦理身份还遭到了自我物化。小说中不止一次提到史蒂文斯对“伟大的英国管家”是如何定义的，在他看来，海斯协会（The Hayes Society）所设立的入会标准可以概括“伟大”的内涵：“申请者需服务于显赫门庭。”（《长》：41）也就是说，判断一位管家是否出色的标准不在于其本身工作能力的强弱，而在于他雇主的社会地位是否崇高，从这一点来看，史蒂文斯把个人价值和伦理身份完全寄托在了他人身上，他不认为对于一位合格的管家来说最重要的是自身职业素养的提高，而是只要雇主对国家有足够的影响力，那么管家就随之更有价值。另外，“显赫门庭”在史蒂文斯心中也颇具分量，他认为贵族绅士对国家的影响力是非常大的：“这世界就是个轮子，以这些豪门巨宅为轴心而转动。”（《长》：152）可见史蒂文斯对世界的认知是非常单一化的，他看不到后现代社会的多元化，他固执地相信他所服务的贵族能改变这个世界的进程，所以他心甘情愿将自己的大半生都奉献给这些豪门贵族，并天真地相信自己在改变世界的历史进程中也贡献了一份微薄力量：“我们所有这些拥有职业抱负的人，莫不竭尽所能以尽量靠近这个轴心为志向……我们每个人都怀抱着这样的渴望，愿为创造一个更加美好的世界略尽绵薄，做出贡献；我们也都认识到，身在我们这一行，要想做到这一点，最可靠的途径就是效命于那些肩负着当代文明重任的伟大士绅。”（《长》：152）史蒂文斯对自身职业的单一认知逐渐演变成一种身份认同，这种认同感迫使他进入一种特定角色，并以相应的制约性行为模式要求自己，导致他一生都执着于以那些不够“伟大”的男仆为辅助参照物来完善理想中的自我形象，且对自身伦理身份的认同也随主人而改变。在达林顿勋爵时代，史蒂文斯认为自己已经达到了“伟大”管家的标准：“已经将他的全副才能用以服务一位伟大的绅士了——而通过这样的一位绅士，他也等于是服务了全人类。”（《长》：154）而到了法拉戴先生时期，史蒂文斯对自身身份的认同感消失殆尽，他经常怀疑自己是否没有满足主人对调侃打趣的需求，并不断地精进自己说俏皮话的技术，以求获得主人对自己的认同。可以看出，史蒂文斯早已在对雇主的盲目追随和对理想自我的追求中失去了本我，忘记了自己最初的样

① 鲍秀文、张鑫：《论石黑一雄〈长日留痕〉中的象征》，载《外国文学研究》，2009年第3期，第76页。

子和作为普通人类的基本情感需要，导致他主观物化了自身伦理身份，最终造成多重伦理冲突。

3. 多重伦理冲突下的伦理选择

鲍曼在结束其《后现代伦理学》第七章时总结道：“在我们时代‘是或不是’的两难困境中，现代性自身是赌注……我们集体的道德责任和我们当中任何男女的道德责任在不确定的海洋中遨游。尽管现代的道德哲学极力在理论上拒斥它，在实践中压制它，不确定性一直是道德选择的有效范围。”[①] 在鲍曼看来，不确定性是后现代社会的主题，是弥漫在后现代社会中的一种无法消散的氛围。在后现代的世界里，从来不会有对处于伦理困境中的人列出的一份伦理道德指南，更不会有一根统一的、规范性的伦理道德标杆，那么，这样看起来毫无保障的所谓的后现代是否有存在价值呢？处于后现代之中的人，是否会因这种毫无节制的不确定性而走向伦理混乱、道德败坏呢？对于这一点，鲍曼解释道：“它是社会变革的一个普遍特征——当它表述正确或削弱昨天的错误时，它也引导了新的错误，这些新的错误注定会变成明天治疗努力的一个目标。”[②] 所以，后现代社会中出现的伦理问题在鲍曼看来仅仅只是人类最终走向更好的道德社会道路中的一个助力因素，是不可避免的、必须经历的一个过程。文学作品中描述的伦理问题也是为了给人提供道德教诲，因为“文学在本质上是关于伦理的艺术，文学的价值通过文学的教诲功能体现”[③]，且“伦理选择是通过教诲实现的，但教诲是通过文学实现的”[④]。在小说《长日将尽》中，史蒂文斯因伦理环境转变和伦理身份物化不得不陷入多重伦理冲突之中，面对这些冲突时，他做出的伦理选择是自由的，是追随理想中的自我、在当时的伦理环境下被认为是正确的，总体上来看他的选择是后现代的。

首先，史蒂文斯的伦理冲突表现在他和父亲的关系上。史蒂文斯认为他父亲的管家身份完全配得上“尊严”二字，尽管那一辈人对口音、语言以及对知识的掌握并不完全充分，但他在职业生涯中的优秀表现是许多普通管家、仆人所达不到的高度。例如他父亲经常提到的那个关于老虎的故事：一位英国管家随主人远赴印度，在某天下午快就餐之前，这位管家发现有只老虎趴在餐桌下，于是他淡定地来到客厅询问主人是否可以使用他的猎枪，在得到主人允许后，他利落地击

① 齐格蒙特·鲍曼：《后现代伦理学》，张成岗译，南京：江苏人民出版社，2002 年，第 260 页。

② 同上，第 261 页。

③ 聂珍钊：《文学伦理学批评导论》，北京：北京大学出版社，2014 年，第 248 页。

④ 同上。

毙了老虎并迅速清理现场，当主人及客人们来到餐厅用餐时，刚才的一切仿佛不曾发生过。这位管家是老史蒂文斯心目中的管家典范，是他一生所求的职业水准。在史蒂文斯看来，他父亲其实已经具备故事中的管家所具备的职业素养，面对由于错误的军事指挥让其长子不幸阵亡的将军，他父亲没有流露出一丝个人情感，而是依然为这位将军提供了应有的高水准服务，甚至在宴会结束后还得到了这位将军的夸赞。史蒂文斯一直以来都以父亲为职业楷模，以他在工作时所表现出的“无论何时何地都能坚守其职业生命的能力”（《长》:55）为道德标准，以那些“他们能够化入他们的职业角色，并且是全身心地化入；他们绝不会为外部事件所动摇，不管这些事件是何等地出人意料、令人恐慌或是惹人烦恼”（《长》: 56）的伟大管家们为模仿对象。所以当老史蒂文斯病重时，史蒂文斯依然选择坚守他的工作岗位，哪怕抽空上楼看望父亲时也只是不耐烦地重复：“我很高兴父亲感觉好些了。”（《长》: 128）接着便下楼去继续他的工作。在史蒂文斯心里，一位合格的英国管家应该将所有个人情感放在工作之后，能够在突发危机前依然将工作做得尽善尽美是英国管家区别于其他普通管家的原因，因此在其父亲最后的弥留之际，史蒂文斯依旧没有离开工作岗位，并发自心底地认为他的选择是正确的，是符合其父亲期盼的、符合职业道德的伦理选择。时隔多年，史蒂文斯每每回想起一九二三年的那个夜晚，他都会油然而生一种巨大的成就感，他认为：“那个夜晚在我的职业发展进程中构成了一个转折点。”（《长》:145–146）并且相信自己：“已经配得上跟我同辈的比如说马歇尔或是莱恩先生一样，跻身于‘伟大’的管家之列了。”（《长》:145）从当今的道德角度出发来看史蒂文斯的伦理选择是有违伦理的，但我们评价文学人物的行为时应该回到历史现场，以当时的伦理道德去理解人物并阐释其行为的时代合理性。史蒂文斯的选择无疑是由后现代社会带来的不确定性所导致的，在当时那个英国仍处于世界霸主地位的历史环境中，英国人，尤其是英国贵族以及为贵族服务的这些位于车轮轴心边缘的管家们，无不充满了民族优越感，并将自己的全部生命力都投身于将这种优越感发展壮大的历史进程中。

除了与父亲的关系之外，史蒂文斯的伦理冲突还表现在对达林顿勋爵的回忆上。在史蒂文斯的回忆中，达林顿勋爵始终有着崇高的道德地位，是一位怀抱着“伸张‘世界的正义’的终极愿望”（《长》: 96）并一生都致力于促进世界和平的伟大绅士，他将勋爵看作“世界运行的轴心”（《长》: 166），并且回顾自己的管家职业生涯，他“最大的满足即来自那段岁月所获得的成就”（《长》: 166）。根据史蒂文斯的回忆来看，他对达林顿勋爵有着深深的敬意和崇拜，即使在勋爵去世之后，他应该也能毫不避讳地向众人谈起他曾经为这位影响英国甚至世界发展进程的伟大绅士服务过三十五年，这段经历应当是他一生中最珍贵的回忆。然而，史蒂文斯却两度否认自己曾效命于达林顿勋爵，一次是威克菲尔德先生和太太（Mr. and Mrs. Wakefield）来府上拜访法拉戴先生时，史蒂文斯不承认自己曾为达林顿勋爵工作过，即便威克菲尔德太太质疑达林顿府里的拱廊很有可能是一件仿品，史蒂文斯也不做任何解释，只说："我不能确定，夫人，不过确实有此可能。"（《长》: 162）另一次是在驾车旅行途经多塞特郡（Dorset）时，面对来自陌生人的关于是否真的为达林顿勋爵工作过的疑问，史蒂文斯回答道："哦，不是，我是受雇于约翰·法拉戴先生的，就是那位从达林顿家族手里买下那幢宅第的美国绅士。"（《长》: 158）对于自己这种不合理的行为，史蒂文斯也说不上来原因，他一会儿说："我也可能只是突发奇想，并无深意"（《长》: 160），一会儿又说："我这么做是出于本国传统礼俗的考虑……在英国，一个雇员随便议论他前任的雇主是不符合礼俗的行为。"（《长》: 164）而实际上，史蒂文斯因为自知达林顿勋爵并非如他在回忆里描述的那么完美，所以才刻意避免让人知道他与勋爵的关系。在史蒂文斯的回忆中，他曾经帮达林顿勋爵解雇了两名犹太族女仆，那段时间勋爵受他人思想影响而觉得府里不能再雇佣犹太人，当他对史蒂文斯提出这一要求时，史蒂文斯条件反射般反问："您说什么，先生？"（《长》: 189）简简单单的几个字却透露出史蒂文斯内心深处的疑惑，他不敢相信一直以来致力于世界和平的伟大勋爵竟然歧视犹太民族。史蒂文斯在当时的历史环境下虽不知什么是绝对正确的，但他明白什么是不该做的，在他心中有道德底线，所以当他听到超越道德底线的话语时，他本能地、完全出自自我地做出了抵抗。但是面对自我意志和雇主命令起冲突时，作为一名英国管家，他选择了绝对服从。当然不止于此，达林顿勋爵还曾被希特勒（Adolf Hitler）当作在英国宣传纳粹的工具，一度成了纳粹的帮凶，最后落得身败名裂的境地。对此，史蒂文斯依然选择睁只眼闭只眼，并认为这是作为管家的基本行业素质，是自己对主忠诚的表现，面对这种冲突，"最好的办法无一例外就是要完全信任我们已经认定为明智而又可敬的那位雇主，将我们全部的精力都奉献给为他提供最好的服务上，鞠躬尽瘁，死而后已"（《长》: 262）。史蒂文斯的选择依然是伦理的选择，他若选择违背雇主意志就会违背心中的职业道德，若选择遵从职业道德，则会突破心中的道德底线。作为一名对自身身份引以为傲的英国管家，他的选择是保持"与我的职位相称的高尚尊严"（《长》: 296），而这种尊严通俗来说就是对主人的一切行为不闻不问，其结果就是任由主人走向错误的深渊。

在一次访谈中，当被问到关于小说人物的责任感时，石黑一雄回答道："斯蒂文（《长日留痕》中的男管家）有一份很夸张的责任感，……尽管他们的动机是善意的（想为人类谋福等等），但因为他们对周围的世界看不清楚，结果发现自己做的事违背了本意，……我们大多数人对周围的世界不具备任何广阔的洞察力。我们趋向于随大流，而无法跳出自己的小天地看事情，因此我们常受到自己无法理解的力量操控，命运往往就是这样。"[①] 现代社会的普遍问题是如何以规范化的标准来构建、约束自我，而后现代社会的问题则在于人们不知什么是规范，不知什么是绝对正确而什么又是一定错误的。石黑一雄所说的看不清楚的世界无疑就是充满不确定性的后现代社会，生活在后现代社会中的人必须面对淡薄的情感关系、不可信的权威和多元的伦理道德，所以伦理环境改变、伦理身份物化和伦理冲突等问题都是不可避免的。我们无法评价后现代社会中人们的各种选择是否正确，人在他所处的那个时代被认为是正确的行为在经历大的社会变革后也许又会被否定批判，就像史蒂文斯做出的各种伦理选择一定是符合当时伦理环境中的伦理规范的，而作为旁观者，我们应该选择理解和尊重。

文学文本是作者对外部世界的描述，也是对内在心理的挖掘，作者对所处社会的认知无不影响着其文学表达。石黑一雄作为移民作家，虽然儿时就随父母移居英国，但他并没有对帝国文化产生强烈的归属感和认同感，因此石黑一雄有着不同于那些纯正英国本土作家的特殊身份和独特视角，他不仅可以深入英国传统社会体验其文化底蕴之深厚，而且可以站在第三者视角审视当代英国文化在全球后现代化进程中的尴尬处境。在小说《长日将尽》中，史蒂文斯的一生看上去是个悲剧，一个传统价值观的守旧者被迫卷入后现代化潮流中，伦理环境的改变导致了伦理身份物化，被物化的伦理身份又致使伦理冲突的产生。面对多重伦理冲突，史蒂文斯的选择貌似荒谬，但那实际上是当时历史环境下特殊身份不得不，甚或是应该做出的选择，没有经历过帝国陨落那般历史的我们没有资格批判其对错。在小说的最后，史蒂文斯也表示自己"的确应该不要再这么频繁地回顾往事，而应该采取一种更为积极的人生态度，把我剩余的这段人生尽量过好"（《长》：317）。即使他所谓的积极只不过是更加积极地学习说俏皮话的能力以取悦现主，但那也是他对自己过去错失那些人类本应拥有的美好真挚感情而感到遗憾的委婉表达，是他努力适应后现代社会的一种独特方式，石黑一雄借此表达了他对后现代社会中人类多元生存方式的深入思考。

① 李春：《石黑一雄访谈录》，载《当代外国文学》，2005 年第 4 期，第 136 页。

三、《别让我走》：后现代科技与伦理

克隆技术是用科学技术进行人工无性繁殖而产生生命的过程，其基因与本体的基因完全相同。“1938 年，德国科学家提出了将胚胎细胞核移植到去核卵母细胞中的构想”[①],1963 年,生物学家霍尔丹（J. B. S Haldane）在一次演讲上首次采用了“克隆（Clone）”这一术语。同年，中国科学家童第周教授及其研究小组以金鱼等生物为材料,研究了鱼类胚胎细胞核移植技术,并获得成功。1997 年 2 月,英国罗斯林研究所成功培育出克隆羊“多莉”。这一成果引发了人类对克隆技术在未来可能应用于人类自己身上的设想。由于克隆人非自然有性繁殖而生，其必然引起人们对克隆人所面临的伦理问题的思考，这随之也成了文学创作的题材。

2005 年，著名日裔英国当代作家石黑一雄（Kazuo Ishiguro, 1954—　）以克隆人为主题出版了他的科幻小说《别让我走》（*Never Let Me Go*），小说通过第一人称凯茜的视角，讲述了克隆人凯茜及她的克隆友人露丝和汤米在与世隔绝的克隆人寄宿学校黑尔舍姆度过童年时光，少年时期到“村舍”接受为期两年的看护者职业培训，为以后照顾器官捐献者做准备，最后走上器官捐献的不归路，进行一至四次的器官捐献后死亡的悲惨故事。

从 2005 年出版至今，小说凭借其行云流水的文字、新颖的故事情节和悲惨的人物命运在国内外获得广泛好评。2005 年小说获得英国布克奖提名,同年被《纽约时报》《时代周刊》等评为最佳图书。2006 年小说获得美国亚历克斯奖，并被日本著名小说家村上春树所赞扬。2010 年上映的同名电影《别让我走》获得了第 37 届土星奖的“最佳科幻电影”提名奖,其扮演凯茜·H. 的凯瑞·穆丽根（Carey Mulligan）还获得了英国独立电影节最佳女主角奖。国外许多学者对小说进行了多角度的研究，安妮·怀特黑德（Whitehead）曾指出:“在小说《别让我走》中所描绘的社会里，克隆人被看作非人类，也因此被当作非人类看待”[②]。而对于克隆人逐所引发的伦理问题，詹宁斯（Jennings）则指出:“随着生物技术的介入，人逐渐沦为一部被组装起来的机器，即使正常人（相对克隆人）可能因为生物权力而更长寿，但是他们也不会像人一样活着”。[③]人类应该具有高度的道德伦理意识，而利用科技发展之便向地球上其他物种施加暴力以求自身生命的延续是一种伦理丧失行为，没有道德伦理，人就不算真正意义上的人。在国内，浦立昕从权

① 高正琴、李厚达:《哺乳动物克隆技术及其发展历史》，载《生物学教学》，2002 年第 1 期，第 3 页。

② Anne Whitehead, “Writing with Care: Kazuo Ishiguro’s *Never Let Me Go*”, *Contemporary Literature*, 52.1 (2011), p. 64.

③ Bruce Jennings, “Biopower and the Liberationist Romance”, *Hastings Center Report*, 40.4 (2010), p. 19.

力与规训的视角对小说做了研究，他认为，“权力和话语在身体和主体两个方面对学生进行全面规训和建构”①。由于克隆人从小接受洗脑式规训,这导致克隆人不懂得反抗人类对他们的暴行。信慧敏则指出，“石黑一雄透过克隆人这面忧郁的镜子直视我们自己，审视人类的自私、欲望和贪婪”②。可以说，国内外对该小说的研究角度新颖、内容广泛，然而截至目前为止小说中体现出来的科技对伦理的吞噬却被人忽略，还未有人对此进行过相关研究。当今科学技术的迅猛发展对人类社会各方面造成了极大的影响，其中伦理吞噬问题是发展科技时需要直面的一个焦点问题。本节将运用文学伦理学批评方法对小说中科技发展对克隆人伦理身份的建构、伦理意识的抑制和伦理环境的塑造进行解读，对科技吞噬伦理这一现象进行剖析，同时分析克隆人在未来能够存在的可能性，旨在揭示克隆人所反映的伦理问题和科技进步对人类造成的伦理影响。

1. 科技发展对克隆人伦理身份的建构

在文学伦理学批评中，伦理身份指的是个体在一种伦理关系中的身份定位。国内文学伦理学批评研究者聂珍钊教授指出，“在文学批评中，文学伦理学批评注重对人物伦理身份的分析。在阅读文学作品的过程中，我们会发现几乎所有伦理问题的产生往往都同伦理身份相关。在众多文学文本里，伦理线、伦理结、伦理禁忌等都同伦理身份联系在一起。”③在小说《别让我走》中，凯茜等克隆人对自身伦理身份的追寻从未停止过，他们渴望知道自己是谁、自己从哪里来、今后将归往何处。他们也渴望知道自己与外界的人类有何区别。从生物学角度来看，人是自然有性繁殖出来的生物个体，是拥有合适的伦理身份、具有高度理性的动物，每一个个体的人都“具有社会的、文化的、历史的规定性”④。而克隆人则是人类利用生物基因技术无性繁殖出来的产物，克隆人没有合适的伦理身份，也违背了人类社会的、文化的、历史的规定性。克隆人将面临的伦理问题极其复杂，人类自然拥有自己的父母和家庭，而克隆人则天生不具有这种人伦关系。我们该如何看待自然有性繁殖的人类与利用其基因克隆出来的人与人之间的关系？克隆人到底具有合适的伦理身份吗？

小说开篇就告知读者，这是一个发生在英国偏僻郊区的名为黑尔舍姆寄宿学

① 浦立昕:《驯服的身体，臣服的主体——评〈千万别丢下我〉》，载《当代外国文学》，2011 年第 1 期，第 114 页。

② 信慧敏:《〈千万别丢下我〉的后人类书写》，载《当代外国文学》，2012 年第 4 期，第 134 页。

③ 聂珍钊:《文学伦理学批评：基本理论与术语》，载《外国文学研究》，2010 年第 1 期，第 21 页。

④ 杜明业:《〈别让我走〉的文学伦理学解读》，载《外国文学研究》，2014 年第 3 期，第 63 页。

校的故事，凯茜等克隆人孩子从小就被送到这里，埃米莉小姐等人是他们的监护人。克隆学生们统一被安排学习音乐、绘画、体育等各种课程，他们之中最好的绘画作品会被偶尔来学校的玛丽·克劳德夫人拿去放在她的“画廊”中，所以孩子们会尽自己最大的努力来画出最能体现自己“灵魂”的画作；克隆学生们还可以通过自己的劳动来赚取代币，利用代币可以在学校的“交易会”和“拍卖会”上换取自己喜爱的东西来收藏。在这看似自由的表面背后，学校设置的规章制度却令人唏嘘。在黑尔舍姆，学生绝不被允许抽烟，学校图书馆里也没有关于福尔摩斯的小说，因为关于小说主角吸烟的情节太多了。每周一次的身体健康检查也暗示着孩子们：在这里，健康才是最重要的。他们彼此之间可以有性爱关系，但他们无法生育孩子。克隆学生在黑尔舍姆过着与世隔绝的生活，他们从不曾了解外面的世界，也怯于走出学校的栅栏去外面的世界看一看，因为学校里不知从何时起流传着一个恐怖的传说，曾有学生不听劝阻跨越栅栏，结果第二天学生的尸体被发现绑在一棵树上，手脚都被砍掉了。

学校的规章制度和流传的恐怖传说就像一个无形的笼子，将克隆学生们牢牢地圈在笼内，但即便如此，作为生物，他们都不可避免地有着自我认知的欲望。为了认识自我、了解自我，克隆学生们不断将自己与正常人类的“他者”做比较。凯茜回忆了童年时期与学校里的正常人类之一玛丽·克劳德夫人的一次接触：凯茜和她的友人突然出现在来访的玛丽·克劳德夫人面前并观察她的反应：“她只是僵站着等我们过去……我至今历历在目的是，她似乎在竭力压抑那种真正的恐惧，唯恐我们之中的一个人会意外地触碰到她。”[①] 正是因为这一次的遭遇，才让凯茜她们意识到“夫人是怕我们。可是她怕我们就如同有人害怕蜘蛛一样”(《别》: 32)。夫人对待克隆学生们害怕、厌恶的反应和态度犹如一面镜子，从这面镜子中凯茜等人看到了自己真实的样子，他们渐渐认识到，他们与正常人不同。他们也曾被学校里新来的老师露西小姐告知：“你们是学生。你们是……特别的。”(《别》: 63）至于他们特别在何处呢？终于有一天露西小姐忍不住告诉了学生们实情：“你们被告知又没有真正被告知……你们的一生已经被规划好了。你们会长大成人，然后在你们衰老之前，在你们甚至人到中年以前，你们就要开始捐献自己的主要器官……把你们带到这个世界有一个目的，而你们的未来，你们所有人的未来，都已经定好了……如果你们想要过体面的生活，你们每一个人都必须明白自己是谁，摆在你们面前的是什么。”(《别》: 73–74）除了露西小姐之外，在黑尔舍姆没有人愿意向克隆学生们透露事实真相，他们甚至不愿和克隆学生们

① 石黑一雄:《别让我走》，朱去疾译，南京：译林出版社，2011 年，第 32 页。后文出自同一著作的引文，将随文标出该著名称简称《别》和引文出处页码，不再另注。

说话。在克隆学生们成年之后与埃米莉小姐和夫人再次见面时，埃米莉小姐也承认："我们都害怕你们。在黑尔舍姆的时候，我自己几乎每天都要强忍着对你们的恐惧。有好几次当我从书房窗口向下看你们的时候，我会感觉那样的厌恶……"（《别》：247）因为在埃米莉小姐等正常人的眼里，凯茜她们根本就不算真正意义上的人类，或者说她们不足以成为人类。换一种说法就是克隆人和待宰的牲畜毫无区别，他们没有灵魂，没有尊严。

在小说的第二部分，克隆人都坚信："既然我们每个人都是在某个时刻按一个正常人复制过来的，那么对我们每一位来说，就一定有一个原型在世上某个地方过着他或是她的生活。"（《别》：127）他们会在街道上或购物中心里刻意留心自己"可能的原型"，而露丝认为自己的原型是一位体面的职业妇女，于是他们在街道上跟踪一位 50 多岁身着西装的女性，在对这位女性进行一番观察之后失望而归，露丝愤慨地说："我们是从社会渣滓复制出来的。吸毒者、妓女、酒鬼、流浪汉。也许还有罪犯，只要他们不是精神病人就行。他们就是我们的原型。"（《别》：152）克隆人每分每秒都想要找到自己的原型，他们认为只要找到自己的原型，就能够在一定程度上认识自我，也许还能看到自己的未来是怎样的。这就是他们在那个社会里想要确定自己的伦理身份的表现，也体现了他们想要如正常人般活下去的欲望。

2. 科技发展对克隆人伦理意识的抑制

站在一般文学的角度来看，文学起源于劳动，它是特定历史时期及历史环境的产物。"按照文学伦理学批评的观点，文学的产生源于人类伦理表达的需要，它从人类伦理观念的文本转换而来，其动力来源于人类共享道德经验的渴望……人类最初的互相帮助和共同协作，实际上就是人类社会最早的伦理秩序和伦理关系的体现，是一种伦理表现形式，而人类对互相帮助和共同协作的好处的认识，就是人类社会最早的伦理意识"[①]。在文学伦理学批评看来，人与兽之间的根本区别就在于有无理性。人因为拥有理性所以才为人，兽因为没有理性所以才为兽。

面对克隆人，有一个值得我们深思且不可回避的问题：克隆人到底是不是"人"？这一问题曾激起人们的热烈讨论。在技术层面上，克隆人的实现已经成为可能，但现在科学技术发达的国家都一致反对把克隆技术应用在人类自己身上，因为人是自然之子，是通过有性繁殖产生的，而克隆人却是人类利用科学技术刻意制造出来的反自然、反传统的生物，这些生物在历史长河里不曾出现过，而今

① 聂珍钊：《文学伦理学批评：基本理论与术语》，载《外国文学研究》，2010 年第 1 期，第 14 页。

一旦出现，必将面对人类各方面的质疑，他们难以在传统的人类社会里找到合适的角色定位。在小说《别让我走》中，克隆人被创造出来的目的只有一个：捐献。他们注定将在成年之后捐献自己的器官，与人类饲养猪马牛羊为人类提供肉食与皮毛毫无区别，可以说，克隆人活着就是为了捐献。克隆人三个字中虽有“人”字，但他们却是和黑尔舍姆校外的普通人不同的“人”，在小说中，克隆人是没有人权的，他们“被出生”，然后“被死亡”，他们无法主宰自己的命运，也不能控制自己未来的方向。从这一层面上来看，克隆人不是人。

小说的第三部分把重点放在了一个叫作金斯菲尔德的地方，克隆人在那里履行他们的捐献“义务”。他们每捐献一次器官，就会被送往康复中心去等待身体完全恢复之后再进行下一次捐献，一般进行一至三次器官捐献后就会走向命运的“终结”（complete），而极个别身体很好的克隆人可以进行第四次捐献，但在第四次捐献之后就不会提供康复中心和照顾者的服务，克隆人只能静静地等待死亡。凯茜和汤米听说只要克隆人能够证明两人真心相爱，就能够获得延期捐献的机会，可以共同生活并自由支配三至四年的时间。于是凯茜和汤米努力作画来向监护人们展示他们的爱情，当他们把一大沓画作拿给埃米莉小姐看时，他们才知道那仅仅是个流传在克隆人之间的谎言。“我们拿走你们的美术作品，是因为我们认为它们能够展示你们的灵魂。或者更确切地说，我们这么做是为了证明你们也是有灵魂的。”（《别》：239）在那个普遍认为“克隆人非人”的社会里，以埃米莉小姐为主要负责人的黑尔舍姆寄宿学校努力为克隆学生们创造了良好的生活环境，也给予了他们丰富的课程教育，其目的就是为克隆学生争取和正常人类平等的权益。就像人类通过狗的作揖、摇尾、转圈等动作来证明狗是通人性的一样，埃米莉小姐等人也想通过克隆人的画作来向世人证明克隆人是有灵魂的。“无论其他怎么样，我们至少保证你们所有的人都置于我们的照料下，你们在非常好的环境中长大。当你们离开我们之后，我们也做到了让你们远离那些最恐怖的事情。至少我们能为你们做那么多……这样的事总是超出我们的权限，甚至使用最大的影响力也无法满足你们……我希望你们能够喜欢我们为你们争取来的那些东西”（《别》：240）在埃米莉小姐等正常人的潜意识中，克隆人是没有灵魂的，但克隆学生们的日常行为让埃米莉小姐等人不得不面对克隆人也有伦理意识的事实，不论是作画还是写论文，这些都是能被他们用来证明克隆人也有灵魂的证据，但面对来自社会权威的压迫和社会主流意识的压力，埃米莉小姐等人向这个残忍的捐献计划发出的挑战也只能无疾而终。失望地离开埃米莉小姐的住处之后，行驶在泥泞公路上的汤米下了车，他目光涣散、左摇右晃地向前走着，忽然他猛地跪在了车灯前，双手不停地抓着自己的头发，他开始哭、开始咆哮，他向自己悲惨的命运发出了怒吼，凯茜见状冲出车门抱住了汤米，试图用自己温暖的怀抱安抚这只愤怒的狮子，然而最终两人都瘫倒在泥地里，自由的双脚被残忍地束缚在了泥泞之中。克隆人是非常向往正常人的生活、向往自由的，哪怕他们只有一线希望能获得三至四年的自由生活时间，他们都会拼命去争取。他们会笑，会哭，会悲伤也会愤怒，面对残忍的命运他们大多都选择了接受，他们知道这是自己出生的“义务”，不向人类做出反抗是他们的理性。而作为自由的、聪慧的、至高无上的人类，却利用科学技术之便一次又一次无情地剥夺克隆人的生存权、自由权，把克隆人当作待宰的牛羊一般对待，难道这不是人类非理性的表现吗？不难看出，人类在利益面前失去了对生命最基本的怜悯，做出了反伦理的行为。

3. 科技发展对克隆人伦理环境的塑造

“文学伦理学批评重视对文学的伦理环境的分析。伦理环境就是文学产生和存在的历史条件。文学伦理学批评要求文学批评必须回到历史现场，即在特定的伦理环境中批评文学……不同历史时期的文学有其固定的属于特定历史的伦理环境和伦理语境，对文学的理解必须让文学回归属于它的伦理环境和伦理语境，这是理解文学的一个前提”①。读者之所以在阅读小说时替克隆人的命运感到悲伤，是因为读者站在现实社会的伦理环境去评价小说中克隆人存在的社会伦理环境，而文学伦理学批评强调应该回归文本中的伦理环境去评价伦理，否则将出现文学批评的越界行为。

读者普遍不认同小说中克隆人捐献器官的行为是因为现实社会的伦理环境和人类的伦理意识已经发展到了平等对待世间一切生命的高度，对于所有的生命，不论植物、动物或人类，都应该抱有怜悯之心和包容心。但在小说中，科技的发展给人类提供了强劲力量去塑造一个培养克隆人的科学环境，且社会普遍接受的观点是“克隆人非人”，克隆人是人类为了维持自身健康、延续生命而创造出来的用于器官捐献的“物”，克隆人没有人权，也没有法律地位，极少有人同情克隆人。在那种伦理环境下，克隆人自身也麻木接受了自己的命运，认为捐献是自己的义务。

文学伦理学批评并非要我们评价伦理的正确与否，而是要分析这种伦理身份、伦理意识、伦理环境存在的原因。身处于现实社会伦理环境的我们，没有资格去评判小说中伦理环境的对错，我们应该走进小说，站在小说中伦理环境的立场来

① 聂珍钊：《文学伦理学批评：基本理论与术语》，载《外国文学研究》，2010 年第 1 期，第 19 页。

看待事物。为什么小说中人类社会普遍接受克隆人的器官捐献行为？本节认为科技进步对伦理有吞噬作用，即科技吞噬伦理。在过去，由于科学技术不发达，人类面对自然灾害、生离死别等自然规律事件，只能选择被动接受，毫无改变的能力。随着科学技术的快速发展，人类有了科技这支武器来改变过去不能改变的事情，例如青霉素的发现使人类终于能够对抗肺炎这一在过去致死率极高的病种。面对科技带来的极大便利与福利，人类逐渐形成利益至上的观念。有人曾坚持“人类中心主义”，主张人类是世界的主宰，强调以人的利益为万物生长的前提。在这种观念障碍的驱使下，人类极容易做出反伦理行为，所有利用科学技术能够实现的利己之事人类都选择接受，而不顾伦理道德的沦陷。站在现实伦理环境角度来看，人类应该加强伦理道德修养，面对科学技术带来的便利，人类应该以合乎伦理道德的理性去面对。科学技术应该被投身于造福人类的活动，但在利用科学技术使人类生活更加自由、幸福的同时，不应该违背人类基本的伦理道德，不应该以牺牲克隆人生命的前提来造福人类。黑尔舍姆学校对于读者来说一直是一个神秘的地方，它表面是克隆人的成长之地，但总让读者看到许多未解的谜团。在汤米进行第三次捐献之后，他和凯茜一起去拜访了埃米莉小姐和玛丽·克劳德夫人，面对埃米莉小姐，凯茜终于说出了多年来困扰在她心中的疑问：“首先是我们为什么要画所有那些作品？为什么要训练、鼓励我们，让我们来制作所有那一切？如果不管怎样我们只是去捐献，然后死掉，为什么要上所有那些课？为什么还要读所有那些书而且还要讨论呢？”（《别》：238）多年之后，埃米莉小姐也终于向凯茜坦白：“如果学生养育在人道和有教养的环境中，那么他们就有可能成长为和任何正常的人类一样敏感和聪明的人。”（《别》：240）读到这里，不难看出在埃米莉小姐等人眼中，虽然克隆人非人，但他们是应该具备合理的伦理身份且拥有伦理意识的，可惜他们为克隆人争取权益的活动依然抵挡不住权威机构的暴力，因为在那种伦理环境里，主流意识是克隆人尚不足以成为真正的人类，他们只不过是人类的创造物，而最终也将为人类生命的延续而服务。黑尔舍姆存在的意义不仅是为了给克隆孩子提供一个成长的场所，更重要的是为埃米莉小姐提供一个实验室，在这个实验室中，克隆人没有像猪马牛羊一样仅仅被人类喂养食物，而是接受了许多和正常人类所受的一样的教育，所有这一切，都由于黑尔舍姆的创办者埃米莉小姐向当时那个社会环境发起了挑战，她想向世人证明克隆人也是有灵魂的，学校里的克隆人都是她的实验对象。在小说中，“捐献”（donation）和“捐献者”（donor）是极其微妙的两个词，在小说的开头，凯茜就以自述者的身份向读者述说：“我的名字叫凯茜·H.。我现在三十一岁，当看护员已经十一年多了。”(《别》：1）所谓看护员，就是每个克隆人在进行器官捐献前可以申请成为器官捐献者的看护员，若护理水平够好，还可以申请多做几年看护员工作，意义相当于延期捐献。“捐献”和“捐献者”由字面意思来看应该是捐献者主动捐献，因为捐献本应是一种发自内心的纯自愿行为。而小说中的“捐献”并非克隆人自愿捐献，克隆人的器官捐献是一种被动行为，那么此时此刻，“捐献”的意义就等同于“待宰”，“‘捐献者’也就成了‘待宰者’”①。在小说的伦理环境里，社会大众利用“捐献”一词来转移世人视线、蒙蔽真相，把残忍的被动捐献描述成伟大的自愿捐献，使人体器官捐献这种等同于杀人的违法行为巧妙地逃避了法律的惩罚和道德的谴责。在这种冷漠而残忍的社会环境里，克隆人从小接受的教育就是“保持健康，完成捐献”，经过多年的洗脑教育，克隆人内心深处已经认定捐献是他们的义务，从最初他们就已经失去了反抗的意识和能力。

在《别让我走》这部小说中，不论是从伦理身份、伦理意识还是伦理环境角度来看，克隆人都不能在那个社会里以正常人类的角色生存下来，他们从“出生”开始，一生的命运就已经被人类掌控。而在我们现实社会中，克隆人有存在的可能性吗？在人类科学技术发展的历史上，输血、器官移植、试管婴儿等技术都曾带来大面积的伦理争议，当1987年首位试管婴儿出生时，更是在社会上掀起了轩然大波，然而现在这些医学行为都已经被普遍接受、认可。这已经足够表明，科学技术的进步能够为人类带来便利，即使当时在伦理道德上不被接受的观点在后世也能够被普通大众所接受。科学技术是一把双刃剑，某种科学技术的存在是否真正能够造福于人类，关键在于人类如何利用它。在小说中，人类为了自身利益，用克隆技术来让克隆人进行残忍的器官捐献，无疑造成了科技进步吞噬伦理的局面。假设人类社会设计出一套完善的克隆人制度，让患有不孕不育或重疾的人通过克隆技术进行生命延续，且成为克隆孩子法律意义上的父母，克隆孩子享有与有性繁殖的人类后代同等的法律权利，那么克隆人的存在就成了可能，科学技术的进步也不会造成对伦理的吞噬。石黑一雄在小说中并没有对克隆人是否应该存在进行任何道德批判，而是以平淡、冷静的叙事风格和写作手法向读者展现了克隆人一生的命运，也给读者提供了值得深思的素材。对于未来克隆人是否会出现我们暂时无法给出明确的回答，但不论何时，作为拥有理性、拥有高度文明的人类，我们不应该随意伤害、践踏其他生命，众生平等是生命存在的主题，而尊重生命、敬畏生命是伦理道德永恒的本质。

① 杜明业：《〈别让我走〉：生命伦理的反思》，载《英美文学研究论丛》，2015年第1期，第95页。

结 语

20世纪80年代以来，我国学术界对盛行于20世纪50—60年代以来的全世界范围内的后现代主义理论及其文学实践热情高涨。在理论方面，国内学界对后现代主义理论家的理论如雅克·德里达的解构主义、利奥塔的后现代状况与元话语的终结理论、鲍德里亚的超现实与仿真世界、特里·伊格尔顿的后理论与理论之后、福柯的知识权力话语、克里斯蒂娃的元小说理论等进行充分的译介与阐释，出现了大量的理论译著和理论阐释著作，使得文学研究界对后现代主义理论有了充分的理解，也曾引起国内学界的广泛争议。在文学评论方面，国内大量学者运用后现代理论家们的理论去阐释和解读文学作品，特别是对美国后现代主义小说给予了充分的关注，研究对象除了唐纳德·巴塞尔姆、库尔特·冯内古特、托马斯·品钦、约翰·巴思、罗伯特·库弗、唐·德里罗、E. L. 多克特罗等老一辈后现代主义作家外，还包括美国中青年一代对后现代主义作家如保罗·奥斯特、理查德·鲍威尔斯以及道格拉斯·卡普兰等，成果十分丰富。

相反，由于英国一直以来受到其绅士风度、保守与传统文化的影响，英国文学给我们的印象仍然停留在剑桥大学文学批评家F. R. 利维斯所宣称的“伟大的传统”中。一谈起英国文学，浮现在大家脑海的必定是莎士比亚、简·奥斯丁、查尔斯·狄更斯、乔治·艾略特、D. H. 劳伦斯等传统作家，或最多是如詹姆斯·乔伊斯、弗吉尼亚·伍尔夫等运用意识流手法的现代主义作家。的确，英国的现实主义文学和现代主义文学都取得了长足的发展，在世界范围内产生了深远的影响，甚至长期以来一直引领着世界文学特别是美国文学的发展方向。随着日不落帝国的陨落，英国的经济曾一蹶不振，在文学方面的活力也远落后于美国文学。然而，20世纪以来的英国文学是否仍然停留在现实主义或者现代主义阶段而止步不前呢？不可否认的是，20世纪以来，仍然有一部分英国作家坚守现实主义创作传统，比如最初的多丽丝·莱辛、玛格丽特·德拉布尔等，他们在创作之初坚守现实主义传统，德拉布尔甚至曾宣称她“宁可尾随一个我所钦佩的传统,也不愿站在一个我所不屑的潮流的前头”[①]。然而正如本专著所分析论证的是，所有这些作家在其中后期作品中都充分运用了后现代主义创作手法来表现新时代的特征，从某种意义上来说，没有人能够脱离时代的历史背景而独自

① 吴元迈:《二十世纪外国文学史》，南京：译林出版社，2004年，第148–149页。

发展，英国文学自然也不例外。

从分析英国后现代主义小说的缘起和跨越两个世纪的历程发展来看，英国小说无论以何种姿态、何种方式呈现，都是对新模式和新话语的诉求。诚如前所述，基于英国小说对后现代主义小说实验性的结果，可大致将英国后现代主义小说的实验性发展历程特征划分为如下几个阶段：20 世纪 30 年代至第二次世界大战结束、40 年代中期至 50 年代、60 年代至 70 年代、70 年代至 80 年代、80 年代至今。且根据上述历程分析总结，英国小说对后现代主义的新模式实践展示特点可大致归纳为：现实与虚构结合、科幻与虚构结合、神话与虚构结合、多元化的文学体裁结合、多元化的艺术形式结合、多元化的新媒介结合、多元化的叙事模式结合。其中新模式的诉求以结合后时代的新叙事表现技巧来契合新的审美维度，例如元小说、反体裁、戏仿、拼贴、蒙太奇、黑色幽默、迷宫等。因此，英国小说对后现代主义的实验是对传统小说形式和叙事模式的反思，其后现代主义文学的整体特征表现为不确定性、开放性及多元性等，并以这些特征书写新时代的新文学范式，且此实验还将会持续，也就是说，还将处于不断发展及持续更新的态势。

英国后现代主义小说在其历史发展的长河中经历了繁荣和发展。经过 B. S. 约翰逊、约翰·福尔斯、安东尼·伯吉斯等这些实验作家的努力，很多英国小说家开始积极进行小说的创新，小说处于一种实验和写实共生的状态。英国女性作家也不甘落后，如 A. S. 拜厄特、玛格丽特·德拉布尔、多丽丝·莱辛等自觉走出写作困境，为革新小说创作而努力，朱利安·巴恩斯、马丁·艾米斯以及少数裔作家 V.S. 奈保尔等作家在小说观念和创作手法上都有很大的创新，正是因为这些作家们的共同努力，英国的后现代主义小说在艺术创作上取得了一系列重大突破。像乔伊斯和伍尔夫等追求艺术创新的现代主义小说家一样，后现代主义小说家们在小说创作上也拒绝模仿并反对传统的叙事模式，他们表现出强烈的创新意识和实验精神。他们创作的小说越来越受到文学批评界和读者的欢迎，他们的作品也正逐渐步入经典的行列。不可否认，随着社会的发展，后现代主义小说的形成与发展是英国小说多元化的必然产物，同时也是英国小说家们又一次极为成功的表现。

通过以上分析，我们基本上能够对英国后现代主义总体有了一个大致的了解，也深刻体会出英国后现代主义创作尽管不如美国后现代主义作家们那么受到国内外批评家们的广泛关注，但是我们不能否认的一个事实是：英国后现代主义小说创作也是后现代主义时期创作的主流。通过对艾丽丝·默多克、玛格丽特·德拉布尔、朱利安·巴恩斯、伊恩·麦克尤恩、石黑一雄等五位英国文学创作中具有后现代主义特征的作家的十五部作品进行文本细读与阐释，我们更能深刻体会到英国后现代主义创作的强劲之势。尽管国内有学者曾强调后现代主义小说早在 21 世纪伊始就风头已过、尘埃落定，但通过阅读分析英国当代作家的代表性作品，笔者认为，后现代主义思想早已渗透到作家的骨髓，成了当代作者绕不开的一道人文景观。

*** 后　记 ***

陈世丹担任首席专家的2016年度中国人民大学重大规划项目“西方后现代主义小说总论”由五个子课题项目构成，它们分别是陈世丹负责的“美国后现代主义小说研究”、王桃花负责的“英国后现代主义小说研究”、刘海清负责的“法国后现代主义小说研究”、刘文霞负责的“俄国后现代主义小说研究”和王祖友负责的“拉美后现代主义小说研究”。

作为重大规划项目“西方后现代主义小说总论”的结项成果之一，《英国后现代主义小说论》是由课题组成员王桃花、王欣、邓宇萍、汤纵、李苏婷、罗海燕、李菊花、李雅晴和程彤歆合作完成的。本书写作分工如下：

王桃花：前言
　　　　第二章　玛格丽特·德拉布尔小说中的后现代叙事特征与跨国书写
　　　　结语
　　　　后记

王　欣、王桃花：第一章第一节　以“误”解“网”——解构视域下的《在网下》

邓宇萍、王桃花：第一章第二节　《独角兽》中独角兽意象与性别操演

汤　纵、王桃花：第一章第三节　《意大利女郎》的家庭伦理探析

李苏婷、王桃花：第三章第一节　《英格兰，英格兰》：真实与虚拟并存的类像

罗海燕、王桃花：第三章第二节　《时间的噪音》：创伤叙事中的历史与伦理

李菊花：第四章第一节　《赎罪》的“关怀伦理”书写

李雅晴、王桃花：第四章第二节　《星期六》创伤叙事探析
　　　　　　　　第四章第三节　《甜牙》的后现代叙事策略

程彤歆、王桃花：第五章　石黑一雄小说中的后现代科技与伦理

图书在版编目（CIP）数据

英国后现代主义小说论 / 王桃花等著 . —北京：中国人民大学出版社，2019.9
（西方后现代主义小说总论 / 陈世丹总主编）
ISBN 978-7-300-27435-5

Ⅰ. ①英… Ⅱ. ①王… Ⅲ. ①后现代主义 – 小说研究 – 英国 Ⅳ. ① I561.074

中国版本图书馆 CIP 数据核字（2019）第 201738 号

西方后现代主义小说总论
总主编 陈世丹
英国后现代主义小说论
王桃花 等 著
Yingguo Houxiandai Zhuyi Xiaoshuolun

出版发行 中国人民大学出版社
社 址 北京中关村大街 31 号 邮政编码 100080
电 话 010-62511242（总编室） 010-62511770（质管部）
010-82501766（邮购部） 010-62514148（门市部）
010-62515195（发行公司） 010-62515275（盗版举报）
网 址 http://www.crup.com.cn
经 销 新华书店
印 刷 天津中印联印务有限公司
规 格 170 mm × 228 mm 16 开本 版 次 2019 年 9 月第 1 版
印 张 15.75 印 次 2019 年 9 月第 1 次印刷
字 数 275 000 定 价 68.00 元

中国人民大学出版社外语出版分社读者信息反馈表

尊敬的读者：

感谢您购买和使用中国人民大学出版社外语出版分社的 ______________ 一书，我们希望通过这张小小的反馈卡来获得您更多的建议和意见，以改进我们的工作，加强我们双方的沟通和联系。我们期待着能为更多的读者提供更多的好书。

请您填妥下表后，寄回或传真回复我们，对您的支持我们不胜感激！

1. 您是从何种途径得知本书的：

□书店　□网上　□报纸杂志　□朋友推荐

2. 您为什么决定购买本书：

□工作需要　□学习参考　□对本书主题感兴趣　□随便翻翻

3. 您对本书内容的评价是：

□很好　□好　□一般　□差　□很差

4. 您在阅读本书的过程中有没有发现明显的专业及编校错误，如果有，它们是：

____

____

____

5. 您对哪些专业的图书信息比较感兴趣：

____

____

____

6. 如果方便，请提供您的个人信息，以便于我们和您联系（您的个人资料我们将严格保密）：

您供职的单位：______________________________

您教授的课程（教师填写）：__________________

您的通信地址：______________________________

您的电子邮箱：______________________________

请联系我们：贾乐凯　吴振良　黄婷　程子殊　王琼　鞠方安

电话：010-62515580，62515538，62512737，62513265，62515573，62515576

传真：010-62514961

E-mail：jialk@crup.com.cn　wuzl@crup.com.cn　huangt@crup.com.cn

chengzsh@crup.com.cn　crup_wy@163.com　jufa@crup.com.cn

通信地址：北京市海淀区中关村大街甲 59 号文化大厦 15 层　邮编：100872

中国人民大学出版社外语出版分社